上海文化与上海文学研究丛书

杨剑龙　主编

上海文学与二十世纪中国文学

杨剑龙等　著

上海文化出版社

总　　序

从文化与文学互动中研究上海文学

杨剑龙

20世纪80年代中期，被视为文学研究“方法论热”时期，域外的各种文学理论、研究方法被先后介绍进来，中国现当代文学研究几乎成为了文学研究新方法的演练场：英美新批评、原型批评、阐释学批评、女性主义批评、精神分析批评、接受美学批评、结构主义批评、新历史主义批评，囫囵吞枣式地运用新观念新方法，成为当时文坛的一种现象。回眸这一时期的文学批评，模仿多于创造，求新长于深入，形式大于内容，过程重于结论。虽然，当时学界诸多人士对于文坛的这种新概念新名词漫天飞的现象多有诟病，但是现在看来，倘若没有那时候的模仿与求新、形式与过程，我们的文学批评也许仍然会单纯延续传统的社会学、历史学、美学批评等方式，我们的文学理论与文学批评也会止步不前。

在探究与追踪西方的文艺理论与批评方法中，新批评的以文本为唯一的研究对象，原型批评的从集体无意识关注原始意象，阐释学批评的根据文本本身来了解文本，女性主义批评的从颠覆男权争取女权角度观照文学，等等，也许人们看到文学研究又落入了相对狭窄的研究视阈。20 世纪 90 年代，文化研究理论的引进与研究方法的兴盛，一定程度拓展了新批评、阐释学批评过于关注文学的内部研究而忽略文学外部研究的倾向，成为文本中心主义的某种反拨，在大众文化盛行、社会批判意识回归过程中，文化研究得到文学研究界广泛的认同和运用，文学研究拓展出一片新的天地。

美国学者罗兹·墨菲在《上海——现代中国的钥匙》中指出："上海，连同它在近百年来成长发展的格局，一直是现代中国的缩影……上海提供了那用以说明现代中国已经发生和即将发生的新事物的钥匙。"（罗兹·墨菲《上海——现代中国的钥匙》，上海人民出版社 1986 年版，第 4—5 页）由于上海飞速发展的历史与现实，由于上海在中国乃至世界重要地位，上海一直受到世界的关注与研究，可以说已经构成了一门新兴学科——"上海学"。从文学发展的历史看，上海重要的历史地位与影响毋庸置疑，世界上新的文学理论、文学思潮、文学作品大多通过上海引进中国，上海也成为追随世界文学潮流运用新的文学观念和创作方式进行文学创作的实验场，从而逐渐影响到中国文学的嬗变与发展。

对于上海文学的关注与研究，历来成为中国 20 世纪文学研究的重要领域。从社会学、政治学、历史学、美学角度展开对于上海文学的研究，呈现出文学外部研究的某些缺憾；从新批评、阐释学、结构主义批评等方式展开对于上海文学的研究，又呈现出文学内部研究的某些不足。文学的文化研究在某种方面弥补了某些不足，虽然文化研究在总体上仍然是文学的外部研究，但是倘若我们结合文学的内部研究的方法，可以弥补如上某些缺憾。

人们在阐释文学的文化研究时，往往强调文化与文学的互动：用文化学方法来研究文学，借助文本来研究文化。我们运用文化研究方法研究上海文学，也正在于文化与文学之间的互动，意在通过对于上海文化语境的分析，研究上海文学的发展与嬗变；通过对于上海文学发展与嬗变的研究，分析上海文化的内涵与特征等。采用文化研究方法研究上海文学，拓宽了我们研究的视阈，拓展了上海文学研究的境界。在运用文化研究方法过程中，我们仍然针对不同的研究对象，运用其他有关的研究方法，使我们对于上海文学的研究更加切实和丰富。

“上海文化与上海文学研究丛书”共八部，分别为《文学巨匠鲁迅与上海文化》（梁伟峰）、《上海市民文化与现代通俗小说》（张登林）、《上海出版业与三十年代上海文学》（冉彬）、《都市风貌与海派气质——清末民初长篇都市小说上海叙事研究》（吴智斌）、《世界潮流中的海派文化与海派小说》（林雪飞）、《上海文学与二十世纪中国文学》（杨剑龙等）、《上海文化与上海唯美主义文学思潮》（赵鹏）、《都市上海的发展与上海文化的嬗变》（杨剑龙等）。该丛书的意义和价值大致有如下方面：1. 从文化研究的角度比较全面地研究了上海文学，深化与拓展了对于上海文学的研究，在研究视阈与研究方法上具有创新价值；2. 涉及通俗文学、海派小说、唯美主义文学、自由主义文学、左翼文学、清末民初小说等诸多方面的系统研究，丰富发展了对于上海文学的研究；3. 立足于从文化角度研究上海文学，尤其注重研究上海文学对于20世纪中国文学的影响，深化与拓展了中国20世纪文学的研究。4. 该丛书在诸多方面都具有填补某些空白的价值与意义，对于深化对于上海文学的整理与研究具有重要的学术价值。

该丛书的论题有的是我给著者的，有的是著者自己设立、经我认可的，丛书中的每一部我都分别予以指导，不少著作是几易其稿，每部著作的字词句甚至标点符号我都作了修改。

“上海文化与上海文学研究丛书”获得了上海文化发展基金会图书出版专项基金的资助，获得了上海文化出版社的大力支持，在此致以我们真诚的敬意与谢意。

该丛书的研究视阈为上海文化与上海文学，所涉及的领域十分广阔，必然有诸多缺憾与不足，敬请诸位行家指正赐教。

该丛书可以作为有关学者、研究生的参考书，也值得大学本科生、文学爱好者阅读。

是为序。

杨剑龙

2011 年 7 月 20 日

于瞻雨楼

目 | 录
CONTENTS

前　言

在中国20世纪文学发展的轨迹上，上海有着十分重要的作用。“五四”新文化运动落潮后，上海就逐渐取代了北京，成为中国文化建设与发展的中心，这不仅是由于上海的地理位置、文化积淀、社会氛围，也由于上海城市发展过程中都市的繁华、租界的存在、文人的积聚、市民的接受等因素，使上海文化在不断发展过程中，制约与影响着上海文学的发展与繁荣，这对于20世纪中国文学的发展也产生着重要影响。

自1843年开埠后，上海在帝国主义列强的进入、租界的不断建立与扩大中，逐渐繁华起来，被称为“冒险家的乐园”，成为畸形发展的都市。作为移民城市，上海的发展构成了文化的多元与复杂，国外文化的进入、外地文化的融入，逐渐形成了上海这个城市海纳百川的开放性，都市商业的兴盛与发展，又使上海这个商业大都会呈现出现代商业文化的独特风采。求新求变、追逐新潮成为上海城市的某种特性，重视商业、追逐利润成为商业城市的某种特点，开放宽容、多元并存成为移民城市的某种生态，在良莠并存东西文化交融中形成了上海城市的特性，也构成了上海文化的风采。

虽然上海城市的开放特性伴随着鸦片战争后诸多不平等条约的缔结，虽然上海城市的发展繁荣伴随着殖民地文化的某些耻辱与压迫，但是这毕竟打破了中国社会长期以来闭关守国的状态，在面对西方列强的侵略中打破了华夏文明古国老大自居的心态。中国的士大夫们开始具有了深沉的忧患意识，开始看到中国与世界的差距，开始思考中国落后而受欺凌的原委，开始探究改变现状的民族自强之路。

倘若说晚清船坚炮利是改变落后古国之路的追求的话，那么启蒙民众改变国民麻木的精神状态，则成为中国有识之士的清醒追求。

在开放的历史语境中，上海的出版业飞速发展，这成为近代以来文学兴盛的基础，改变了以往石板印刷的状态，印刷速度与数量的增长，也扩大了文学读物的读者群。逐渐建立的文学创作的稿酬制度，刺激了科举制度被颠覆后文人们才华的转移，诸多文人转而从事文学创作，文学不仅是独抒性灵的载体，也成了可以养家糊口的职业。在向西方学习的潮流中，文学翻译成为中国作家模仿学习的范本，晚清时期林纾的小说翻译成为一种独特的现象，也刺激了诸多有外语修养的译者的文学翻译。作家们由此了解了国外的文学创作，从而逐渐打破了一味传承中国古典文学的范式，开始受到国外文化思潮、文学创作的影响。也正是在这种影响下，出现了与中国古典文学截然不同的现代派思潮，无论是小说创作中的新感觉派，还是诗歌创作中的现代派，都是接受国外文学思潮过程中的尝试。

文学的发展与文学接受是密切相关的，上海的市民读者群的扩大是上海文学发展的基础。被称为“鸳鸯蝴蝶派”的创作是中国近代文学兴盛的佐证，与都市上海的繁荣、市民阶层的扩大有着先天的联系，其创作的发展成为文学商品化市场化成功的范例，掀起了中国近代通俗文学兴盛的潮头。在20世纪文学发展的过程中，不同的文学观念形成了文学论争，文学论争促进了对于诸多文学问题的讨论，从而也促进了文学理论的发展，对于文学创作的繁荣产生了极为重要的作用。

我们常常无意间将戏剧等同于话剧，作为一种舶来品艺术形式的话剧，最初往往与中国戏剧融汇在一起。在文学启蒙运动的发生与发展中，话剧担当了启蒙民众的重要责任，在一定的历史时期，话剧成为呼唤民众觉醒投身民族解放运动的号角，上海也就成为中国话剧发展的大本营。20世纪30年代初“左联”的成立，昭示着中国文学发生的重大变化，使以往个人书写的文学创作过程，变为阶级性群体书写的创作境界，在复杂而丰富的30年代中演绎着匕首与投枪的文学之曲。在开放的都市语境中，追求文学的自由与独抒性灵，追求文学形式的唯美，形成了上海文坛另一种追求与风采。

作为大都市的上海孕育出了独特的文化，港埠城市决定了开放性，移民城市决定了多元化，商业城市决定了商业性，这些也左右着上海文学的发展，制约着上海文学的特性，而在上海文化的左右下，上海文学也从某些方面影响着中国20世纪文学的发展。

本书从上海文化的视阈探究上海文学与20世纪中国文学的关系，从文化中心、文学翻译、出版业、现代派、鸳鸯蝴蝶派、文学论争、戏剧运动、左翼运动、自由主义文学思潮、唯美思潮等方面分析探究上海文学的内涵，尤其是梳理分析上海文学的发展嬗变对于20世纪中国文学产生的某些影响，从而揭示上海文学在整个20世纪中国文学发展中的重要价值与作用。

第一章

文化中心的形成与上海文学的发展

在20世纪中国社会走向现代化的过程中，作为东方大都市的上海具有举足轻重的重要作用；在20世纪中国文学走向世界的过程中，作为文化中心的上海具有毋庸置疑的重要影响。自1843年开埠以后，上海逐渐成为一个飞速发展的现代化大都市，并逐渐形成了具有独特内涵的上海文化，她制约着上海文学的发展与变迁，影响着20世纪中国文学的发展与嬗变。在21世纪之初，回溯20世纪中国文学的发展轨迹，探究上海文化与20世纪中国文学发展的关联，从而总结其中的经验与教训，具有十分重要的意义。那么，上海文化是如何形成的？它有怎样的特质？在上海文化的影响下，上海文学具有怎样的质素？如何全面评价上海文化上海文学对于20世纪中国文学的整体影响？这是本文所思考与探讨的问题。

第一节　文化中心的形成与上海文化的特质

20世纪初，美国地理学家C·O·索尔等从人文地理学中建立了文化地理学的理论，认为人们在创造文化的过程中受到地理环境的重要影响，文化的产生、发展、传播都受到特定地理环境的制约，文化具有地域性与继承性，构成了文化地理学独特的时空观。上海以其优越的地理位置，使其成为近代中国发展最快的现代都市，也逐渐形成了上海独特的文化形态与内涵。

1904年，蔡元培等主编的《警钟日报》发表了题为《新上海》的社论，对上海的地理位置作了生动的描绘，将上海称为黑暗世界中的新世界：

> 黑暗世界中，有光艳夺目之新世界焉。新世界安在？在扬子江下游，逼近东海。海上潮流，紧从艮隅拥入坤维，左拥宝山，右拥川沙，近环黄浦，远枕太湖，遵海而南，广州胜地，顺流而下，三岛比邻，占东亚海岸线万五千里之中心，为中国本郡十八行之首市。此地何？曰上海。美哉上海，何幸而得此形势！①

由于上海优越的地理位置——面对浩瀚的大海、背靠富裕的长江三角洲平原，使它在近代中国得到了飞速的发展。原先仅为一个小渔村的上海浦，至南宋末年才正式设置了上海镇，到元代始设立了上海县，清康熙二十四年上海正式设立了江海关，雍正年间上海逐渐成为苏州、松江、太仓三个地区的行政中心。清嘉庆的《上海县志》载："上海为华亭所分县，大海滨其东，吴淞绕其北，黄浦环其西南，闽、广、辽、沈之货，鳞萃羽集，远及西洋暹罗之舟，岁亦间至。地大物博，号称繁剧，诚江海之通

① 见《警钟日报》1904年6月26日。

津，东南之都会也。”① 虽然上海为东南之都会已得到了认可，但由于清政府长期以来的闭关锁国政策，上海作为对外贸易港口远远落后于广州、厦门、宁波。1840 年帝国主义用炮舰打开了中国的门户，清朝政府与英国侵略军签订了《中英江宁条约》，向英国开放广州、福州、厦门、宁波、上海五个通商口岸，上海被列入其末。1843 年 11 月 8 日，英国首任驻上海领事巴富尔抵达上海，宣布上海于 11 月 17 日正式开埠。得天独厚的地理环境给上海提供了发展的基础，上海迅速发展成为一个繁华的移民城市，成为中国最富庶的长江三角洲的商品集散地，上海文化也在都市的发展中逐渐形成，在其形成的过程中诸多因素都起到了重要作用。

首先，商业文化的确立是上海文化形成的基础。开埠以后的上海，英国领事巴富尔向上海道台要求将上海县城以北的外滩一带划为外国人居留地，在上海建立了第一块租界。接着，法租界、美租界等相继在上海建立。租界内实行治外法权，为帝国主义在中国的政治、经济侵略获得了特权，提供了便利；也为资本主义在上海的发展创造了条件，加快了上海这个现代都市的兴盛与发展。由于租界和治外法权的存在，外国工商业资本纷纷来上海投资，外国的轮船公司、造船厂先后在上海出现，外国的银行、煤气公司、电话公司、电厂电灯公司、自来水公司等先后在上海建立，这也刺激了中国民族工商业的发展。至 19 世纪末，上海已经发展成为中国最大的外贸、商业、金融和制造业的中心，成为一个畸形发展的殖民地、半殖民地性质的现代商业大都市。租界先进便利的生活设施、相对自由的活动空间、比较安全稳定的环境等，使得诸多华人纷纷迁居租界，形成了华洋杂居的状况。由于城市的日益繁华，上海逐渐成为了一个移民城市，外地的以及外国的移民纷纷迁入，市区人口激增。至 1852 年上海人口由开埠前的 20 余万增加到了 54 余万，1910 年增长到 128 万，到 1921 年时，已经超过 150 万。② 都市人口的激增，为上海成为商业化大都市奠

① 转引自朱少伟：《海派文化浅论》，见《海派文化之我见》，上海大学出版社，2003 年，第 6 页。

② 见邹依仁：《旧上海人口变迁的研究》，上海人民出版社，1980 年版，第 7 页。

定了基础，也确立了上海文化所具有的商业文化的特征。鲁迅曾在《“京派”与“海派”》一文中说：“北京是明清的帝都，上海乃各国之租界，帝都多官，租界多商，所以文人之在京者近官，没海者近商，近官者在使官得名，近商者在使商获利，而自己赖以糊口，要而言之，不过‘京派’是官的帮闲，‘海派’则是商的帮忙而已。”① 在此，鲁迅深刻地道出了上海商业文化的特性。

其次，外来文化的引进是上海文化形成的新质。开埠以后的上海，随着帝国主义势力的侵入，外来文化加快了在上海的传布，外国传教士的影响、外国文化文学著作的翻译、洋学堂的建立与教育等，使上海在外来文化的传入与接受过程中，逐渐形成了中西合璧的特点。

上海开埠，为西方传教士的进入提供了便利，外国传教士麦都思、文惠廉、裨治文、林乐知等先后于 1843、1845、1847、1868 年抵达上海。他们在传教过程中，也传布着西方的科学与文化。麦都思在上海创办的墨海书馆，出版了《数学启蒙》、《代微积拾级》、《博物新论》、《植物学》等有关自然科学的教科书与普及读物。英国传教士傅兰雅应聘参加上海江南制造局翻译馆的工作三十余年，与诸多中国学者合作，翻译了 139 部科技著作，涉及数学、物理、化学、天文、地质、生物、医学、工程、气象、商学、政治等诸多领域，还编辑了《西国近事汇编》、《格致汇编》等科普刊物。傅兰雅在谈到西书翻译时说：“考中国古今来之人性，与格致不侔；若欲通变全国人性，其事甚难。如近来考取人才，乃以经史词章为要，而格致等学置若罔闻，若今西人能详慎译书而传格致于中国，亦必能目睹华人得其大益。”② 据统计，1843 到 1898 年间，“中国共出版各种西书 561 种，其中上海出版的达 434 种，占 77.4%。从质量上看，无论是自然科学，应用科学，还是社会科学，凡影响很大的，带有开创意义的，几乎都是在上海出版的”③。

① 鲁迅:《“京派”与“海派”》，见 1934 年 2 月 3 日《申报·自由谈》。

② 傅兰雅:《江南制造局翻译西书事略》，引自张静庐辑注:《中国近代出版史料初编》，上海书店出版社，2003 年版，第 23 页。

③ 见张仲礼主编:《近代上海城市研究》，上海人民出版社出版，1990 年版，第 923 页。

1897年，梁启超在《论译书》中说："处今日之天下，则必以译书为强国第一义。"① 国门被打开之后，上海的学者、翻译家等纷纷开始翻译外国文化文学著作。1869年，上海华草书馆翻译出版了英国班扬的长篇小说《天路历程》。1871年，王韬翻译了《普法战记》。1872年4月，《申报》连载了英国斯威夫特的《格列夫游记》汉译的第一部分，取名为《谈瀛小录》。1873至1875年，文学期刊《瀛寰琐记》连载了蠡勺居士翻译的英国小说《昕夕闲谈》、静轩居士翻译的日本小说《江户繁昌记》。在近代上海的翻译史上，严复与林纾的成就最为突出，康有为曾经作诗赞曰："译才并世数严（复）林（纾）。"在甲午国耻的刺激下，严复开始系统地翻译介绍西方学术思想，1898年后他翻译出版了《天演论》、《原富》、《群学肄言》等西方八大学术名著。林纾自1897年翻译《巴黎茶花女逸事》后，与人合作共翻译了外国文学作品一百七十余部。1906年创刊的《月月小说》和1907年创刊的《小说林》为世纪初的翻译文学提供了重要的阵地。《月月小说》在《发刊词》中说："本志小说之大体有二：一曰译，二曰撰。他山之玉，可以攻错，则译之不可缓者也。"② 这两大刊物发表的翻译小说占百分之六十以上。除此以外，1903年，周桂笙在《新小说》上刊载了翻译小说《毒蛇圈》。1917年，周瘦鹃翻译出版了《欧美名家短篇小说丛刊》三集。张碧梧、陈冷血、俞天游、包天笑等都是当时颇有声望的翻译家，均有翻译作品发表在上海鸳鸯蝴蝶派的刊物上。"五四"以后，西方文化文学作品的翻译出版更为繁荣。

上海开埠以后，洋学堂纷纷先后在上海创办，绝大多数为教会学校，如1850年创办的徐汇公学、英华学塾、清心书院，1863年创办的圣芳济书院，1865年创办的培雅学堂，1866年创办的度恩学堂，1867年创办的崇德女校，1881年创办的中西书院。1915年创办的浸会大学等。传教士爱菲尔认为："中国确实需要西方学者所传播的哲学和科学，但中国必须

---

① 转引自郭延礼:《中国近代翻译文学概论》，湖北教育出版社，1998年版，第12页。
② 同上，第43页。

从基督教传教士那里获得这些知识。”① 传授西方科学知识成为教会学校主要课程之一。教会学校“其作用并不单在传教、使学生受洗入教。他们看得更远，他们要进而给入教的学生以智慧和道德的训练，使学生能成为社会上和教会里有势力的人物，成为一般人民的先生和领袖”，“用基督教和科学教育他们，使他们能胜过中国的旧式士大夫，从而取得旧式士大夫所占的统治地位”②。教会学校开设的课程除了有关宗教教育和儒家经典的课程外，还有化学、物理、数学、天文、动植物学等有关科学知识的课程，对于传授现代科学知识、培养中国现代知识分子，起到了非常重要的作用，对于上海接受西方的文化与思想具有重要的作用。

再次，上海的文化传统是上海文化形成的血脉。在从上海浦小渔村发展成为大都市的过程中，上海在传承中国文化时也有其自身的建树与沉淀，有着诸多载入史册的成就。魏晋时期陆机精心撰写的“论作文利害之所由”的《文赋》③，是我国第一部探讨文学内部规律的名作。晚年居于松江的元代诗人杨维祯的《铁崖古乐府》拟古咏史，想象奇异，长于藻饰，有李贺之诗风。隐居吴淞的明代诗人高启的诗文，感时怀古，抒情写景，讽世触时，涵浑中见清逸，从容中现才情。明代擅长诗画的嘉定人李流芳的诗文写景酬赠清新自然，描画山水笔墨疏朗峻爽。南明抗清将领松江人陈子龙的诗歌感时伤世反映民间疾苦，直抒孤愤悲慨苍凉。南明爱国诗人华亭人夏完淳的诗赋抒发政治抱负，书写国破家亡之悲痛，凄楚激昂慷慨悲歌。清朝张南庄的小说《何典》以村言俚语嘲讽幽默的笔调，以鬼蜮世界展示人生世相。龚自珍在上海完成了他以经术做政论的著作《乙丙之际塾议》，抨击封建专制，针砭社会时弊，强调个性张扬。

上海开埠以后，学贯中西的内阁大学士徐光启，皈依天主教后翻译撰

---

① 见《基督教在华传教大会记录，1890年》，转引自顾长声：《传教士与近代中国》，上海人民出版社1991年版，第232页。

② 见《基督教在华传教大会记录，1890年》，转引自顾长声：《传教士与近代中国》，上海人民出版社，1991年版，第233页。

③ 转引自游国恩等主编：《中国文学史》第一册，人民文学出版社，1963年版，第331页。

写了许多有关西方科学知识的著作，如《几何原本》、《泰西水法》等，在提倡西学、实学的过程中有突出的贡献。任上海龙门书院主讲达14年之久的刘熙载，完成了《艺概》、《昨非集》的编撰，其议论文强调“循古尚正”、散文则推崇“自得尚真”①。受雇于上海墨海书馆达13年之久的王韬，协助传教士翻译西学著作，著述甚丰，创作甚勤，政论强调变法自强，强调“至今日而欲辨天下事，必自欧洲始”②；创作则提出“与苟同，宁立异”，强调“必先见我之所独见，而后能言人之所未言”③，反对拟古注重创新，强调发乎性情表现自我。戊戌变法后，梁启超提倡“文体革命”，他主持《时务报》提倡维新改良运动，并开创了上海报章文体，显示了梁启超文章“务为平易畅达”、“其文条理明晰，笔锋常带感情”新文体的魅力④。章炳麟自1897年来上海后，在上海的报刊上发表了诸多论析时政的文章，以古奥的言辞、尖锐的语气针砭时弊倡导革命，引起世人的瞩目。在“小说界革命”的倡导中，以李伯元的《官场现形记》为代表的官场谴责小说不断在上海涌现，以嬉笑怒骂的文笔谴责官场的腐败堕落。以梁启超的《新中国未来记》为代表的“发表政见，商榷国计”的政治小说纷纷在上海刊载⑤，在官与民的对立中倡导新的政治理想。以吴趼人的《恨海》为代表的言情小说大量在上海问世，以男女之间的悲欢离合展示社会历史的变迁。辛亥革命以后长期居住在上海的南社成员柳亚子等人，以其诗文强烈的政治色彩、忧国忧民的情怀，呈现出慷慨激昂的风格。上海文化与文学的传统，对于上海现代文化的形成具有

---

① 转引自陈伯海、袁进主编：《上海近代文学史》，上海人民出版社，1993年版，第128页。

② 王韬：《变法中》，转引自陈伯海、袁进主编：《上海近代文学史》，上海人民出版社，1993年版，第136页。

③ 王韬：《蘅花馆诗录自序》，转引自陈伯海、袁进主编：《上海近代文学史》，上海人民出版社，1993年版，第133页。

④ 梁启超：《清代学术概论》，转引自游国恩等：《中国文学史》第四卷，人民文学出版社，1964年版，第344页。

⑤ 梁启超：《新中国未来记·序言》，转引自欧阳健：《晚清小说史》，浙江古籍出版社，1997年版，第26页。

十分重要的意义。

上海开埠以后，在商业文化的确立、外来文化的引进、文化传统的继承中，在融会贯通中逐渐构成了上海文化的商业性、开放性、个性化的特征。

商业化的大都市注重经济利益关注市场效益强调商场竞争，“近代文明使一切东西都商业化，物质的精神的各方面都商业化了。在中国内地还不明显，在上海这情形就十分明显了”①。商业化是社会进步的一种特征，但同时也带来了某种弊端，因此王安忆说：“北京的贵族们有着遥远的过去可供回想，上海的新人们则只有眼前，生存的竞争是那么激烈，利欲之心日消夜长，上海已没有一点余暇留给情感做游戏了。因此，北京是一个人文的世界，上海则是一个功利场了。”②

上海独特的地理条件使它逐渐成为一个最具流动性的都市，海纳百川兼容并蓄成为上海文化开放性的特征，外国文化的引进、外地文化的融入，使上海文化在中西合璧多元交融中具有一种开放的气度，纳外来文化于传统，融异地文化于一体，这也导致上海文化呈现出追求创新的精神，无怪乎20世纪30年代曹聚仁就曾经说过：“京派笃旧，海派骛新，各有所长。”③

由于西洋文化不断传入与移民城市的特点，与中国儒家血缘文化家族文化强调群体性不同，在西方文化注重个体性的影响下，上海文化呈现出突出个体强调自我的特征。不迷信权威而看重自己对于事物的感受，不为他人见解所左右而注重自我的看法，五方杂处华洋杂居，各抒己见众说纷纭，灵活多样不拘一格，就成为上海文化中的一种现象。

罗兹·墨菲在《上海——现代中国的钥匙》中说：“上海，连同它在近百年来成长发展的格局，一直是现代中国的缩影。就在这个城市，中国

① 高植：《在上海》，见1934年5月20日《大上海半月刊》第1卷第1期。

② 王安忆：《“上海味”与“北京味”》，见马逢洋编《上海：记忆与想象》，文汇出版社，1996年版，第198页。

③ 转引自陈旭麓：《说“海派”》，见马逢洋编《上海：记忆与想象》，文汇出版社，1996年版，第169页。

第一次接受和汲取了19世纪欧洲的治外法权、炮舰外交、外国租界和侵略精神的经验教训。就在这个城市，胜于任何其他地方，理性的、重视法规的、科学的、工业发达的、效率高的、扩张正义的西方和因袭传统的、全凭直觉的、人文主义的、以农业为主的、效率低的、闭关自守的中国——两种文明走到一起来了。两者接触的结果和中国的反应，首先在上海开始出现，现代中国就在这里诞生。"①正是开埠以后面向世界的过程中，在东西方文化的撞击与融汇中形成了上海文化的商业性、开放性、个性化的特征，上海成为了中国走向现代的缩影，上海成为了现代中国的钥匙，上海文化制约着上海文学的发展，也影响了中国文学的现代化进程。

第二节　上海文化的特性与上海文学的发展

1933年，上海作家韩侍桁在谈到上海文人时指出："中国大多数的文人集中在上海，而出版机关也都设立在上海，使上海无形中形成了中国文化最中心的指挥的地点。"② 都市的繁华、文人的云集、出版业的发展等，使上海逐渐成为中国的文化中心。晚清维新运动中，康有为于1895年12月设立"专为中国自强"的上海强学会，并创办《强学报》；梁启超于1896年在上海创办了《时务报》。此后，在上海出现了许多鼓吹新学和维新变法的团体和报刊。1897年戊戌政变后，为躲避清政府的迫害，诸多维新派志士汇集到上海，在传统文化的中心北京处于没落状态时，上海逐渐取代了北京成为全国文化的中心。1915年，上海群益书社《青年》（后改名为《新青年》）杂志创刊，拉开了中国新文化运动的序幕。直皖战争后，直系军阀张作霖、曹锟控制北京政权，"五四"新文化阵营逐渐溃散。1920年，陈独秀被捕获释后南下上海，将迁到北京的《新青年》又带回上海，在上海创建了共产主义小组。上海租界的特定环境形成了相对

① 转引自范伯群主编：《中国近现代通俗文学史》上卷，江苏教育出版社，2000年版，第333页。

② 韩侍桁：《论海派文学家》，见马逢洋编《上海：记忆与想象》，文汇出版社，1996年版，第46页。

宽松的氛围，无怪乎胡适、傅斯年等也曾经提议“把北大迁到上海租界去，不受政府控制”①。20 世纪 20 年代末至 30 年代，上海作为国内文化中心的地位日益明显，诸多知识分子来到上海，使文化中心的南移已成为定局。贾植芳先生说：“……随着开埠以来的上海逐渐成为全国性的政治、经济和文化出版活动中心，上海的现代文化和现代文学也逐渐摆脱了地方性、区域性的狭小格局，至迟到 20 年代末 30 年代初，即已成为名副其实的领袖群伦的全国文学中心，而且直到 1949 年中华人民共和国成立，亦即学术界通常认定的‘现代文学’阶段结束，上海始终葆有了作为全国文学中心的历史和现实地位。”② 这是切中肯綮的。

在上海成为全国文化中心的过程中，上海文化的商业性、开放性、个性化的特征，深刻制约了上海文学的发展，使上海文学更多了消费特色、现代手法、人性内涵，这也影响了 20 世纪中国文学的发展与嬗变，使中国文学明显具有与传统文学不同的新质素。

陈旭麓在谈到“海派”时，强调并肯定了海派文化的商业性。他说：“诚然，洋场的风情大都以商情为转移，出入其间的海派文化反应快，变化多，花样新，远不似京派文化的矜持与凝练，大大地发挥了商的灵活与多样。看来海派与市场结缘，文化与商品交流，不一定全是邪恶，其中也有积极的东西。”③ 这十分深刻地道出了商业文化带来以商情为转移的消费特点。上海在开埠以后不断都市化商业化过程中，文学日趋商业化使稿酬制度在上海逐渐确立，促进了作者队伍的壮大与职业作家的出现。由于传统抑商扬士观念的影响，文人撰文大都以谈润笔为耻，而商业化的上海却开拓了稿酬制度，并逐渐使文人有了商品意识。1907 年徐念慈在《小说林》上刊载“募集小说启事”：“本社募集各种著译家庭、社会、教育、科学、理想、侦探、军事小说，篇幅不论长短，词句不论文言、白话，格

① 见沈尹默：《我和北大》，《文史资料选辑》第 61 期，中国文史资料出版社，1986 版。

② 贾植芳：《一道醒目的历史风景——〈上海现代文学史〉序》，王文英主编：《上海现代文学史》，上海人民出版社，1999 年版，第 1 页。

③ 陈旭麓：《说“海派”》，见马逢洋编《上海：记忆与想象》，文汇出版社，1996 年版，第 169—170 页。

式不论章回、笔记、传奇，不当选者可原本寄还，入选者分别等差，润笔从丰致送：甲等每千字五元；乙等每千字三元；丙等每千字二元。”这种按质论价的稿酬致送，无疑催生了许多作者与作家，尤其发挥了在取消科举制度后文人们的才华。在谈到民国初年文学的繁盛时，范烟桥说：“除了晚清时代的前辈作者仍在创作外，更平添了不少后继者，也可以说是新生力量。而旧时文人，即使过去不搞这一行，但科举废止了，他们的文学造诣可以在小说上得到发挥，特别是稿费制度的建立，刺激了他们的写作欲望。”① 稿费制度的建立，使写作不仅成为抒写性灵的方式，而且成为了一种谋生的手段，文学阅读也成为了一种消费，这必然对于20世纪中国文学的发展产生重要影响。

陈平原在谈到清末民初小说的发达时，就强调了文学商品化倾向的重要作用。他说：“明清两代，作为物化形态的小说当然也进入商品流通领域，但作家并未直接介入，商品意识在绝大部分作家的创作中基本上不起作用；而清末民初，由于新小说市场的建立以及作家的专业化，商品意识迅速介入小说家的创作过程，并直接影响了这一时期小说思潮的演变。时人多埋怨由此引起的作家率尔操觚粗制滥造。五四新文学先驱也指责清末民初文坛因实行拜金主义而日益堕落。其实，小说的商品化，既有负面的影响，也有正面的价值，尤其在这新旧小说急剧转换的时代。”② 商品意识的介入显然促进了文学创作，而上海正是促使作家商品意识形成的大本营。“五四”期间，反对文学的拜金主义，倡导文学革命，北京的新文学作家们郑重要求取消稿酬。当时北京的《新青年》、《新潮》、《每周评论》、《少年中国》、《星期评论》、《时事新报》副刊《学灯》等新文学报刊概不支付稿酬，甚至构成如此印象：“判断哪一份报刊是否是新文学报刊，哪一位作家是否是新文学作家，无须看作品内容，只要看这份报刊给

① 范烟桥：《民国旧派小说史略》，见魏绍昌：《鸳鸯蝴蝶派研究资料》（上），上海文艺出版社，1984年版，第269页。

② 陈平原：《20世纪中国小说史》第一卷，北京大学出版社，1989年版，第65页。

不给稿费，这个作家要不要稿费便一目了然了。"① 从某种角度看，这种壮举却是一种倒退，以至于曾经将创作限定在泰东书局出版的郭沫若后来反省说："这些正是我们那时候还受着封建思想的束缚的铁证，并不是泰东能够束缚我们，是我们被旧社会陶铸成了十足的奴性"②，"把文章来卖钱，在旧时是视为江湖派，是文人中的最下流。因此，凡是稍自矜持的人，总不肯走到这一步"③。1926 年，郭沫若等创造社作家与泰东书局决裂，在上海成立了自己的出版部，郭沫若思索道："'卖文'是作家应有的权利，没有什么荣辱可言"，"由卖文为辱转而为卖文为荣，这是一个社会革命，是由封建意识转变而为资本主义的革命"，是"意识上的革命"④。由封建意识的卖文为辱而转变为具有现代意味的卖文为荣，是中国现代作家在上海文化商业性影响下的一种进步，具有了商品意识的现代作家使上海文学具有鲜明的消费特色，这也影响了 20 世纪中国文学的发展。

茅盾认为上海的特点便是"消费膨胀"，"消费和享乐是我们的都市文学的主要色调"⑤。在上海商业性文化的影响下，上海文学具有了鲜明的消费特色。吴福辉先生曾将海派文学视为与现代中国商业社会最至关密切的一种文化现象，他认为海派文学在中国文学的转型过程中完成了两种重大的转移："一是由旧文学彻底移位至新文学，一是由成批生产大众读物升华到创造雅俗共赏的、中西结合的新型通俗作品。"⑥ 他强调海派文学在商业化文化背景中走向文学消费过程中，在特殊的文化策略中因注重市场而注重文学创作的世俗性、可读性、趣味化。他甚至认为："在中国，只有海派，才能用一种上海人的眼光来打量上海，用商业文化的趣味来欣赏、表现商业都市。商业性的大都会，由单纯地充当历史文化批判对象，

---

① 鲁湘元：《稿酬怎样搅动文坛——市场经济与中国近代文学》，红旗出版社，1998 年版，第 192 页。

② 郭沫若：《革命春秋》，上海海燕书店，1949 年版，第 144 页。

③④ 同上，第 206 页。

⑤ 茅盾：《都市文学》，载《申报月刊》第 2 卷第 5 期，1933 年 5 月 15 日。

⑥ 吴福辉：《都市漩流中的海派小说》，湖南教育出版社，1995 年版，第 24 页。

第一次完整地，包括其畸形的繁华、快速的流动节奏，与对人的强大心理压迫势头，统统成为文学审美的对象。这才是现代海派浮出水平线的重要标志！这也是海派文学发展史上，从一般社会谴责走向审美分析的一次真正的转移。”① 在商业大都市的氛围中，文学在表现都市生活中走向消费，并呈现出对于都市生活的审美观照，虽然海派文学并不完全代表上海文学，但是也显示出上海文学具有消费色彩的某些特征。在商业性文化的影响下，上海文学的消费特色使20世纪中国文学创作开始注重文学消费市场，注重读者的阅读口味、注重世俗的社会生活、注重作品的雅俗共赏，而不再将文学创作仅仅视为作家的独抒性灵自娱自乐。

上海文化的开放性促成了文学上向世界文学开放的姿态。“五四”以后的中国文坛，上海仍然是对国外文化思潮、文学思潮特别关注的地方。《小说月报》、《东方杂志》、《文学月刊》、《文学旬刊》等刊物不断对西方文化文学予以介绍，仅《小说月报》就出版了《被损害民族文学专号》、《法国文学研究号》、《拜伦纪念号》、《安徒生号》、《现代世界文学号》、《藿普德曼研究》、《芥川龙之介研究》等专号，对于外国文学分别作了详细的翻译介绍。由于上海独特的地理环境和繁华境况，诸多国外的文化人士进入中国常常首先来到上海，传播着西方的文化与思想。李欧梵在谈到30年代的上海时就说：“事实上，在30年代，不断地有外国作家/游客来到上海：奥涅尔（Eugene O'Neil），考厄德（Noel Coward……）奥登（W·H·Auden），伊胥伍德（Christopher Isherwood），穆杭（Paul Morand），皮尔内克（Boris Pilnak），以及像卓别林（Charlie Chaplin）和壁克馥（Mary Pickford）这样的电影明星，这还不包括从邻近的日本来的大批作家（像横光利一等）。”② 上海不断地向西方的开放，也使上海文学受到了西方文学的深刻影响，尤其在对于西方现代派文学的关注与影响下，上海文学运用现代手法使20世纪中国文学在形式上具有了现代色彩。

---

① 吴福辉：《都市漩流中的海派小说》，湖南教育出版社，1995年版，第27页。

② 李欧梵：《上海摩登》，牛津大学出版社，2000年版，第127页。

在20世纪中国文学的发展中，上海自觉地承担着对于西方文学新潮引进的重要职责，除了对于外国文学的翻译介绍外，在上海的作家们在对于外国文学的模仿与借鉴中运用现代手法，在文学创作的艺术方面不断探索，引领着中国20世纪文学的新潮流。

在诗歌创作中，上海文学开拓了中国现代派新诗的道路，并使现代派诗歌在上海走向成熟。被称为“诗怪”的李金发首先将法国象征派诗歌介绍进中国，20世纪20年代他在上海出版的诗集《微雨》、《食客与凶年》、《为幸福而歌》，是象征主义诗歌在中国诗坛最初的操练。梁宗岱30年代在上海出版的诗集《诗与真》、《诗与真二集》，将中国传统诗学融入象征主义。戴望舒30年代在上海出版的诗集《望舒草》、《望舒诗稿》等，追求现代诗歌的精髓，体现了象征派形式与古典派内容的统一，将中国象征派诗创作拓展到成熟的阶段。1932年《现代》杂志的创刊，标志着中国现代派诗歌在中国诗坛形成了气候，戴望舒、施蛰存、徐迟、路易士、禾金、辛笛等都在刊物上发表具有现代派色彩的新诗。施蛰存说：“《现代》中的诗是诗，而且是纯然的现代的诗。它们是现代人在现代生活中所感受的现代的情绪，用现代的词藻排列成的诗形。”① 上海的《诗歌月报》、《文饭小品》等刊物都发表现代派诗作。1936年10月，戴望舒、徐迟、路易士在上海创办了《新诗》，并邀请冯至、卞之琳、孙大雨、梁宗岱等参与主编，形成了中国现代派诗歌的强大阵容。辛笛、唐祈、唐湜、杭约赫、陈敬容等诗人在40年代中国刮起现代主义的旋风，在西方后期象征主义诗歌理论的影响下，他们的诗歌是现实主义精神与现代派手法撞击出的绚烂火花，可以说中国现代派诗歌是由上海引进，又在上海走向成熟。

在小说创作中，上海文学拓展出现代心理分析小说的新天地，并推进了现代都市小说的成熟。1920年，上海的《东方杂志》、《民铎》分别刊载了“Y”的《佛洛特新心理学之一斑》、张东荪的《论精神分析》，对于弗洛伊德的精神分析学说作了细致的介绍。1928年后，张东荪的《精神分析ABC》、黄维荣的《变态心理学ABC》、章士钊翻译的《佛罗乙德

---

① 施蛰存:《又关于本刊中的诗》,《现代》第4卷第1期，1933年11月出版。

叙传》、高觉敷翻译的《精神分析引论》等先后在上海出版，促进了精神分析学说在中国的传播。在小说创作中，心理分析小说也逐渐形成气候。上海是创造社的大本营，创造社作家的大多数作品都在上海发表出版，郭沫若的《叶罗提之墓》、《残春》、《喀尔美萝姑娘》等小说，以心理分析的手法描写人物的潜意识性心理，常常将浪漫主义的自我表现与心理分析的幻想结合在一起，表达了其文艺创作譬如在做梦的思想。郁达夫的《沉沦》、《南迁》、《银灰色的死》等小说，关注人物性的冲动、灵肉的冲突、性心理的涌动，将私小说的题材、浪漫主义的情绪、心理分析手法糅合在一起。叶灵凤的《女娲氏之遗孽》、《浴》、《昙花庵的春风》等小说，描写人物的性本能的冲动、红色的梦境、隐秘的心理，将个性自由的表现、至美境界的追求、人物心理的波澜结合起来。白采的《微眚》、周全平的《楼头的烦恼》、滕固的《石像的复活》等小说，都在关注人物的隐秘心理的描写中，使小说透露出心理分析的意味。受到创造社影响寓居上海的许杰，他的《萤光中的灵隐》、《暮春》、《雨后》等小说，"差不多想以性的行动，为一切的中心行动，而去解决、观察一切的人生问题社会问题了的"①。在中国心理分析小说的创作中，施蛰存、穆时英、张爱玲的出现，使中国现代心理分析小说真正走向了成熟。施蛰存的《梅雨之夕》、《魔道》、《旅舍》等小说，以细腻的心理分析手法描写人物的潜意识、性心理；他的《将军底头》、《石秀》、《鸠魔罗什》在对历史故事的重新阐释中，突出人物色欲和民族情感的冲突。穆时英的《白金的女体塑像》、《空闲少佐》、《某夫人》等小说，在对人物潜意识、性心理的展示中突出人物的二重意识、双重人格。张爱玲的《金锁记》、《封锁》、《花雕》等小说，将都市人的欲望追求和心理波澜细致入微地描写了出来。中国心理分析小说到20世纪30年代已经形成气候走向成熟。30年代，在日本新感觉派、欧洲现代派的影响下，刘呐鸥、穆时英、杜衡等以具有现代色彩的新感觉手法反映都市光怪陆离的生活与心理，拓展了都市文学的表现手法。徐讦接受西方现代主义的影响，营构荒诞情节与浪漫情

① 许杰：《火山口·新序》，见许杰《火山口》，上海乐华图书公司，1930年版。

调的故事，构成了现代主义的浪漫化、通俗化。无名氏受到存在主义哲学的影响，将哲学的思辨与宗教情绪融合，以浪漫笔调与现代手法交织，被称为“后期浪漫主义作家”。在都市文学的创作中，章克标、黑婴、徐霞村、予且、周楞伽、丁谛、苏青、施济美、东方蝃蝀、谭惟翰等都以其各自的小说创作，构成了都市文学创作的兴盛与发展，拓展了以茅盾为代表的左翼作家的都市文学创作。

在戏剧创作中，上海成为文明戏的大本营，孕育了中国话剧的雏形。洪深在上海创作的《赵阎王》是中国第一部表现主义剧作，以大段的内心独白描写一个士兵的罪恶与痛苦，展现出社会的黑暗、现实的荒诞。曹禺的《日出》、《原野》在上海发表与演出，汲取了外国剧作家的艺术营养，在反映社会的深度与力度上达到了中国话剧艺术的高峰。在电影艺术发展过程中，上海是中国电影的摇篮，在外国电影的影响下，上海逐渐成为中国电影摄制与放映的中心，诸多影片在上海摄制完成，进电影院已经成为上海市民娱乐的主要形式之一。在上海的散文创作中，鲁迅的杂文、茅盾的散文、论语派的小品、柯灵的散文、夏衍的报告文学等等，都以新的形式与手法开拓着中国现代散文创作的新境界。

上海文化的个性化特征与儒家文化强调在礼的规范下忽略个体的独立性、忽视个人的权益不同，它注重个人的价值与尊严，强调个性的张扬与追求，这使上海文学具有了人性内涵，也影响着中国文学的嬗变与发展。“五四”时期，陈独秀在谈到东西民族之差异时说：“西洋民族，自古迄今，彻头彻尾，个人主义之民族也。英、美如此，法、德何独不然？尼采如此，康德亦何独不然？举一切伦理，道德，政治，法律，社会之所向往，国家之所祈求，拥护个人之自由权利与幸福而已。思想言论之自由，谋个性之发展也。法律面前人人平等也。个人之自由权利，载诸宪章，国法不得而剥夺之，所谓人权是也。人权者，成人以往，自非奴隶，悉享此权，无有差别。此纯粹个人主义之大精神也。”① “五四”前后，新文化运

① 陈独秀：《东西民族根本思想之差异》，《独秀文存》，安徽人民出版社，1987 年版，第 28 页。

动先驱者们引进了自文艺复兴以来西方的人文主义思想，康德、叔本华、尼采、弗洛伊德、柏格森、萨特等人的人学思想纷纷被介绍进国内，重视人的价值和权益，突出个人的地位和作用，尤其注重西方强调自由、平等、博爱等近代人道主义思想，注重灵肉的统一、理性与情感的统一，使新文学具有了鲜明的人性内涵，这在上海文学中表现得尤其明显，它主要体现在强调个体的自由独立、表现人性的丰厚复杂、突出人生的世俗况味等方面。

郁达夫曾说："五四运动的最大的成功，第一要算'个人'的发见。从前的人，是为君而存在，为道而存在，为父母而存在的，现在的人才晓得为自我而存在了。我若无何有乎君，道之不适于我者还算什么道，父母是我的父母；若没有我，则社会，国家，宗族等那里会有?"① 摆脱传统封建伦理道德的束缚、强调个体的自由独立，成为"五四"时期新文学的重要内容，上海文学更突出地表现着这样的主题。郁达夫的小说集《沉沦》将表现自我作为艺术构想的基点，塑造了极富个性色彩和自传意味的主人公形象，以愤世嫉俗的姿态表现出对封建伦理道德挑战及对个体自由独立的追求。郭沫若的诗集《女神》以丰富的想象、夸张的笔调、喷涌的激情，抒发了主人公张扬的个性和追求自由的时代呼声。叶圣陶的《隔膜》、《一个朋友》等小说，将在封建伦理体系浸淫下个体心理的变异揭示得十分深刻。茅盾的《幻灭》、《动摇》、《追求》描写大革命时期知识分子的幻灭、动摇、追求过程中，突出了现代知识分子对于个性自由、自我价值的追求。戴望舒的《望舒草》等诗集以其低吟浅唱的韵律抒写时代重压下青年知识分子的复杂内心，突出对个性自由的崇尚和美好人生的向往。巴金的《激流三部曲》等小说，以洋溢的激情描绘青年知识者如何冲破封建家庭的束缚走上社会斗争的过程，充分表现了对个体自由独立的追求。

现代西方人文主义思想注重人本身的丰富性复杂性，强调人的灵肉统

① 郁达夫:《中国新文学大系·现代散文导论》,《中国新文学大系导论集》，上海书店，1982年版，第205页。

一、理性与情感的统一，甚至注重人的潜意识非理性的部分。在现代西方哲学思想文学思潮的影响下，上海作家努力通过多种多样的艺术手法，表现人性的丰厚复杂。柔石的《为奴隶的母亲》以典妻过程中被撕裂了的慈母心，写出封建陋习中人性的被摧残；《二月》通过青年知识者萧涧秋在江南小镇中的彷徨与挣扎，将人物的复杂心理性格刻画得十分生动；叶紫的《丰收》以大革命中农村的丰收成灾，写出农民们在窘困中的心理与觉醒；《星》以饱受封建势力凌辱折磨的农村妇女梅春姐复杂心态的刻画，展示出农民运动中人性的欲求和解放；施蛰存的《梅雨之夕》以在梅雨之夕与一女子邂逅时男主人公的性心理的勾勒，突现出人性的丰富复杂；《石秀》以石秀捉奸的情节注重于人物性心理的描绘，突出了原始本能与江湖道义的冲突。

由于上海市民阶层为文学读物的主要受众，上海文学在满足市民的文学消费过程中突出了人生的世俗况味，在人的存在与价值的发现中，注重世俗人生的体察描写，强调生活本身的丰厚性、生动性，不是一味以展示社会现实为重，而是在世俗生活具体而生动的描写中展现出人生的真义与情趣。包天笑的小说常常以充满市民气息的故事中达到引人入胜的效果。他的《一缕麻》以女主人公嫁与丑陋痴呆的富家子的不幸婚姻，表达要求婚姻自主、爱情自由的追求；《爱神的模型》以画家寻找裸体模特屡屡受挫，终于找了一个荡妇才完成题为爱神的作品，揭示出社会的虚伪、妇女的不幸。张恨水的小说大多因反对强暴同情弱小的母题受到欢迎，他的《啼笑因缘》将言情与侠义融合起来，在波澜起伏的爱情故事中迎合市民的阅读趣味；《金粉世家》在民女冷清秋与国务总理公子的婚姻悲剧中，揭示出官场的腐败、人格的独立。张爱玲的小说在对洋场生活中畸形人生的描写中，展现都市生活的丰富与复杂。论语派的闲适小品文在独抒性灵追求幽默中，突现出对于生活品位与人生雅致情趣的追求。

上海文学中呈现出的人性内涵，对于20世纪中国文学产生着十分重要的影响，文学创作从一味对于人的外部世界的描写，逐渐转入对于人的内心世界的关注，从一味对于社会现实的反映，逐渐转入对于人的琐碎生活、心理心态的展示，从对于民族国家的宏大叙事的方式，逐渐转入对于人的生活情趣人生境界的细腻描写，使中国文学更加丰富更加生动了起来。

第三节　上海文学对20世纪中国文学的影响

陈旭麓在谈到海派文学时指出："上海是西方文化输入的窗口，中西文化首先在这里碰面、会叙，所以近代中国的新学许多是在这里孕育，再由这里扩散。"① 作为西方文化输入的窗口，上海在中国20世纪发展过程中的影响是毋庸置疑的，上海文学也具有引导和影响中国文学发展与嬗变的重要作用。在上海文化影响下的上海文学对于中国文学的走向世界起着十分重要的作用。

上海文学的消费特色开拓了中国现代文学的市场运作形式，并建立起了中国现代通俗文学的传统。上海开埠不久，英国传教士就在上海设立了墨海书馆，用来自英国的印刷机从事宗教宣传品的印刷出版。随后外国人开办的字林报馆、美华印书馆、清心书馆、申报馆、点石斋石印局等先后创办。西方先进的印刷技术很快就为中国人所掌握，中国人开办起同文书局、蜚英馆石印局、鸿文书局、富文阁、拜石山房等，上海已经成为中国现代印刷业的重镇。印刷业的发展与新闻事业的发达密切相关，上海较早的报刊是外国人办的外文报《北华捷报》、《字林西报》，外国人还创办了中文报纸《上海新报》、《教会新报》、《申报》等。中国人创办的《强学报》、《时务报》、《实学报》、《蒙学报》、《工商学报》等也纷纷出现。据统计，仅1896至1898年，上海创办的报刊就近五十种之多。20世纪以降，《笑林报》、《寓言报》、《方言报》、《花世界》、《娱闲日报》等诸多文学性小报在上海的创办，扩大了文学作品发表的阵地。民国初年姚公鹤在《上海报业小史》中说："全国报纸以上海为最先发达，故即在今日，亦以上海报纸为最声先。"② 在报刊业的发展中，报纸文艺副刊的开辟促

① 陈旭麓：《说"海派"》，见马逢洋编：《上海：记忆与想象》，文汇出版社，1996年版，第167页。

② 姚公鹤：《上海报业小史》，转引自陈伯海、袁进主编：《上海近代文学史》上海人民出版社，1993年版，第42页。

进了上海文学的发展，也强化了文学的消费特色。文学期刊的创办更是促进了上海文学的繁荣，诸多文学期刊如雨后春笋般地先后在上海出现。据统计仅民国初年全国创办的59种文学期刊中，在上海出版的就有55种。在商业化都市中逐渐形成了文学的市场运作方式，逐渐影响到全国的文学消费与出版。

上海文学的消费特色开创并发展了中国现代通俗文学的传统。范伯群在谈到中国近现代通俗文学的发展时，指出："这种'存真'的文学——近现代中国通俗文学也只有在上海这个现代化工商业中心才得以诞生。新文学的诞生地在北京，'五四'运动的发源地在北京，因为当时的政治文化中心在北京。尽管它在北京坚持不了两年，就移位至上海，但早于新文学而掀起的近代通俗文学热却只能发祥于上海，北京仅是日后才受上海的辐射而已。发祥于上海也好，移位于上海也好，这说明了一个问题，纯文学与通俗文学的繁荣皆离不开现代化。"① 这不仅指出了中国近现代通俗文学的诞生地在上海，也道出了上海在新文学发展中的重要地位。上海是通俗文学的大本营，从20世纪初至"五四"前夕，在上海创刊出版的通俗文学期刊就有《新小说》（1902年在日本创刊，1903年移至上海）、《绣像小说》、《新新小说》、《小说世界》、《小说世界报》、《月月小说》、《新世界小说报社》、《小说林》、《竞立社小说月报》、《白话小报》、《十日小说》、《小说时报》、《小说月报》、《中华小说界》、《小说丛报》、《小说旬报》、《礼拜六》、《小说海》、《小说大观》、《小说新报》等等。上海的广智书局、商务印书馆、文明书局、小说林社、有正书局、新世界小说社、改良小说社、中华书局等也出版通俗小说。从20年代的鸳鸯蝴蝶派李定夷、周瘦鹃、胡寄尘的言情小说，到程小青、孙了红、陆澹安的侦探小说；从30年代张恨水的新章回小说、张资平的言情小说、顾明道的武侠小说，到徐卓呆的国难小说、王小逸的言情小说、叶灵凤的恋爱小说；从40年代张爱玲的洋场小说、秦瘦鸥的言情小说、苏青的自传体小说，

① 范伯群：《中国近现代通俗文学史·绪论》，范伯群主编《中国近现代通俗文学史》，江苏教育出版社，2000年版，第10页。

到徐讦的爱情传奇故事、无名氏的浪漫爱情小说、予且的市民通俗小说……上海构成了中国20世纪上半叶通俗文学雅俗流变与整合发展的全过程，在突出文学的娱乐性、消遣性中造就了大批的市民读者，促进了通俗文学的发展，构成了中国现代通俗文学的传统。

杨义在谈到30年代上海现代派的都市文化意识时，指出："上海的文人多无固定的上层社会位置，多以卖文为生，收入起落无常，不衡稳，使他们在商业的都会中无法逃避商品规则的制约。商品经济是重竞争、重创新、重交换价值的，宁静地对传统文化认同，必然同商品环境不协调。创新，在商品经济的环境中是可以转化为价值的，可以转化为双重的价值，一种是艺术的价值，一种是市场的价值。文学的创新，包括文学观念和文学手法上的创新，既为文学自身的发展探索了道路，也在品种的更新换代中争得了读者的市场。"① 他强调了在商品环境中上海文人的创新努力，这道出了上海作家采用现代手法进行创作的动因。在20世纪上半叶中国文学的发展中，上海文学是引领中国文学发展潮流的，构成了上海文学的先锋性，也使中国文学加快了走向世界的步伐。朱寿桐在谈到现代主义文学在中国的运行秩序时认为："现代主义文学在中国运行的秩序基本上是沉潜的，凫藏于时代的浪涛之下，掩迹于文化的边缘之处。以强烈的先锋性和非传统性的意气崛起于世界文坛的现代主义，一般不会安于历史给它的这种支流性和边缘性的安排，于是便是在中国这块传统的土层十分厚重、现实的觊觎非常严峻的文化土壤上，也往往致力于某种'现代突破'的酝酿；虽然这些旨在使现代主义成为文学主流和进入文化中心的突破意向越来越浓重，越来越强劲，但只是在一段时间内获得某种强势的表现，最终这种突破没有在中国形成。"② 20世纪上半叶，现代主义文学在中国运行的过程中，上海文学构成了中国现代主义文学运行的秩序，而且这种运行并非沉潜的、凫藏于时代的浪涛之下的，而是浮出历史地表的，并且可以说构成了中国现代文学中新文学、通俗文学、现代派文学三种流派的

① 杨义：《文化冲突与审美选择》，人民文学出版社，1988年版，第236页。

② 朱寿恫主编：《中国现代主义文学史》上卷，江苏教育出版社，1998年版，第18页。

脉络。虽然现代派文学是“五四”新文学的延伸，但是已经在其基础上有了较大的拓展，已经具有了新的质素。虽然在新中国成立后阶级斗争观念统治下现代派文学处于沉潜的境地，但上海文学运用现代观念与现代手法进行创作，左右了中国现代主义文学的运行秩序，使中国文学贴近了世界文学潮流，这是无疑的。

儒道融合的中国传统文化注重群体而忽视个体，构成了中国文化在总体上缺乏人性色彩。正如同赫尔岑所说的：“个人，社会的真正的实在的单元，却往往为了某些一般性的概念，为集体的名义，为了某些旗帜而牺牲。出卖了个人的自由，是为谁工作呢？为谁牺牲呢？”“个人之服从社会、民族、人类、思想——这是杀人献祭宰羊供神，无罪者替人受十字架刑等等的遗风罢了。”① 个体服从于群体，个人服从于社会，个体的自由、个人的欲求往往就被扼杀在伦理体系规范之中，这也使中国的文学缺乏人文主义精神。因此，人们在谈到中国近代文学时说：“中国近代小说缺乏的是近代的人文主义精神。本来，近代小说与近代人文主义精神是互相促进，不断发展的，然而中国的近代小说由于缺乏近代人文主义精神，也就缺少对‘人‘的关注，对人性的深究和对人类命运的探索。它们的艺术质量也因此受到影响。”②“五四”以后，中国新文化先驱者们倡导呼唤人文主义，强调“人”的发现，“人的发现，即发展个性，即个人主义，成为‘五四’时期新文学运动的主要目标；当时的文学批评和创作都是有意识或下意识的向着这个目标。”③ 20 世纪的中国，从封建的注重群体伦理的社会向现代的注重个体价值社会转化，上海文学以其对于个体自由独立的强调、人性丰厚复杂的表现、人生世俗况味的突出等，构成了上海文学丰富深刻的人性内涵，在中国文学转型与嬗变的过程中，促进了人道主

① 赫尔岑：《彼岸书》，转引自裴毅然《20 世纪中国文学人性史论》，上海书店出版社，2000 年版，第 54 页。

② 陈伯海、袁进主编：《上海近代文学史》，上海人民出版社，1993 年版，第 228 页。

③ 茅盾：《关于创作》，《茅盾文艺杂论集》上集，上海文艺出版社，1981 年版，第 298 页。

义在中国的发展。

回顾20世纪中国文学的发展与嬗变的历程，我们也看到在上海文化影响下的上海文学对于中国文学发展也带来了一定的负面影响。在上海文化的商业性、开放性、个性化特征的影响下，上海文学的消费特色、现代手法、人性内涵等方面也导致了文学的某些偏向。在商业性文化主宰下文学的消费特色中，常常有为了商业利益追求消费效益而一味降低文学品位粗制滥造的现象。在谈到海派艺术时，有人说："海派在其开始，怀着对自由女神的虔诚，为艺术拓新界。后来流品日杂，追逐时髦，卖弄噱头，粗制滥造，形成了海派文化商品化的另一些特点，人们称之为'恶性海派'，以与前此的'良性海派'相区别。"① 这种"恶性海派"的文化商品化的倾向，显然影响了文学的品位，将文学的创作演变为制作，将文学的通俗化演绎为庸俗化。1988年，通俗作家平襟亚曾在《六十年前上海出版界怪现象》一文中说："上海出版潮流千变万化。这并不是书贾的喜欢变化，是阅者的眼光变化。书贾无非想赚几个钱，不得不随阅者眼光转移，迎合阅者心理，投其所好，利市十倍。像这种'恨'、'怨'、'悲'、'魂'、'哀史'、'泪史'的名目，还在光复初年，哄动过一时，以后潮流转移到武侠一类。……看的人没有兴味了，书籍潮流便转移到黑幕上去。大家说，黑幕不比武侠小说向壁虚构。这是揭破社会的秘密，实事求是，很有来历。因此坊间大家争出黑幕。说也奇怪，上海洋场十里，百千万言也揭它不尽。"② 这就构成了上海文学有时过于看重市场过于注重经济利益，一味迎合读者迎合市场，一哄而上制造文学潮流，而导致文学品位降格的状况。"海派作为消费文化，它以流行的价值为重要价值，自然就会从俗、从下、从众，海派作者能够汇同编辑、出版商，利用现代的媒介工具、印刷技术，来'制造'文学的效应。市场使文学普及，也使文学堕

① 陈旭麓：《说"海派"》，见马逢洋编《上海：记忆与想象》，文汇出版社，1996年版，第170页。

② 秋翁（平襟亚）：《六十年前上海出版界怪现象》，载《大成》第124期，1988年3月1日出版，第170页。

落，让色情、凶杀等粗制滥造的作品走俏。”① 在借鉴西方文学的现代手法进行文学创作中，有的作家的创作往往又显示出急功近利囫囵吞枣的倾向，在过于追求创新的心态下，上海文学又常常简单地模仿西方作家的创作，而往往置中国文学传统于不顾。“海派的审美心理得之于它的永不停止追奇猎新。性爱小说是新的，新感觉派小说是新的，以现代派来融中国章回小说更是出新。在这种不断求新的过程中，作家的独立个性得到了极大的强调。”②“大都会培养了城市居民的‘失范’或‘反常’倾向，于是人人都以与众不同为荣，而不愿意被按入一个科班的模式行事。对于海派作家，如果体式上不能翻新，至少要寻取独特的材料，如写乱伦，写变态，写梦幻，写间谍凶杀，写海外奇谈，写古今交错。”③ 在猎奇创新的努力中，有时借鉴西方现代手法进行创作就演变为文学的杂耍、域外的拷贝。上海文学的人性内涵有时在个体的自由独立中，呈现出仅注重维护自己的个体自由，而不顾他人的个体自由的倾向，各执己见各行其是中相互诋毁，各自为阵单枪匹马中难以形成群体或流派。有时在强调个体的自由与独立中，拉帮结派党同伐异，使文学运动演变成一场党派斗争、政治斗争，在极“左”思潮的影响下，将文学引入政治宣传、阶级斗争、路线斗争的误区中。在人性丰厚复杂的描写中又往往表现出过多的肉欲追求，在人生世俗况味的展示中又常常充满享乐色彩。朱自清在 1928 年写道：“上海本是享乐的地方，所谓‘十里洋场’，常为人所艳称。她因商业繁盛，成了资本集中的所在，可以说是 Bourgeoisie 的中国本部；一面因国际交通的关系，输入西方的物质文明也最多，所以享乐的要求比别处都迫切，而享乐的方法也日新月异。”④ 这又使某些文学作品中的人性内涵具有了及时行乐自私颓废的色彩。

著名历史学家唐振常在谈到上海的百年历史时，指出：“上海历史之

---

① 吴福辉：《都市漩流中的海派小说》，湖南教育出版社，1995 年版，第 10 页。
② 同上，第 115 页。
③ 同上，第 116 页。
④ 朱自清：《那里走，我们的路》，见《朱自清全集》第 4 卷，江苏教育出版社，1990 年版，第 237 页。

引人注目，在于近代，在于五口通商之后。当年被迫对外开放，历史的屈辱引来了历史的辉煌。戊戌维新起于北京，而见实效于湖南的新政，但在戊戌以前，上海已成中外思想与文化交撞之地，新思想新文化多萌发于上海，影响全国。戊戌政变以后，新政尽废，然新思想新文化之在上海，爝火不灭，其势更烈，如响斯应，全国景从。于是，上海的地方自治运动早于全国五年而萌生，而见成效，这不过是一个例子。以概其他，于物质、思想、意识、制度诸方面，上海能得先机，乃见异彩。1949 年之后，换了天地，历史仍有其继承。"① 20 世纪的中国，上海作为全国的文化中心为中国做出了十分重要的贡献，上海文化的商业性、开放性、个性化铸成了上海文学的消费特色、现代手法、人性内涵的特性。新中国成立以后，在文艺为工农兵服务的政策制约下，在极“左”思潮的影响下，在历次政治运动的干扰下，上海文学的传统逐渐失落了，上海文学融入了建国初期的颂歌主旋律中。在“文化大革命”中，上海又几乎变异为策划与实施政治阴谋的大本营，上海文学几乎成为“四人帮”篡党夺权的舆论工具，上海文学的传统至此已经丧失殆尽了。新时期以后，上海文化的商业性、开放性、个性化进一步得到了弘扬，上海文学逐渐努力恢复上海文学的传统，但上海仍然未能恢复全国文化中心的重要地位，上海文学也未能引领全国的文学潮流。综观上海文学近百年的发展历程，20 世纪上半叶的辉煌与下半叶前三十年的衰微构成了鲜明的反差，虽然新时期的上海文学有着新的生机新的面貌，但是在继承弘扬上海文学传统中仍然有着诸多的缺憾。我们期盼着上海文学在努力恢复与弘扬其消费特色、现代手法、人性内涵的传统中，保持传统中优良的部分，克服传统中不良的因素，对于中国 21 世纪文学的发展继续做出重要的贡献。

① 唐振常:《上海一百年·序》，朱华等著:《上海一百年》，上海人民出版社，1999 年版，第 2 页。

第二章

上海文学翻译与20世纪中国文学

我国翻译文学的历史最早可以追溯到《尚书》、《礼记》等先秦典籍中一些关于翻译的零星记载，大规模有组织的翻译活动则始自东汉时期的佛经翻译。在早期的大量佛学经文中实际上已经包含有丰富的文学因素，如《金刚经》、《法华经》、《维摩诘经》、《盂兰盆经》等经文中的传奇故事、人生哲理和语言艺术，都为后世提供了丰富的文学资源。然而真正意义上的文学翻译活动则兴起于晚清时期救国兴民的“西学”热潮之中。19世纪末20世纪初，上海拥有先进的印刷技术、发达的出版机构、众多的报纸杂志和大量的文化人士，为文学翻译提供了重要的前提和坚实的基础。据初步统计，1917至1927年间全国共出版译著502种，上海出版432种；1928至1937年间全国共出版译著1560种，上海出版1495种；1938至1945年间全国出版译著1011种，上海出版395种；1946至1949年间全国出版译著563种，上海出版141种①。显而易见，上海文学翻译是20世纪中国文学翻译最重要的力量，然而随着上海文化环境的变迁，上海的文学翻译也呈现出不同的状貌、产生不同的影响。

第一节　清末民初上海的文学翻译及其影响

一

“道莫患于塞，莫善于通；互市者通商以济有无。互译者通士以广学问。尝考讲求西学之法，以译书为第一义。”② 张之洞1895年在《上海强学分会序》中的这番话道出了一代革新图强者向西方学习“以译书为第一义”的追求。自晚清国门大开以后，无数爱国志士和知识分子开始大量译介西方先进的文化思想和科学知识著作，以革故鼎新、救国新民。

上海自开埠以来便成为西学东渐的窗口，最初的翻译机构主要是由西方传教士创办的，如墨海书馆（1843）、格致书室（1875）、广学会（1887）等。虽然这些翻译出版机构的主要目的是宣传宗教思想，但同时也翻译了一些科学书籍，更为重要的是它们带来了近代中国最初的翻译出版技术和人才，刺激了民族翻译出版业的产生与发展。1867年上海江南制造局设立翻译馆，由徐寿主持翻译工作，先后翻译刊印图书资料二百余种③。1896年张元济在上海建立南洋公学译书院，译介了大量外国政治、经济、科学技术方面的图书。1897年10月，梁启超在上海南京路创办大同译书局，宣称“本书局首译各国变法之事，及将来变法之际一切情形之书，以备今日取法；译学堂各种功课，以便诵读；译宪法书以明立国之本；译章程书，以资办事之用；译商务书，以兴中国商学，挽回利权”④。

---

① 以上数据来自贾植芳、俞元桂主编：《中国现代文学总书目·翻译文学卷》，福建教育出版社，1993年版。

② 陈伯海主编：《上海文化通史》，上海文艺出版社2001年11月版，第546页。

③ 陈玉刚主编：《中国翻译文学史稿》，中国对外翻译出版公司1989年版，第32页。

④ 方华文：《20世纪中国翻译史》，西北大学出版社2005年版，第3页。

从最初林则徐、魏源等人成立译书馆翻译西书“师夷长技以制夷”，到梁启超创办大同书局“以兴中国”，我国近代早期对西方思想文化的译介具有鲜明的“经世致用”的政治倾向和工具色彩。

正是在晚清以来救国新民的文化语境中，梁启超、林纾、严复等人开始了我国近代文学翻译活动。1896 年梁启超在上海创办《时务报》，1902 年又在日本创办我国最早专门刊登小说的杂志《新小说》（自 1903 年第 3 期起移至上海），最早提倡翻译小说启发民智、以兴中国。梁启超认为，“彼美、英、德、法、奥、意、日本各国政界之日进，则政治小说为功最高焉”，因而明确提出要“特采外国名儒撰述，而有关切于中国时局者，次第译之”①。自 1898 年起，梁启超先后翻译了《佳人奇遇》（日本柴四郎著）、《世界末日记》（法国佛林玛利安著）、《俄皇宫中之人鬼》（原著者不详）、《十五小豪杰》（法国儒勒·凡尔纳著）等小说。此外，梁启超还在其小说《新中国未来记》中最早翻译了英国著名诗人拜伦的名作《哀希腊》的部分章节。在梁启超的影响与带动下，“翻译小说应时而起，有如雨后春笋”②。当时吴沃尧在《月月小说·序》中感叹道：“不数年而吾国之新著新译之小说，几于汗万牛充万栋，犹复日出不已而未有穷期也。”③

在我国近代翻译文学史上，林纾翻译小说的出现标志着翻译文学的真正兴起。1899 年林纾与留法归来的田寿昌合作，翻译出版了法国小仲马的小说《巴黎茶花女遗事》（最初在福州刊行，随后在上海商务印书馆出版）。林纾清腴圆润的文笔和小说中凄婉哀艳的故事使得这部翻译小说风行一时，感动无数读者，正如严复所赞叹：“可怜一卷茶花女，断尽支那荡子肠。”④ 此后，林纾一发而不可收，陆续与人合作翻译了《黑奴吁天录》、《迦茵小传》、《块肉余生记》、《英孝子火山报仇记》、《拿破仑本

① 梁启超：《译印政治小说序》，《清议报》，1898 年第 1 期。
② 陈玉刚主编：《中国翻译文学史稿》，中国对外翻译出版公司 1989 年版，第 43 页。
③ 吴沃尧：《月月小说·序》，《中国近代文学大系·文学理论集二》，上海书店 1995 年版，第 260 页。
④ 严复：《甲辰出都呈同里诸公》，《严复集》第 2 册，中华书局 1986 年版，第 365 页。

纪》、《撒克逊劫后英雄略》、《魔侠传》、《鲁滨孙漂流记》等一百八十余种包括英、美、法、俄、日等11个国家98个作家的作品，内容广泛、影响深远。从林纾已发表的一百六十余种译著来看，有152种在上海出版，其中大多由商务印书馆刊行①。林纾在翻译小说的同时，还通过序跋的形式对作品的思想内容、人物形象、情节结构以及不同作家的风格特点进行分析介绍。如在《冰雪因缘·序》中，林纾对比分析了司各特、小仲马、狄更斯等人的风格特点，“司氏之文绵递，仲氏之文疏阔，读后无复余味。独狄更司先生临文如善弈之著子，闲闲一置，殆千旋万绕，一至旧著之地，则此着实先敌人，盖于未胚胎之前已伏线矣”②，这些序跋文字都是难得的早期外国文学评论。

与林纾有“译才并世”之称的严复是近代翻译史上的“巨子”，他的大部分译著如《天演论》（赫胥黎著）、《穆勒名学》（穆勒著）、《原富》（亚当·斯密著）、《群学肄言》（斯宾塞著）、《法意》（孟德斯鸠著）等先后由商务印书馆编辑成《严译名著丛刊》出版。虽然这些译著大多是社会科学论著，但是严复“信、达、雅”的翻译思想和畅达的译文对后来的翻译文学产生了深远的影响。尤其是《天演论》的翻译，文辞优雅，想象丰富，远非一般文学作品能比，其进化论的思想不但深刻影响了鲁迅、胡适、周作人等一大批早期新文学先驱者，而且“出版之后不上几年，便风行全国，竟做了中学生的读物了”③。

二

在清末民初上海的文学翻译活动中，值得重视的还有苏曼殊、马君武、伍光建、周桂笙、曾朴等人。苏曼殊是晚清文坛著名的小说家、诗人和文学翻译家，他先后翻译了雨果的《悲惨世界》、拜伦的《拜伦诗选》、彭斯的《颎颎赤墙靡》、雪莱的《冬日诗》、歌德的《题〈沙恭达罗〉

① 陈玉刚主编：《中国翻译文学史稿》，中国对外翻译出版公司1989年版，第71—72页。

② 林纾：《冰雪因缘·序》，上海商务印书馆1909年3月版。

③ 胡适：《四十自述》，《胡适文集》第一卷，北京大学出版社1998年版，第70页。

诗》等。苏曼殊的翻译在当时影响较大，《悲惨世界》初译时名为《惨社会》，1903 年连载于上海的《国民日报》，因译者插入了对现实的嘲讽，后遭清政府查禁，但受到读者欢迎。而苏曼殊的诗歌翻译“按文切理，语无增饰，陈义悱恻，事辞相称”（《拜伦诗选·自序》），更是为人称道。郁达夫在《杂评苏曼殊的作品》中说他的译诗比他自作的诗好，他的诗比他的画好，他的画比他的小说好①。鲁迅说他当年读了苏曼殊翻译的《拜伦诗选》“心神俱旺”②。先后在上海创办过中国公学、大夏大学的马君武精通法、德、英三国语言，在翻译西方社会科学著作的同时，也翻译了小说、诗歌、戏剧等许多文学作品，其中包括歌德的《少年维特之烦恼》、拜伦的《哀希腊》、胡德的《洗衣歌》、雨果的《阿黛尔遗札》、席勒的《威廉·退尔》等。有“翻译圣手”之称的伍光建一生译著甚丰，包括哲学、历史、文学等各类作品共一百三十余种，近千万字，尤其是自 1926 年定居上海后专事文学翻译，直至 1943 年去世，其代表性的文学译著有大仲马的《侠隐记》（即《三个火枪手》）、狄更斯的《劳苦世界》（即《艰难时世》）、《二京记》（即《双城记》）、勃朗特的《孤女飘零记》（即《简·爱》）、斯威夫特的《伽列华游记》（即《格列佛游记》）、陀思妥耶夫斯基的《罪恶与刑罚》（即《罪与罚》）、塞万提斯的《疯侠》（即《堂吉诃德》）、霍桑的《红字记》（即《红字》）等一大批世界文学名著。在近代翻译文学史上，伍光建首开用白话翻译作品的先例③，其文笔明白晓畅，生动传神，较忠实原著，深受读者喜爱。茅盾曾总结伍光建译文的三个特点，“第一是译者有删削而无增加，很合于大众阅读的节本的原则”，“第二是译者的白话文简洁明快”，“第三是紧张地方还它个紧张，幽默地方还它个幽默，这一点是不容易办到的”④。

在近代上海译坛上，被称为翻译侦探小说“鼻祖”的周桂笙⑤，先后

① 郁达夫：《杂评苏曼殊的作品》，柳亚子编《曼殊全集》，上海北新书局 1933 年版。
② 鲁迅：《坟·杂记》，《鲁迅全集》第一卷，人民文学出版社 1981 年版。
③ 陈玉刚主编：《中国翻译文学史稿》，中国对外翻译出版公司 1989 年版，第 83 页。
④ 茅盾：《伍译的〈侠隐记〉和〈浮华世界〉》，《文学》，1934 年 3 月，第 2 卷第 3 期。
⑤ 陈玉刚主编：《中国翻译文学史稿》，中国对外翻译出版公司 1989 年版，第 84 页。

翻译了法国鲍福的《毒蛇圈》，英国柯南·道尔的《歇洛克复生侦探案》、《福尔摩斯再生案》，英国培台尔的《含冤花》，法国纪善的《红痣案》等十余种侦探小说。此外值得重视的是，他还翻译了《一千零一夜》、《伊索寓言》等童话、寓言作品，并结集成《新庵偕译》出版，在清末民初儿童文学不被重视的时候，周桂笙的开拓性工作尤显可贵。以小说《孽海花》名世的曾朴在法国文学翻译方面建树颇多，先后翻译了雨果的《欧那尼》、《吕克兰斯鲍夏》、《夏日乐》、《吕伯兰》、《九三年》、《笑面人》，莫里哀的《太太学堂》，福楼拜的《马笃法谷》，左拉的《南丹与奈侬夫人》等。此外，陈冷血、包天笑、周瘦鹃等鸳鸯蝴蝶派作家在当时的上海译坛上也颇有影响，陈冷血"喜译侦探"，"亦喜译虚无党"小说①，他的译笔简洁冷峻，时人称之为"冷血体"，如《虚无党》、《侠客谈》等；包天笑译笔浅白流畅，主要翻译了契诃夫的《六号病室》、托尔斯泰的《六尺地》、雨果的《侠女奴》以及教育小说《馨儿就学记》（意大利亚米契斯著）、《苦儿流浪记》（法国艾克多·马洛著）等；周瘦鹃以翻译短篇小说为主，影响最大的是1917年由中华书局出版的《欧美名家小说丛刊》，共3卷，收英、法、俄、美、德、意等14个国家47位作家的短篇小说50篇，其中包括笛福、司各特、大仲马、都德、托尔斯泰、高尔基等许多大家的作品，鲁迅、周作人赞之"足为近来译事之光"②。

三

据阿英的《晚清戏曲小说目》统计，从1875至1911年，翻译小说达六百多部，约占当时出版小说总数的三分之二，其中大部分都在上海出版发行。上海近代文学翻译对20世纪中国文学具有十分重要的意义。

首先，早期翻译文学在很大程度上改变了传统的文学观念，带来了全新的思想认识，对20世纪初的中国文学产生了重要的影响。在我国传统

① 阿英：《翻译史话》，载《小说四话》，上海古籍出版社1981年版，第238页。

② 《鲁迅、周作人对本书的评语》，载周瘦鹃译《欧美名家短篇小说》，岳麓书社1987年版，第1页。

文学中，小说历来被视作“小道”而不受重视，但自梁启超通过翻译小说提倡“小说界革命”始，后经林纾、苏曼殊、马君武、伍光建、周桂笙、曾朴等的小说翻译进一步扩大影响，小说从“末流”走向了“文学之最上乘”，逐渐成为20世纪文学中最重要、最流行的文体。在那篇著名的《译印政治小说序》中，梁启超率先提倡小说改良民智的重要意义，他说：“在昔欧洲各国变更之始，其魁儒硕学、仁人志士往往以其身之所经历，及胸中所怀政治之议论，一寄之小说。于是彼中辍学之子，黉塾之暇，手之口之，下而兵丁，而市侩，而农氓，而工匠，而车夫马卒，而妇女，而童孺，靡不手之口之，往往每一书出，而全国之议论为之一变。彼美、英、德、法、奥、意、日本各国政界之日进，则政治小说为功最高焉。”在随后的《论小说与群治之关系》中，梁启超进一步阐述了“欲新一国之民不可不先新一国之小说”的重要思想。他认为，“新小说之意境，与旧小说之体裁，往往不能相容”①，只能来自西方的翻译小说，因此“译文家言者，宜勿徒求诸字句之间，惟以不失其精神为第一义”②。诚然，梁启超在开启了20世纪中国文学“为政治”、“为人生”的先河，其正负两方面的影响一直延续到现在。虽然林纾最初翻译小说并没有梁启超那样救国新民的自觉意识，而只是想让人们“增无穷阅历，生无穷感喟”③，但他却是通过大量的翻译实绩提高了小说的地位，传播了西方个性解放、自由平等的现代民主思想，在潜移默化中达到了文学“启蒙”的目的，正是在这个意义上，康有为说“百部虞初救世心”（虞初即指林译小说）④。有学者也据此认为，“林译小说的真正意义不在于翻译本身，而在于通过翻译开启了民智并在文化建设上作出了重要贡献。当人们还未认识外国文学的真实形态时，是林纾首先开拓了国人的视野。他不仅为其

① 梁启超：《论小说与群治之关系》，《新小说》，1902年10月，创刊号。

② 梁启超：《新中国未来记》第四回“总批”，张品兴主编《梁启超全集》北京出版社1999年版。

③ 林纾：《孝女耐尔传·序》，陈平原编《20世纪中国小说理论资料》，北京大学出版社1989年版，第272页。

④ 转引自陈玉刚主编：《中国翻译文学史稿》，中国对外翻译出版公司1989年版，第68页。

后大规模地输入欧西文化奠定了一个良好的基础，而且使一个民族开始了寻找自身文化位置的历程”①。与林纾一样，苏曼殊、马君武、伍光建、周桂笙、曾朴、陈冷血、包天笑、周瘦鹃等人也通过大量的翻译文学向国人输入了西方个性解放、自由平等的现代民主思想。

其次，近代上海翻译文学为20世纪初的中国文学提供了全新的文学样式，为“五四”新文学运动的兴起奠定了基础。梁启超首倡“小说革命”，并通过翻译实践输入了最初的政治小说样式，他在翻译文学影响下进行政治小说创作，他的《佳人奇遇》、《世界末日记》、《俄皇宫中之人鬼》、《十五小豪杰》等形式上追求“雄放隽快”、“明晰”、“畅达”，内容上表现“欧西文思”，融入社会现实，语言上大量运用西方新名词，如“国民”、“人权”、“功利”、“专制”等，以议论性的理性话语置换了抒情性的感性语言。梁启超的“新小说”文体在当时风靡一时，时人争相仿效。梁启超曾在《清代学术概论》中不无自豪地谈到“新文体”的影响：“学者竞效之，号新文体。老辈则痛恨，诋为野狐。”② 然而，由于作者急于传达新思想、表达新见解，着意突破传统古文“义法”的束缚，在创作上也引发了时人浮夸堆砌的毛病。但无论如何，梁启超在翻译小说影响下的政治小说“新文体”对20世纪中国文学的意义是不容忽视的，正如夏晓虹在《觉世与传世——梁启超的文学道路》一书中所评价的那样：“‘新文体’对于现代语文最大的贡献，即在输入新名词。借助一大批来自日本的新名词，现代思想才得以在中国广泛传播。‘新文体’的半文半白，也适应了过渡时代的时代要求。”③ 林纾被胡适称为“介绍西洋近世文学的第一人”④。他的翻译小说，主人公由才子佳人转向平凡人物，叙事上由注重情节转向关注心理，结构上打破了传统小说才子佳人的团圆模式，提供了西方社会家庭小说的悲剧样式。林纾翻译小说不仅让国人领

---

① 谢天振、查明建主编：《中国现代翻译文学史》，上海外语教育出版社2004年版，第60页。

② 梁启超：《清代学术概论》，中华书局，1954年版，第56页。

③ 夏晓虹：《觉世与传世——梁启超的文学道路》，上海人民出版社1991年版。

④ 胡适：《五十年来中国之文学》，载《严复研究资料》，第273页。

略到西方翻译小说的魅力，更为重要的是他为中国近代文学提供了全新的文学样式。张静庐在《中国小说史大纲》中说："自林琴南译法人小仲马所作哀情小说'茶花女遗事'以后，辟小说未有之蹊径，才破才子佳人团圆式的结局，中国小说界大受其影响，由是国人皆从事于译述。"① 此外，周桂笙、陈冷血等翻译的侦探小说、科幻小说、教育小说和儿童文学等都为现代文学提供了最初的文学样式。

第三，近代上海翻译文学直接培育了第一批现代作家，对20世纪中国文学产生了深远影响。梁启超、林纾、苏曼殊、马君武、伍光建、周桂笙、曾朴、陈冷血、包天笑、周瘦鹃等人既是早期的文学翻译者，也是创作者，他们在翻译域外文学的同时还身体力行地从事文学创作，把域外文学的艺术经验融入到自己的创作实践中，引起时人争相仿效，如前文所提及的梁启超的政治小说、林纾的哀情小说、曾朴的讽刺小说、包天笑、周瘦鹃等的"鸳蝴小说"等。而更为重要的是，林纾等的翻译文学对鲁迅、郭沫若、周作人、钱钟书等一大批现代作家产生了重要影响。鲁迅、周作人兄弟十分喜欢林译小说。周作人曾回忆说，"对于鲁迅有很大影响的第三个人，不得不举出林琴南来了"，"我们对于林译小说有那么的热心，只要他印出一部，来到东京，便一定跑到神田中国书林，去把它买来"②，"老实说，我们都因了林译才知道外国有小说，引起一点对于外国文学的兴味。我个人还曾经模仿过他的译文"③。郭沫若说，"林琴南译的小说在当时是很流行的，那也是我嗜好的一种读物"，"林译小说中对于我后来的文学倾向上有决定的影响的，是Scott的《Ivanhoe》"，"那种浪漫主义的精神他是具象地揭示给我了。我受Scott的影响很深，这差不多是我的一个秘密"④。朱自清也说，"读聊斋志异和林译小说，都曾给我影响"，"中学时代曾写过一篇聊斋志异式的山大山的故事，词藻和组织大约还模

① 张静庐：《中国小说史大纲》，泰东书局出版1921年版，第27页

② 周启明：《鲁迅与清末文坛》，转引自《中国翻译文学史稿》，第74页。

③ 周作人：《点滴·序》，转印自郑振铎《林琴南先生》，载《翻译论集》，第192页。

④ 郭沫若：《我的童年》，《少年时代》，人民文学出版社1979年3月版，第10页。

仿林译小说"①。钱钟书更是充满感情地回忆，"商务印书馆发行的那两小箱《林译小说丛书》是我十一二岁时的大发现，带领我进了一个新天地"，"接触了林译，我才知道西洋小说会那么迷人，我把林译里哈葛德、欧文、司各特、迭更司的作品津津不厌地阅读"②。此外，胡适、茅盾、郑振铎、朱自清、冰心、庐隐等人都曾坦承林译小说对自己的影响。除了林译小说外，近代翻译文学中的诸多作品，都对于中国现代文学作家的成长产生了十分重要的影响。

第二节 "五四"时期上海的文学翻译及其影响

清末民初以来中国先进知识分子救国兴民的努力终于在"五四"时期酝酿成一场声势浩大的文化思想启蒙运动，这场文化启蒙的重点落实在西方文学的翻译与介绍上，而上海的文学翻译无疑是其中最重要的力量。与前期相比，"五四"时期上海的文学翻译规模更大、范围更广，主要以文学社团的形式出现，呈现出思潮涌动、流派纷呈的特点，具体表现为以《新青年》团体、文学研究会、创造社为主要阵营，形成了现实主义、浪漫主义和现代主义思潮三足鼎立的态势。

一

1915年9月，陈独秀在上海创办《青年杂志》，第二卷起改名为《新青年》（刊物自1917年1月第2卷5号后随陈独秀迁往北京，1919年10月7卷1号又迁回上海）。自创刊起至1921年成为党的机关刊物止，《新青年》无疑成为"五四"初期新文化运动和新文学运动的核心，以陈独秀、胡适、李大钊、鲁迅、周作人等为代表的新文化先驱者围绕在《新青年》周围，在猛烈批判封建旧文化的同时，大力倡导以民主、科学为精神内涵的西方现代文化，《新青年》团体正是在批判与启蒙的文化语境中

① 朱自清：《国文教本》，转引自《中国翻译文学史稿》，第74页。

② 钱钟书：《论林纾的翻译》，《钱钟书论学文选》，花城出版社1990年版。

开展文学翻译活动的。

1915 至 1921 年，上海时期的《新青年》杂志所发表的文学翻译主要有：俄国屠格涅夫的《春潮》（陈嘏译，第 1 卷第 1 号）；英国王尔德的《意中人》（薛琪英译）、美国施密斯的《美国之歌》（陈独秀译）、印度泰戈尔的《赞歌》（陈独秀译）（以上为第 1 卷第 2 号）；王尔德的《弗罗连斯》（陈嘏译）、俄国泰来夏甫的《决斗》（胡适译）、法国路梅脱的《寺钟》（汪中朋译）、英国麦道克的《磁狗》（刘半农译）（以上为第 2 卷第 1 号）；日本武者小路实笃的《一个青年的梦》（鲁迅译，第 7 卷第 2 至第 5 号连载）；俄国高尔基《文学与现在的俄罗斯》（郑振铎译）、科罗连柯的《玛加尔的梦》（周作人译）、阿尔志跋绥夫的《幸福》（鲁迅译）、日本千家元磨的《深夜的喇叭》（周作人译）、波兰显克微支的《愿你有了幸福》（周作人译）、美国麦哈德的《罗素论苏维埃俄罗斯》（沈雁冰译）（以上均载第八卷）；爱尔兰葛雷古夫人的《海青赫佛》（沈雁冰译）、法国莫泊桑的《西门的爸爸》（沈雁冰译）、日本菊池宽的《三浦右卫门的最后》（鲁迅译）、西班牙伊巴涅支的《颠狗病》（周作人译）。除了翻译作品外，《新青年》上还发表了许多评介域外文学的文章，著名的如陈独秀的《现代欧洲文艺史谭》（创刊号），集中介绍了古典主义、浪漫主义、写实主义、自然主义（注：陈独秀把现代主义划入了自然主义）等西方近代文艺思潮的演变。从以上翻译作品来看，主要侧重于俄国、日本以及欧美的现实主义和现代主义文学的翻译。

如果说《新青年》团体的文学翻译活动掀开了现代文学翻译的序幕，那么文学研究会的文学翻译则把我国现代文学翻译推向了第一个繁荣阶段。文学研究会的文学翻译主要以上海的《小说月报》、《文学旬刊》、《文学周报》为阵地，并出版了《文学研究会丛书》。文学研究会一经成立便把翻译介绍世界文学作为其主要宗旨。1921 年 1 月茅盾在《小说月报》的“改革宣言”中指出，“将于译述西洋名家小说而外，兼介绍世界文学界潮流之趋向，讨论中国文学革进之方法”，“译西洋名家著作，不限于一国，不限于一派；说部，剧本，诗，三者并包”，“多译西欧名著使读者得见某派面目之一斑，不起空中楼阁之憾尤为重要；写实文学在今日尚有切实介绍之必要，而同时非写实的文学亦应充其量输入”①。《小说月报》自茅盾改革以后，大量发表翻译文学作品，先后刊出了俄国文学、法国文学以及被损害民族文学等专号，同时还出版了安徒生、拜伦、莫泊桑、陀思妥耶夫斯基、泰戈尔、屠格涅夫、法郎士、罗曼·罗兰等世界著名作家的专号，此外还设有“海外文坛消息”、“文艺丛谭”等栏目介绍外国文学流派、思潮、现状等。据统计，1921至1925年《小说月报》共出版5卷60期，另有5期专号和2期号外，共登载913篇译介作品或文章，其中小说321篇，诗歌290篇，戏剧38篇，译介文章264篇，主要是西方现代文学，涉及国家和地区35个，其中被压迫弱小民族与国家文学占有很大比重。以诗歌翻译来看，印度135首（全部为泰戈尔诗）、英国39首、瑞典、日本各23首、俄国20首、阿美尼亚13首、法国4首②。《文学研究会丛书》于1921至1937年间由上海商务印书馆出版，它包括翻译和创作两部分内容，是中国现代最早大规模出版的一套文学丛书。全套丛书共125种，其中翻译71种（包括小说30种，戏剧20种，文艺理论10种，诗歌3种，散文1种，童话、寓言等7种），如王尔德的《狱中记》（张闻天等译），高尔斯华绥的《长子》（邓演存译），萧伯纳的《华伦夫人的职业》（潘家洵译），莫里哀的《铿吝人》（高真常译），《莫泊桑短篇小说集》（李青崖译），梅脱灵的《青鸟》（傅东华译），泰戈尔的《新月集》、《飞鸟集》（郑振铎译），屠格涅夫的《贵族之家》（高滔译），《罗亭》（赵景深译），托尔斯泰的《我的生涯》（李藻译），安特列夫《红的笑》（梅川译），阿尔志跋绥夫的《工人绥惠略夫》（鲁迅译）、《史特林堡戏剧集》（张玉桂译），田山花袋的《棉被》（夏丏尊译），芥川龙之介的《河童》（黎烈文译）等。从文学研究会的文学翻译活动来看，主要表现出以下几个特点：一是拥有众多名家并培养了一大批翻译人才，如茅盾、周作人、郑振铎、傅东华、陈望道、赵景深、梁宗岱、李青崖、刘半农、夏丏尊、丰子恺、黎烈文、李健吾、王鲁彦等；二是十分重视欧洲

① 茅盾：《改革宣言》，《小说月报》，第12卷第1号，1921年1月10日。

② 陈希：《1925年之前中国新诗对象征主义的接受》，《中山大学学报》，2006年第6期。

尤其是俄国的现实主义文学翻译，同时也翻译了大量现代主义文学作品；三是注重对世界名家名著的翻译，如易卜生、契诃夫、莫泊桑、莫里哀、泰戈尔、安徒生、萧伯纳、屠格涅夫、梅特林克、安特列夫等著名作家的作品。

二

在现代文学史上，创造社的文学翻译与其创作一样彰显出鲜明的浪漫主义倾向。虽然创造社成立于日本，但其成员主要活动于上海，其文学刊物《创造季刊》、《创造周报》、《创造日》以及后来《创造月刊》、《洪水》、《文化批判》等都在上海出版。1922 年 5 月《创造季刊》在上海创刊，至 1924 年 2 月第 2 卷第 2 期停刊，郭沫若、郁达夫、成仿吾、张定璜、徐祖正等人先后在上面发表了译作。尤其值得重视的是第一卷第四期的“雪莱纪念号”，它是我国翻译文学史上第一个西方浪漫主义作家的专号。《创造周报》于 1923 年 5 月创刊至 1924 年 5 月停刊，共出版 52 期，先后发表了郭沫若、郁达夫、成仿吾、闻天、仲苏、隐渔、为法、汉森等人的译作或评介文章，如郭沫若发表了歌德的《迷娘歌》，尼采的《查拉图司屈拉》、《道德之讲坛》、《遁世之流》、《苍白的犯罪》，仲苏发表了《法国最近五十年来文学之趋势》，隐渔发表了《〈小物件〉译文商榷》等。《创造日》1923 年 7 月 21 日创刊至同年 11 月 2 日停刊，共出版 100 期，先后发表了郭沫若、成仿吾、敬隐渔等人的译作，如歌德的《五月歌》（郭沫若译）、华兹华斯的《孤寂的高原刈稻者》（成仿吾译）、歌德的《少年与磨坊的小溪》（成仿吾译）、海涅的《幻景》（成仿吾译）、莫泊桑的《海上》（敬隐渔译）等。在创造社中郭沫若、田汉、穆木天三人的翻译成就最为突出。郭沫若主要翻译出版了歌德的《浮士德》、《少年维特之烦恼》，施马谟的《茵梦湖》（与钱君胥合译），屠格涅夫的《新时代》，高尔斯华绥的《争斗》，雪莱的《雪莱诗选》，霍普特曼的《异端》，《德国诗选》（与成仿吾合译），辛克莱的《屠场》，尼采的《查拉图司屈拉钞》、《新俄诗选》，托尔斯泰的《战争与和平》，《日本短篇小说集》等大量译作。田汉是我国最早翻译莎士比亚戏剧的译者之一，先后翻译出版了莎士比亚的《哈姆雷特》、《罗密欧与朱丽叶》，王尔德的《沙乐美》，《日本现代戏剧选》等。穆木天先后翻译了纪德的《窄门》、《牧歌交响曲》，维勒得拉克的《商船坚决号》，密茜欧克赖的《巡礼》，高尔基的《初恋》，维尼的《查铁敦》，以及巴尔扎克的许多作品。创造社的文学翻译主要关注欧洲浪漫主义作品，也兼及现代主义，在翻译体裁上主要倾向于诗歌与戏剧。虽然他们无论是翻译队伍的规模还是翻译作品的数量，都不可与文学研究会同日而语，但是却表现出了鲜明的“为艺术”的唯美倾向和充满活力的创造精神，在“五四”时期的影响并不亚于文学研究会。

“五四”时期上海的文学翻译除了见诸以上三个重要团体及其刊物外，还有以《东方杂志》、《民铎》、《少年中国》、《诗》月刊等为代表的杂志。例如:《东方杂志》（1904 年创刊于上海，1948 年终刊）设有“译文”专栏，专门刊登国外的译介作品。“五四”时期《东方杂志》十分注重翻译介绍西方象征主义文学，如昔尘的《现代文学上底新浪漫主义》，冠生的《法国人之法国现代文学批评》、《战后文学底新动向》，胡愈之的《近代法国文学概观》、《近代德国文学概观》，化鲁的《新思想与新文学》等。《民铎》杂志（1916 年 6 月在日本东京创刊）1918 年 12 月迁至上海后，声明“本志以阐扬平民精神，介绍现代最新思潮为宗旨”，刊载了大量的西方译介作品，如 1921、1922 年分别出版了“柏格森专号”和“尼采专号”。《少年中国》（1919 年 7 月 15 日创刊于北京，1921 年迁往上海，1924 年 5 月停刊，共出版 4 卷）在译介象征主义文学理论与作品方面十分突出，仅 1921 年前后就刊出两期“诗歌研究专号”和一期“法兰西号”，重点介绍法国象征派的理论和作品，其中有吴弱男的《近代法比六诗人》、周无（太玄）的《法兰西近世文学的趋势》、李璜的《法兰西诗之格律及其解放》、李思纯的《抒情小诗的性德及作用》、黄仲苏的《一八二〇年以来法国抒情诗之一斑》、田汉的《恶魔诗人波陀雷尔的百年祭》等。1922 年 1 月创刊于上海的《诗》月刊是我国现代第一份新诗杂志，至 1923 年 5 月停刊，共出版 7 期，先后发表译诗 80 首，译介文章 7 篇，其中日本 40 首、德国 12 首、英国 7 首、法国 6 首、印度 6 首、美国4首、南斯拉夫4首、爱尔兰2首、乌克兰2首。除了日本的俳句和印度的泰戈尔小诗外，欧洲的象征主义诗歌受到特别关注。除了刊物外，商务印书馆、中华书局、泰东图书局，开明书局等为代表的出版机构也翻译出版了许多文学作品，商务印书馆的《现代小说译丛》、《欧洲大陆小说集》、《近代英美小说集》、《现代独幕剧》、《现代日本小说集》、《近代日本小说集》、《印度寓言》、《泰戈尔戏曲集》、《近代俄国小说集》、《托尔斯泰短篇小说集》、《近代法国小说集》等，中华书局的《未来派剧本》、《日本现代剧选》，泰东图书局的《鲁拜集》、《泰戈尔小说集》、《新月集》、《契诃夫小说集》、《托尔斯泰小说集》、开明书局的《血痕》（阿志巴绥夫小说集）、《东方寓言集》、《外套》（果戈理）、《显克微支小说集》、《爱的教育》（爱米西斯）、《法国名家小说集》等。在上海的出版社翻译，扩大了翻译文学的影响。

三

以“五四”为起点的中国现代文学是在外来文学的引进和吸纳中产生和发展起来的。这一时期上海的文学翻译十分兴盛，无论是翻译队伍、翻译规模、翻译范围，还是翻译水平都是空前的，对中国20世纪文学产生了极为深远的影响。郑伯奇曾描述“五四”时期对西方现代文学思潮的译介：“这百多年来在西欧活动过了的文学倾向也纷至沓来地流入到中国。浪漫主义、现实主义、象征主义、新古典主义，甚至表现派、未来派等尚未成熟的倾向，都在这五年间中国文学史上露过一下面目。”①“五年间”就演绎了西欧“百多年来”的文学思潮，足见国人对西方现代文学思潮译介的热情。各种外来文学思潮的引进给中国现代文学输入了全新的思想观念，大量外国文学作品的译介给中国现代文学提供了可资借鉴的艺术经验，极大地推动了中国20世纪文学的发展。

以《新青年》社、文学研究会和创造社为代表的文学翻译大量引进西方现代思想观念，一方面是用来疗救国民的灵魂，另一方面也深深改变

① 郑伯奇：《中国新文学大系·小说三集·导言》，上海文艺出版社1981年版。

传统的文学观念。胡适、陈独秀、李大钊、鲁迅、周作人、刘半农、钱玄同等《新青年》同人大力提倡具有西方民主、科学价值的新文学以启蒙大众。1917 年胡适受美国意象派的启发在《文学改良刍议》中提出了改良旧文学、提倡新文学的“八事”主张，随后陈独秀也在《文学革命论》中号召“吾国文学界豪杰之士”要自负为“中国之雨果、左拉、歌德、霍普特曼、狄更斯、王尔德”①，推倒雕琢的贵族文学、陈腐的古典文学、艰涩的山林文学，建设平易的国民文学、新鲜的写实文学、通俗的社会文学。周作人也以西方文学为例提出了“人的文学”与“平民文学”的主张。1921 年茅盾在改革一年后的《小说月报》上明确指出：“在尚未有成熟的‘人的文学’之邦像现在的我国，翻译尤为重要；否则，将以何者疗救灵魂的贫乏，修补人性的缺陷呢?”② 在《介绍外国文学作品的目的——兼答郭沫若君》中，茅盾再次强调，“翻译家若果深恶自身所居的社会的腐败，人心的死寂，而想借外国文学作品来抗议，来刺激将死的人心，也是极应该而有益的事”③。1922 年郑振铎也在《杂谭》中指出，“现在的介绍，最好是能有两层的作用：（一）能改变中国传统的文学观念；（二）能引导中国人到现代的人生问题，与现代的思想相接触”④。正是在“文学启蒙”思想的指导下，文学研究会同仁鲜明地提出：“将文艺当作高兴时的游戏或失意时的消遣的时候，现在已经过去了。我们相信文学是一种工作，而且又是于人生很切要的一种工作。”⑤ 这一“为人生”的现实主义文学主张对“五四”文学乃至整个 20 世纪中国文学影响深远，文学的社会功能进一步得到强调，创作的对象开始由过去的“帝王将相”、“才子佳人”转向了普通民众。

与文学研究会“为人生”的现实主义文学翻译倾向不同，创造社同仁提出了“为艺术”、“重主观创造”的唯美主义和浪漫主义翻译主张。

---

① 陈独秀：《文学革命论》，《新青年》，1917 年 2 月。

② 茅盾：《新文学研究者的责任与努力》，《小说月报》，1921 年 2 月。

③ 茅盾：《介绍外国文学作品的目的——兼答郭沫若君》，《小说月报》，1921 年 12 月。

④ 郑振铎：《杂谭》，《文学旬刊》，1922 年 8 月 11 日。

⑤ 《文学研究会宣言》，《小说月报》，1921 年 1 月。

郭沫若以《神曲》、《浮士德》、《哈姆雷特》等作品为例，指出“文学的研究与介绍”属于个人的自由，只要对于自己所翻译的作品能涌起创作的精神，“视该作品的表现和内涵，不啻若自己出，乃从而为迫不得已的逐译”，那么，“他所产生出来的译品，当然能生莫大的效果，当然会引起一般读者的兴味”①。成仿吾以郭沫若翻译雪莱诗歌为例，主张译者“没入诗人的对象中”，“用灵敏的感受力与悟性将原诗的生命捉住”，“把自己胸中沸腾着的情感，用全部的努力与纯真吐出”②。创造社注重“内心要求”、强调“尊重自我”的翻译文学主张在“五四”时期乃至整个20世纪中国文学引领了一个浪漫主义的创作潮流。

“五四”时期上海的文学翻译不仅为中国20世纪文学输入了全新的思想观念和文学观念，而且为新文学作家提供了最初可资借鉴的文学范例和艺术经验，直接培育了新一代文学创作者。茅盾在《小说月报》改革宣言中强调“西洋文学变迁之过程有急需介绍与国人之必要”，“将于译述西洋名家小说”，“讨论中国文学革进之方法”，而“写实文学在今日尚有切实介绍之必要”。文学研究会对西方尤其是被压迫弱小民族现实主义文学的翻译介绍，催生了“五四”时期问题小说、乡土小说的产生。在诗歌方面，印度泰戈尔诗歌和日本俳句的译介，影响了冰心、宗白华等小诗体诗歌的创作。郭沫若对雪莱、歌德、惠特曼等诗歌的翻译直接促进了他自由豪放、狂飙突进浪漫诗风的形成，他说：“译雪莱的诗，是要使我成为雪莱，是要使雪莱成为我自己。”③ 在散文方面，所受外来影响也是显而易见的。鲁迅曾说“五四”时期“散文小品的成功，几乎在小说戏曲和诗歌之上”，“因为常常取法于英国的随笔（essay），所以也带一点幽默和雍容；写法也有漂亮和缜密的，这是为了对于旧文学的示威”④。“五四”时期，周作人、冰心、朱自清、徐志摩、俞平伯等的散文创作无不受到外来散文的影响。而戏剧受到的外来影响更大，由于我国传统文学中只

① 郭沫若：《论文学的研究与介绍》，《时事新报·学灯》，1922年7月27日。

② 成仿吾：《论译诗》，《创造周报》，1923年9月。

③ 转引自成仿吾：《论译诗》，《创造周报》，1923年9月。

④ 鲁迅：《小品文的危机》，《鲁迅全集》第4卷，人民文学出版社1981年版。

有以唱念为主的戏曲，而没有以对白为主的话剧。当时被称作“文明戏”或“爱美剧”的话剧完全来自西方。1919 年 3 月胡适模仿易卜生的《娜拉》(即《玩偶之家》) 创作了我国第一部现代话剧《终身大事》，后来，田汉、丁西林、洪深、欧阳予倩等都在外来话剧的影响下创作了大量现代话剧作品。无论是在题材内容、文体形式，还是在创作方法、语言运用等方面，“五四”时期的上海翻译文学都于 20 世纪中国文学具有不可或缺的重要作用。鲁迅曾说他写小说“大约所仰仗的全在先前看过的百来篇外国作品和一点医学上的知识，此外的准备，一点也没有”①。鲁迅的这番表白虽然不免有些偏颇，但却在很大程度上说明了外来翻译文学对一代中国新文学先驱者的重要意义。

第三节　三四十年代上海的文学翻译及其影响

20 年代末至 30 年代，上海已成为全国名副其实的经济和文化中心，大革命失败后各路文人汇聚上海，报纸杂志和新闻出版十分繁荣，据估计当时“全中国约有各种性质的定期刊三百余种，其中倒有百分之八十出版在上海”②。报刊出版的发达为文学翻译的繁荣提供了基础，因翻译的兴盛 1935 年被公认为“翻译年”。30 年代在上海创刊的《现代》、《文学》、《新诗》、《现代文学》、《文学周报》、《新月》、《译文》、《世界文学》等杂志无不大力译介域外作家及其作品，而以商务印书馆、中华书局、世界书局、泰东书局、现代书局、开明书局、新月书店等为代表的众多出版机构都争相出版翻译丛书。抗战爆发后至 40 年代的域外文学翻译深受战争时期社会现实的影响，在不同的阶段呈现出不同的状貌。“孤岛”时期，一些进步的翻译工作者仍然坚持从事翻译活动，如郑振铎、陈望道、朱生豪、李健吾、楼适宜等，沦陷后，域外文学的译介几乎很少。抗战胜利后，随着上海报刊出版业的恢复，文学翻译渐渐恢复。

---

① 鲁迅:《我怎样做起小说来》,《鲁迅全集》第 4 卷，人民文学出版社 1981 年版。

② 朱晓进:《论三十年代文学杂志》,《南京师大学报》, 1999 年第 3 期。

一

与20年代相比，30年代上海的文学翻译规模更大、范围更广，也更有计划、更有系统。首先，有计划、有系统地翻译域外文学已成为译界的共识。1934年，顾仲彝在《文学》杂志的征文中“向全国翻译界建议”，“翻译不比创作，是需要一种有计划的合作和提倡的”，“最好能组织一个全国文学翻译学会，集合全国翻译同志，定下一个具体而有系统的计划，大家全力去进行和完成”，“对于各国文学，个别作家，作有系统的介绍”①。1935年茅盾以“顺”的笔名在《文学》杂志上对“翻译年”的翻译提出希望：“不仅求其多，还要求其精；不仅求其精；还要求其有系统。如果有好的系统的介绍，必定会有极大的影响和结果的。”② 杜若遗也在《文化建设》上呼吁：“我们不厌两次三番地说，‘翻译年’的翻译工作，第一是要有计划，有系统。”③

其次，这种“有计划，有系统”的自觉意识更体现在一些出版编译机构和他们出版的翻译丛书上。一些著名的出版机构如商务印书馆、中华书局、世界书局、现代书局和开明书店等纷纷设立编译所，专事译介。30年代各类出版机构纷纷推出域外文学翻译丛书，影响较大的如商务印书馆的《万有文库》、《世界文学名著丛书》，中华书局的《世界文学全集》、《世界少年文库》，现代书局的《世界短篇杰作选》、《世界戏剧译丛》，水沫书店的《新兴文学丛书》，泰东图书局的《世界少年文学选集》、开明书店的《世界文学丛书》，生活书店的《世界文库》等等。1930年7月，中华教育基金会更是成立了编译委员会，由胡适担任主任，拟订了宏大的翻译计划，“选择在世界文化史上曾发生重大影响之科学、哲学、文学等

① 顾仲彝：《我与翻译》，郑振铎、傅东华主编《我与文学》，生活书店1934年版，第243页。

② 茅盾：《对于“翻译年”的希望》，《文学》，1935年2月，第4卷第2号。

③ 杜若遗：《“翻译年”的翻译工作》，《文化建设》，1936年3月。

名著，聘请能手次第翻译出版”①。虽然此项计划后来因抗战而中断，但30年代对域外文学翻译的组织性、系统性和计划性可见一斑。

再者，30年代上海还出现了专门刊载文学翻译的杂志《译文》和《世界文学》。《译文》1934年9月创刊，至1935年9月停刊，共出版28期，前3期由鲁迅主编，后由黄源主编。《译文》偏重译介苏联文学，鲁迅、茅盾、巴金、傅东华、耿济之、胡愈之、周扬等众多翻译名家都在上面发表译作。《世界文学》1934年10月创刊，至1935年9月停刊，共出6期，其宗旨是“专为介绍最近文艺思潮，世界各国各民族的代表作品，作家传略，及文坛现状等”②。30年代的许多杂志除平时不定期刊载文学翻译外，还纷纷以“专号”的形式来翻译介绍域外作家作品。影响较大的如：1930年3、5月，《大众文艺》推出的“各国新兴文学专号”；1930、1935年，《现代文学》分别推出的“世界文学家纪念号”、“世界诗歌选”；1934、1935年，《文学》分别推出的“翻译专号”、“1935年世界文人生卒纪念特辑”；1934年10月，《现代》推出的“现代美国文学专号”；1935年1月，《小说半月刊》推出的“翻译专号”；1935年9月，《世界文学》推出的“译诗特辑”等。我们不妨以《现代》杂志的“现代美国文学专号”为例，来见证这些“翻译专号”的组织和规模。1934年10月，《现代》推出了“现代美国文学专号”，“专号”分四个单元介绍美国现代文学。首先是关于现代美国文学各方面的概述，包括赵家璧的《美国小说之成长》、顾仲彝的《现代美国的戏剧》、邵洵美的《现代美国诗坛概观》、李长之的《现代美国的文艺批评》、梁实秋的《白璧德及其人文主义》、赵景深的《文评家的琉维松》、张梦麟的《卡尔浮登的文艺批评论》等关于美国现代小说、戏剧和文艺理论方面的论述；接着是现代美国十一个重要作家的分别介绍，包括沈圣时、钱歌川、毕树棠、赵家璧、伍蠡甫、顾仲彝、苏汶、徐迟、叶灵凤、凌昌言等人对杰克·伦敦、

① 王建开：《五四以来我国英美文学作品译介史》，上海外语教育出版社2003年1月版，第44页。

② “《世界文学》广告”，载《现代》，1934年10月，第5卷第6期。

辛克莱、德莱塞、维拉·凯漱、刘易士、奥尼尔、安得生、邦德、海明威、帕索斯、福克纳等11位重要作家的评介；第三是穆时英、施蛰存、徐霞村、叶灵凤、袁昌英、季羡林等人翻译的代表性作家的小说、戏剧、诗歌和散文作品；第四是附录，包括《大战后美国文学杂志编目》、87位《现代美国作家小传》和12篇《现代美国文艺杂话》。为了编辑这期“现代美国文学专号”，施蛰存组织三十多位翻译人员苦心经营了三个多月，使之成为继《小说月报》的“俄国文学研究”和“法国文学研究”之后中国现代期刊史上最大的外国文学专号，全书四百多页，内容涉及美国现代文学的小说、戏剧、诗歌、文艺批评、作家介绍及文坛动态等各个方面，可谓是规模庞大、体系完备、组织周全；另外，一些杂志还常常集中系统地介绍一位或几位有影响的外国作家及其作品，把他们的肖像、作品、生平和评论集中在一起，使读者可以获得对该作家作品全面地了解。如《新诗》创刊号上对法国现代著名的超现实主义诗人许拜维艾尔的介绍。首先刊登了许拜维艾尔白描像（鲍雷思插绘），接着是戴望舒翻译的许拜维艾尔自选诗8首，然后是马赛尔·雷蒙的《许拜维艾尔论》（戴望舒译），最后是戴望舒的《记许拜维艾尔》，并在前面刊有“许拜维艾尔白描像”。《许拜维艾尔论》分析了许氏所受到的影响、他的诗歌特色及其在法国诗坛的地位。《记许拜维艾尔》中，戴望舒结合自己的访问，对许拜维艾尔及其诗歌进行了全面的介绍。

二

1937年抗战爆发后，民族矛盾急遽上升，上海文化环境遭受到毁灭性破坏，文学翻译深受影响。首先是各个出版机构和报纸杂志纷纷疏散或内迁。1937年9月1日，商务印书馆也不得不宣告“所有日出新书及各种期刊、预订书籍等，一律暂停出版”①，商务印书馆和中华书局先后迁往香港。1937年11月，生活书店连同它的八种期刊一起迁往武汉。在报

① 《上海出版志》编纂委员会编：《上海出版志·总述》，上海社会科学院出版社2000年12月版。

纸方面，甚至连影响最大的《申报》也因拒绝接受日伪当局检查而一度停刊，迁往武汉。“上海的杂志，除‘伪’办以外，只有一二种礼拜六的杂志，还在出版，其他都已完全停刊”，沦陷以后的上海“实在太沉闷了”①。据《上海“孤岛”时期文学报刊编目》统计，当时先后出版发行的报纸文艺副刊仅为27种，文艺期刊、丛刊有72种，虽然数量不少，但真正能定期出版的很少，往往只是出版几期便告停刊。出版1—3期的达38种，出版4—6期的有17种，其余20%的刊物一般也只能维持一年左右的时间②。

其次是大批文人纷纷离开上海。“大致到1937年11月底，一大批曾经长期居住在上海的著名作家和翻译家如郭沫若、茅盾、夏衍、周扬、胡风、田汉、郑伯奇、穆木天、任钧、宋之的、欧阳予倩等人，都已离开上海”③。上海沦陷后，原来留守“孤岛”的作家又纷纷离开上海，“据粗略统计，当时离沪的作家人数约占留守‘孤岛’的作家总数的1/3以上。而仍然留在上海的作家，面对险恶的政治环境，也被迫‘蛰居’”④，大多数选择了沉默，文学翻译大幅度地减少，如1938年文学翻译出版数量从1937年的188种跌为88种，处于整个现代译介的最低点⑤。1938年茅盾指出：“翻译和介绍外国文艺作品的工作，从抗战一开始时起就显然地退了步，一直到现在还可视为是最弱的一环。这其中如许多重要城市的相继沦陷，外国书报杂志的购置不易以及从事翻译的工作者的生活不安定等，俱形成了翻译及介绍工作退步的原因。”⑥

---

① 徐訏：《从上海归来》，《蛇衣集》，《徐訏全集》（卷十），台湾中正书局1966年版，第459—463页。

② 上海社会科学院文学研究所现代文学教研室编：《上海“孤岛”时期文学报刊编目》，上海社会科学院出版社1986年10月版。

③ 王文英主编：《上海现代文学史》，上海人民出版社1999年6月版，第402—403页。

④ 同上，第413页。

⑤ 王建开：《五四以来我国英美文学作品译介史》，上海外语教育出版社，2003年1月，第69页。

⑥ “杈”（茅盾）：《加紧介绍外国文艺作品的工作》，《抗战文艺》，1938年12月17日，第3卷第3期。

然而在上海“孤岛”时期，一些进步的翻译工作者仍然利用租界的特殊环境坚持文学翻译工作，如郑振铎、陈望道、胡愈之、方光焘、夏丏尊、楼适夷、朱维基、李健吾、赵景深、朱生豪等，尤其是朱生豪对莎士比亚戏剧的翻译、李健吾对罗曼·罗兰戏剧《爱与死之搏斗》的翻译和梅益对奥斯特洛夫斯基小说《钢铁是怎样炼成的》的翻译，在当时影响很大。在“孤岛”时期的文学翻译活动中，值得重视的是《西洋文学》的出版。在《西洋文学》的发刊词中，编辑同人宣称“本刊的工作是翻译，介绍西洋文学”，“我们希望能够陆续把西洋文学古代和近代最好的文学作品介绍过来”①。自1940年9月创刊至1941年6月停刊，《西洋文学》共出版10期，每期十万字左右，设有论文、小说、诗歌、批评、散文、戏剧、传记、名著选译、书评等栏目，先后编辑出版了托尔斯泰、乔伊斯、叶芝三个特辑，翻译了拜伦、雪莱、华兹华斯、济慈、柯勒立治、但尼生等人的诗歌。在1943至1945年间，由于“孤岛”沦陷，大多数出版机构或关闭或疏散，上海的文学翻译活动几乎处于停滞状态，但值得提到的是，1941年在苏联人的庇护下，中共地下党人姜椿芳、陈梦海等人创办了时代出版社，1942年11月又创办了《苏联文艺》，前后历时7年，先后翻译介绍了阿·托尔斯泰、肖洛霍夫、法捷耶夫、巴甫连珂、列昂诺夫等人的作品。抗战结束后，上海出版机构略有恢复，但随后内战又起，域外文学的翻译出版虽较前几年有所增多，但仍然不及30年代。

40年代的文学翻译受到战乱的影响，民族危亡和政治纷争的生存现实使得出版商和译介者一方面出版一些疏离政治的外国文学名著和普及类书籍，如商务印书馆的《新中学文库》（1937—1948年，外国文学译作47种）、中华书局的《英汉对照文学丛书》（1934—1948年）、光明书局的《世界少年文学丛刊》（1947—1948年）、上海古今书店的《世界文学名著》、晨光出版公司的《晨光世界文学丛书》（1949年3月）等；另一方面译介者又把目光投向具有共同语境和思想倾向的一些欧美作家如里尔克、艾略特、奥登、海明威等及其一些反战作品。在上海的《诗创造》

① 《创刊词》，《西洋文学》，1940年9月。

（1947年7月至1948年6月，共12辑）和《中国新诗》（1948年6至10月，共5集）上，九叶诗人先后集中翻译介绍了里尔克、艾略特、奥登等现代派诗人的作品，如唐湜译《燃烧了的诺顿》（选译自艾略特的《四个四重奏》，此外1937年6月，赵萝蕤翻译的《荒原》首部中译本由上海新诗社出版，在40年代产生广泛影响），卞之琳译的《战时在中国》（奥登著，《中国新诗》第2集，1948年7月），陈敬容译《里尔克诗七章》（《中国新诗》第2集，1948年7月）。40年代以反战小说闻名的海明威及其作品得到中国译者的广泛关注，如其作品《战地春梦》、《战地钟声》、《第五纵队》、《蝴蝶与坦克》、《永别了，武器》等都被翻译出版。40年代，里尔克、艾略特、奥登、海明威等受到译介者的青睐是与战争的历史语境分不开的。

三

20世纪三四十年代的上海呈现出多重面影，一面是经济全盛时期的洋场风情，一面是如火如荼的左翼文化运动；一面是国民党的白色恐怖；一面是伴随着战火硝烟而产生的民族危机和社会乱相。在这种复杂的文化语境中，文学翻译也呈现出多元的征候：一是伴随左翼文化运动高涨，马克思主义文艺理论和无产阶级作家作品的译介一度成为热点；二是随着现代都市文化的繁荣，西方现代派文学引起译介者的关注；三是在抗战背景下，一些反战作家及其作品受到重视。以上三个方面的文学翻译对三四十年代的文学乃至整个20世纪中国文学都产生了重要影响。

20年代末至30年代，一大批左翼作家云集上海，先后创办了《创造月刊》、《文化批判》、《太阳月刊》、《萌芽》、《拓荒者》、《北斗》、《世界文化》、《十字街头》、《前哨》、《文学》、《文艺新闻》、《文学月报》等多种刊物，展开了轰轰烈烈的左翼文化运动。1930年2月16日召开的"左联"最后一次筹备会把"确立马克思主义的艺术理论及批评理论"作为今后"左联"主要工作方针之一，因而翻译介绍马克思主义理论著作和无产阶级文学作品成为左翼文化运动的一项重要内容。30年代中国对马克思主义的引进主要来自苏联（有时是借助日本再取道苏联），"在左翼文艺运动正式开始的时候，大约有100种俄罗斯作品被译成中文”①，重要的译著主要有鲁迅翻译的《文艺政策》（瓦浪斯基等著）、《艺术论》（普力汗诺夫著），瞿秋白编译的《现实——马克思主义文艺论文集》，冯雪峰翻译的《文学及艺术底意义——本勒芮绥夫司基底文学观》（蒲力汗诺夫著）、《艺术社会学底任务及问题》（弗理契著），以及林伯修翻译的《史的一元论》（普力汉诺夫著），毛腾翻译的《革命与艺术之曲线的联系》（卢那察尔斯基著），沈端先翻译的《伊里几的艺术观》（列裘耐夫著）等。与此同时，左联时期还大量翻译出版了苏联及其他国家无产阶级文学作品，其中翻译最多、影响最大的是高尔基、法捷耶夫、绥拉菲摩微支、肖洛霍夫等的早期无产阶级文学作品。“据统计，自1919年至1949年，全国翻译出版外国文学书籍约1700种，而左联时期翻译出版的就约700种，占40%”②。这些无产阶级文艺理论和文学作品的翻译介绍大大促进了当时普罗文学的发展。从具体创作实践来看，反帝抗日、劳资矛盾、农村和城市底层人们生活等现实题材和主题的作品已成为30年代文学创作的热点。在创作方法上，左联所强调的“富于革命意味的新的现实主义”受到特别重视，“唯物辩证创作方法”得到普遍推广，“二元对立”的阶级分析方法成为作品的主要结构方式。在语言风格上，富于革命意味和大众口味的话语风格成为30年代作家和评论家效仿和赞赏的对象。茅盾从20年代反映小资产阶级知识分子的《幻灭》、《动摇》、《追求》，转换到30年代创作《子夜》和“农村三部曲”（《春蚕》、《秋收》、《残冬》）等“大规模地描写中国社会现象”③；丁玲从20年代反映梦珂、莎菲等小资产阶级知识女性个性解放上升到30年代创作《水》、《母亲》等“取用了重要的巨大的现实题材”④；一贯疏远政治的老舍也坦言自己

---

① 尼姆·威尔斯：《活的中国·附录一：现代中国文学运动》，《新文学史料》，1978年第1辑。

② 钱理群等：《现代文学三十年》，北京大学出版社1998年7月版，第197页。

③ 茅盾：《子夜·后记》，《茅盾全集》第3卷，人民文学出版社1984年版，第553页。

④ 冯雪峰：《关于新的小说的诞生》，《冯雪峰选集·论文篇》，人民文学出版社2003年6月版。

30年代创作《黑白李》、《大明湖》和《月牙儿》、《骆驼祥子》等作品时“受了革命文学理论的影响”，“积极的描写受压迫的人”，甚至还“描写了共产党”①；20年代曾经提倡“纯诗”的穆木天、冯乃超、王独清等象征派诗人，在30年代一起转向了诗歌的“大众化”。正如施蛰存所说，“这时候，普罗文学运动的巨潮震撼了中国文坛，大多数的作家，大概都是为了不甘落伍的缘故，都‘转变’了”②。

20年代后期至30年代，处于经济全盛时期的上海形成了繁荣发达的现代都市文化语境，施蛰存、戴望舒、刘呐鸥等现代派作家先后在上海创办了《无轨列车》、《新文艺》、《现代》、《新诗》等杂志，大力译介西方现代派文学。戴望舒先后译介了道生、魏尔伦、果尔蒙、保尔·福尔、耶麦、波德莱尔、比也尔·核佛尔第、苏佩维艾尔（原译作许拜维艾尔）、瓦雷里、洛尔迦、勃莱克、阿波里奈尔、爱吕亚、阿尔陀拉季雷等现代派诗歌。刘呐鸥最先把法国的都会主义和日本的新感觉派介绍到国内，在《保尔·穆杭论》和《色情文化》（日本现代短篇小说集）中先后翻译介绍了保尔·穆杭、片冈铁兵、横光利一、中河与一、池谷信三郎等人的作品。施蛰存先后翻译出版了显尼志勒的《多情的寡妇》、《妇心三部曲》、《薄命的戴丽沙》等大部分小说和夏芝、陶里德尔、史考德、罗慧尔、桑德堡、庞德等16位英美意象派诗人的诗作。此外，《无轨列车》、《新文艺》、《现代》、《新诗》等杂志还先后刊载了李金发、徐迟、冯至、卞之琳、高明、叶灵凤、钱歌川、赵家璧、伍蠡甫、孙大雨、梁宗岱、周良煦等众多译者关于马拉美、桑德堡、邓南遮、罗厄尔、庞德、杜利特尔、弗莱契、里尔克、勃莱克、A·E（罗塞尔）、霍思曼、阿尔陀拉季雷、叶赛宁、片冈铁兵、谷崎润一郎、十一谷义三郎、爱仑·坡、刘易士、奥尼尔、海明威、帕索斯、福克纳等象征派、意象派、未来派、表现派、新感觉派、意识流和超现实主义等欧、美、日各国现代派作品。施蛰存、戴望

① 老舍：《〈老舍自选集〉自序》，《老舍自选集》，开明书店，1951年版。
② 施蛰存：《我的创作生活之历程》，《施蛰存七十年文选》，上海文艺出版社，1996年版，第56页。

舒、刘呐鸥、徐迟、卞之琳等人在译介西方现代派文学的同时，还在自己的创作中自觉地借鉴现代派文学的艺术经验。施蛰存说："望舒译诗的过程，正是他创作诗的过程。译道生、魏尔伦诗的时候，正是写《雨巷》的时候；译果尔蒙、耶麦的时候，正是他放弃韵律、转向自由诗体的时候。"① 从《雨巷》到《我底记忆》再到《我用残损的手掌》，在戴望舒诗风的转变中，我们不难看出他所受魏尔伦、果尔蒙、保尔·福尔、耶麦、苏佩维艾尔等人的深刻影响。刘呐鸥正是在对新感觉派的译介中开始创作他的"都市风景线"系列的，而不懂日文的穆时英也正是因为受到刘呐鸥所译介的新感觉派的影响，开始放弃了最初的普罗色彩转向了都市的新感觉风。施蛰存的小说创作明显受到显尼志勒精神分析小说的深刻影响。他说："二十年代末我读了奥地利心理分析小说家显尼志勒的许多作品，我心向往之，加紧了对这类小说的涉猎和勘查，不但翻译这些小说，还努力将心理分析移植到自己的作品中去。"② 卞之琳说，他"前期最早阶段写北京街头灰色景物，显然来自波德莱尔写巴黎街头穷人、老人以至盲人的启发"③，而"1934 年底对西方文学，个人兴趣也早从波德莱尔、玛拉美转移到瓦雷里和里尔克的晚期作品。从 1932 年翻译魏尔伦和象征主义的文章转到 1934 年译 T·S·艾略特论传统的文章，也可见其中的变化"④。显而易见，卞之琳的创作是随其翻译而呈现出前后不同的风格的，前期的低沉基调明显受到波德莱尔、魏尔伦、马拉美等前期象征派的影响，后期转向了知性风格则受到瓦雷里、里尔克、艾略特等后期象征派的影响。徐迟的诗歌创作也深受其译介的意象派诗人林德赛（即林赛）和桑德堡的都会诗歌的影响，在 30 年代初创作出了令人耳目一新的《都会的满月》、《二十岁人》、《一天的彩绘》等中国现代派的都市诗歌。总之，施蛰存、戴望舒、刘呐鸥、徐迟、卞之琳等人在大力译介西方现代派文学的同时还把域外现代派的艺术经验融入到自己的创作实践中，进一步开拓

① 施蛰存：《戴望舒译诗集·序言》，《戴望舒译诗集》，湖南人民出版社，1983 年版。
②③ 施蛰存：《关于"现代派"一席谈》，文汇报，1983 年 10 月 18 日。
④ 卞之琳编译：《西窗集·引言》，上海商务印书馆，1936 年版。

了中国现代主义文学，开创了20世纪中国现代都市文学的新范型，从而形成了现代文学史上第一个现代主义小说流派新感觉派和较为成熟的现代诗派。

茅盾在总结抗战时期的文学翻译时说：“大概说来，这几年的介绍外国文学的工作可以分为前后两期，前期从‘七七’抗战起，至太平洋战争爆发时止，后期则自太平洋战争发生直到现在。前期的介绍工作主要是在苏联的战前作品（苏维埃文学中划时代的长篇巨著），以及世界的古典名著。后期呢，则除继承前期的工作而外，又把注意力普遍到英美的反法西斯战争文学了。”① 抗战爆发后，上海的文学翻译开始注重对域外具有共同文化语境的里尔克、艾略特、奥登、海明威等英美反战进步作家及其作品的翻译介绍。这一翻译倾向对40年代中国文学创作产生了重要影响。唐湜说九叶诗人是“一群自觉的现代主义者，T. S. 艾略特与奥登、史班德们该是他们的私淑者”②。辛笛说他在大学读书时就“广泛吟读西方诗歌”，其中主要有“现代派中的叶芝、艾略特、里尔克、霍布金斯、奥登等人的作品，每每心折”，后来留学英国时，又与艾略特、史本特、刘易士、缪尔等人“时时过从”，“在写作中受到了不小的影响”③。正是在对域外文学的大量借鉴和对社会现实的清醒认识中，“将人生和艺术综合交错起来”，成为40年代现代派诗人的审美取向和艺术追求，使得他们与里尔克、艾略特和奥登等西方后期现代派诗人产生了精神和艺术上的遇合。里尔克“观察遍世上的真实，体味尽人与物的悲欢”的现实态度和艺术精神，让九叶诗人感佩④，“艾略特主张的艺术家的责任感要求诗人的个人的热情同他宣传的社会思想和感情之间的‘和谐’统一这一美学原则引起了‘中国新诗’派诗人们的共鸣，奥登以现代派的方法直接表现中国抗战现实生活的创作和他的美学探求，激发了这个诗人群体对于新

① 茅盾：《近年来介绍的外国文学》，《文讯》月刊，1946年2月15日。
② 唐湜：《诗的新生代》，《诗创造》，1948年2月。
③ 辛笛：《辛笛诗稿·自序》，1983年版。
④ 陈敬容：《少女的祈祷及其他·附记》，《诗创造》，1948年4月，第10辑。

诗现代性美学探索与实践的热情"①。在汲取里尔克、艾略特和奥登等西方后期现代派大师的诗学营养的基础上，以袁可嘉为代表的九叶诗人建构了他们自己的"新诗现代化"理论，主张"现代诗歌是现实、象征、玄学的新的综合传统"②，提出拯救中国新诗的三个主要方向：一是里尔克式的，"把搜寻自己内心所得与外界的事物的本质（或动的或静的）打成一片，而予以诗的表现"，"把思想感觉的波动借对于客观事物的精神的认识而得到表现"；二是奥登式的，"利用诗人的机智、聪明及运用文字的特殊才能写诗"；三是艾略特式，"以剧诗为媒介，现代诗人的社会意识才可得到充分表现"，"另一方面剧诗又利用历史做背景，使作者面对现实时有一个不可或缺的透视或距离使它有象征的功用"③。海明威的反战小说也在当时产生了广泛影响。冯亦代说他初读海明威的反战作品时"为小说的故事所感动"，进而"决心把它们翻译出来，因为这样的作品，对于我们鼓动中国人民抗战，也是有好处的"④。

鲁迅说："注重翻译，以作借镜，其实也就是催进和鼓励着创作。"⑤自晚清以来的20世纪中国文学是在批判旧文学、引进和吸收外来文学的基础上发展而来的新文学。在这一由传统至现代的文学进程中，无论是现代思想的引进，还是艺术手法的借鉴，无论是翻译人才的培育，还是创作队伍的壮大，上海的文学翻译无疑都起着举足轻重的作用，对20世纪中国文学产生了极为深远的影响。

---

① 孙玉石：《中国现代主义诗潮史论》，北京大学出版社1999年3月版，第290—291页。
② 袁可嘉：《新诗现代化》，《大公报·星期文艺》，1947年3月3日。
③ 袁可嘉：《新诗戏剧化》，《诗创造》，1948年6月，第12辑。
④ 冯亦代：《〈第五纵队及其他〉重译后记》，《读书》，1982年第10期。
⑤ 鲁迅：《关于翻译》，《现代》，1933年9月，第3卷第5期。

第三章
上海出版业与20世纪中国文学

第一节　上海出版业对文学现代化进程的推进

在20世纪中国文学的发展进程中，上海出版业在文学传播手段、作者创作观念和读者阅读意识的现代化等方面，起到了全方位的引领和推动作用。

20世纪，中国文学传播手段的变化，首先表现在中文报纸上开始刊登文学作品。1861年，第一家中文报纸《上海新报》在上海创刊，《上海新报》是首次刊登中文诗歌等文艺作品的刊物，在其后期，如1870年，《上海新报》刊登了一些《劝戒鸦片歌》等惩恶劝善的歌词及竹枝词，但数量不多。1872年4月30日，《申报》在上海创刊以后，为了和《上海新报》竞争，公开声明免费刊登文人雅士的作品，于是诗词稿件源源而来，《申报》登不下众多来稿，便在1872年11月创办了专门刊登文艺性来稿的《瀛寰琐记》月刊，这是我国最早的文艺期刊。

早期中文报纸创办的文艺副刊，是中国文学与上海出版业的最早关联。1897年11月24日在上海创刊的《消闲报》是我国第一个报纸副刊，日出两张，每日约载3000字。其每日刊登的主要内容，除了诗词、掌故、笔记、传记和谐文外，还杂载一些新闻材料。为市民遣愁、解闷、消闲，是《消闲报》的创刊目的。

20世纪初的前十年，以孙中山为首的资产阶级革命派创办的报纸，对早期报纸副刊的娱乐消遣内容做了革命性改造，使报纸在参与社会改革中发挥了越来越大的作用，报纸的社会政治地位因此提高，一批有名望的文艺家也加入了副刊作者或编辑行列。辛亥革命失败后，鸳鸯蝴蝶派在报纸副刊上取得垄断地位，文艺副刊逐渐在各报占有了固定版面。比较著名的副刊有：《民权报》的“民权素”，《申报》的“自由谈”，《新闻报》的“快活林”，《时报》的“滑稽时报”等。

和报纸文艺副刊同时得到发展的是文学期刊。最早的文学期刊于1872年诞生，到1897年这25年间，总共只出现了五种文学期刊，其中三种是《瀛寰琐记》的改版。文学期刊大量出现是从梁启超1902年推崇“新小说”开始，从1902年到1916年间，全国创刊57种文艺期刊，其中49种创刊于上海，占总数的近90%。①

重视文学书籍的出版也是上海出版业一个重要特色。创办于上海的商务印书馆一开始就奠定了大量出版文学书籍的特点。从1902年到1930年止，商务印书馆共计出书8039种，18708册，其中，种数和册数最多的社会科学书籍，共计2390种，5064册；其次，是文学书籍，共计1661种，4663册；位居第三的史地书，共计604种，1900册。②

商务印书馆不但大量出版文学书籍，也大量出版文学期刊或在综合性期刊中设置文学栏目。1903年，商务印书馆开始出版“说部丛书”，同时

---

① 见鲁深：《晚清以来文学期刊目录简编》，见《中国现代出版史料·丁编（下）》，第510—576页。

② 见李泽彰：《三十五年来中国之出版业：一八九七——九三一》，见张静庐辑注：《中国现代出版史料·丁编（下）》，第391页。

聘请李伯元主编《绣像小说》半月刊，共出版三年计72期，该刊成为晚清时四大文学刊物之一。1904年创办的《东方杂志》和1909年创办的《教育杂志》这两种综合性杂志皆刊登文学作品。1910年出版名噪一时的《小说月报》，1921年《小说月报》改版成为新文学刊物之后，续出《小说世界》，继续刊登通俗文学作家作品。在新文学运动的背景下，编译所长高梦旦要求沈雁冰担任《小说月报》主编。沈雁冰从1921年第12卷第1期开始对《小说月报》进行全面改革。改革后的《小说月报》基本上都采用白话文，刊登了许多有现实主义和民主主义倾向的作品，并十分重视翻译介绍外国文学名著，尤其是着重介绍许多被压迫民族的文学作品。改革后的《小说月报》出版后立即受到读者的欢迎。第1期印了5000册，立即销完。第2期印7000册，到当年最后一期印到10000册。沈雁冰因为在《小说月报》第13卷第7期上发表了《自然主义与中国现代小说》一文，点名批判了礼拜六派，被商务当局的保守派施压，沈雁冰辞职后郑振铎接任主编，仍不遗余力地支持新文学，叶圣陶代理郑振铎任主编期间，发表了大量新文学作家的作品。

在20世纪30年代，王云五总结了上海出版文学丛书的情况："创作方面，商务印书馆有现代文艺丛书，文学研究会丛书等，已出六十余种；生活书店有创作文库，已出二十余种；北新书局有创作新刊，已出十余种；开明书店有文学新刊，已出十余种；良友图书公司有良友文学丛书，已出四十种。翻译方面，商务印书馆有世界文学名著，已出一百二十余种；黎明书局有西洋文学名著译丛，已出十余种。以上皆指有丛书名义者而言，其单行之创作和译本，则因文学一类读者最为普遍，所以各出版家，除完全印行旧书者外，几乎家家都有出版。"① 20世纪以来，随着商务印书馆、中华书局、世界书局和大东书局等现代出版机构的涌现，20世纪中国文学通过和现代出版机构紧密合作而逐渐扩大了它的传播范围。对文学传播来说，机构的群体传播远远大于个人传播力量，"商务印书馆

① 王云五：《十年来的中国出版事业——一九二七——一九三六年》，见张静庐辑注：《中国现代出版史料·乙编》，第346页。

对新文学的支持，不只是吸引人才，研究问题和出版、发行新文学书报杂志，更重要的是通过商务印书馆的努力，中国的新文学第一次做到了真正面向社会”①。

杨义将文学与现代出版业联姻看成是现代文学与古典文学的根本差异，并且认定报刊的传播方式深刻影响了现代文学的写作方式、传播方式、阅读方式，以及作家的交往方式、成名方式和他与社会、与市场的关系。② 20 世纪以来的中国现代文学在传播方式上因印刷机械复制技术的加入而具有现代色彩，随着 20 世纪文学传播方式的转变，20 世纪中国文学的发展格局也呈现出不同于传统文学的新风貌。

拥有或控制着报纸期刊等现代传播渠道的出版商崛起成为文学界的一种新势力，出版商可以策划出版作品的广告宣传，可以组织批评家对作品的评论，可以在遍布各地的销售网络进行全面推销，所以在文学生产市场上，出版商逐渐成为了总雇主，若干文学家、撰稿人、业余作家和其他所有以笔墨为生的人，都成为了其雇佣的劳动者。

在市场和出版商的制约中，作家在文体选择、表现方式和语言风格上无不受到影响，甚至打上了出版商预设的烙印。众多麇集于十里洋场的文人为了适应市场和出版商的要求，在作品的种类上标新立异吸引读者。出版商按字数付酬的稿酬方式刺激着这些文人宁愿选择写小说，尤其是长篇连载小说，也不愿写字数太少的诗歌。在出版商按字数付酬的制度下，出现了 1906 年寅半生在《小说闲评·叙》中所说的现象：“朝脱稿而夕印行，一刹那间即已无人顾问。盖操觚之始，视为利薮，苟成一书，售诸书贾，可博数十金，于愿已足，虽明知疵累百出，亦无暇修饰，甚有草创数回即印行，此后竟不复续成者，最为可恨。”③

由于过度追求文学生产的数量和速成，往往导致作品的质量降低，这是文学生产过度商业化带来的弊端，但文学生产的商业化本身是现代化大

① 杨扬：《商务印书馆与二十年代新新文学中心的南移》，《商务印书馆一百年》，商务印书馆 1998 年版，第 467 页。

② 杨义：《京派海派综论》，中国社会科学出版社 2003 年版，第 189 页。

③ 寅半生：《小说闲评·序》，《游戏世界》，1906 年第 1 期。

生产在文学方面的体现，是一种文学生产方式的进步，它可以激发作家的创新活力，刺激作家不断生产读者市场需要的文化产品；它还因为将文学生产变成一种谋生手段而吸引大量优秀的知识分子和文化精英主动加入文学出版机构，或自办文学出版机构，从而扩大作家的创作队伍。

20世纪中国文学的流派从30年代起开始变得更加丰富多彩，文学流派的多元化和不同出版机构出版理念的不同有密切关系。根据出版机构对现实政治态度的差异，王文英将30年代的上海文学划分为五种类型：共产党领导下的左翼文学；没有党派组织，但思想观念受左翼影响的民主主义文学；标榜文学独立于政治，既与国民党保持距离，也反对工农武装革命的自由主义文学，如胡适和“新月派”；还有被称为“自由人”和“第三种人”的中间派；国民党御用文人组成的右翼“民族主义”文学①。30年代上海文学流派的丰富多彩可从小说流派的多元格局见出。蒋光慈、茅盾、张天翼等所代表的左翼小说，吴组缃、沙汀等所代表的社会剖析派小说，废名、沈从文、凌叔华等代表的京派小说，刘呐鸥、穆时英、叶灵凤、黑婴等所代表的新感觉派小说，施蛰存所代表的心理分析小说，萧红、萧军、端木蕻良、舒群、骆宾基、罗烽、白朗等所代表的东北风小说，张恨水所代表的章回体市民小说等等，都是30年代颇为活跃且有可观成绩的小说流派。30年代小说的诸多流派，其形成原因与30年代上海出版经营主体指导思想和作家创作思想的多元化是相适应的。

20世纪30年代中国文学的繁荣，是文学界和出版业联姻的成果，也是20世纪中国文学走向现代化过程中的一个发展高峰。

由市场需要决定的上海出版机构出版理念的多元化、作家创作思想的多元化和文学流派的多元化，改变着20世纪初以来读者的阅读观念。善于发现市场商机的出版商和善于捕捉社会心态变化的作家都是最先感应世道变化的先知先觉者，由他们营造的出版气候潜移默化地改变着读者的文学阅读观念。众多进入城市的乡民通过充满现代思想的出版物的熏陶，逐渐变成了真正的城市市民，这是20世纪上海出版业在都市现代化进程中

① 见邱明正主编：《上海文学通史》，复旦大学出版社2005年版，第691页。

的一个功绩，也可以说是开埠以来上海大众传播媒介的发达，对加速上海市民思想观念的现代化起到了举足轻重的作用。大众传播媒介在人的现代化方面可以“给人们带来有关现代生活诸多方面的信息；给人们打开了输入新观念的大门；向人们显示新的行事方式；显示有助于增进效能感的技能；启迪并探讨纷呈多样的意见；刺激并加强对教育与流动性的期望；歌颂科学，为技术大唱赞歌——所有这一切在能够接受外来影响的人那里将会导致更大的现代性”①。反过来，现代都市市民是见多识广积极参与各种事务的公民，他们在都市现代化过程中被激发起来的公共阅读趣味，又是支撑30年代上海大众传播媒介发达的坚实社会心理基础。

到20世纪30年代，上海不但是文学生产中心，也是文学传播和文学消费中心。20世纪30年代是科举废除后第一批受新式教育者成长起来的年代，受过新式学校教育或正在接受新式教育的出身中产阶层的青年学生，他们的教育背景和经济条件决定了他们是文学消费的主力，他们在文学阅读中注重趣味性，因此30年代上海各大出版机构的取稿原则都强调趣味，30年代作家创作也以有趣为追求目标。鲁迅用讽刺、幽默、滑稽等艺术手段来构成有趣；林语堂心仪晚明小品的趣味，专心写他的趣味小品；沈从文张扬健康优美的乡村牧歌情趣；邹韬奋自己写文章和选别人的稿件都以有趣味为标准；巴金说他的写作目的之一就是给读者趣味；众多的通俗小说作者更是将趣味性当成作品的主要艺术追求。

总之，以30年代上海出版业为代表的整个20世纪上海出版业，与中国其他城市的出版业相比，显示了很强的读者导向意识和文学市场意识，上海作家和上海出版人重视以读者喜闻乐见的方式给读者提供“精神菜单”，让读者在不知不觉中受到作家现代意识和思想观念的影响。

---

① ［美］阿列克斯·英克尔斯等著：《从传统人到现代人——六个发展中国家的个人变化》，顾昕译，中国人民大学出版社1992版，第424页。

第二节　文学的经典化与大众化

在20世纪中国文学发展史上，上海出版业确立了20世纪中国文学经典化和大众化两种发展路径。

“五四”以来，中国现代文学的发展形成了新文学和通俗文学各行其道、各自独立发展的两股潮流，这两种潮流的形成与出版商为满足人们不同层次的审美需求的出版选择有极大的关系。出版商为顺应日益兴起的工商社会中市民大众的审美需求，出版了大量娱乐性强、文字浅显易懂的通俗文学作品；而具有强烈的现代人文主义精神追求和改造社会愿望的出版商，则更热衷于出版具有现代人文主义精神的新文学作品。新文学在否定传统的基础上有浓厚的现实因素和强烈的政治功利色彩，而在市民文化中滋生的通俗文学在某种程度上又抑制了新文学日趋膨胀的社会功利倾向。

一些研究者认为中国现代文学除了鲁迅以外没有经典，还有些学者认为30年代赵家璧主编的《中国新文学大系》的出版，是现代文学经典化的开始，笔者认同后一种观点。在20世纪中国的前30年里，已经涌现了诸如鲁迅、郭沫若、茅盾、巴金、老舍、曹禺、沈从文、徐志摩、叶圣陶、郁达夫、丁玲、朱自清、冰心、萧红和艾青等一大批大师级的经典作家作品。

哪些因素在确立文学经典的过程中发生着作用？这是吸引20世纪中国文学研究者的一个热点问题。在实际的文学经典确立过程中，各种内部和外部因素都会发生作用，如政治地位、经济实力、人脉资源、传播手段、作品特色和读者趣味等，在某些时代和地域环境下，这几种因素更重要，在某些时代和地域环境下，那几种因素更重要。就中国现代文学经典确立的实际情况看，现代出版业带来的文学传播和文学接受方式的变化起到了不可估量的作用。

现代文学经典地位的确立与出版机构重复出版该作家作品有极大关系。出版的职能是甄别遴选，它一方面要求对可能存在的读者阅读需求进行推测判断，一方面也要求对可能成为读者欣赏的作品进行价值判断。一部作品问世，首先是经过了出版机构和把关人员的挑选。30 年代文学出版的“把关人”多为名作家兼任，他们自身作为名作家的经验有助于他们发现其他优秀的作家作品，同时他们在文学创作和丰富的出版实践中也获得了从市场经济、受众接受心理、政府政策等多角度审视出版活动成败的经验，他们的出版选择，是肯定和确证现代文学经典的第一步。

作品有多少读者在读，被多少代读者阅读，也是一条不可否认的文学经典评判标准。一般说来，承载了人类普遍的审美价值和道德价值的作品，总会吸引更多年代的读者，出版机构也会反复出版该作品。某位作家的某部作品被出版机构多次重复出版，这本身就说明作品有诸多读者，说明作品可能是潜在的文学经典。30 年代上海出版界和上海作家确立现代文学经典的具体行动，充分体现在以下三个方面：

第一、30 年代的多种文学期刊组织过关于“何谓伟大的文学作品”的讨论。如《文学》第 3 卷第 1 号（一周年纪念号）设立了有兰、风、惠、南、华参与的“文学论坛”，其中发表了《伟大的作品产生的条件与不产生的原理》、《再谈文学遗产》等文章。读者文贞为参加“文学论坛”而写的《没有伟大作品产生的问题》一文颇引人注目，该文认为，老作家的消沉，新作家、半新作家急于宣泄情绪，加上今日的社会现状和政治倾向，当作家都难，何况写大作品。《文学》的编者也在探讨“没有伟大作品产生”的原因：“我们数千年来把文学当敲门砖的‘风气’至今不改，从事文学的人往往得鱼忘筌，不肯当作终身事业干。”1934 年 5 月《春光》文艺月刊第 3 期也以“中国目前为什么没有伟大的作品产生”为论题进行征文，其间发表了 15 篇讨论文章。茅盾总结《春光》15 篇文章的观点，在 1934 年 7 月 1 日的《文学》杂志上发表了《伟大的作品产生的条件与不产生的原理》一文，认为伟大作品的产生既有环境因素，也有作家因素，而 30 年代具有产生伟大作品的时代环境：“我们现在不是正当历史上最大的变动时期么？不是很有些人在这洪炉里锻炼着么？不是谁也不能轻易断定这些人之间没有一个人具有文学的天禀么？说不定今年明年就有惊人的作品呢？”

多种刊物共同参与讨论“何谓伟大的文学作品”的问题，其实就是在讨论“何谓文学经典”的问题。

第二、30年代不同文学流派的作家也在不同场合发表他们对于何谓伟大的文学作品的看法。京派文艺理论家梁实秋从文学批评角度提出，伟大的文学作品应该描写出永恒不变的人性：“物质的状态是变动的，人生的态度是歧异的；但人性的质素是普遍的，文学的品位是固定的。所以伟大的文学作品能禁得起时代和地域的试验。《依里亚德》在今天尚有人读，莎士比亚的戏剧，到现在还有人演，因为普遍的人性是一切伟大的作品之基础，……一切伟大的文学都是倾向一个共同的至善至美的中心，距中心较远，便是第二第三流的文学，最下乘的是和中心背道而驰的。”① 京派作家沈从文则进一步主张“一个伟大作品，总是表现人性最真切的欲望”②。京派的理论家朱光潜认为，伟大作品是深厚文化的积淀，“无矛盾、无冲突”的静穆的美是“诗的极境”、美的“最高境界”、人生哲理的“最高理想”③。

针对朱光潜提出的静穆美，鲁迅在《题未定草·七》予以驳斥：“自己放出眼光看过较多的作品，就知道历来的伟大的作者，是没有一个浑身是‘静穆’的。”④ 鲁迅提倡匕首投枪式的力的美，认为一切伟大作家必然是时代先驱。30年代左翼剧作家郑伯奇面对白色恐怖越来越严重、“左联”处境很困难的现实，撰文提出左翼作家要有勇气面对白色恐怖，要有勇气写伟大作品。郑伯奇认为鸦片战争以后，中国发生的许多重大事件都是作家应该用各种体裁努力表现的题材，伟大作品主要体现在题材的伟大上。⑤ 30年代上海的海派作家也加入了“伟大的文学作品”的讨论，如唯美派作家邵洵美在1934年谈到了“为什么现代的中国没有伟大的小说产生”的原因：“我觉得太想把个人，最大也不过是集团来做主人翁，

① 梁实秋：《文学批评辩》，《梁实秋文集》（第一卷），《梁实秋文集》编辑委员会编，鹭江出版社2002年版，第125页。

② 沈从文：《创作杂谈·给志在写作者》，《沈从文文集》第12卷，花城出版社1984年版，第110页。

③ 朱光潜：《“曲终人不见，江上数峰青”》，《中学生》杂志第60号，1935年12月版。

④ 《鲁迅全集》（第六卷），北京人民文学出版社2005年版，第444页。

⑤ 郑伯奇：《伟大的作品底要求》，《两栖集》，上海良友图书公司1937年出版。

是一个根本原因。这世界已变得如此复杂，许多公式已经推翻，一件事物可以有无数条的定义，它已不再是一个几何形，所以谁也找不到它的中心点。"① 邵洵美认为在价值观念多元化的世界里，是难以找到大家共同认可的伟大小说的。

第三、《中国新文学大系》在30年代的出版是中国现代文学第一次成功的经典化，也是中国现代文学确立经典作家作品的起点。

30年代作家普遍具有的经典意识使他们善于纵向和横向进行国内国外比较，体现在出版界的就是赵家璧主编的《中国新文学大系》的出版发行。《中国新文学大系》由十部专集组成，分别由十位编选者主编，他们都是当时文坛的大家，胡适编选了关于文学革命建设理论的专集，郑振铎编选了关于文学团体论争的专集，茅盾、鲁迅、郑伯奇三人编选了关于小说的三部专集，周作人、郁达夫二人编选了关于散文的两本专集，朱自清编选了关于新诗的专集，洪深编选了关于戏剧的专集，阿英编选了关于史料索引的专集。每一部专集约五十万字，各附编选者引论约两万字，引论叙述本书各作品自"五四"以来的发展经过及其重要影响。十位编选人或为文学运动发端的领袖，如胡适、周作人；或为重要刊物的主持人，如茅盾、郑振铎；或为当时重要作家，如鲁迅、郁达夫、郑伯奇、朱自清、洪深；或为史料收藏家，如阿英。这样十个人通力合作编选出来的一部五百万字的总集，可谓将代表新文学运动"第一个十年"最高水平的作家作品都选入了大系。蔡元培在总序中指出，《大系》展示了我国新文学运动"第一个十年"的实绩，希望"第二个十年"、"第三个十年"取得更大的辉煌。

一个时代的文学成就应该以作家作品说话，因此作家作品是文学史中最重要的文学实绩，文学流派、文学思潮、文学社团、文学批评、文学教育、文学体制、文学传媒等，其结果最终都要不同程度地体现在作家和作品上。是否有伟大的作家和经典性的作品，一直是衡量一个时代文学实绩的最重要标准，也是衡量一个国家或地区文学是否发达的标志。30年代

① 邵洵美：《一个人的谈话》，《洵美文存》，第17页。

被大系当成时代经典选入的诸多作家作品在今天也被读者承认为现代文学经典，这一事实本身说明了大系编选者的长远眼光，也证明《新文学大系》具有确立现代文学经典的意义。

要进一步认清30年代上海出版业确立现代文学经典的历史作用，须联系出版业在现代文学发展的几大历史阶段所起的具体作用来进行思考。

中国现代文学的发展经历了三个大的阶段，即三个十年。“五四”新文学时期（1917—1927）是中国现代文学的萌生、形成阶段。其文学发展的主要特征是文学革命推动了新文学的产生，具有现代特色的文学报刊、社团、流派开始出现，新文学的内容以表现个性解放和倡导思想启蒙为核心，新文学的形式以自由化和个性化为基本原则，大致确立了现代文学的新形式和美学基础。左翼文学运动时期（1927—1937）是中国现代文学的发展、成熟阶段。这个阶段文学创作的主要内容由表现个性解放和倡导思想解放向表现更为普遍的社会矛盾和社会心理转移，文学的主题和题材更为丰富，文学创作的形式日臻完善，在各个文学领域都涌现了一些具有较高艺术成就的作家，出现了一批具有经典意义的作品，扩大了现代文学的影响，完成了中国文学由古典向现代形态的转换。抗战与解放战争时期（1937—1949），战争造成了社会的动荡，也影响了文学的发展，在救亡图存的背景中，文学创作的方式与内涵发生了重要的变化，急就章式的宣传抗战的作品增多，长篇作品、潜心创作的作品减少，文学与政治与社会的关系更为密切，文学形式的探索趋于减缓。20世纪70年代末的改革开放是20世纪中国文学的发展、转型阶段，其文学发展的主要特征为文学密切配合改革开放后社会发展需要，出现了文学意识和文学功能的各种整合及变异，经过长期的闭关锁国后的开放，在文学理论、文学思潮的引进中的形式探索，成为此时期文学嬗变的重要特点。

上海出版业在20世纪中国文学发展的三个转折性阶段都起到了重要的作用。“五四”新文学时期上海的出版业凭借其拥有的物质力量和多样化传播手段，促进了“五四”文学的发生与多元发展，成为新文学实践和新思想自由表达的场所。李继凯和陈黎明认为，“五四”新文学在出版业的积极参与和影响下，从外在形态到内在审美特质均呈现出新的文化风貌，并体现为具有现代特质的文化创造。① 陈黎明还分析了左翼文学运动时期的出版业对文学发展的作用。这一时期的出版业不仅酝酿与推动了“左翼”文学运动的发生和发展，而且在艰苦的环境中为新文学开拓了一定的生存空间，为其不断的发展、成熟乃至经典化做出了突出的贡献。② 20 世纪 70 年代末开始的新时期文学和上海出版业的关系比较复杂，出版业在继续支持通俗文学发展的同时，也大量支持描写改革开放的社会现实作品以及人们对“文革”带来的灾难的反思，到 20 世纪 90 年代以后，上海出版业支持着文学的多样化发展。

在整个 20 世纪中国文学的发展过程中，20 世纪 30 年代是确立现代文学经典的起点。30 年代的上海出版业参与和推动了确立 20 世纪中国文学经典的工作，同时，30 年代上海出版业还肯定和确证了 20 世纪中国文学的大众化发展方向。

文学的大众化发展方向是文化的大众化追求在文学领域的体现。西学东渐和资本主义在中国的发展，孕育了 20 世纪早期中国社会和文化的现代转型，最突出地体现在两点：一是高举科学与民主的新文化运动，二是都市平民社会的初步形成和社会大众文化的兴起。到了 30 年代，以上海为代表的一批东南沿海城市，其大众文化的发达几乎与西方无异，这就将文学大众化的目标提上了议事日程。

30 年代文学的大众化运动起源于上海，也集中表现在上海。1930 到 1934 年，文艺大众化运动经历了三个阶段三次讨论，第一、二次讨论都由上海的“左联”直接发动和领导，第三次讨论也得到了“左联”的支持。“左联”提出新的革命文学的新路线就是文学的大众化，创造大众能懂的文学，使广大工农群众成为革命文学的主要读者和拥护者。

30 年代众多报刊卷入文学大众化运动，《大众文艺》是其中的先行者。“大众文艺”这个词，最早可能是郁达夫介绍到中国来的。《大众文

① 李继凯、陈黎明：《论“五四”新文学与出版业的互动效应》，《陕西师范大学学报》2002 年第 4 期。

② 陈黎明：《控制与自由之间：“五四”后新文学与出版业的互动效应》，《学术探索》2004 年第 10 期。

艺》刊物名称也是郁达夫取定的。为取这个名称，郁达夫在当时受到了许多满含恶意的攻击，但他坚信文艺必须带有普遍的大众性。在30年代有关文艺大众化的讨论中，“大众”是一个关键概念，当时不少论者都试图对“大众”这个概念包含的内涵进行分析，但总的解说都不尽如人意。在当今大众文化的兴起成为全球性的趋势时，“大众”这个概念又成为一个惹人注目的关键概念。美国学者约翰·菲斯克对“大众”概念内涵的解释比较全面客观。他说：“大众并不是一个固定的社会学范畴；它无法成为经验研究的对象，因为它并不是一个客观实体的形式存在。大众（the people）、大众的（popular）、大众力量（the popular）是一组变动的效忠从属关系，它们跨越了所有的社会范畴；而形形色色的个人在不同的时间内，可以属于不同的大众层里，并时常在各层里间频繁流动。”①1930年3月1日，《大众文艺》第2卷第3期（新兴文学专号上册）集中发表了文艺大众化诸问题的讨论文章，作者有鲁迅、郭沫若、沈端先、陶晶孙、冯乃超、郑伯奇、王独清等人。沈端先在《所谓大众化的问题》一文中提出普罗文学的本质就是大众文学。郭沫若在《新兴大众文艺的认识》一文中认为大众文艺的标语应该是无产文艺的通俗化。陶晶孙在《大众化》文艺中谈到大众文艺不是以找寻大众趣味为能事，而是要表现大众所受到的压迫。冯乃超在《大众化的问题》中对“大众”概念包括的人群作了界定，他认为现阶段的大众主要指工人和小市民。郑伯奇在《关于文学大众化》的问题中指出大众文学应该是大众能享受，同时也是大众能创造的文学。鲁迅在《文艺的大众化》中清醒地看到现阶段的大众还没有条件受到很好的教育，因此现在是使大众能鉴赏文艺的准备阶段，在准备阶段里，也可以多些为大众着想的作家来写一些浅显易解的作品。《大众文艺》在集中发表讨论文章的同时，编辑部还积极组织了有沈端先、陶晶孙、冯乃超、郑伯奇、蒋光慈、洪灵菲、潘汉年等人参加的文艺大众化问题座谈会。1930年5月1日，《大众文艺》第2卷第4期（新兴文学专号下册）集中发表了郭沫若等26人对文艺大众化的观点和看法，

① 约翰·菲斯克：《理解大众文化》，中央编译出版社2001年版，第29页。

同时组织了有沈起予、冯宪章、白薇、田汉、钱杏邨和蒋光慈等人参加的第二次座谈会。

1934 年开始的第三阶段的文艺大众化讨论集中在大众语问题上。起因在于汪懋祖、许梦因等人发表文章《中小学文言运动》、《文言复兴之自然性与必然性》主张恢复文言，陈望道、叶圣陶、胡适等一大批学者坚决驳斥了这种观点，如胡适在《所谓〈中小学文言运动〉》一文中认为与口头语一致的白话才真正方便使用，在《白话文言之优劣比较》一文中通过比较白话和文言在语音和语法上的差异来说明文言不能使人听懂是半死的文字，而白话既可读又好懂。

《申报·自由谈》是 1934 年开展大众语论战的主要阵地。1934 年 6 月 15 日，在四马路聚丰园每人出一元钱聚会，参加者有曹聚仁、傅东华等很多手中掌握报刊的三十多人，大家一致提出以《申报·自由谈》为据点，发表一组文章作为大众语运动的引论。陈子展在《申报·自由谈》发表的《文言——白话——大众语》一文，首先提出了“大众语”问题，从 6 月 18 日到 7 月 5 日，黎烈文主编的《申报·自由谈》发表了陈子展、陈望道、胡愈之、叶圣陶、傅东华、陶行知、王任叔等 12 人的讨论文章。鲁迅的《门外文谈》一文对“大众语”讨论做了总结，鲁迅先生认为“大众”是一个很宽泛的概念，可以包括各种各样的人，文学大众化的关键是“将文字交给一切人”，为达此目的，大众和先驱都要同时行动起来。

如果说第一、二次的讨论主要在左联刊物内部进行，那么第三次的大众语讨论则使各种刊物都参加了进来，参加讨论者人数过百人，发表文章接近五百篇，这些文章分别发表在当时的 32 种报纸或刊物上，它们分别是:《时代公论》、《中央日报·动向》、《大晚报·火炬》、《政治评论》、《新生周刊》、《申报·自由谈》、《文学》、《新垒》、《现代》、《人间世》、《社会周报》、《新中华》、《太白》、《新人》、《民间》、《当代文学》、《读书顾问》、《国民文学》、《东流》（刊物在东京）、《世界文学》、《读书生活》、《研究与批判》、《大众生活》、《礼拜六》等。其中《中央日报·动向》和《申报·自由谈》刊登的讨论文章最多。

在30年代以后的中国文学史上，至少出现了三次文艺大众化的高潮，第一次是抗战初期，文章“下乡”、文章“入伍”；第二次是延安文艺运动时期，“文艺为工农兵服务”，民间形式和旧形式得以发掘和改造；第三次是解放初期，“普及第一，生根开花”，对通俗化大众化作品的提倡妇孺皆知。这三次高潮的理论基础都来自30年代上半期的文艺大众化讨论。

整个20世纪中国文学的大众化之争是有发展线索可寻的，郭国昌在他的专著中曾经做过梳理①。在郭国昌看来，晚清和“五四”时期在启蒙语境下的“文学民众化”论争是20世纪中国“文学大众化”论争的第一阶段，晚清的“文学民众化”论争强调文学的宣传效用，“五四”的“文学民众化”论争比较重视文学的思想教化功能。以“大众”为核心的“文学大众化”论争勃兴于30年代，革命文学倡导者提出了文学走向大众的要求，包括两个层次的意思：第一个层次要求文学无产阶级意识形态化，第二个层次又包括两方面。一是从旧文学吸纳可用的营养，二是创造普通大众能够理解的新形式。30年代的“文学大众化”论辩是在尖锐的政治对抗中进行的，张扬文学的功利性是其现实追求之一。抗战爆发后，整个文学活动被纳入民族战争的总体进程中，“大众化”成为一切文艺工作的总原则，解放区的文学大众化努力的方向被毛泽东解释为寻找“新鲜活泼、为中国老百姓所喜闻乐见的中国作风和中国气派”的民族艺术表现形式，国统区的文学大众化论争集中在文学民族形式的创造源泉上。20世纪50年代的新民歌运动是新中国成立后唯一的一次以普通大众为核心的大众化运动，“新民歌”运动把文学活动完全政治化带来了文学创作的枯萎。

“五四”新文学运动的反对文言文提倡白话文，是建筑在文学启蒙的立场上的，意在使文学语言浅白易懂，达到老妪能解的境地，从而起到以文学启蒙民众的效益。因此说到底，“五四”新文学运动是立足于文学大众化的，此后多次关于文学大众化的讨论，大多由于文学的发展逐渐偏

① 参见郭国昌著：《20世纪中国文学的大众化之争》，百花洲文艺出版社2006年版。

离了“五四”新文学运动的启蒙视野，在西方文学的影响下，新文学逐渐走上了一条欧化的、典雅化的道路，使中国现代文学的发展与嬗变始终处于经典化与大众化的矛盾中。文学的大众化讨论大多由上海的出版业发起，这些先后的讨论影响了20世纪中国文学的发展。

第三节 中外文学交流的强化

在20世纪中国文学的现代化发展进程中，上海出版业还强化了中外文学交流的格局，在让世界各国优秀文学进入中国，让中国文学走向世界方面，上海出版业做出了独特贡献。

20世纪初以商务印书馆编辑所长张元济为代表的上海现代出版人，为了引进西方文化、传播新思想和新观念，一开始就重视对世界各地优秀文学作品的译介。例如，林琴南是晚清以来翻译欧美文学名著最多的人物，从1897年开始翻译《茶花女》，到1921年搁笔，一生翻译了一百七十多种欧美十多个国家的小说。林琴南的这些小说，除一些是在进步杂志上发表外，大部分由商务印书馆出版单行本，收入《林译小说丛书》。莎士比亚、大仲马、小仲马、雨果、巴尔扎克、托尔斯泰、易卜生、司各特、塞万提斯等人的书，让闭塞的中国民众通过小说接触到欧美的社会、人生、思想和生活，为中国了解世界起到了很大的推动作用。

20世纪中国文学的发展，离不开对世界优秀文学的引进与借鉴。“五四”作家区别于旧文人的主要精神特征，就是时代赋予他们的强烈而清醒的世界文学意识。“五四”作家和出版人共同对文学翻译的重视，造就了20世纪早期翻译文学发展的第一次高潮。

“五四”文学的第一个重要社团文学研究会重视欧洲现实主义尤其是俄罗斯文学的译介，重视被压迫民族的介绍，重视新思潮和著名作家作品的介绍，重视外国诗歌的译介，随着泰戈尔、荷马史诗、但丁、惠特曼、雪莱、拜伦、济慈、白朗宁等诗人作品的译介，中国新诗在内容和形式上有了新的变化。文学研究会的第一份重要刊物《小说月报》特别重视翻译文学的发表，沈雁冰主持《小说月报》期间，先后编辑出版了"俄国文学研究"、"法国文学研究"、"泰戈尔号"、"拜伦号"、"安徒生号"、"非战文学号"等，有计划地向我国读者介绍外国作家作品。

"五四"文学另一个重要的文学社团创造社开创了浪漫主义文学的译介道路，与文学研究会主张多翻译近现代现实主义文学作品不同，创造社成员选择翻译作品时多根据作品艺术性的高下为取舍标准，他们主张只要是好文学，不管哪个时代的都有介绍的价值，因此郭沫若、成仿吾、田汉、郁达夫和穆木天等创造社成员发表了大量的不同国别不同时代的文学翻译作品。

20世纪30年代上海出版业的繁荣，将20世纪翻译文学的发展推向了高峰。30年代的上海文学出版物著译并重，尤其注重世界文学名著的系统性翻译出版，郑振铎主编的《世界文库》就是一套在30年代很有影响的系统介绍古今中外各国文学名著的大型丛书。郑振铎在《发刊缘起》中广泛列举了古希腊、罗马、中世纪、文艺复兴、18世纪、19世纪到当代的名家名作，并称编选《世界文库》的目的是用最便利的方法有计划地介绍和整理世界名著，并将呈现于读者面前。

30年代的文艺期刊也普遍设立有关世界文坛的栏目，或者出版翻译文学专号。如1928年1月创刊的《现代小说》月刊设有翻译小说和海外文坛栏目；3月创刊的《新月》设有海外出版界栏目；9月创刊的《大众文艺》设有各国新兴文学概况栏目；10月创刊的《长虹周刊》设有外国文学评述、英文作品等栏目；12月创刊的《文艺生活》设有国内外文讯等栏目。1929年9月创刊的《新文艺》设有翻译小说、翻译短篇等栏目；1930年1月创刊的《拓荒者》设有翻译小说、国内外文坛消息、世界文艺运动等栏目；10月创刊的《前锋月刊》设有最近的世界文坛等栏目。1931年1月创刊的《世界杂志》设有世界故事传说、翻译和世界的传说与故事等栏目；9月创刊的《北斗》设有世界文艺名著选译等栏目。1932年5月创刊的《现代》设有国外文艺通信、现代美国文艺杂话、国内外通信、中外文化消息等栏目，并在第5卷第6期编了《现代美国文学专号》，全书四百多页，全面介绍了现代美国文学，9月创刊的《论语》设有西洋幽默栏目。1935年1月1日第56期为西洋幽默专号；1932年11月创刊的《青鹤》设有中外大事记栏目。1933 年 3 月创刊的《读书与出版》设有国外作家消息栏目；7 月创刊的《文学》月刊设有国外通讯，翻译小说，外国作家研究、翻译，世界文坛展望，文学理论名著译介、译丛等栏目，1933 年 8 月 1 日第 1 卷第 2 号为屠格涅夫纪念号，1934 年 3 月 1 日第 2 卷第 3 期为翻译专号，1934 年 5 月 1 日第 2 卷第 5 号为弱小民族专号，1936 年 8 月 1 日第 7 卷第 2 号为高尔基纪念特辑。1934 年 2 月创刊的《人言》周刊设有海外琐闻、国际评论、欧行杂记、国外通讯等栏目；4 月创刊的《人间世》设有西洋杂志文、译诗、长篇译作等栏目；9 月创刊的《译文》月刊是第一本专登翻译文学的杂志，设有特载、儿童文学、儿童作品、戏剧之部、短篇小说、翻译的比较研究与批评、文学往来等，出过罗曼·罗兰、高尔基、普希金、狄更斯等人的专号；10 月创刊的《文艺画报》月刊设有世界文坛动静栏目；同月创刊的《民族文艺》月刊设有编译介绍栏目；1935 年 2 月创刊的《新小说》月刊设有翻译、海外文坛消息栏目；3 月创刊的《芒种》半月刊设有国外消息栏目；1936 年 2 月创刊的《六艺》设有翻译栏目；6 月创刊的《文季月刊》设有译文栏目；9 月创刊的《中流》设有翻译批评、名著介绍等栏目；同月创刊的《西风》设有西书精华等栏目。

20 世纪 30 年代上海出版业大规模的系统翻译文学作品的出版和有关翻译作品的发表，确立了翻译文学在 20 世纪中国文学史上的地位，20 世纪 30 年代出版的几部文学史著作已经将翻译文学列为其中的专门章节。如陈子展的《中国近代文学之变迁》、王哲甫的《中国新文学运动史》以及郭箴一的《中国小说史》，都列出了专章或专节讲述翻译文学，这种文学史写作中重视翻译文学的传统在建国以后编写的中国现代文学史中却被丢弃了，直到谢天振在新时期首先提出要重视翻译文学的问题，他在 1989 年发表了论文《为“弃儿”找归宿——翻译在文学史中的地位》和 1993 年发表的论文《翻译文学——争取承认的文学》中，提出应该恢复翻译文学在中国现代文学史上的地位①，在 2004 年他还和查明建共同编

① 谢天振：《21 世纪中国文学大系 2003 年翻译文学·序》，春风文艺出版社 2004 年版。

著了由上海外语教育出版社出版的《中国现代翻译文学史》，该书是我国当今率先出版的现代翻译文学史。

30 年代上海开放的都市文化氛围吸引着当时中国的文学大家，如鲁迅、郭沫若、巴金、茅盾、郁达夫、丁玲、沈从文、林语堂、施蜇存、叶灵凤、戴望舒等到上海长期定居，或将作品交给上海的刊物发表出版社出版。开放的上海不仅为作家的创作提供了丰富的素材和良好的创作以及发表环境，而且众多在上海开办的书局和书店，为 30 年代生活在上海的文人提供了汲取世界各地新文学思潮的便捷途径。例如，1928 年春郁达夫和王映霞结婚后定居上海，由于郁达夫没有固定的收入，全靠卖文为生，所以每隔两三天，郁达夫就会带王映霞去位于北四川路的日本朋友内山完造开的书店坐坐，看看有没有什么新书新杂志可买。在王映霞的回忆里，郁达夫“一到内山书店之后，他总要我安心坐等，他自己则去找刚从日本寄到中国来的新书和杂志。挑选了一大堆之后，便笑逐颜开地告诉我说，这些都是不易买到的书”①。根据施蛰存的不完全回忆，当时的四川路有两家英文书店，淮海路有法文书店，虹口有日文书店，还有几家卖国外杂志的书店，每个月在书店都可以看到新书，每天都可以看到新杂志，上海的文化出版几乎与世界同步。②

留学生是近代以来知识群体中的一支重要力量，30 年代汇聚上海的作家中许多人有留学生身份。开埠以来上海中西交融的文化氛围一直吸引着归国留学生在此定居，30 年代上海主要文学流派的代表人物几乎全部都由留学生担当，他们能够直接阅读各国原著，在直接感受原著的真实气息中拉近了与世界文学的距离，如鲁迅精通日文，可阅读德文原著，郭沫若、郁达夫精通德语、日语和英语，巴金精通英语、法语、俄语和世界语，瞿秋白精通俄语，夏衍、郑伯奇、刘呐鸥、田汉、谢六逸、张资平等精通日文，傅雷、李健吾、穆木天、李青崖、艾青、黎烈文、徐霞村等精通法语，丰子恺、钱歌川、成仿吾精通英文和日文，戴望舒精通法语、西

① 王映霞：《我与郁达夫》，华岳文艺出版社 1988 年版，第 37 页。

② 张英：《访上海作家施蛰存、王安忆、格非、孙甘露》，《作家》，1999 年第 9 期。

班牙语和俄语等多门欧洲语言，梁宗岱精通法文、英文、德文和意大利文，叶君健精通英语、世界语，而且对丹麦、挪威等文字也有很高的造诣，梁实秋、徐志摩、林语堂、邵洵美、郑振铎、茅盾、朱湘、洪深等精通英语。就是没有留学经历的上海作家，也重视学习外语，从而精通了一两门外语，如施蛰存精通英文和法文，赵家璧、周瘦鹃、程小青精通英语。30 年代上海作家可以在上海便捷地接触到大量翻译文学，加上他们自身的外语水平又方便了他们直接阅读原著，这使 30 年代上海作家的创作和翻译深受外国文学影响。

20 世纪 30 年代，中国作家对外国文学作品的译介和中外文人的交往达到了前所未有的广度和深度，中国现代比较文学也因此萌生。30 年代上海出版业出版了我国最早一批研究比较文学的专著。1929 到 1931 年，英国剑桥大学英国文学系主任、新批评派大师瑞恰慈教授在清华大学任教，开设“比较文学”课程，这是“比较文学”名目在中国第一次出现。① 如 1932 年商务印书馆出版了傅东华据英日两个译本转译的法国洛里哀著的《比较文学史》，这是中国第一本比较文学译著，洛里哀在该书结尾处热情洋溢地预言：“我们现在已将近思想上世界大同的时候了，因为现在无论何事已都有这样的趋势……从此世界的全人类将由文学、艺术、商业、实业等等，表现出它们的大同精神，将不复为从前的国别所限制。”② 傅东华在译者序里认为比较文学和世界文学名称不同，实则为一。1937 年，商务印书馆出版了戴望舒翻译的法国比较文学大师梵·第根的《比较文学论》，这是梵·第根关于比较文学的历史、方法及范畴的专论，也是他对比较文学法国学派的理论总结，堪称比较文学法国学派的经典文献，戴望舒将该书译成中文，对当时学者了解比较文学有很大帮助。

综观 20 世纪上海出版业，尤其是 30 年代上海出版业对 20 世纪中国文学发展的影响，可归纳为以下几点：

---

① 刘献彪认为，“比较文学”这个名词首次传入中国，是章锡琛翻译的日本学者本间久雄的《新文学概论》，1920 年发表于《新中国》杂志。见刘献彪著：《比较文学极其在中国的兴起》，广西人民出版社 1986 年版，第 81 页。

② ［法］洛里哀著：《比较文学史》，傅东华译，商务印书馆 1932 年版，第 351—352 页。

第一、产生了与国际左翼文学同步发展的中国左翼文学

1930 年 3 月 2 日在上海成立的“左联”是国际左翼文学思想对中国影响的结果，30 年代左翼文学的形成和高涨是世界范围内的一种普遍现象，中国左翼文学的兴起是同世界范围内的左翼文学同步生长的，随着左翼文艺运动的开展，左联成长为 30 年代中国最有影响的文学社团。

30 年代中国的左翼文学主要是学习苏联，苏联的左翼文艺理论被认为是较早较成熟的理论，因此受到中国左翼文学家的注目。普列汉诺夫、弗理契、卢那察尔斯基、波格丹诺夫等人的文艺理论著作，被“左联”代表人物瞿秋白、冯雪峰、鲁迅等人翻译成中文出版。1932 年周扬将全苏作家协会提出的“社会主义现实主义”创作方法第一次介绍到中国；1934 年苏联召开第一次全苏作家代表大会，将“社会主义现实主义”确立为全苏作家都应该遵循的方法，《现代》、《文学》、《申报·自由谈》等报章杂志都给予了广泛介绍。俄罗斯无产阶级作家联合会即“拉普”作家的作品也被广泛介绍到中国，如马雅科夫斯基的长诗《列宁》、法捷耶夫的小说《毁灭》、绥拉菲莫维奇的《铁流》、富曼诺夫的《恰巴耶夫》、肖洛霍夫的《静静的顿河》等，作品无论是描绘战争的残酷，还是歌颂建设者的英雄主义，都对 30 年代中国左翼文学产生了影响。

从文学史的发展角度来看，30 年代左翼文学中的某些元素，如“阶级斗争”等被不断强化并被 40 年代的解放区文学所继承，而“国际视野”、“小资产阶级个性主义的斗争”、“革命的罗曼蒂克”等元素则不断退隐。

30 年代左翼文学学习苏联的传统在 50 年代也得以继承。50 年代初对“国际革命文艺”，尤其是苏联文学的翻译、评介，放在最重要的位置上。苏联的文艺政策文件，作家代表大会的报告、决议，50 年代苏联重要报刊发表的有关文学的社论、专论，在中国的报刊上得到及时的译载，苏联当时的文学理论体系和研究、批评方法，完整地输入到中国，对此后二三十年的中国文学理论批评和文学教育，产生了很大影响。

第二、产生了 20 世纪中国文学中的现代派文学

20 世纪中国文学和西方现代主义的第一次汇合集中发生在 20 世纪 30

年代的上海，由此催生了20世纪中国文学的现代派。中国现代派文学是深受西方文学影响、讲究审美情趣或表现技巧的文学流派，30年代上海现代派作家是20世纪中国现代派文学的鼻祖。

就诗歌发展来看，中国新诗的发展从一开始就融入世界近现代诗歌发展的潮流，经过一二十年的发展，30年代中国诗歌出现了世界潮流、民族传统与个人气质的交融，这个特点集中体现在30年代上海现代派诗歌创作中。

30年代初上海现代派诗歌的出现，及时感应着世界文学思潮的发展和流变，吸取西方现代主义的一些表现手法来表达现代中国人的生活感受。如戴望舒的名作《雨巷》既有中国古典诗歌的意境，又让人联想起魏尔伦的《秋之歌》，这与戴望舒曾翻译过魏尔伦的诗作有极大关系。戴望舒30年代曾经游学法国，西方意象主义、象征主义、超现实主义等对其构成了重要影响，其中尤以法国象征派影响最大。施蛰存、李金发、徐迟、王独清和穆木天等人的诗歌创作在继承中国古典诗歌传统基础上，也深受法国象征主义的影响，他们的诗歌创作从情绪到手法都有法国象征主义诗歌色彩。王统照原本是文学研究会的代表作家，早年的诗歌创作深受叶芝和泰戈尔的影响，30年代国民党的文化围剿政策促使他采用西方现代派的象征主义手法。再如擅长用现代主义表现手法描绘中国人现实生活的艾青，承认自己“最喜欢、受影响较深的是比利时大诗人凡尔哈伦的诗”①，他30年代描绘中国农民生活的长诗《大堰河——我的保姆》具有凡尔哈伦似的淳朴乡土气息。艾青还称自己有一支从波德莱尔和兰波的欧罗巴带回来的芦笛，他因此被称为“吹芦笛的诗人”。总之，30年代的众多现代派诗人都走着融合中西的道路。

30年代上海的文艺刊物《新文艺》、《现代》和《新诗》集中发表了一批受国外现代派诗歌影响的中国诗人创作和翻译作品。《新文艺》杂志发表的译诗有：戴望舒翻译的法国诗人耶麦的《屋子里充满了蔷薇》、《那少女》等诗，李金发翻译的法国象征派诗人马拉美的《马拉美诗抄》，

---

① 艾青:《艾青诗选》自序，人民文学出版社1979年版。

戴望舒和杜衡翻译的《道生诗抄》，白璧翻译的日本流行诗人掘口大学的《掘口大学诗抄》，戴望舒翻译的法国后期象征派诗人保尔·福尔的《保尔·福尔诗抄》。《现代》杂志发表的译诗最多，有施蛰存翻译的《夏芝诗抄》、《美国三女流诗抄》、施蛰存和徐霞村共同翻译的《桑德堡诗抄》，施蛰存独自选译的美国诗人弗罗斯特、爱肯、牢威尔、邦德、桑德堡、弗来契和马斯特斯等人的《现代美国诗抄》，陈御月选译《核佛尔第诗抄》，刘呐鸥选译日本新诗人天野隆一、干直惠、田中冬二等人的《日本新诗人诗抄》，徐迟翻译了美国诗人林德赛的《圣达飞之旅程》，李金发选译了意大利诗人邓南遮的《邓南遮诗抄》等。《新诗》的编委包括戴望舒、卞之琳、孙大雨、梁宗岱、冯至等中国现代诗运动的代表人物，他们在该刊上发表了大量的译诗和创作。

30 年代上海的现代派文学除了诗歌以外，还包括现代派小说，刘呐鸥、穆时英、施蛰存等人是其中的代表作家，他们将自己的上海都市生活体验试着用西方现代派文学的技巧来表现，给人一种耳目一新的感觉。

30 年代的上海现代派诗歌中西交融的传统，在 60 年代以余光中为代表的台湾现代派诗歌和 80 年代以来重新兴起的大陆现代派诗歌中得到了继承和发展；30 年代上海现代派小说创作向西方现代派学习的传统，到 80 年代初才重新得到大陆作家的青睐。

第三、促进 20 世纪中国文学从上海走向世界

自鸦片战争以来，中西比较就成为了中国的先知先觉者们思考中国问题时的一种思维模式，这种思维模式也集中体现在晚清以来遭受西方文化冲击最强烈的上海城市居民身上。身居上海的文人和出版人写作和出版的一个重要内容，就是对中西文化差异从各个方面进行比较，取人之长，补己之短，是 20 世纪初上海出版人的基本思路。

早期在上海墨海书馆工作的王韬堪称近代上海第一位走向世界的文人。他不但是利用大众媒介传载文学艺术的先行者，而且也是现代报刊政论文体的首创者，还是上海区域性文学的奠基者，他在 20 世纪初率先以西方现代性为参照，写了大量揭示清廷制度弱点和传统文化弊端的文章，在倡导传播西学以及促使东学西渐两方面，都做了超越前人、启迪来者的

拓荒性工作。

从世界范围看，西方世界也需要中国文学和中国文化精神的滋养。从20世纪初开始，西方人为解决自身的精神危机，对古老的东方文化兴趣倍增，俄国的托尔斯泰、契诃夫、高尔基，法国的克洛岱尔、圣－琼·佩斯，德国的赫京、马克斯·道藤代，英国的毛姆，美国的庞德等，都曾从中国文学所表现出来的中国文化精神中汲取过精神力量。

20世纪30年代以来的西方作家也表现出对中国文化和中国文学的浓厚兴趣，并有意为中国和他们所在国家的文化和文学交流做出贡献。赛珍珠的第一部长篇小说《东风·西风》（1930年）以皖北农村为背景，以中国农民为主角，揭示东西方文化冲突。当时西方人了解中国，往往从读赛珍珠的小说开始。她还对中国古典小说有深厚的感情，1933年，她发表了《水浒传》英译本。德国戏剧家皮斯卡托1931年上演的剧本《太阳醒来》，以寓意的方式暗示西方应该向中国学习的主题。1935年，德国经典作家布莱希特在莫斯科观看了梅兰芳的京剧艺术，梅兰芳的表演激发了布莱希特提出陌生化效果理论，并根据中国古老的传说《灰阑记》为蓝本改编和执导了《高加索灰阑记》，剧中运用了大量陌生化技巧，此外还创作了和中国有关系的《四川好人》。

30年代上海出版业不仅大量地拿来其他国家的文化和艺术为我所用，而且还主动地将中国文化和中国艺术送出去以赢得世界声誉，30年代许多作家和上海以及海外的出版界合作，不仅把西方文学作品翻译介绍进来，而且还致力于把中国现代文学艺术作品翻译介绍给国外，梁宗岱、林语堂等人是其中的典型代表。1930年，梁宗岱完成了《陶潜诗选》的法文翻译，由巴黎勒玛日出版社出版发行，瓦莱里为该书作序。瓦莱里称梁宗岱是他认识的第一个中国作家，通过梁宗岱的陶潜译诗，他了解了中国古典文学的瑰宝。1935年，林语堂将《浮生六记》用英文译出介绍给西方读者，目的就是要让世界了解中国优秀的文化遗产和中国人优美的民间生活传统，他称书中的女主角芸是中国文学史上最可爱的女性。除了翻译中国古典文学作品外，林语堂还翻译当代作品，比如他将谢冰莹反映征战途中见闻的急就章《从军日记》翻译成英文，在《中央日报》英文版上连载，他还将谢冰莹的其他散文一起译成英文《Letters of a Chinese Amazon and Narrative Essays》一书，1930年由商务印书馆出版。除了翻译，林语堂直接用英文写出的一系列向西方世界介绍中国文化的书籍，在西方世界引起了强烈反响，从而大大促进了中国现代文学的开放性格局。除了林语堂以外，邵洵美也用英文写了向英文读者介绍中国新诗发展历程的长篇论文《新诗的历程》，并与项美丽合作将沈从文的长篇小说《边城》翻译成英文在美国出版。

让中国文学走出国门，并跻身国际文艺界，这是20世纪初以来以王韬为代表的上海出版人的追求，也是30年代上海作家的抱负，上海出版人的这种追求和抱负，被解放后的上海出版业继续加以发扬光大。解放以前，上海出版的书刊就远销南洋，解放以来，沪版图书进一步走向世界。

改革开放后，上海出版界不失时机地发展对外合作出版。70年代末，上海出版业按照国际惯例，成熟地与海外出版商洽谈版权贸易，一大批沪版文学精品图书，在海外相继出了中文繁体字版、英文版、日文版、法文版等，如王安忆的获奖长篇小说《长恨歌》就卖出了数十种外文版的版权。目前上海出版界已经与几十个国家和地区的出版机构建立了合作出版关系，力图从国际范围来策划选题、物色作者、组织稿件、印制精美图书，并力图将本土作家与他们的精品文学图书尽可能多地从国内市场推向国际市场。

第四章

上海现代派与 20 世纪中国文学

以“五四”为起点的中国现代文学是在吸收和借鉴西方现代文学的基础上发展而来的新文学。“西方现代文学的共通背景就是都市文化；没有巴黎、柏林、伦敦、布拉格和纽约，就不可能有现代主义的作品产生。那么中国有哪个都市可以和这些现代大都市比拟？最明显的答案当然是上海”①。李欧梵关于西方现代文学与都市文化的判断无疑是切中肯綮的。然而在现代中国，启蒙与救亡是文学的主要使命和基本性质，因而在西方现代文学中占据主导位置的现代主义文学并没有成为中国现代文学的主潮。但是，自 20 世纪初以来，新文学先驱们便大力引进西方现代主义文学思潮，从思想意识、语言形式和创作方法等方面不断改造和开拓中国现代文学，并且在 20 年代后期和 30、40 年代分别形成了象征诗派、新感觉

① 李欧梵：《上海摩登》中文版序，北京大学出版社，2001 年 12 月，第 3 页。

派、现代诗派、九叶诗派和新海派等现代派文学，而这些现代派文学的形成离不开上海近百年来的西风东渐和现代工商业发展的都市文化语境，因而我们称之为上海现代派。他们大量借鉴和吸收了西方现代主义文学经验，无论是在思想观念、题材内容，还是在表现方法上，上海现代派文学都为20世纪中国文学提供了一道全新的风景。

第一节　现代思想观念和创作方法的引进与吸收

一

“所谓现代文学，即是用现代文学语言与文学形式，表达现代中国人的思想、感情、心理的文学”①。众所周知，自晚清以来的20世纪中国文学是在批判旧文学，引进和吸收外来文学的基础上发展而来的新文学。因而，在西方现代文学中占主导位置的现代主义文学，一开始便受到我国新文学先驱者的普遍关注。20世纪初，鲁迅、郭沫若、茅盾、田汉、郁达夫等人都曾一度积极地翻译和介绍尼采、叔本华、柏格森、弗洛伊德等西方现代主义思想先驱的学说和象征主义、表现主义、未来主义等现代主义文艺思潮，然而由于现代作家大多肩负着“立人”、“救国”的启蒙目的，因而以“颓废”和“唯美”为特征的现代派文学并未成为中国现代文学中的主潮。新文学先驱们大多只是借鉴和吸收了西方现代主义文学的一些现代意识和表现方法，以此来“显示着灵魂的深”②，从而“引起疗救者的注意”③，如鲁迅作品中对象征主义方法的运用，郁达夫小说所受到的弗洛伊德学说的影响，田汉在剧作中所表露出的唯美主义倾向等等。鲁迅说他翻译厨川白村的《苦闷的象征》和《出了象牙之塔》是想借此让“生在陈腐的古国的人们”意识到自身的肿痛，以便获得割治肿痛的

---

① 钱理群等:《中国现代文学三十年》，北京大学出版社1998年7月版。

② 鲁迅:《〈穷人〉小引》，《鲁迅全集》第7卷，人民文学出版社1981年版，第103页。

③ 鲁迅:《我怎么做起小说来》，《鲁迅全集》第4卷，人民文学出版社1981年版，第512页。

“痛快”，防止“幸存的古国，恃着固有而陈旧的文明，害得一切硬化，终于要走到灭亡的路”①。茅盾也在《新文学研究者的责任与努力》里说：“在尚未有成熟的‘人的文学’之邦像现在的我国，翻译尤为重要；否则，将以何者疗救灵魂的贫乏，修补人性的缺陷呢?”② 陈思和在分析“五四”时期外来文艺思潮时认为，在1925年以前，“中国作家对于西方现代主义文学的兴趣还不在于具体作家和具体技巧，而在于现代主义反映的现代意识”③，这无疑是十分符合“五四”时期我国域外现代派文学译介现实的。

“五四”新文学初创时期关于现代主义文学浅尝辄止的文学试验在20年代中后期尤其是30年代以后的上海得到了进一步拓展。李金发是我国第一个把“法国象征诗人的手法”介绍到“中国诗里”来的象征主义诗人④。1925年11月，他在第一部象征主义诗集《微雨》的“导言”中说，自己所要表现的是“对于生命揶揄的神秘及悲哀的美丽”。继《微雨》之后，他先后在上海的商务印书馆和北新书局出版了《为幸福而歌》(1926) 和《食客与凶年》(1927)。李金发把波特莱尔的“恶魔倾向”、魏尔伦的颓废感伤情调以及马拉美“神秘而深刻”的诗风创造性地移植到自己的诗歌创作中，开创了我国象征派诗歌的先河，引起了诗坛的震惊和读者的强烈反响。在李金发之后，穆木天、王独清和冯乃超进一步开拓了我国象征主义的诗歌路线。1926年3月，上海《创造月刊》的创刊号上同时发表了三位象征派诗人的理论主张和诗歌作品：穆木天的《谭诗——给沫若的一封信》、《穆木天诗选》，冯乃超的处女作组诗《幻想的窗》和王独清的组诗《吊罗马》、《再谭诗——寄给木天、伯奇》，随后又在上海分别结集出版了他们的象征主义诗集《旅心》、《红纱灯》和《圣母像前》。穆木天称给他暗示的“或者是拉法格”，马拉美的调子“总是

① 鲁迅：《出了象牙之塔》，《鲁迅全集》第13卷，人民文学出版社1981年版。

② 茅盾：《新文学研究者的责任与努力》，《小说月报》，1921年2月。

③ 陈思和：《七十年外来思潮影响通论》，《鸡鸣风雨》，学林出版社1994年版，第143页。

④ 朱自清：《中国新文学大系·诗集导言》，上海良友图书公司1935年版。

诗的律动"①，而他的《雨后》"完全是受了古尔蒙底影响"。王独清称赞"波特莱尔底精神""便是真正诗人底精神"，并且认为好诗应当综合马拉美的情、魏尔伦的音、兰波的色和拉法格的力②。在《谭诗》中，穆木天提出，"我们要求的是'纯粹诗歌'"，"诗的世界是潜在意识的世界"，"诗是要暗示出人的内生命的深秘，诗是要暗示的，诗最忌说明的"，"诗要兼造型与音乐之美"。③ 在《再谭诗》中，王独清明确表明"我理想中最完美的'诗'便可以用一种公式表出：(情 + 力) + (音 + 色) = 诗"④。他们在反省"五四"以来新诗发展的基础上提出了象征主义的"纯诗"主张，在当时引起了诗坛的震动，并对此后中国新诗的发展产生了重要影响。

二

如果说20年代李金发、穆木天等象征派诗人主要是在国外汲取"异域的熏香"而借助上海的文化艺苑登陆诗坛，那么30年代施蛰存、刘呐鸥、穆时英、戴望舒等上海现代派群体，则完全是立足于开放多元的上海文化土壤，引进西方现代主义新潮，开拓中国现代文学，并在此基础上形成了我国第一个现代主义小说流派——新感觉派和较为成熟的现代主义诗歌流派——现代诗派。他们先后在上海创办了《无轨列车》、《新文艺》、《现代》、《新诗》等杂志，大力译介西方现代派文学，发表新感觉小说和现代派诗歌。刘呐鸥最先把法国的都会主义和日本的新感觉派介绍到国内。施蛰存曾回忆说，那时候"刘呐鸥带来了很多日本出版的文艺新书，有日本文坛新倾向的作品，如横光利一、川端康成、谷崎润一郎等的小说"⑤。刘呐鸥对新感觉派的译介是从法国都会作家保尔·穆杭开始的。1928年10月，给日本新感觉派较大影响的法国作家保尔·穆杭来华访

① 穆木天：《谭诗》，《创造月刊》，1926年3月，创刊号。
② 王独清：《再谈诗》，《创造月刊》，1926年3月，创刊号。
③ 穆木天：《谭诗——给沫若的一封信》，《创造月刊》，1926年3月，创刊号。
④ 王独清：《再谭诗——寄给木天、伯奇》，《创造月刊》，1926年3月，创刊号。
⑤ 施蛰存：《最后一个老朋友——冯雪峰》，《新文学史料》，1983年2月。

问，刘呐鸥随后便在《无轨列车》第四期上译载了《保尔·穆杭论》，介绍了这位作家的生平和创作上印象主义、感觉主义的特点，称他用“话术的新形式，新调子”，“探求的是大都会里的欧洲的破体”①，并在同一期上翻译了他的两部短篇小说。随后的1929年，刘呐鸥在自办的水沫书店翻译出版了日本现代短篇小说集《色情文化》，其中选译了片冈铁兵、横光利一、中河与一、池谷信三郎等新感觉派的作品。他在“译者题记”中介绍了日本文坛的现状和新感觉派文学的艺术特征，称“能够把日本时代的色彩描绘我们看的只有‘新感觉派’一派的作品。这儿所选片冈铁兵、横光利一、池谷信三郎等三人都是这一派的健将”，他们“描写着现代日本的资本主义社会的腐烂期的不健全的生活，而在作品中露着这些对于明日的社会，将来的新途径的暗示”，“觉得他们新锐而且生动可爱”②。施蛰存大力译介了显尼志勒的精神分析小说、爱伦·坡的怪诞小说和英美意象派诗歌。施蛰存认为，“显尼志勒的作品可以说全部都是以性爱为主题的，因为性爱对于人生的各方面都有密切的关系”，“他用忧郁的、朦胧的情致来描写这种人生的活剧”。通过显尼志勒，施蛰存进一步拓展了“五四”以来弗洛伊德精神分析学说在现代文学中的认识和运用。他说：“看了显尼志勒的小说后，我便加重对小说人物心理的描写。后来才知道，心理治疗方法在当时是很时髦的，我便去看弗洛伊德的书。”③ 在《从亚伦坡到海明威》一文中，施蛰存介绍了亚伦坡（爱伦·坡）及其小说，认为他“只是要表现一种情绪，一种气氛，或一种人格”，“并不是拿一个奇诡的故事来娱乐读者，而是以一种极艺术的，极生动的方法来记录某一些‘心理的’或‘社会的’现象，使读者虽然是间接的，但无异于直接地感受了”④。此外，施蛰存还一度热衷英美意象

① 刘呐鸥：《保尔·穆杭论》，许秦蓁编：《刘呐鸥全集》（文学集），台南县文化局，2004年版，第441页。

② 刘呐鸥：《色情文化·题记》，许秦蓁编：《刘呐鸥全集》（文学集），台南县文化局，2004年版，第229页。

③ 施蛰存：《沙上的脚迹》，辽宁教育出版社，1996年版。

④ 施蛰存：《从亚伦坡到海明威》，《施蛰存七十年文选》，上海文艺出版社1996年版，第354页。

派诗歌，他先后在《现代》杂志上译介了夏芝、陶里德尔、史考德、罗慧尔、桑德堡、庞德等16位英美意象派诗人的诗作，并同时创作了一批意象主义诗歌，在当时引起了一些读者的仿效，而不得不出面劝止。戴望舒先后译介了道生、魏尔伦、果尔蒙、保尔·福尔、耶麦和许拜维艾尔等象征主义和超现实主义诗人的诗作及其诗歌艺术。戴望舒认为，“耶麦为法国现存大诗人之一。他是抛弃了一切虚夸的华丽、精致、娇美，而以他自己的淳朴的心灵来写他的诗”，他的诗让人感到“一种异常的美感”，“这种美感是生存在我们日常生活上，但我们没有适当地艺术底抓住的”①；“保尔·福尔氏为法国后期象征派中的最淳朴，最光耀，最富于诗情的诗人”，“他用最抒情的诗句表现出他的迷人的诗境，远胜过其他用着张大的和形而上的辞藻的诸诗人”②；“许拜维艾尔是那能摆脱迟重苦痛的劳役的少数人之一，他不倡理论，不树派别，却用那南美洲大草原的青色所赋与他，大西洋底珊瑚所赋与他，喧嚣的‘沉默’、微语的星和驯熟的夜所赋与他的辽远、沉着而熟稔的音调，向生者，死者，大地，宇宙，生物，无生物吟哦”③。此外，高明、徐迟、徐霞村、叶灵凤等人也分别译介了许多域外现代派的文学，如高明对未来主义的介绍，徐迟对都会主义的介绍，徐霞村、叶灵凤对颓废主义的介绍等。

戴望舒、刘呐鸥、施蛰存等人在译介域外现代派文学的同时，还在自己的创作中大量借鉴和吸收了他们的艺术营养，继20年代象征派之后进一步开拓了我国现代派诗歌和小说的新体式。在诗歌方面，戴望舒主要吸收借鉴了法国后期象征主义的诗歌主张，提出“诗不能借重音乐”，也“不能借重绘画的长处”，“新的诗应该有新的情绪和表现这情绪的形式”，“诗是由真实经过想象而出来的，不单是真实，亦不单是想象”④。在《雨巷》、《我底记忆》、《流浪人的夜歌》、《昨晚》等诗作中，他把西方现代派的表现手法和中国古代诗歌的艺术传统融合在一起，表现了现代都市的

---

① 戴望舒：《耶麦诗抄·附记》，《新文艺》1929年9月，第1卷第1期。
② 戴望舒：《保尔·福尔诗抄·附记》，《新文艺》1930年1月，第1卷第5期。
③ 戴望舒：《记许拜维艾尔》，《新诗》，1936年10月，创刊号。
④ 戴望舒：《望舒诗论》，《现代》，1932年11月，第2卷第1期。

爱情感伤和日常生活，创造了较为成熟的现代派诗歌体式。在他的影响下，徐迟、路易士、金克木等现代派诗人以及当时的一大批南方青年诗人都纷纷把精微的想象投向了都市和日常生活，他们“用现代的词藻排列成的现代的诗形”表达了“现代人在现代生活中所感受到的现代情绪”①。在小说方面，施蛰存运用精神分析的手法剖析了现代都市人的内心苦闷和精神畸变，并把这一苦闷和畸变复活到遥远的历史人物身上，在思想观念和艺术形式两方面开创了我国心理小说的新范型，《梅雨之夕》、《在巴黎大戏院》、《魔道》、《鸠摩罗什》、《将军底头》、《石秀》等作品都是他立意创新的结果。施蛰存也因此被称誉为“一个先锋，一个拓荒人”，“可能是中国第一个真正意义上的现代派作家”②。刘呐鸥、穆时英把感觉主义、印象主义和电影蒙太奇等手法创造性地运用到对上海的都市描绘中，在《都市风景线》、《公墓》、《圣处女的感情》、《白金的女体塑像》等小说集中，刘呐鸥和穆时英呈现了现代都市的“光”与“色”和十里洋场的“悲”与“欢”。他们是“敏感的都市人”，“操着特殊的手腕”，“把这飞机、电影、JAZZ、摩天楼、色情（狂）、长型汽车的高速度大量生产的现代生活，下着锐利的解剖刀”③。他们在茅盾等人之外创造了现代派都市小说的新文体，“用有色彩的象征、动态的结构、时空的交错以及充满速率和曲折度的表达式，来表现上海的繁华，表现上海由金钱、性所构成的众声喧哗”，“在现代文学上第一次使得都市成为独立的审美对象”，“第一次用现代人的眼光来打量上海，用新异的现代的形式来表达这个东方大都会的城与人的神韵”④。

三

20世纪40年代在上海的杭约赫、唐湜、唐祈、陈敬容、辛笛等九叶

---

① 施蛰存:《又关于本刊的诗》，《现代》，第4卷第1期。

② 李欧梵:《上海摩登》，北京大学出版社2001年12月版，第168页。

③《都市风景线》“广告语”，《新文艺》，1930年3月，第2卷第1号。

④ 钱理群等:《中国现代文学三十年》，北京大学出版社1997年版，第325—327页。

诗人是“一群自觉的现代主义者，T. S. 艾略特与奥登、史班德们该是他们的私淑者”①。他们聚集在《诗创造》和《中国新诗》周围，继他们的前辈诗人冯至、卞之琳等之后大力译介里尔克、艾略特和奥登等后期象征主义诗人的诗歌作品和诗学主张。在《诗创造》和《中国新诗》上，他们先后刊载了里尔克的《钢琴练习》（徐迟译）、《少女的祈祷及其他》（陈敬容译）、《里尔克诗七章》（陈敬容译），艾略特的《燃烧了的诺顿》（唐湜选译自《四个四重奏》）、《T. S. 艾略忒的“四个四重奏”》（史彭德著，岑鄂之译）、《爱略忒论诗》（沈济译）以及袁可嘉的《托·史·艾略特研究》、《Eliot（艾略特）》，奥登的《战时在中国》（卞之琳译）、《史本德论奥登与三十年代诗人》（李旦译）等。在战乱频仍和民族危亡的社会现实面前，九叶诗人把目光投向了域外具有共同语境和思想倾向的后期象征派诗人里尔克、艾略特和奥登等人。他们深刻反省了“五四”以来新诗的发展进程：“中国新诗虽还只有短短的一二十年的历史，无形中却已经有了两个传统：就是说，两个极端。一个尽唱的是‘梦呀，玫瑰呀，眼泪呀’，一个尽吼的是‘愤怒呀，热血呀，光明呀’，结果是前者走出了人生，后者走出了艺术，把它应有的将人生和艺术综合交错起来的神圣任务，反倒搁置一旁”②。在对新诗传统反思时，九叶诗人首先扬弃了二三十年代以来那种只顾个人感伤而无视社会现实的传统。他们清醒地认识到，“这是一个严肃的时代，它要求一切属于这时代的严肃的声音”③，“我们既属于人民，就有强烈的人民意识”④。他们提出，诗歌“首先得要扎根在现实里”⑤，其次，他们也否定了只顾政治宣传而忽视诗歌艺术的极端。他们认为，在重视诗歌现实精神的同时，也强调诗歌

---

① 唐湜：《诗的新生代》，《诗创造》，1948 年 2 月，第 8 辑。

②⑤ 默弓（陈敬容）：《真诚的声音——略论郑敏、穆旦、杜运燮》，《诗创造》，第 12 辑，1948 年 6 月。

③ 唐湜：《严肃的星辰们》，《诗创造》，第 12 辑，1948 年 6 月。

④ 唐祈：《编后记》，《中国新诗》，第 2 集，1948 年 7 月。

“又要不给现实绑住”①，“不许现实淹没了诗，也不许诗逃离现实，要诗在反映现实之余还享有独立的艺术生命，还成为诗，而且是好诗”②。正是在对传统的深刻反思和对现实的清醒认识中，“将人生和艺术综合交错起来”，成为40年代现代派诗人的审美取向和艺术追求，使得他们与里尔克、艾略特和奥登等西方后期现代派诗人产生了精神和艺术上的遇合。里尔克“观察遍世上的真实，体味尽人与物的悲欢”的现实态度和艺术精神，让九叶诗人感佩③，“艾略特主张的艺术家的责任感要求诗人的个人的热情同他宣传的社会思想和感情之间的‘和谐’统一这一美学原则引起了‘中国新诗’派诗人们的共鸣，奥登以现代派的方法直接表现中国抗战现实生活的创作和他的美学探求，激发了这个诗人群体对于新诗现代性美学探索与实践的热情”④。正是在汲取里尔克、艾略特和奥登等西方现代派大师的诗学营养的基础上，以袁可嘉为代表的九叶诗人建构了他们自己的“新诗现代化”理论体系。1946至1948年间，袁可嘉在《大公报》、《益世报》、《文学杂志》、《诗创造》和《中国新诗》等报刊集中发表了《新诗现代化》、《新诗现代化再分析》、《论现代诗中的感伤性》、《诗与主题》、《新诗戏剧化》等系列诗歌评论文章，全面系统地阐述了“新诗现代化”的理论主张。袁可嘉提出，“现代诗歌是现实、象征、玄学的新的综合传统”，“现实表现于对当前世界人生的紧密把握，象征表现于暗示含蓄，玄学则表现于敏感多思、感情意志的强烈结合及机智的不时流露”⑤。他进而认为，“新诗戏剧化”是拯救新诗的途径，它主要有三个方向：一是里尔克式的，“把搜寻自己内心所得与外界的事物的本质（或动的或静的）打成一片，而予以诗的表现”，“把思想感觉的波动借对于客观事物的精神的认识而得到表现”；二是奥登式的，“利用诗人的机

① 默弓（陈敬容）：《真诚的声音——略论郑敏、穆旦、杜运燮》，《诗创造》，1948年6月，第12辑。

② 袁可嘉：《诗的新方向》，《新路周刊》，1948年，第1卷第17期。

③ 陈敬容：《少女的祈祷及其他·附记》，《诗创造》，1948年4月，第10辑。

④ 孙玉石：《中国现代主义诗潮史论》，北京大学出版社1999年3月版，第290—291页。

⑤ 袁可嘉：《新诗现代化》，《大公报·星期文艺》，1947年3月3日。

智、聪明及运用文字的特殊才能写诗”；三是艾略特式的，“以剧诗为媒介，现代诗人的社会意识才可得到充分表现”，“另一方面剧诗又利用历史做背景，使作者面对现实时有一个不可或缺的透视或距离使它有象征的功用”①。在建构现代诗学理论体系的同时，九叶诗人还充分借鉴和吸收了里尔克、艾略特和奥登等人的诗歌艺术经验，把现代主义艺术和现实主义精神融入自己的诗歌创作，进一步开拓了我国新诗创作的新路径，杭约赫的《复活的土地》、唐祈的《时间与旗》、郑敏的《金黄的稻束》、唐湜的《骚动的城》、辛笛的《手掌集》等诗作在近现代半殖民半封建历史背景下表达了对都市、战争、时间和生命的哲学沉思。

从20年代李金发、穆木天、冯乃超、王独清等的象征派诗歌，到30年代施蛰存、刘呐鸥、穆时英等的新感觉派小说和戴望舒、徐迟、路易士、金克木等的现代派诗歌，再到40年代杭约赫、唐湜、唐祈、陈敬容、辛笛等的九叶派诗歌，上海的现代派文学以开放的视野和创新的精神在对域外现代派文学的借鉴和吸收中，进一步丰富和拓展了我国20世纪文学的思想观念和创作方法。

第二节　现代都市的想象与呈现

20世纪20年代鲁迅曾不无感慨地说：“我们有馆阁诗人，山林诗人，花月诗人……没有都会诗人。”② 然而30年代以后，以刘呐鸥、穆时英、施蛰存、戴望舒、杭约赫、唐祈、徐讦、张爱玲等为代表的上海现代派作家以敏感的触角捕捉都市的新感觉，以全新的形式描写都市的新景观，在开放多元的都市文化中传达出复杂的“现代情绪”，为20世纪中国文学呈现出全新的都市形象和都市文学范型。

---

① 袁可嘉：《新诗戏剧化》，《诗创造》，1948年6月，第12辑。

② 鲁迅：《〈十二个〉后记》，《鲁迅全集》第7卷，人民文学出版社1981年版，第301页。

一

20世纪30年代进入全盛时期的上海已成为全国的经济中心和世界第五大都市，在外国对华进出口贸易和商业总额中占80%以上，直接对外贸易总值占全国50%以上，工业资本总额占全国的40%，工业产值已达11亿元，超过全国一半以上。① 上海工商经济的发展带来了都市文化的繁荣和人们生活方式的改变，“这里面包括着各式各样的独特的形态：汇集着大船舶的港湾，轰响着噪音的工场，深入地下的矿坑，奏着Jazz乐的舞场，摩天楼的百货店，飞机的空中战，广大的竞马场……甚至连自然景物也和前代不同了”②，“近代资本主义社会所发见而留给我们的美——那是大都会和机械的美”③。新的都市景观和新的生活方式促使了现代派作家审美方式的转变。在戴望舒眼中，“新的机械文明”不再是“一个静默的铁的神秘”，而是“有一颗充着慈爱的血的心”，是“我们的有力的铁的小母亲”，她“用有力的，热爱的臂，紧抱着我们，抚爱着我们”（《我们的小母亲》）。在艾青诗中，都市的“那边”，“在千万的灯光之间，/红的绿的警灯，/一闪闪地亮着”，“那边灯光的一面，/铁的声音，/沸腾的人市的声音，/不断地扇出”（《那边》）。在洛依笔下，汽车“引擎的震动，含着笑意的嘴，和二道深藏在浓长的睫毛中/闪耀着热情的光”（《夏午的大道》）。现代派的诗人们以少有的激情发出了对都市机械文明的赞颂，即便是工厂林立的烟囱和桃色的烟雾这些现代我们看来的工业污染，在他们笔下也成为审美的诗行，“在夕暮的残霞里，/从烟囱林中升上来的/大朵的桃色的云，/美丽哪，烟煤做的，/透明的，桃色的云”（施蛰存《桃色的云》）。在现代派作家笔下，都市不再只是道德的沦丧地和罪恶的制造所，而是伴随着机械工业文明一起作为美的对象进入了他们的审美视野。施蛰存笔下的南京路充满了都市的活力，婵阿姨“眼前一切都

① 徐雪韵等编译：《上海近代社会经济发展概况》，上海社会科学院出版社1985年版，第158页。

② 施蛰存：《又关于本刊的诗》，《现代》，1933年11月，第4卷第1期。

③ 藏原惟人著、葛莫美译：《新艺术形式的探求》，《新文艺》，1929年12月号。

呈现着明亮和活跃的气象。每一辆汽车都刷过一道崭新的喷漆的光，每一扇玻璃窗上闪耀着各方面投射来的晶莹的光，远处摩天大厦底圆瓴形或方形的屋顶上辉煌着金碧的光”，“她觉得身上又恢复了一种好像是久已消失了的精力，让她混合在许多呈着喜悦的容颜的年轻人底狂流中，一样轻快地走”（《春阳》）。穆时英笔下的夜总会呈现出纸醉金迷的都市生活图景，“飘动的裙子”、“精致的鞋跟”、“蓬松的头发”和“凌乱的椅子”连成一片，“酒味”、“烟味”和“香水味”混为一体，“华尔兹的旋律”飘飘地绕着舞客们的腿，“法律上的母亲偎在儿子的怀里”卿卿我我（《上海的狐步舞》）。刘呐鸥小说中的跑马场表现出紧张狂乱的都市氛围，“赌心热狂了的人们滚成为蚁巢一般”，“紧张变为失望的纸片，被人撕碎满散在水门汀上”，“尘埃，嘴沫，暗泪和马粪和臭气发散在郁悴的天空里，而跟人们的决意，紧张，失望，落胆，意外，欢喜造成一个饱和状态的氛围气”（《两个时间的不感症者》）。

20世纪30年代上海现代派作家在打量都市外部景观的同时，也把目光投向了都市人们的日常生活。城市经济的发展促进了人口的流动，自开埠以来，上海以它的开放性和包容性吸纳了世界各地五湖四海的移民，30年代上海人口突破300万①。上海城市人口的结构逐渐由原来相对封闭和狭窄的地域结构演变成为以移民为主的开放和动态发展的人口结构。都市人口的密集，现代交通的便利和公共空间的开放等特点，导致了都市现代生活的异质性和多元化，而商品文化的本质也决定了都市生活方式的开放性和流动性。置身于30年代上海工商文化环境中的现代派作家，常常通过都市各色人物的日常生活和心理状态表现出都市生活的异质性、开放性、流动性和多元性。穆时英、刘呐鸥小说中的主人公如同波德莱尔笔下的“浪荡子”，常常漫步街头，闲坐舞场，不知从何而来，也不知去往何处，在没有背景也不见前景的都市自由空间飘荡。略显孤独的青年男子在灯红酒绿的都市一隅邂逅一位摩登女郎，然后开始一场短暂的性爱游戏，并以此串联起不同的消费空间，是他们小说常见的结构方式。穆时英

① 邹依仁：《旧上海人口变迁的研究》，上海人民出版社，1980年版，第114页。

《CRAVEN“A”》中的袁野邨和余慧娴、《夜》中的水手与茵蒂、《红色的女猎神》中的“我”与她、《墨绿衫的小姐》中的“我”与“墨绿衫的小姐”，刘呐鸥《两个不感症者》中的H、T与摩登女郎、《游戏》中的步青和移光等，他们或是在跳舞场，或是在咖啡馆，或是在赛狗场邂逅，经过一段挑逗性的对话，便很快进入到性爱游戏中，这些短暂的艳遇故事最后大多是在女性离去的虚空中结束的。穆时英、刘呐鸥等笔下的摩登男女大多是现代都市的产物，他们是“Jazz，机械，速度，都市文化，美国味，时代美的产物集合体”(《被当作消遣品的男子》)，生活的压抑，都市的浮华，时光的易逝，让他们明确了“此刻”和“瞬间”的重要意义。他们缺乏宏大的理想，也没有执著的追求，消费主义的感观刺激常常成为他们确证生命存在的主要方式。施蛰存笔下的主人公不乏背负着传统道德的包袱在现代都市欲望的刺激下发生了精神的畸变，《魔道》中的“我”、《旅舍》中的丁先生、《夜叉》中的卞士明以及《在巴黎大戏院》中的“我”等等莫不如此。

30年代的上海几乎是与世界同步行进的时尚之都，年轻人是都市文化时尚的体现者，现代派诗人及时捕捉了都市各类新人的生存状态和精神风貌。徐迟在《二十岁人》中赞美了充满青春活力的都市新人类，“我来了，二十岁，/年青，年轻，明亮又健康。/从植着杉的路上，我来了哪，/挟着网球拍了，哼着歌：G调小步舞；F调罗曼司。我来了，穿着雪白的衬衣，印第安弦的网影子，在胸上”。史卫斯《十一月的街》描写了大街上无所事事的“三个年青人”，“谁也没有想到，该到哪儿去”，“对面方向来的女人，飞一个微笑”，“点一点头，又各顾各的走了”。洛依的《在公共汽车中》描写了流动拥挤的车厢里一对年轻恋人在“昏黄的灯光，/与震响的机声”中“亲密接触”的场景，“初恋的羞涩”与“机声的震响”相互映衬，传统的爱情主题在现代都市的审美观照中获得了现代的美感。都市中不同职业的人们迥然相异的生活状貌和精神状态也成为现代派诗人关注的对象。苏俗在《街头的女儿》中描写了梅雨季节街头妓女举止的风骚、生活的无奈和路旁小贩潜伏的色欲心理，烛照出都市生活的阴暗角落。金伞的《出狱》通过一个出狱囚犯走在大街上的所见所闻、所思所感，表现了囚犯们在狱中的团结互助和在街头不知所措的被抛弃感，反映了都市社会的冷漠。王承会的《挑水夫》从一个城市挑水夫的日常生活中发现了都市的美感，在轻快的笔调中表现出普通人的生活沉重。在现代派的诗歌中，无论是都市中的新人类、大街上的漫游者、公共汽车上的恋人，还是街头的妓女、路旁的小贩、出狱的囚犯和穿街走巷的挑水工等，诗人们通过都市的人生百态展示出一个日常生活中的都市形象。这一日常生活的审美化既反映了现代派诗人审美视角的转换，也体现出诗歌散文化的新探索。“在亲切的日常生活调子里舒卷自如，敏锐，精确，而又不失它的风姿，有节制的潇洒和有功力的淳朴”①，卞之琳对戴望舒诗歌的这个评价可以看作是30年代现代派诗人的共同追求。正是在戴望舒的影响下，现代派诗人开始摆脱了此前对音乐性的追求而注重“诗的内在情绪”，在都市的日常生活中表现诗歌的美，开拓了新诗散文化的新路径。

长期以来，在我们的文学传统中，都市总是作为乡土的对立面，被看作是道德沦丧的渊薮。20年代周作人指责上海“以财色为中心”，“充满着饱满颓废的空气”，是“买办流氓与妓女的文化，压根儿没有一点理性与风格”②。30年代沈从文仍然站在传统文化的价值立场批判都市“道德上与文化上”的恶风气③。然而，刘呐鸥、穆时英、施蛰存、戴望舒等人显然改变了以往的都市书写传统。他们不再只是对都市进行一味的道德判断，也不再仅仅是把它作为人物活动的场景来渲染，而是把它作为独立的审美对象，使其具有了自身的品格和更为丰富的审美意蕴。大街的流光溢彩与人生的浮世悲欢同质同构，是集繁华与邪恶于一体的都市“恶之华”。上海的现代派作家与其笔下的主人公一样，常常在这种都市的“恶之华”中表露出复杂矛盾的心理，他们一面诅咒都市是“地狱上面的天堂”，一面享受着都市的繁华；一面追逐着浮世的悲欢，一面感受着都市

① 卞之琳：《〈戴望舒诗集〉序》，《戴望舒诗集》，四川人民出版社，1981年，第5页。

② 周作人：《上海气》，《谈龙集》，岳麓书社，1989年版，第90页。

③ 沈从文：《文学者的态度》，《大公报·文艺》，1933年10月。

的孤独；一面赞美都市的机械文明，一面呈现都市的罪恶颓废。他们“用现代的词藻排列成的现代的诗形”表达了“现代人在现代生活中所感受到的现代情绪”①。

二

“一个城市不仅仅是一块地方，而且是一种心理状态，一种独特生活方式的象征”②。40年代，上海由“华洋”共治到“孤岛”沦陷，战火硝烟与洋场风情成为这一时期上海都市形象的主要背景。杭约赫、唐祈等九叶诗人与徐讦、张爱玲等新海派作家用各自不同的方式，呈现了40年代变奏着战场与洋场的上海都市形象。陈思和曾指出：“抗战改变了知识分子在中国现代化进程中的社会地位及其与民众的关系。”③ 上海的“一·二八”事变和“八·一三”抗战，使得民族处于生死存亡的危急关头，知识分子主动放弃了此前的启蒙身份而下移到民族大众的立场，共御外侮，服务抗战。正是在这一亡国的危机中，民族性的焦虑积淀为一种普遍的社会心理，进而深刻地影响了作家的创作心理和审美方式。1947年前后，曹辛之（杭约赫）、唐湜、唐祈、陈敬容等九叶派诗人在亲历了战争硝烟，目睹了民生疾苦之后来到上海（辛笛已于1939年来到上海），先后创办了《诗创造》和《中国新诗》杂志，“他们与因抗战结束复员或毕业分配回到北平或天津的原昆明西南联大诗人群穆旦、杜运燮、郑敏、袁可嘉取得了遥远的联系，共同推动着一股新的诗潮的发展”④。这股“新的诗潮”持续到1948年11月，因《诗创造》和《中国新诗》被查禁，辛笛、杭约赫等人或在上海隐身避难或离开上海为止。

40年代，战争期间的上海呈现出一片社会乱相，经济崩溃，物价飞涨，民不聊生，战争时期的紧张氛围和社会动乱后来在国民党反动派的白色恐怖和疯狂掠夺下更见紧张。正是在这种战争文化心理的影响下，九叶

---

① 施蛰存：《又关于本刊的诗》，《现代》，第4卷第1期。

② 丹尼尔·贝尔：《资本主义文化矛盾》，三联书店，1989年版，第155页。

③ 陈思和：《简论抗战为文学史分界的两个问题》，《社会科学》，2005年第8期。

④ 蓝棣之：《九叶派诗选前言》，《九叶派诗选》，人民文学出版社，1992年，第3页。

派诗人运用现代主义的艺术来表现严峻的社会现实生活，他们要求“在内容上更强烈拥抱住今天中国最有斗争意义的现实”①，“呼唤并响应时代的声音”，“有所挣扎，有所突破，有所牺牲，也有所完成”②。杭约赫的《复活的土地》在世界反法西斯战争的广阔背景下以宏大的气势、澎湃的激情和繁复的意象描写了近代上海的都市变迁，从租界时期殖民者的疯狂掠夺和国人的忍屈含辱，沦陷时期上层人们的骄奢淫逸和底层人们的饥寒交迫，到国统时期反动派的白色恐怖和劳动人民的觉醒反抗，诗人用“饕餮的海”、“荒淫的海”、“丰富的海”和“辽阔的海”等“海”的意象喻写了畸形繁荣的“魔都”上海。唐祈的《时间与旗》在战争的背景上描述了殖民者和反动派在上海的殖民掠夺和反动统治，“一九四八年的上海，这个庞大的都市的魔怪”，港口停泊着“庞大的兵舰”，“躲闪着星条旗”，“犹太人、英国人和武装的/美军部队，水兵，巡行着/他们殖民地上的故乡”。殖民者在“最末的时辰”把掠夺的财富“装回到遥远的/属于自己的国度”。抗战虽然胜利了，但反动派的恐怖和人民的反抗、资本家的剥削和无产者的苦难仍在进行。“无数个良心”正在接受“卑鄙政权”的“宣判”，“资本家和机器占有的地方，/墨晶玉似的大理石，磨光的岩石的建筑物/下面，成群的苦力手推着载重车”，“在街头任何一个阴影笼罩的角落/饥饿、反抗的怒火烧炙着太多的你和我”，“只有斗争将改变一切意义”。如果说《复活的土地》和《时间与旗》是以史诗的形式展现了上海的过去和现状，那么袁可嘉的《上海》和辛笛的《夏日小诗》则以讽刺画的形式描绘了战后上海市侩们荒淫的生活和麻木的心态，“到处是不平。日子可过得轻盈，/从办公室到酒吧间铺一条单轨线，/人们花十小诗赚钱，花十小诗荒淫。/绅士们捧着大肚子走进写字间，/迎面是打字小姐红色的呵欠，/拿张报纸，遮住脸：等待南京的谣言”（《上海》）；“在南方的海港风里/我闻见了起腻的肥皂沫味/有一些市侩在那里漂亮地理发/呵，真想当鼓来敲白净的大肚皮/就着脐眼开花，点起三夜不熄的油

① 编辑室语，《中国新诗》第2辑，1948年8月。

② 《我们呼唤——代序》，《中国新诗》第1辑，1948年7月。

脂灯/也算是我们谦卑地作了‘七·七’的血荷祭”（《夏日小诗》）。九叶诗人这些融抽象于具象、把社会现实与哲理玄思相结合、追求“思想知觉化”的诗歌，把20年代以来李金发、戴望舒等人的现代主义诗歌推向了更为成熟的具有中国本土特色的新阶段。

30年代末，徐訏在介绍其剧作《月亮》的创作背景时说，“太平洋战争爆发以前的上海，那时候，租界上的人都有说不出的苦闷，连富有的企业家们都是一样，他们已经慢慢地感觉到敌人经济与政治方面的压力”①，实际上这也是徐訏大多数关于上海想象的背景。在战争阴云的笼罩下，徐訏笔下的上海已经失去了昔日新感觉派眼中光怪陆离的色彩，而常常表现出压抑、冷寂和诡秘的氛围。《月亮》中的上海，人们“都有说不出的苦闷”。《鬼恋》中的大街，“死寂而寒冷”，弄堂又黑又长，女主人公居住的“屋内阴沉沉的，的确好像久久无人似的”。《赌窟里的花魂》中，“路上行人很稀少，月光凄清地照着马路”。《风萧萧》中上海沦陷以后的北四川路，到处是“仇货的广告，敌人的哨兵，以及残垣的阴灰”。《江湖行》中“疲倦的街灯投射着凄暗的光亮在死寂的街头浮荡”。在徐訏的都市想象中，虽然舞场、赌窟、咖啡馆、夜总会等娱乐空间仍然是其笔下人物活动的主要场所，但显然作者已不再只是浮光掠影地表现都市中灯红酒绿和纸醉金迷的生活表面，而是把关注的重心投向它们背后人物的精神世界。徐訏常常在都市与战争的背景下，探讨爱与人性的哲学命题，把孤独、失落、流放、虚无等现代主义情绪，铺展在一个个浪漫传奇的故事中。《鬼恋》描写了战争时期女主人公从职业革命生涯的奋发到都市隐居生活的消沉，女主人公从积极的“入世”到颓然的“避世”，昭示了人生的失落与生命的虚无。《赌窟里的花魂》没有着意渲染赌窟里的迷乱狂热，而是借“我”与“花魂”传奇的赌场经历和聚散离合的爱情故事，表达了对生命本质和人生意义的哲学探讨。《烟圈》描写了一群中学时代的朋友聚首一处，回想往事，感慨如烟人生的情景，作者对于人生的哲学探讨超越了世俗的生活主题。《风萧萧》以上海“孤岛”为背景，通过

① 徐訏：《月亮》，《徐訏全集》第9卷，台湾正中书局1967年版，第1页。

“我”与史蒂芬、白苹、梅瀛子和海伦等人浪漫的洋场生活、复杂的情感纠葛和紧张的间谍争斗，展示了上海沦陷前后都市的生活状貌和特殊阶层的生存方式。《江湖行》在战争与都市的背景上叙写了主人公周也壮曲折的江湖人生和纷繁的情感历程，作者着重表现了都市对人的改变和偶然性对人生的决定性意义，展开了关于人生与爱的哲学探讨。在对都市的想象和战争的关注中，徐訏超越了感性的具象层面，探索的是人生和生命的本质性问题，从而进一步开拓了30年代新感觉派的都市想象空间。正如有学者指出，徐訏是从文化哲学和文化心理的角度切入，追求存在与生命的本质，其“寻找”和“超越”的主题与西方现代主义的核心思想有着深刻的相通，同时这些作品那种全面走向心理的倾向也正是现代派的典型表征①。

上海沦陷后，张爱玲“在一个低气压的时代，水土特别不相宜的地方”②，给人们呈现出了令人惊艳的“上海想象”。出身于没落贵族家庭的张爱玲常常通过遗老遗少们的旧家大宅展示出新旧杂糅的都市生活空间。《倾城之恋》中的白公馆、《金锁记》中的姜公馆、《留情》中的杨宅以及《小艾》中的匡家等等，这些旧家大宅无论是整体氛围还是器物陈设，都无不散发出古旧、衰败的气息。然而，这些旧宅子里的人们又置身于处处散发着西方文明气息的现代都会上海，于是他们的生活起居又常常体现出杂糅在传统中的现代意味。他们有的也喜欢时新款式的首饰，听最新的流行唱片，去电影院看电影，甚至学会了跳舞和驾驶汽车。这些新旧混杂的气息流布在张爱玲笔下的大多数日常生活空间。除了遗老遗少的深院旧宅外，张爱玲还通过都市中的另一类生活空间——高层公寓，展现出上海日常生活的另一面。与遗老遗少的深院旧宅相比，新式公寓常常表露出都市室内生活空间的现代气息，自动供水的浴室，随时可拨打的电话，西式的家具和屋顶花园等等。当然，张爱玲不止是单单描写这些新旧杂糅、几近

---

① 孔范今：《论中国现代小说发展中的后期现代派》，《悖论与选择》，明天出版社1992年版。

② 迅雨（傅雷）：《论张爱玲的小说》，《万象》，1944年5月。

封闭的室内生活空间，她有时也会涉及大街、电车、弄堂、楼道、电梯等开放或半开放的外部生活空间。然而在张爱玲笔下，由于城市的沦陷，繁华的都市大街常常变得灰暗、静寂，流动开放的电车竟也陷入了“封锁”(《封锁》)，嘈杂的弄堂有时显得“空荡荡”的（《留情》)，楼道和电梯里常常是幽暗的（《红玫瑰与白玫瑰》)，即使有灯也是坏的（《心经》)。如果说张爱玲笔下的都市场景体现了上海文化东西杂糅的特征，反映了沦陷时期上海日常生活的一面，那么其笔下的人物则浸透了上海文化中世故练达、自私重利的商业精神，也即杜衡所说的“上海气”。张爱玲说：“上海人是传统的中国人加上近代高压生活的磨练。新旧文化种种畸形产物的交流，结果也许是不甚健康的，但是这里有一种奇异的智慧。”张爱玲小说中的人物无论是旧家族的遗老遗少，还是新公寓的洋场新人，都在拥挤逼仄的环境中和都市生存的压力下养成了精明算计、自私重利、淡薄亲情的“上海气”。张爱玲笔下人物的“上海气”主要表现在家庭内部的冲突和男女私情的角逐上。如《倾城之恋》中的白流苏先与哥嫂为“钱”而争，后与范柳原为“情”而斗；《金锁记》中的曹七巧无论是在争夺财产，还是在坚守“黄金”的过程中都表现出“奇异的智慧”，当然她最终也丧失了自己的青春，葬送了儿女的幸福；《红玫瑰与白玫瑰》中的佟振保与朋友之妻王娇蕊在窥伺、试探和调情中完成了始乱终弃的传统故事；《封锁》中的吕宗桢在封锁时的电车中演绎了精明自私的短暂“爱情”。饮食男女是日常生活中最普遍的形态，“人类失掉了一切的浮文，剩下的仿佛只有饮食男女这两项”，张爱玲说，她注重的是“人生安稳的一面”，“甚至只是写些男女间的小事情”，因为它有着“永恒的意味”①。张爱玲笔下的人物正是在日常世俗的生活中为了各自的利益精打细算，勾心斗角，充分表现出世故练达、精明自私、务实重利的上海商业文化精神。虽然张爱玲说她的作品里“没有战争，也没有革命”②，但是亲历了沪战和港战的张爱玲，深深体验到乱世中世事的无常和人生的苍凉。虽然她不正面描写悲壮的战争场面，但她却时时不忘战争背景下和日常生活中的

---

①② 张爱玲：《自己的文章》，《流言》，花城出版社1997年版，第173页。

“惘惘威胁”。《创世纪》中匡老太太紫薇“灰鼠鼠”的人生片断是对于战争的记忆，从“八国联军”、“拳匪之乱”、“辛亥革命”、“军阀混战”，一直到眼前的“上海沦陷”。《桂花蒸 阿小悲秋》中战时的上海实行自来水限制，家家都准备着储水的大缸。《倾城之恋》中战争竟然成就了一对自私男女的世俗婚姻。《封锁》中战时的封锁“让整个上海打了个盹”，演绎了一场短暂的爱情传奇。可见，张爱玲写的仍然是战争中的乱世上海，只不过她不正面写悲壮的战争场面和惨烈的战争过程，而是侧面表现战争对日常生活的影响。在日常世俗的生活场景中不经意地释放出人生的苍凉感受，既是张爱玲对上海孤岛的城市印象，也是她由俗至雅的现代派叙事策略。

三

丹纳认为，“作品的产生取决于时代精神和周围的风俗”①。随着时代的变迁，文化风习的改变，文学的审美方式也必然随之而变。在现代都市中，摩天大楼的高度、交通工具的速度和现代机械的力度，把一切都变成了“流线型”，“都市里的人们生活在机械的‘速’和‘力’的漩涡中”②，新的都市生活需要有新的艺术表现形式。上海现代派作家不仅呈现了全新的都市形象，而且提供了表现都市的新的艺术形式。他们从矗立在街头的高层建筑那里获得了观察和描写都市的全新视角。刘呐鸥笔下的主人公站在“五层楼的一室”，“凭着栏杆往外面望”，“下面是一片的灯海。那些高高低低的楼房，只露出不明了的轮廓，像海底的沙滩一样，累在他的眼底下。近处一条灯光辉煌的街道，像一条大动脉一样，贯串着这大都市的中央，无限地直伸上那黑暗的空中去。那中间的这些许多夜光虫似的汽车，都急忙动着两只触灯，转来过去。那面交错的光线里所照出来的一簇蚂蚁似的生物，大约是刚从戏园滚出来的人们”（《游戏》）。穆时英小说中的主人公在公寓的阳台上看到的是，“在远处，无数的灯火在都

① 丹纳：《艺术哲学》，傅雷译，安徽文艺出版社，1998年10月版，第70页。
② 茅盾：《机械的赞颂》，《申报月刊》，1933年4月15日，第2卷，第4期。

市的上空荡漾着。街上接连着从戏院和舞场里面回来的，蛤蟆似的车辆，在那条两座面对着勃灵登大厦和刘易士公寓造成的狭巷似的街上爬着。街上稀落的行人，全像倒竖在地上的，没有人性的傀儡似地，古怪地移动着；在一百多尺下面的地上的店铺和橱窗里列着的货物，全瞧着很精巧细致的，分外地可爱起来了”（《红色的女猎神》）。站在高层公寓的阳台上凭栏远眺，也是张爱玲及其笔下人物观察上海的常见角度。《心经》中的许小寒坐在屋顶花园的栏杆上，“仿佛只有她一人在那儿，背后是空旷的蓝绿色的天，蓝得一点渣子也没有——有是有的，沉淀在底下，黑漆漆，亮闪闪，烟烘烘，闹嚷嚷的一片——那就是上海。这里没有别的，只有天与上海与小寒”。《桂花蒸 阿小悲秋》的开头，“丁阿小手牵着儿子百顺，一层一层楼爬上来。高楼的后阳台上望出去，城市成了旷野，苍苍的无数的红的灰的屋脊，都是些后院子，后窗，后巷堂，连天也背过脸去了，无面目的阴阴的一片”。不同时代氛围中的人们以同样的角度观察同一座城市常常会产生不同的心境和情绪。30 年代刘呐鸥和穆时英站在高楼上凭栏远眺，都市高大的建筑、繁忙的大街和拥挤的人群都变得渺小和微不足道，大街像“动脉”，汽车像“夜光虫”和“蛤蟆”，而人们则像“蚂蚁”，刘呐鸥、穆时英是把都市对人的异己感无意中转化为人对都市的把玩心理。而40 年代的张爱玲，“一个人在黄昏的阳台上，骤然看到远处的一个高楼，边缘上附着一大块胭脂红，还当是玻璃窗上落日的反光，再一看，却是元宵的月亮，红红地升起来了。我想着：‘这是乱世。’晚烟里，上海的边疆微微起伏，虽没有山也像是层峦叠嶂。我想到许多人的命运，连我在内的；有一种郁郁苍苍的身世之感”①。尽管前者看到的是繁华，后者得到的是苍凉，但都市的高层建筑使得现代派作家和他们笔下的人物获得了同样把握都市的精神优势。

丹尼尔·贝尔认为，“在新的空间概念上，有一种固有的距离的消蚀。不仅新型的现代运输手段压缩了自然距离，而且各种新艺术技巧缩小

---

① 张爱玲：《我看苏青》，《张爱玲散文全编》，浙江文艺出版社 1992 年版，第 272—273 页。

了观察者与视觉经验之间的心理和审美距离”①。30年代，汽车、电车和火车等现代交通工具几乎与都市大街同时进入现代派作家的审美视野，改变了他们对都市的想象和体验方式。洛依的《在公共汽车中》描写了公共汽车上都市浪漫而刺激的恋爱场景：“幸而有灯光的昏黄，荫蔽了初恋的脸红；幸而有机声的震响，掩护了初恋的嗫呐；但这车厢为什么如此颤动呢？在不经意中，我的肩骤投入了他的怀里，虽然有昏黄的灯光，与震响的机声，也荫蔽这火烧得双颊，与翕张的唇吻了。”施蛰存《雾》中的主人公素珍小姐在去上海的火车上，与“青年绅士”陆士奎长时间的注视后产生了好感。她先是“偷瞧一眼”，然后“再冒险着看他一眼”，发现了他与自己理想丈夫的标准“完全吻合”，于是“本能地脸热了”。刘呐鸥《风景》中一对偶遇的男女主人在火车上相互对视和玩味中产生了性的冲动，那位本打算去县城陪丈夫度周末的摩登女士竟然主动邀请燃青中途下车，两人在“直线的邀请”和“直线的从命”中一拍即合，在美妙的乡间风景中放纵野合。快节奏的现代交通工具不但直接改变了人们的出行方式，拓宽了到达范围，提供了丰富多样的时空选择，而且培育了短暂便捷和浪漫刺激的情感体验，深刻地影响了人们的生活方式和审美趣味。叶灵凤在《流行性感冒》中把都市摩登女郎比喻成最时髦的流线型汽车，蓁子“像一辆一九三三型的新车，在五月橙色的空气里，沥青的街道上，鳗一样的在人丛中滑动着”，“迎着风，雕出了一九三三型的健美姿态：V型水箱，半球型的两只车灯，爱莎多娜·邓肯式的向后飞扬的短发”。穆时英《上海的狐步舞》里的小德和刘颜蓉珠，这对法律上的母亲和儿子“开着一九三二的新别克，却一个心儿想一九八〇年的恋爱方式”。“一九三二的别客车”和“一九八〇年的恋爱方式”分别象征了都市的现代生活时尚和道德情感的违背伦常。刘呐鸥《游戏》中的女主人公移光在与步青谈情说爱时一心想着的却是另一个情人送给她的“六气缸的意国制的一九二八年式的野游”飞扑汽车，而《两个时间的不感症者》中的摩登女郎甚至认为“loving—making 是应该在汽车上风里干的”，

① 丹尼尔·贝尔：《资本主义文化矛盾》，三联书店1989年版，第155页。

她“还未曾跟一个 gentleman 一块儿过过三个钟头以上呢”。现代都市的“人们是坐在速度的上面的”（刘呐鸥《风景》），“如果这高速度的恋爱失掉了她的速度，就是失掉了她的刺激性”（穆时英《被当作消遣品的男子》）。交错纵横的都市大街和快速便捷的交通工具把都市人们的生活方式和情感心理变成了直线型和快节奏。传统的伦理道德和价值观念在现代都市的流行时尚中分崩离析，瞬间直露的感官刺激替代了传统的羞涩缠绵。正是在这个意义上，西美尔说：“大都市的人际关系鲜明地表现在眼看的活动绝对的超过耳听，导致这一点的主要原因是公共交通工具。在公共汽车、火车、有轨电车还没出现的十九世纪，生活没有出现过这样的场景：人与人之间不进行交谈而又必须几分钟，甚至几小时彼此相望。”①

30 年代时茅盾说：“现代人是时时处处和机械发生关系的。都市里的人们生活在机械的‘速’和‘力’的旋涡中，一旦机械突然停止，都市人的生活便简直没有法子继续。交通停顿了，马达不动了，电灯不亮了，三百万人口的大都市上海便将成为死的黑暗的都市了。……机械这东西本身是力强的，创造的，美的。我们不应该抹煞机械本身的伟大。”② 摩天大楼的高度和现代机械的力度也渗入到现代派诗人的审美意识，促使了他们对传统意象的现代性改造。徐迟的《都会的满月》以非凡的想象把摩天楼上的钟面比作“都会的满月”，它“贴在摩大楼的塔上”，“短针一样的人，/长针一样的影子，/偶或望一望都会的满月的表面。/知道了都会的满月的浮载的哲理，/知道了时刻之分，/明月与灯与钟的兼有了”。月亮是一个常见的传统意象，但把它与摩天楼上的“立体平面的机件”结合在一起，则具有了鲜明的现代美感。宗植在《初到都市》中，用“漠野的沙风”、“生活之流动的烟雾”和“梦的泡沫之气息”等意象具象化地呈现出诗人仰视“二十一层”摩天大楼时所产生的内心惶惑和淆乱的空间

① 格奥尔格·西美尔：《相对主义哲学散论》，转引自本雅明《发达资本主义时代的抒情诗人》，北京三联书店 1999 年版。

② 茅盾：《机械的颂赞》，《申报月刊》，1933 年 4 月，第 2 卷，第 4 期。

观念："比漠野的沙风更无实感的，/都市底大厦下的烟雾哟，/低压着生活之流动的烟雾，/也免不了梦的泡沫之气息：/溶化在第二十一层房顶上的/秋夜之天空，/在透露着青苍的幽郁。/也曾遇见熟识的眼睛吗？/街灯之行列，/沉落在淆乱空间观念的/纵的与横的综错里了。"前人在《云》里，则把传统的意象"浮云"比作"Aluminium的构成派建筑"和"一列巨型的银牙"，用现代机械的美置换了传统的诗歌想象："梦样的思想样的夏日的云。/是一座Aluminium的构成派建筑哪。/是一列巨型的银牙。/是雪压着的长松哪。/是西伯利亚的羊群。"

总之，一方面现代都市孕育了上海的现代派文学；另一方面上海的现代派文学也以其求新求异的思想观念和艺术创作呈现出现代都市的风貌，开拓了20世纪中国都市文学的新范型。正如杜衡所说："中国是有都市而没有描写都市的文学，或者描写了都市而没有采取适合这种描写的手法。在这方面，刘呐鸥算是开了端，但是没能好好地继续下去，而且他的作品还带着'非中国'即'非现实'的缺点。能够避免这缺点而继续努力的，这是时英。"① 杜衡当年对刘呐鸥和穆时英的赞许用来评价三、四十年代上海现代派文学对20世纪中国文学的贡献也许更为恰切。

第三节 东西文化交流碰撞中的融合与创新

"从世界角度考察中国现代文学产生的文化背景，便可以发现，现代文学正是出现在这样的历史交汇点上：中国的文学在长期发展中，已经形成了自己民族所特有的美学原则、文学传统，西方文学各种文学体裁、艺术形式、表现手法、创作方法，也都发展得比较充分与成熟，同时，无论中国文学与西方文学又都处于文学发展的高潮已然过去，酝酿着新的突破与变革的阶段"，"西方文学的输入，与世界文学的广泛联系，不仅促进了中国传统文学的变革，而且导致了传统文学价值的'再发现'"②。

① 杜衡：《关于穆时英的创作》，《现代出版界》，1933年第9期。

② 钱理群等：《现代文学三十年》，上海文艺出版社1987年8月版，第14—17页。

"五四"退潮之后，新文学先驱们的激进姿态逐渐趋向平和，固有的文学传统得以重新审视，如鲁迅的"朝花夕拾"与胡适的"整理国故"都是这一时期的成果。30 年代上海现代派文学对 20 世纪中国文学的影响和贡献，不仅体现在其引进西方现代文学的创新精神和融入世界文学体系的开放视野，也见证在它对传统文学的继承和开拓上。

早在 20 年代，李金发在引进西方象征主义时便意识到传统诗歌艺术的重要意义，他说："余每怪异何以数年来关于中国古代诗人之作品，既无人过问，一意向外采辑，一唱百和，以为文学革命后，他们是荒唐极了的，但从无人着手批评过，其实东西作家随处有同一之思想、气息、眼光和取材，稍为留意，便不敢否认，余于他们的根本处，都不敢有所轻重，惟每欲把两家所有，试为沟通，或即调和之意"①。由于李金发传统文化的根基不深，又主要是在异域摄取的"世纪末的果汁"，因而他所进行的融合东西诗艺的努力并未取得明显的效果，以至于胡适、梁实秋把他的象征诗斥之为"笨迷"②，而即便是同为象征派诗人的穆木天也讥刺地说："我读不懂李金发的诗。长了二十七岁，还没听见这一类的中国话。"③ 李金发诗歌的这一"先天不足"在三、四十年代的现代派作家笔下完全得到改观。在上海文化的濡染下，施蛰存、穆时英、戴望舒、杜衡、徐讦、张爱玲等人在借鉴西方现代主义艺术经验的同时，也继承了我国传统文化的精神特征。

一

怀乡情结是中国传统文化的重要精神特征之一。近代上海是一个"华洋交错，五方杂处"的移民城市。从国内移民看，足迹遍布中国大多数省份，1935 年非上海籍的外乡移民占上海城市总人口的 76% 左右。从

---

① 李金发：《食客与凶年·自跋》，北新书局 1927 年版。

② 见胡适《谈谈"胡适之体"的诗》，梁实秋《我也谈"胡适之体"的诗》，《自由评论》，1936 年第 12 期。

③ 穆木天：《无聊人的无聊话》，见刘炎生《中国现代文学论争史》，广东人民出版社 2000 年版，第 224 页。

国际移民看，1935年，在上海居住的外国侨民来自5大洲61个国家，多达十余万人，位居国内首位①。大量的外来移民怀着冒险的心态来上海滩寻找发展的机遇，“没有多少人，不管是中国人还是外国人，抱着长期在此居住的希望来到上海。他们多半在几年内发财致富，然后离开”②。然而，无论是成功者还是失意者在都市的浮华背后都常常难以释怀传统的怀乡情结。吴福辉曾就此指出，“在洋场内部顽固地保存乡籍文化”，“这是个旅居者的城市，各个地方乡籍民俗的保留（注意并非残留），特别是在饮食起居婚丧礼仪方面的各行其事，是十分显然的”③。这一传统的怀乡情结在以施蛰存、戴望舒为代表的现代派作家身上都有不同程度的体现。施蛰存说：“一个作家的创作生命最重要的基础是：国家、民族、土地；这些是他创作的根，是无法逃脱的。”④ “从江南带书香味的城镇走出来”⑤ 的施蛰存常常在都市洋场的繁闹和古城小镇的宁静之间，带着淡淡的感伤追忆故园的青春往昔。早期的《上元灯》中的作品大多是对苏州古城和松江小镇生活的怀旧与感伤。在接下来的《闵行秋日纪事》、《魔道》、《旅舍》、《夜叉》等作品中，施蛰存的乡土情结继续在都市向乡野的回归中得到延展。从繁闹压抑的都市回归纯朴自然的乡土，是这类小说人物常见的一种行为模式。后来，施蛰存还把自己的怀乡情结移植到那些遥远的历史人物身上，《将军底头》中的花惊定、《鸠摩罗什》中的鸠摩罗什、《阿褴公主》中的段功都无不是在异国他乡怀着各自的乡思。对乡土故园的怀想与感伤同样在戴望舒、严敦易、陈江帆等现代派的诗歌中屡见不鲜。戴望舒自称是一个“怀乡病者”。在《百合子》、《八重子》、《梦都子》等诗作中，诗人把怀乡的忧郁寄寓在三个上海的日本妓女身上。她们虽然置身于“百尺的高楼和沉迷的香夜”，但却都是“怀乡病的可怜的患者”，“萦系着渺茫的相思”，在异国的都市中“度着寂寂的悠长

① 邹依仁：《旧上海人口变迁的研究》，上海人民出版社1980年版，第112页。

② 罗兹·墨菲：《上海——现代中国的钥匙》，上海人民出版社1986年版，第10页。

③ 吴福辉：《都市漩流中的海派小说》，湖南教育出版社1995年8月，第54页。

④ 施蛰存：《沙上的脚迹》，辽宁教育出版社1996年版。

⑤ 杨义：《中国现代小说史》，人民文学出版社1988年版。

的生涯”，“茫然地望着远处”，“在灿烂的樱花丛里”的故乡。然而，作为现代派的诗坛领袖，戴望舒的所怀之“乡”更深地指向人类的精神家园，在《对于天的怀乡病》、《乐园鸟》和《深闭的园子》等作品中，诗人向往着没有俗世烦恼，充满了自由、静谧和爱意的“乐园”。戴望舒在传统的“家园”情结与西方的现代主义主题之间搭建起相通的“桥梁”。30 年代的现代派诗人大多是都市的外来者，“初到都市”的诗人在复杂多变的都市中常常产生无法融入的焦虑，他们以异乡人、索居者和漂泊者的身份抒发伴着难以排遣的寂寞和乡思。他们或者在都市的大街上发出“这个漂亮的都市于我一无所有”的感叹（严敦易《索居》），或者在都市的公寓中怀想故乡的秋天（陈江帆《公寓》）。此外，“怀乡”情结在穆时英、徐讦、张爱玲等人身上也有不同程度的表现。穆时英的都市书写虽然大多规避或悬置了国家、民族、社会、家庭等传统的精神指向，但其文本深处仍然潜隐着一个“家园”的期待。他笔下的主人公大多是都市中无家可归的漂泊者，怀着“海一样深的寂寞”，或者诅咒都市的罪恶繁华，或者渴望回到日夜思念的故乡。穆时英的怀乡情结在他流寓香港时表现得最为淋漓尽致，在《怀乡小品》、《中年杂感》、《无题》等一系列散文中穆时英尽情抒发了自己对上海的“乡情”，他忘情地说：“只要能再看见黄浦江的浊水，便会流下感激的泪来吧”①，可见这位“新感觉派圣手”的心底实在也蕴藏着传统的“乡愁”。张爱玲虽然是土生土长的都市人，但从她自香港回到上海后发自肺腑的一句“到底是上海人”中，我们不难体味出她已经把上海融化为心中的故土家园，由此我们不难理解为何张爱玲“总是能用各种方式回到家庭，从上海市民家庭的窗口来窥视这个城市舞台日日演出的浮世悲欢”②。总之，无论是施蛰存直接对故土家园的怀想，还是戴望舒、穆时英等在都市漂泊中潜隐着难以释怀的家园情思，或者是萦绕在张爱玲心底的家园意识，这些都无不烛照出中国现代派

① 穆时英：《无题》，香港《大公报》，1938 年 10 月 16 日。

② 钱理群、温儒敏、吴福辉：《中国现代文学三十年》，北京大学出版社 1998 年 7 月版，第 515 页。

作家在接受西方文化的同时有着难舍的传统文化情思。

二

才子佳人式的缠绵和诗情画意般的浪漫是我国古代文人传统的重要表征。以吴越文化为基质的上海文化中总有“那样一种说不出的阴柔绵软”，“晋宋两度的北人南迁，冲击不了江南丝竹的轻音和吴侬软语”，“近代的轮机汽笛仍没能够唤起勾践子孙们的阳刚之气”①。鲁迅也曾讥讽现代文人与风尘女子在上海演绎着新式的“才子佳人”戏。② 置身于现代都市中的现代派作家们不但有难以舍去的乡土情结，而且还在洋场生活中表露出古典的浪漫情怀。戴望舒对施绛年的相思相恋孕育出了他的“雨巷”缠绵，穆时英与仇佩佩的洋场恋情从上海演绎到香港，刘呐鸥的日记里充满了他对风尘女子的真诚与关爱。张爱玲在“孤岛”时期的上海也与胡兰成演绎了一段才子佳人式的浪漫。然而，现代派作家们的浪漫情怀更多的是表现在他们的创作中。早在 30 年代沈从文就指出，施蛰存是“把创作当诗来努力”，“以一个自然诗人的态度，观察及一切世界姿态，同时能用温暖的爱，给予作品中以美丽而调和的人格”③。从最初的《上元灯》、《周夫人》、《旧梦》、《扇》，到后来的《梅雨之夕》、《鸠摩罗什》、《将军底头》和《黄心大师》等作品，施蛰存常常把古典诗歌的意象和意境融入他的小说创作，形成了特有的诗意叙事风格。在穆时英的小说创作中，虽不乏早期《南北极》时的粗暴强悍之气，但也有如《公墓》一类的低徊感伤之曲，“郊外邂逅”的欣喜与“斯人已去”的感伤相交织，静谧的郊外墓园与丁香般的柔弱姑娘相映衬，作者的浪漫情怀得以尽情展露。愈到后来穆时英的这种“柔媚感伤的气质日见其浓”④，《圣处女的感情》、《街景》、《莲花落》和《竹林的惆怅》等都是这一抒情写意风

① 吴福辉：《都市漩流中的海派小说》，湖南教育出版社 1995 年 8 月版，第 51 页。

② 鲁迅：《上海文艺之一瞥》，《鲁迅全集》第 4 卷，人民文学出版社 1981 年版，第 234 页。

③ 沈从文：《论施蛰存与罗黑芷》，《抽象的抒情》，复旦大学出版社 2004 年版。

④ 吴福辉：《都市漩流中的海派小说》，湖南教育出版社，1995 年 8 月，第 51 页。

格的呈现。戴望舒最擅长把古典的浪漫情怀进行现代演绎。《雨巷》中的哀怨徘徊与《忧郁》中的欲哭无泪，东方古典的丁香情结与西方现代的蔷薇意象，《望舒草》中的大部分诗篇既是诗人传统浪漫情怀的写照，也是作者现代忧郁情绪的表达。在40年代，徐讦小说中的浪漫主义色彩在一定程度上遮蔽了他的现代主义沉思，以至于有人把他归类到“后期浪漫派”之列。无论是《鬼恋》、《赌窟里的花魂》、《阿拉伯海的女神》、《精神病患者的悲歌》等中短篇，还是《风萧萧》、《江湖行》等长篇，徐讦在虚构的浪漫爱情故事中总是演绎着传统的才子佳人式传奇，只不过在这些爱情传奇中，现代知识分子和都市摩登女郎置换了传统的落难书生与绣楼小姐。至于自小浸润在传统与现代两种生活方式中的张爱玲，在其创作中既因袭传统又融化现代。

三

东西文化交融中的传统与现代因子还常常以通俗与先锋的形式表现出来。当然我们首先需要指明的是，传统与通俗、现代与先锋并非是两组等同的概念，传统和现代中都分别包含有通俗与先锋的成分。上海文化的实质是它的商业属性，无论是传统还是现代，不管是通俗还是先锋，它们的终端都是市场，而决定市场的是市民大众，因而上海文化与通俗的流行的市民大众文化有着天然的联系。西方19世纪末以来，现代主义是“新潮”、“先锋”的代名词，“现代主义这个词语曾被用来包括各种破坏现实主义或浪漫主义激情的运动”，现代主义的精神就是“与一切传统猝然决裂”①。然而，作为上海文化孕育而生的中国现代主义文学，却是在融合传统与现代、通俗与先锋中彰显出它的本土性的。作为现代“都市之子”的新感觉派始终在艺术的先锋性与大众的娱乐性之间寻找一种平衡。一方面，施蛰存、穆时英等人在进行着现代小说形式的实验创新；另一方面，施蛰存、穆时英等人又有一种自觉的通俗意识。施蛰存很早就明确提出

① 布雷德伯里等:《现代主义的名称和性质》，《现代主义》，上海教育出版社1992年版。

“想弄一点有趣味的轻文学”①，他还曾把他编辑的以轻倩见长的《文艺风景》称为“林荫小路”，把以艺术探索著称的《现代》杂志称作是“官道”，并且把两者看作同等的“轻重贵贱”，“因为我们在生活上既然有严肃的时候，也有燕嬉的时候”，“则在文艺的赏鉴和制作上，也当然可以有严重和轻倩这两方面”②。穆时英则在他与叶灵凤主编的《文艺画报》上宣称，他们只是“每期供给一点并不怎样沉重的文字和图画，使对于文艺有兴趣的读者能醒一醒被其他严重的问题所疲倦了的眼睛，或者破颜一笑，只是如此而已”③。在与左翼的“软、硬”电影之争中，穆时英、刘呐鸥和黄嘉谟等更是提出了娱乐大众的“软性”主张。而穆时英和刘呐鸥等人的小说如果仅仅从他们所表现的内容来看，则大多不离施蛰存所说的三个“克”：Erotic，Exotic，Grotesque（即色情的，异国情调的，怪异的），而这些正是通俗的大众的口味。难怪沈从文既承认穆时英“所长在创新句，新腔，新境”，又讥讽他只“适宜于写画报上的作品，写装饰杂志作品，写妇女、电影、游戏刊物作品”④。而通俗与先锋的融合在徐讦与张爱玲那里更是无处不在。徐讦成功的艺术经验在于对现代主义进行了中国化、浪漫化和通俗化的改造，尤其是“现代主义主题与传奇浪漫故事的遇合”⑤。张爱玲从不讳言她对通俗文化和市民趣味的喜好和认同，她自称是“自食其力的小市民”，把读者大众看作自己的“衣食父母”⑥，喜欢听市声，看京戏，读小报，“对于通俗小说一直有一种难言的爱好”⑦。在小说创作中，张爱玲一方面运用心理分析、象征暗示、时空转换等技巧制造出现代主义的荒凉感；另一方面又让她的创作“完全贴近

① 孔另境编：《现代作家书简》，花城出版社1982年版，第79页。

② 施蛰存：《文艺风景创刊之告白》，《北山散文集》（二），华东师范大学出版社2001年10月版。

③ 穆时英：《编者随笔》，《文艺画报》，1934年10月，创刊号。

④ 沈从文：《论穆时英》，《沈从文文集》第11卷，花城出版社、三联书店香港分店出1984年版，第204页。

⑤ 孔范今：《通俗的现代派——论徐讦的当代意义》，《当代作家评论》，1999年第1期。

⑥ 张爱玲：《流言》，花城出版社1997年版，第87页。

⑦ 张爱玲：《多少恨》，《张爱玲文集》第2卷，安徽文艺出版社1997年版，第279页。

大众的心，甚至于就像从他们心里生长出来的”①。

乡土情结、浪漫传统与通俗趣味这些西方现代主义完全背离和反叛的传统却在上海现代派作家身上得到彰显，这种差异实际上是由东西两种文化差异和文明进程的差异造成的，而上海文化便是这些差异的集合体。西方自16世纪“文艺复兴”便开始摆脱宗教的束缚进行人道主义的思想启蒙，直至19世纪上半叶资本主义工业化和城市化业已完成，此时资本主义的文化矛盾日显突出，经济危机，人性异化，再加上世界大战对原有秩序的破坏，于是一种怀疑、反叛、虚无的现代主义思潮在19世纪末席卷西方。而在中国，直到20世纪初开始进行现代文化启蒙，并且此时仍然处在前工业社会的“乡土”状态，虽然短短的几年间演绎了西方“百多年来”的文化思潮，但显然缺乏自身的文化土壤，即便是此时最具“现代性”的上海，“以媒介文化为代表的现代大众文化和社会启蒙、工业化和现代化是同步发展的”②。在此基础上产生的上海现代派文学，一方面引进西方现代派的先锋艺术，另一方面又受到传统文化不同程度的濡染，因而他们创作出了“既是通俗的，又是先锋的，既是中国的，又是现代的”③ 中国现代派文学，为20世纪中国文学的“现代化与民族化”作出了有益的探索与实践。

---

① 张爱玲：《我看苏青》，《张爱玲散文全编》，浙江文艺出版社1992年版，第257页。

② 徐贲：《走向后现代与后殖民》，中国社会科学出版社1996年版，第249页。

③ 钱理群等：《中国现代文学三十年》，北京大学出版社1998年7月版，第516页。

第五章

“鸳鸯蝴蝶派”与20世纪中国通俗文学

在中国现代文学史上，“鸳鸯蝴蝶派”一直是个带有贬义的流派指称，因为在新文学作家们看来，这种新式的“才子佳人”题材以及以娱乐消遣为宗旨的创作观念和他们的文学启蒙目标是相违背的，所以必然遭到他们的强烈批判。问题是，尽管新文学一直成为中国现代文学的主流，但鸳鸯蝴蝶派通俗文学并没有失去它存在的空间，而是和新文学相生相克、共同发展，构成了完整意义上的现代文学历史史实。鸳鸯蝴蝶派通俗文学的产生有它的历史环境和生存土壤。无论是娱乐消遣观念的确立，还是对传统艺术形式的继承；无论是对市民文化的张扬，还是对民族国家观念的认同，鸳鸯蝴蝶派通俗文学都有它自己独特的认同方式。“鸳鸯蝴蝶派”是中国现代通俗文学史上的一个节点，它在和新文学相互影响、相互渗透的过程中不断完善、充实、丰富着中国现代通俗文学自身。

第一节　“鸳鸯蝴蝶派”概念与新文学的批判

“鸳鸯蝴蝶派”是“五四”时期的新文学家“馈赠”给言情小说家的“雅号”。最早赐名的是周作人和钱玄同。周作人于1918年4月19日在北京大学演讲时说：“现代的中国小说，还是多用旧形式者，就是作者对于文学和人生，还是旧思想；同旧形式，不相抵触的原故。”他在举例时，提到了“《玉梨魂》派的鸳鸯蝴蝶体”①。1919年1月9日，钱玄同在《“黑幕”书》一文中指出：“其实与‘黑幕’同类的书籍正复不少，如《艳情尺牍》、《香艳韵语》及‘鸳鸯蝴蝶派的小说’等等。”1919年2月2日，周作人在《中国小说中的男女问题》一文中说：“近时流行的《玉梨魂》，虽文章很是肉麻，为鸳鸯蝴蝶派的祖师，所记的事，可算是一个问题。”30年代初，鲁迅又对该派的命名作了回顾，他说：“这时新的才子+佳人小说便又流行起来，但佳人已是良家女子了，和才子相悦相恋，分拆不开，柳阴花下，像一对蝴蝶，一双鸳鸯一样……”就本义来说，“鸳鸯蝴蝶派”是以形象化的名称来指谓民初的言情小说派别，因为在当时这些新文化、新文学运动倡导者们看来，此类言情小说还是“旧思想”、“旧形式”而不具有新意，他们当然要通过批判鸳鸯蝴蝶派来伸张自己的主张，所以鲁迅先生接着说，“直待《新青年》盛行起来，这才受了打击”②。

在中国现代文学研究领域，“鸳鸯蝴蝶派”成了个使用频率很高而内涵和外延却又不甚明了的概念。范伯群先生认为，“将民初写言情小说的称为‘鸳鸯蝴蝶派’是顺理成章的，但这一名称无法负载社会、黑幕、侦探、武侠等众多题材，而‘礼拜六派’倒似乎是可以包罗万象的，取其消遣、娱乐功能，‘一揽子’塞进这个大筐子。但是，在现代文学史中

① 周作人：《平民文学》，《每周评论》，1919年1月第5号。

② 鲁迅：《上海文艺之一瞥》，《鲁迅全集》（1），第648—649页，中国人事出版社1998年版。

都不用‘礼拜六派’，而是通用‘鸳鸯蝴蝶派’，约定俗成地用‘鸳鸯蝴蝶派’来涵盖一切。所以不是学者认为的有‘党’和‘非党’之分，这不过是中国现代文学史中一种习惯性的约定俗成（约定俗成有时就不再讲究科学性了），似乎就狭义而言，是指言情类的通俗文学作品；而就广义而言，也可用来指谓一切娱乐消遣类的作品”。因此，他认为采用“鸳鸯蝴蝶—礼拜六派”最为妥帖。“第一，是说明这个流派是以言情起家，逐步去广泛继承中国传统的众多题材，同时也借鉴外国的新样式（例如侦探小说），形成了新的分支。第二，是在科学性的前提下，参照约定俗成的历史因素，又注意其涵盖面，使流派的名称与内涵相一致，并经得起推敲”①。作为通俗作家的张恨水在20世纪40年代发表的《总答谢——并自我检讨》一文中说：“我毫不讳言地，我曾受民初鸳鸯蝴蝶派的影响，但我拿稿子到报上去登的时候，上派已经没落，《礼拜六》杂志，风行一时了。现代人不知，以为鸳鸯蝴蝶派就是礼拜六派，其实那是一个绝大的错误。后者，比前派思想前进得多，文字的组织也完密远过十倍。但我这样说，并不以为我是礼拜六派，远胜鸳蝴派。其实到了我拿小说卖钱的时候，已是民国八九年，礼拜六派，也以‘五四’新文化运动的巨浪而吞没了。我就算是礼拜六派，也不是再传的孟子，而是三四传的荀子了。20年来，对我开玩笑了的人，总以鸳鸯蝴蝶派或礼拜六派的帽子给我戴上，我真是受之有愧。”② 从张恨水的论述中可以看出，在当时，一般人已经把“鸳鸯蝴蝶派”和“礼拜六派”并称，以为鸳鸯蝴蝶派就是礼拜六派，而张恨水则很不赞成，他认为两者是很不相同的。显然，张恨水对这两个概念的理解都是从狭义的角度出发的。他所说的“鸳鸯蝴蝶派”，就严格限定在民初以《玉梨魂》为代表的哀情小说阶段；而礼拜六派也仅仅限定在《礼拜六》杂志持续的时间内，即从1914年创刊到“五四”新文化运动兴起，同时我们还可以看出，与一般新文学阵营对这两

① 范伯群主编:《中国近现代通俗文学史》（上卷），第16—17页，江苏教育出版社2000年版。

② 张恨水:《我的总答谢》，《写作生涯回忆》，第87页，人民文学出版社1982年版。

个概念赋予的贬义色彩不同，张恨水并不以与鸳鸯蝴蝶派或礼拜六派有关系为耻。他的这种态度在旧派通俗作家中是有代表性的。陈蝶衣曾说：“我以‘鸳鸯蝴蝶派’自豪，是一种‘窃攀高贤’的说法。事实上，我只是一个后生小子，所有‘鸳鸯蝴蝶派’的前辈作家如徐枕亚、李定夷、吴双热、朱鸳雏、许瘦蝶等辈，我俱未识面。因此，我即使要做一个‘攀龙附凤势莫当’的追随者，也有所不可，无此缘分。”① 可见在当时的小说领域内，新、旧两大阵营的文化态度是明显不同的。

袁进先生对“鸳鸯蝴蝶派”这一概念的外延和内涵的演变过程作了非常简明的阐述：“‘鸳鸯蝴蝶派’最早是‘五四’时期新文学家批判民初小说家的小说创作时，用以概括这些创作的名词。这一概念的范围不断扩大。最早，它指的是徐枕亚、李定夷、吴双热等人创作的骈文小说。后来，它又包含了民初小说家创作的文言小说和白话章回小说。1949 年以后，‘鸳鸯蝴蝶派’作品目录几乎包括了除新文学作家创作的小说之外的所有通俗小说，无论它是色彩的还是严肃的，也无论它是传统的章回体还是新式的章回体、日记体、书信体。这一概念之所以能够不断扩大的原因是：当年新文学作家如茅盾等人批判‘鸳鸯蝴蝶派’时，给它的定义是‘游戏的消闲的趣味主义文学’。这一定义实际上不是一个‘文学流派’的定义，而是商业化社会通俗大众文学的定义……在‘鸳鸯蝴蝶派’作品中泥沙俱下，鱼龙混杂是毫不足怪的。把那些黄色下流的色情文学和粗制滥造的打斗作品同某些健康的艺术通俗小说并列在一起合称为‘鸳鸯蝴蝶派’，那些健康严肃的通俗小说家自然会耻于接受‘鸳鸯蝴蝶派’的称号。所以‘鸳鸯蝴蝶派’只是一个约定俗成的名词，谈不上是一个科学的‘文学流派’的概念。”② 看来，凝结在这个名词上的感情色彩和价值倾向太重，导致对其内涵和外延不能作出确切地把握。佘小杰认为，“鸳鸯蝴蝶派”这个名称体现了现代通俗小说的流派特点，在用来指整个

① 转引自范伯群主编：《中国近现代通俗文学史》（上卷），第 15—16 页，江苏教育出版社 2000 年版。

② 袁进：《小说奇才张恨水》，上海书店出版社 1999 年版。

旧派通俗小说的整体意义上，是可以使用的，但在用来分析具体作家时，就显得意义不大，因为“这个流派包罗万象，泥沙俱下，实在无法帮助我们具体掌握作家作品的风格和特色”①。我觉得还是此派阵营内部人的说法比较确切些。范烟桥曾著《民国旧派小说史略》，他为“鸳鸯蝴蝶派”或“礼拜六派”作了中性的命名——“民国旧派小说”，这个概念既回避了新文学阵营的作家和批评家们所赋予的贬义色彩，又肯定了与新文学相对的各种类型的通俗小说的合法性存在。

第二节　“鸳鸯蝴蝶派”的产生与文化环境

从表面上看，“鸳蝴派”通俗小说潮流的产生和当时的政治文化环境有密切关系。自梁启超提出“小说界革命”后，小说地位获得了很大提高，但他在1902年创作的描绘中国成为共和国若干年后美好图景的政治小说《新中国未来记》中，在民国真正建立之后，反倒没有了后续之作。奇怪的是，曾经与陈独秀同译过雨果的《悲惨世界》并大肆鼓吹革命的苏曼殊从南洋回到上海后，在《太平洋报》上连载他在南洋创作的小说《断鸿零雁记》。小说中不再有过去的革命豪情，而是充满了哀伤低沉的悲凉情调，那种哀感顽艳、回肠荡气的抒情风格给民初小说以极大的影响。接着，当时言论最为激烈，对袁世凯抱着绝不妥协态度的《民权报》，一面极力促袁世凯南下就职、鼓吹政党内阁制，一面又在副刊上连载徐枕亚的《玉梨魂》、吴双热的《孽冤镜》、李定夷的《霣玉怨》等骈体小说，激起很大反响。随后，许多作家竞相创作了大量言情小说，涌现出如包天笑、周瘦鹃、毕倚虹、严独鹤等一批著名言情小说家，形成一股言情小说潮流。这些作家在《民权报》写起时事评论来是“热血一腔，豪情万丈，夙夜匪懈，笔不停挥，以铲除民贼拥护共和为职志。编纂之暇，为《霣玉怨》、《红粉劫》等说部，载诸报端，则又缘情顽艳，触绪

① 佘小杰:《中国现代社会言情小说研究》，第13页，中国社会科学出版社，2004年版。

缠绵，读者每为之低徊感泣，想见其为人”①。因此，随着民国的建立，小说界确实出现了一些新的变化。“革命”目标的消失，使得原先的“革命文人”也纷纷将小说作为遣情游戏的工具。由于“新小说”的小说观念实际上并未建立在表现人生的艺术基础上，所以，一旦鼓吹的小说政治功能被社会实践所否定，小说家在失望之余，便只有向传统小说观念回归来填补政治小说留下的价值真空。小说家的这种失望情绪，在民初表现得十分突出。民初社会更加腐败的现实，使小说家怀疑“小说界革命”所鼓吹的功能。既然以小说治国平天下的新小说设想经不起实践的检验，而小说界又没有产生一种为大家广泛接受的新的对小说价值功能的解释，那么向传统的“旧小说”寻找依傍便成为自然而然的趋势。

其实，从深层来看，“鸳蝴派”通俗小说作为一种物态化产品在市场经济条件下也是一种商品，它们在社会上流通，也要服从物质产品的生产、交换、消费的基本规律。在通俗小说创作者和接受者之间，市场是关键的中介，是不可缺少的传播调节环节。在现代通俗文学大本营的上海，报刊社、出版社、书店、出版家、书商等所构成的文化市场已加入到通俗小说的传播中来，不仅引导、培养着接受者的趣味，而且可以对艺术家的创作施加一定的压力，不仅可以在舆论上造成巨大影响，而且可以在经济上制约着作家的生产活动，从而在通俗小说的生产和消费之间起一定的调节作用。辛亥革命后，“人民有言论著作刊行之自由，既载诸临时约法中；一时报纸，风起云涌，蔚为大观”②。由于新的印刷技术的输入和发行网络的发展，加上读者教育程度的提高和求知、娱乐需求的日益增长，报刊、书籍的出版发行迅速发展。与此同时，专门的文学刊物和小说杂志也大量出现，受读者欢迎的报刊、书籍的发行量逐步增加。民国初年，鸳鸯蝴蝶派作家在很短的时间内办成的多种式样并通过多种渠道印刷发行的刊物中，不但有月刊、旬刊、半月刊，还有不少很有影响的季刊和周刊。

① 徐枕亚：《李定夷》，魏绍昌主编《鸳鸯蝴蝶派研究资料》，第590页，上海文艺出版社1984年版。

② 戈公振：《中国报学史》，三联书店1955年版。

如包天笑1915年创办的《小说大观》，是中国小说杂志最早出现的季刊，每期三百多页，铜版插画十余页，售价高出那时一般期刊两三倍。“以前的杂志，从未有每册售至一元的，一般不过二三角，若售至四角的，购者已嫌太贵，但《小说大观》出版后果然畅销”①。如果没有发育得比较成熟的文化市场，《小说大观》之类的大型文学季刊的畅销是不可能的。报刊、书籍出版的空前繁荣，带来了小说市场的日趋活跃和兴旺，大大拓展了小说的传播范围，使过去只能是少数人享用的对象，变成了市民大众的公有物。

在清末民初的文化市场上，小说的出版发行已不仅仅是单纯的被动的传播手段，而是成为影响、制约甚至规划市场的主动力量。文化市场的竞争法则，把报刊编辑、出版社、出版家、书商们共同推向消费者一边，在重视读者的阅读需求方面，他们比小说家有过之而无不及。除了在报纸杂志上大量刊登小说广告以外，他们还挖空心思地不断寻找与读者对话的渠道，收集读者反馈的信息，在捕捉广大读者的兴趣热点方面相当敏感。如《玉梨魂》在1912年《民权报》副刊连载后很快引起强烈反响，文化市场的经营者立即将其印成单行本，而且一年多来连续再版10次，销量达数十万册，创下了当时小说畅销的最高纪录。后来各地均有翻版，再版竟达三十二次之多②。另外还有其他新兴媒体的介入。上海民兴社将它改编为话剧，明星影片公司将其拍成电影，使作者徐枕亚和小说《玉梨魂》家喻户晓，它所引起的巨大轰动效应，已经成为民国初年小说史上的一大奇观。《玉梨魂》的诞生，正是作者善于捕捉读者的阅读兴趣和出版商的炒作宣传“联手”的结果。借助于日益成熟的文化市场之多种有利条件，当时的出版商把适应读者口味的通俗小说，推向了社会的每一个角落。20年代初，叶圣陶曾对当时大众阅读情况作过这样的描述：“社会里各类人，而且也较多，他们因为无聊，或者欲期消遣，常常拿了一本石印细字

① 包天笑：《我与杂志界》，魏绍昌编《鸳鸯蝴蝶派研究资料》，第401页，上海文艺出版社，1984年

② 范伯群：《中国现代通俗文学史》，北京大学出版社2007年版。

的小册子在那里阅览。这种小册子，比不论什么高文典册都流传得普遍，穷乡僻壤，买不到一本小学教科书是平常的事，石印细字的小本子却总都是有的——或者在庙场设一个摊，或在市档头墙角摆一条板凳，就这样发卖了。所以凡是识几个字的人，识了破体也好，识了小学也好，身边摸得出一两个铜元，就有与这类小册子接触的机会。……小册子自然取在手里了，小册子的灵魂也就侵入他们的脑海里了。”① 这里所说的“小册子”，主要指通俗小说一类的作品。

在清末民初兴起的文化市场中，许多专门发表和经营通俗小说的报刊、出版社及书商，沟通了通俗小说生产和消费两大领域，由于盈利是其第一目的，促使他们使尽浑身解数，努力去满足市场与读者的使命。这种使命不仅仅是物质交换中介的使命，也包含着文化传播、精神沟通以及参与审美创造的使命。当他们把通俗小说创作者的作品交换成物质生活资料的同时，也把大众接受者的各种接受需求、审美期待传递过去，从而促进、影响着作者的创造活动和创作风格。当他们向大众接受者输送精神产品时，不仅仅是满足了他们的阅读兴趣、审美期待，同时也会输入创作者和自己的价值取向和审美判断，从而不同程度地引导、规范、培养、丰富大众接受者的趣味，甚至提高他们的审美品位。可以这样说，在清末民初，文化市场这只“看不见的手”最终完成了两项具有深远影响的重大历史使命：其一，文化市场促成了职业作家的诞生，这是中国文学史上第一次出现了现代意义上的作家。他们一旦进入这个市场，就必须正视它的法则，必须以读者为衣食父母，不能一味面向自我，也不能尊奉朝廷旨意和别人强加的指导思想，这就使他们开始真正摆脱了代圣贤立言传道的传统，最终促成了通俗小说从古代向现代的转换；其二，文化市场的存在使读者在中国历史上第一次成为“上帝”，而不是被教化、被训斥、被轻视的对象，是市场给了他们“翻身道情”的权利，虽然背后起决定作用的力量是钱袋，但是我们同样可以从中发现其所包含的现代意义，这应该算发生在读者身上的“现代性”转换。

① 叶圣陶：《民众文学的讨论》，《文学旬刊》1921年1月25日。

以小说作为消闲的娱乐是中国小说的固有传统，但它在民初有了新的发展，其中最大的变化就是，以小说为游戏消遣的观念是同职业小说家的人生观联系在一起的。当时以及后来的许多评论家、研究者，在批评民初和后来的“鸳蝴派”通俗小说时，其商业化倾向的写作策略被说成是“拜金主义”的“粗制滥造”，其适应大众读者兴趣、娱乐需要的主张和实践被说成是“娱乐主义”和“媚俗迎合之作”，这些批评的片面性恰恰在于用传统或现代的纯文学尺度去衡量这一时期应运而生的新的文学现象，没有把这一类通俗小说看成是新兴文化市场中产生的大众审美文化消费品，从而忽略了这一类通俗小说作为文化商品的属性，忽略了市场经济运作的基本法则。

第三节　通俗文学视阈中的“鸳鸯蝴蝶派”

在英雄消失、注重个体的市场文化环境中，“消闲”成了市民大众审美的一个最基本的价值取向，也是通俗文学审美的一个基本价值取向。我们不能简单化地用高雅文学的价值观念来衡量它，不能让它过多地承担意识形态和人文精神的重负，因为它主要是面向下层市民的，如果让它一味向高雅文学看齐，它就没有了自己，就会失去其在中下层市民受众中赖以生存的条件。恩格斯曾这样论述民间故事书的使命：“民间故事书的使命是使农民在繁重的劳动之余，傍晚疲惫地回到家里时消遣解闷，振奋精神，得到慰藉，使他忘却劳累，把那块贫瘠的田地变成芳香馥郁的花园，它的使命是把工匠的作坊和可怜的徒工的简陋阁楼变幻成诗的世界和金碧辉煌的宫殿，把他那粗壮身体的情人变成体态优美的公主。”① 民间故事书如此，通俗文学也是如此。朱自清在提及鸳鸯蝴蝶派时说：“在中国文学的传统里，小说和词曲（包括戏曲）更是小道中的小道，就因为是消遣的，不严肃。不严肃也就是不正经；小说通常称为‘闲书’，不是正经

① 《马克思恩格斯论艺术》（四），第339页，中国社会科学出版社1985年版。

书——鸳鸯蝴蝶派的小说意在提供人们茶余酒后消遣，倒是中国小说的正宗。”① 朱自清描述了中国文学史的真实状况，因为中国小说这一文体的产生及后来的进化发展是由于有了城市和市民的产生和发展这一前提条件。

中国现代通俗小说不脱消闲、娱乐的特性，而且随着市民阶层的扩大，市民社会的拓展，更加世俗化和实利化。通俗文学作家十分明白文学消闲、娱乐的功用，他们的创作观也十分认同这一点。张恨水曾陈述他的小说只是茶余酒后消遣之物，他认为：“中国的小说，还很难脱掉消闲的作用。除了极少数的作家，一篇之出，有他的用意。此外大多数的人，决不能打肿了脸装胖子，而能说他的小说，是能负得起文学所给予的使命的。……问题就在这里，我们是否愿意以供人消遣为已足？是否看到看小说消遣还是普遍的现象，而不以印刷恶劣失掉作用？对于此，作小说的人，如能有所领悟，他就利用这个机会，以尽他应尽的天职。”② 张恨水是一个以卖文为生的报人和作家，他的作品不能不思考读者的消遣需求。苏青说：“我知道世界上有许多女人在不得已的生着孩子，也有许多文人在不得已而写着文章，至于我自己，更是兼这两个不得已而有之的人。现在虽说已经到了任择其一的时候——我当然选择写文章啰——但是心里还难过得很：因为那不是为了自己写文章有趣，而是为了生活，在替人家写有趣的文章呀。”③ 苏青说得很实在，她为了生活，必须替读者写有趣的文章。周瘦鹃是“著、译、编皆精的‘文字劳工’”，他曾是《礼拜六》周刊的台柱，他编刊物的主旨是希望“到处开出最美的花来，给看官们时时把玩”，标榜“游戏消遣主义”④。吴趼人的《胡宝玉》、《新笑死》、《俏皮话》、《滑稽谈》等，作者虽也表白不无微言大义，但实际上游戏笔

① 朱自清：《论严肃》，转引自杨晨曦《鸳鸯蝴蝶派研究述评》，《南京社会科学》，1998 年第 6 期。

② 转引自张赣生：《民国通俗小说论稿》，第 218 页，重庆出版社 1991 年版。

③ 苏青：《自己的文章》，《苏青文集》（下），第 432 页，上海书店出版社 1994 年版。

④ 范伯群：《周瘦鹃评传》，载《哀情巨子——鸳蝴派开山祖——徐枕亚》，南京出版社 1994 年版。

墨成分颇多。至于李伯元，除写作谐文、笑话外，更于 1897 年创办《游戏报》、1901 年创办《世界繁华报》，开清末民初“消闲”小报的先河。“本馆命名游戏，不混淆黑白，不议论是非，语涉诙谐，意存惩劝。”①“惩劝”当然是有，但主要还是“以诙谐之笔，写游戏之文”②。当时由于受“小说界革命”思潮的影响，这种游戏笔墨在李伯元、吴趼人小说中被政治义愤压下去了，不大引人注目，而一旦这种强大的政治热情消退后，那种“写游戏之文”以适应读者“消闲”需要的“积习”便迅速抬头，几乎不用怎么鼓吹就能风靡文坛。在众多半真半假的表白中，最直率的当推王钝根起草的《〈礼拜六〉版赘言》:“买笑耗金钱，觅醉碍卫生，顾曲苦喧嚣，不若读小说之省俭而安乐也。……晴曦照窗，花香入坐，一编在手，万虑都忘，劳瘁一周，安闲此日，不亦快哉!”其着力渲染的是小说的消闲功能。《眉语》杂志宣言称：“锦心绣口，句香意雅，虽曰游戏文章，荒唐演述，然谲谏微讽，潜移默化于消闲之余，亦未始无感化之功也。”《游戏杂志》在创刊序言中，把一切事物都看成游戏，国防、外交、朝廷议政等莫不被视为人生游戏，文学则更不必说。《红杂志》创刊号中夏耐庵撰文说：“夫红杂志之主旨，厥在消闲，其以红称，殆亦隐寓消闲之意耳。”他们均突出强调作品的消遣游戏功能。

以娱乐为目的的小说比以教诲或审美为目的的小说销路好，大概古今中外绝少例外。在正常情况下，这类小说在整个文坛上不占主导地位，而民初小说的俗化倾向却成了小说界的主潮。这种俗化小说抛弃了早期新小说的启蒙意识，直接认同于一般市民大众的思想和趣味。小说中虽然也有教诲，但都是一般市民能接受的伦理准则。随着小说娱乐性、趣味性的不断加强，小说开始变得“无奇不传”。言情小说是传“奇”，黑幕小说也是传“奇”，《留东外史》一类的社会小说更是传“奇”。侦探小说、轶闻小说、技击小说开始流行起来。单是言情小说，时人又强分出“惨情”、

① 《论本报之不合时宜》，《游戏报》1897 年第 149 号。

② 《〈游戏报〉重印本告白》，陈平原《20 世纪中国小说史》（第一卷），第 112 页，北京大学出版社，1989 年版。

"孽情"、"妒情"、"哀情"、"艳情"、"怨情"、"幻情"、"苦情"、"侠情"、"奇情"等诸多情节类型，以此来渲染故事之新奇曲折。小说不在"情"之真伪深浅上做文章，而在"奇"、"侠"、"幻"、"妒"等富有动作性暗示的修饰语上下功夫，也可知时人的阅读趣味。

不过，通俗文学并不是只讲休闲、娱乐而不讲教化的文学。休闲、娱乐只是为了争得读者市场，教化则是传统文化赋予创作者的一种使命、一种责任、一种习焉不察的惯性。中国现代通俗小说在强调消闲、娱乐的同时，不忘教化的功用，不少作者亦把审美创造过程当作是忧郁愤懑情绪的宣泄过程。上个世纪初的"四大谴责小说"是十分关注现实的作品，是地地道道的忧郁愤懑之作。《孽海花》第一回结尾写道："三十年旧事，写来都是血痕；四百兆同胞，愿尔早登觉岸"，表达的正是此书的题旨。刘鹗在《老残游记》"自叙"中写道："《离骚》为屈大夫之哭泣，《庄子》为蒙叟之哭泣，《史记》为太史公之哭泣，《草堂诗集》为杜工部之哭泣；李后主以词哭；八大山人以画哭；王实甫寄哭泣于《西厢》，曹雪芹寄哭泣于《红楼梦》。……吾人生今之时，有身世之感情，有家国之感情，有社会之感情，有宗教之感情，其感情愈深者，其哭泣愈痛。此洪都百炼生所以有《老残游记》之作也。"吴趼人的《二十年目睹之怪现状》被胡适列入"社会问题的小说"①，《官场现形记》自序则说"亦常见夫官矣，送迎之外无治绩，供张之外无材能，忍饥渴，冒寒暑，行香则天明而往，禀见则日昃而归，卒不知其何所为而来，亦卒不知其何所为而去……"说的就是为暴露官场腐败故作此小说。鸳鸯蝴蝶派言情小说虽然以爱情为基本题材，但并不像有人批评他们所说的有伤风化。周瘦鹃曾在《闲话〈礼拜六〉》一文中自辩说"《礼拜六》虽不曾高谈革命，但也没有把诲淫诲盗的作品来毒害读者。""当然，在二百期《礼拜六》中未始捉不出几对鸳鸯，几只蝴蝶来，但还不至于满天乱飞，全国皆是吧！"②

---

① 见《二十年目睹之怪现状·叙言》，岳麓书社1994年版。

② 转引自朱志荣：《论现代通俗作家对通俗文学的看法》，《广西师范大学学报》，2007年第1期。

而对于那些诲淫诲盗的作品，许多通俗刊物也对之进行了抨击。《红玫瑰》第三卷第五号刊登仙人的文章《性欲小报难禁绝之原因》，认为这些作者唯利是图，受经济利益驱动；《红玫瑰》第五卷第五期中刊登的徐国祯的《小说学杂论（三）》也批评“做淫书的朋友，也很会把劝世惩淫等大题目做幌子”。难能可贵的是，通俗作家们还对自己阵营中的一些不良现象进行了自我批评。徐国祯就认为“小说家是民群的安慰者，他挥洒他自己的心血，来湿润着一般人们干燥的心苗”，并批评那些在小报上做几篇骂街式的评论，记几段《金瓶梅》、《肉蒲团》式的记事的朋友，也居然自以为小说大家；徐文滢在《民国以来的章回小说》中批评李涵秋作品的不凝练以及一些黑幕小说中“泼妇叫街的谩骂”① 等等，都可以看成通俗作家的自我批评。所以，汤哲声先生把“鸳蝴派”通俗小说的观念概括为“消遣趣味中的‘警世觉民’”②，指出“鸳蝴派”文学在注重趣味性的同时，也充分认识到其中的劝世说教倾向，的确是精当之论。

第四节　与时代、社会俱进的中国现代通俗小说

20 世纪初，在文化市场的培育、催化下，中国现代通俗小说得以兴起，其时恰恰又是“五四”新文化运动的发端期，后者的启蒙精神和审美特性构成了 20 世纪中国现代文学语境中的主导因素和强势话语，所以从一开始就深刻地影响着前者。一方面，新文学企图借助通俗文学，将“化大众”的启蒙理想变为“大众化”的世俗化运作，这个过程贯穿了新文学发展的始终；另一方面，通俗文学则自觉不自觉地向新文学靠拢，借以吸取其营养、资源，来丰富、改善和提高自身。这样，我们看到，从 20 世纪初到 40 年代末，中国的通俗文学一直是在两个维度上生长、发展的：文化市场的激发、催化，使其得以独立地发展，在总体上保持通俗小

① 徐文滢：《民国以来的章回小说》，《万象》第 1 卷第 6 期。

② 汤哲声：《鸳鸯蝴蝶——礼拜六小说观念的价值取向及其评价》，《苏州大学学报》，1992 年第 4 期。

说的特性;"五四"新文学精神的烛照,又使其在主流方面避免了过度的商业化,从主导方面呼应和融入了20世纪中国文学精神启蒙的现代性诉求。

通俗文学的主要载体是小说,但小说在古代是被轻视的,这便限制了通俗文学的发展。"梁启超提倡的'小说界革命'以及'文界革命'促使了中国文学进入了现代化"①。在现代启蒙精神影响下,《新小说》等杂志应运而生,把小说地位提高到无以复加的地步,把外国小说当作中国政治思想改革的启蒙书,这不仅为新文学,也为通俗文学的产生发展提供了重要条件。作为中国现代通俗小说滥觞的清末"谴责小说",如吴趼人的《二十年目睹之怪现状》最初就是发表在《新小说》杂志上,并且产生了很大影响。"五四"前后,在诸多小说杂志的创办者和编辑者中,有的本身就是新文化和新文学运动的主将或先锋,有的则深受新文化、新文学运动的洗礼。他们创办和编辑小说杂志,固然受到文化市场的激发,但也有着欲以小说"劝世"、"醒世"、"济世"的宗旨,因此,最初发表在这些杂志上的许多小说雅与俗的界限是不分明的,即使是十分通俗的小说,也体现了"为社会、为人生"的启蒙精神。只是到了后来,由于文化市场的进一步催化,通俗小说越来越追求自身的特性、功能,更多地以长篇形式从新小说中分离独立出来,并产生了专门发表通俗小说的《礼拜六》等杂志,出版以后,"居然轰动一时,第一期销数达两万册以上"②,可见读者对通俗小说热情的高涨。其实,言情小说在诞生之时便表现人的朦胧觉醒,作家们虽然没有明确提出反对封建礼教的口号,但也揭露过包办婚姻的残酷,展示过礼教给青年男女带来的悲剧。对于言情小说,周作人曾指出:"近时流行的《玉梨魂》,虽文章很是肉麻,为鸳鸯蝴蝶派的祖师,所记的事,却可算是一个问题。"③"五四"新文学作家批判这一派作家企

① 范伯群主编:《中国近现代通俗文学史》(上卷),第525页,江苏教育出版社2000年版。

② 周瘦鹃:《礼拜六旧话》,转引自范伯群主编《中国近现代通俗文学史》,第556页,江苏教育出版社2000年版。

③ 周作人:《中国小说中的男女问题》,《每周评论》1919年2月2日。

图改良礼教，这也恰恰说明他们在表现人的朦胧觉醒方面作出的贡献。就政治思想而言，有的通俗小说还表现了较强的民主意识。袁世凯复辟帝制，派人拉拢沪上报人，却遭到坚决抵制。叶楚伧、李定夷等作家更公开站出来反对袁世凯复辟帝制，他们在《民权报》写起时事评论来是“热血一腔，豪情万丈，夙夜匪懈，笔不停挥，以铲除民贼拥护共和为职志”①。李涵秋在《广陵潮》中写扬州人民在听到张勋复辟失败的消息时“莫不欣喜非常，大呼民国万岁”。恽铁樵在《村老妪》中写乡绅企图操纵选举，指使老妪之子一人独投 13 票，遭到老妪的痛斥。这种民主意识虽然还显得淡薄，却是现代观念的可贵萌芽。另外，通俗小说家们还表现了较强的人道主义精神。恽铁樵的《工人小史》是最早描写中国产业工人悲惨生活的小说，主人公韩蘖人的悲惨经历是半殖民地半封建社会工人命运的缩影。毕倚虹的《北里婴儿》写雏妓蕙娟中了无义嫖客的圈套，有了身孕，老鸨认为失去了用她敲嫖客竹杠的良机，就残酷地对待蕙娟，逼她挺着七八个月身孕的大肚子，拉长嗓子唱曲子给嫖客娱乐。生养后的第二天，鸨母就将孩子从蕙娟身边偷走了。最后孩子惨死，蕙娟连哭的时间都没有，仍被催去接客。对这篇小说，何海鸣论道：“我偶然做了几篇小说，描写倡门中疾苦。瘦鹃说我做得还好，《半月》上从此并要留意娼妓问题，替那些苦海中的苦女子请命。那种‘请命’的作品，现已有倚虹的《北里婴儿》和民哀的《倡门之女》等等。不想我抛了一块砖，竟引起如今许多玉块儿来。”② 的确，小说对作恶的老鸨的攻击，对无义嫖客的惩戒，都是非常有力度的。其他作家如韦士的《卖花女》、周瘦鹃的《檐下》、刘铁冷的《空谷佳人》、俞天愤的《卖菜儿》等作品也有同情下层劳动人民的倾向，有的甚至触及了阶级对立与压迫的重大主题。

不可忽略的是，有些通俗作家在译介外国文学作品方面也做过重要贡献。包天笑译过契诃夫的《第六病室》和爱米契斯的《爱的教育》；周瘦

---

① 徐枕亚：《李定夷》，魏绍昌编《鸳鸯蝴蝶派研究资料》，第 590 页，上海文艺出版社 1984 年版。

② 何海鸣：《评倚虹所撰的〈北里婴儿〉》，《半月》1922 年第 1 卷第 20 号。

鹃出版过《欧美名家短篇小说丛刻》，集欧美14国47家短篇小说于一书，曾被鲁迅与周作人赞为“昏夜之微光，鸡群之鸣鹤”①。这些作家也注重吸收外国小说的形式技巧。徐枕亚模仿小仲马的《茶花女》写出了《玉梨魂》，小说中穿插了大量的日记和书信，之后周瘦鹃的《花开花落》和《珠珠日记》、包天笑的《飞来之日记》、李涵秋的《雪莲日记》等日记体小说接踵问世。虽然这些作品在把握情绪脉络和表现主题方面还欠成熟，但它们为“五四”新文学中的日记体和书信体小说的问世作了铺垫是不容置疑的。

民初时的中国正处在由古典到现代的转型期，通俗小说对新观念的表现，对题材禁区的突破，对新的小说形式的运用及探索的勇气，都使它成为与传统小说有本质区别的新小说，并代表了当时中国小说的水平。“五四”以后，中国文学开始突出了纯文学与通俗文学的价值区别，“鸳鸯蝴蝶派”被划入通俗文学领域。尽管新文学在题材内容和形式技巧各方面的现代化比鸳鸯蝴蝶派要迅猛得多，但新文学也犯了一个致命的错误，那便是在批判“鸳鸯蝴蝶派”时从理论上否定了文学的娱乐功能，这一错误使他们在企图唤醒大众时却日渐远离了大众。对于大众而言，欣赏文学，旨在娱乐，所以当新文学的主流成为政治斗争的一翼后，以满足大众审美需求为宗旨的通俗文学的生存和发展便是理所当然的事。

在中国现代文学史上，通俗小说从来就是重要的一脉，尽管遭到新文学作家的激烈批评，但它从未衰竭，即使有过暂时的退却，但偃旗息鼓之后又有一番呐喊和冲击。20世纪30年代，上海文坛出现了“平江不肖生现象”、“张恨水现象”以及40年代的“徐讦现象”，通俗小说的力量与影响不在左翼小说之下，这说明，通俗小说适应了我们民族的审美文化，迎合了大众的审美心理并在广大市民读者心灵深处达成了审美契合。20世纪初，由于文化市场的激发，中国产生了第一批职业小说家。他们以写作卖文为生，必然要考虑大众读者趣味，追求小说的趣味性和通俗化。但是，他们大多经受了“五四”新文化运动的洗礼，吸收着“五四”新文

① 严家炎编:《20世纪中国小说理论资料》，第31页，北京大学出版社1997年版。

学的滋养，程度不同地具有“五四”知识分子的启蒙精神、现代意识和审美风格，这就使得他们在进行通俗小说创作中，有着与古代和西方商业社会通俗小说作家迥然不同的思想、立场和态度。

对传统通俗小说进行现代性的转换、改造，取得成就最大的，当推张恨水。老舍称赞他“是个真正的文人”，是个“重气节，最富正义感，最爱惜羽毛的人”，是“国内唯一的妇孺皆知的老作家”①。张恨水的成功，应该纳入到在新文学精神烛照下的现代性文学语境中进行阐释。许多论者在论述他的成就时，多从融雅于俗、雅俗结合的角度给予评说，而对其创作中的现代性思想、立场和态度注意不够，这样就无法充分评价他的出现对于20世纪中国通俗小说的现代转型的意义与价值。事实上，张恨水开始创作言情小说《春明外史》时，就宣称要用作《红楼梦》的办法作《儒林外史》，表明了他关注世事、针砭时弊的创作立场、态度。而到了三四十年代，他则是更自觉地使自己的创作向新文学靠拢。张恨水曾经走过鸳鸯蝴蝶派的路子，而且都是以改革者的姿态出现的，其成果便是《啼笑因缘》。这部小说在报上连载时便已成为街谈巷议的话题，出单行本后又相继被搬上舞台和银幕，风靡一时。严独鹤感慨道：“一部小说，能使阅读者对于它发生迷恋，这在近人著作中，实在可以说是创作小说界的新记录。”②

张恨水强调通俗小说必须现代化，小说倘若不反映现代生活便会少有活力；同时他又认为通俗小说有着新小说所不具备的优势，这便是它的巨大的读者群。他曾指出，新小说虽然前卫，但较难被普通民众所接受。他力图辟出一条中国小说现代化的新路，使小说既具有先进观念与现代意识，又为大众所喜闻乐见。他的改革主要表现在三个方面：一、突破了传统的言情模式。以传统观念为基础所形成的人物模式、冲突模式、情节模式均被他突破。才子佳人让位于芸芸众生，情爱冲突的决定因素也由外部因素转变为内部因素，浪漫唯情的故事也被现实人生所取代。《春明外

① 老舍：《一点点认识》，《张恨水研究资料》，第110页，天津人民出版社1986年版。
② 严独鹤：《啼笑因缘·序》，《啼笑因缘》，北岳文艺出版社2003年版。

史》中的主人公杨杏园已不仅仅是才子，而且是一个具有新思想的现代知识分子；《啼笑因缘》中的樊家树，是一个平民大少爷，其爱情哲学已经摒弃了金钱门第等因素的影响，他与沈凤喜、关秀姑、何丽娜的爱情纠葛凸显的是普通人之间的真情。二、致力于艺术上的雅化。通俗小说之热衷于俗，是因为世俗的读者渴望享受平凡的现实生活中所不曾遭遇的惊险、离奇和刺激，但这种俗文化的魅力在新文学入主文坛之后日渐消减。张恨水在雅化上做文章意在加速通俗小说的现代化进程。他一方面在思想内容上顺应时代潮流，接受个性解放意识与平民精神，并在观念上淡化封建士大夫色彩；另一方面在艺术形式上推陈出新，他重视细节刻画与心理分析，注重性格塑造与景物描写。他说："关于改良方面，我自始就增加一部分风景的描写与心理的描写。有时，也特地写些小动作。实不相瞒，这是得自西洋小说。"① 这种致力于雅化的努力使他成为同时代通俗小说家中最出色的一个；其三，尝试进行多种小说样式的融合。《啼笑因缘》在《新闻报》上连载时，他应报社的请求在小说中写了侠客关氏父女，这种言情与武侠的结合虽有迫于形势的无奈，但也不可忽视他尝试求新的动机。张恨水的影响如此之大，不仅推动了通俗小说作家向新小说靠拢，而且吸引了新小说家将通俗小说与新小说进行结合，将这种结合进行得相当成功的应该是徐讦与无名氏。

徐讦是20世纪30年代文坛出现的一个难得的鬼才。他的小说"擅长以具有传奇色彩、曲折离奇的爱情故事，表达对人生的独特思考和追求，作品充满着浪漫色彩、空幻理想、哲理意味"②。徐讦先攻读过哲学，后又研究心理学，又曾留学法国。这种专业与经历，以及西方思想和艺术的浸染，使他的小说成为货真价实的"新小说"，但他却自觉地从通俗小说中汲取养料，使他的小说具有了别样的格调。小说《鬼恋》是在志怪小说、侦探小说和现代爱情甚至"革命小说"的多重刺激下产生的。作品

---

① 张恨水：《总答谢》，重庆《新民报》1944年5月22日。

② 杨剑龙：《旷野的呼声——中国现代作家与基督教文化》，第204页，上海教育出版社1998年版。

写得幽明错综、扑朔迷离，以怪诞阴郁之笔写奇特女子的幽艳姿影，悬念重重，小说在“鬼打墙”、“人打墙”的艺术迷宫中，显示了作家神采独具的诡谲才情。《阿拉伯海的女神》写异教徒之恋，穿插巫术、梦境、奇遇，弥漫着虚无飘渺的感觉；《荒谬的英法海峡》写主人公在航海途中被海盗所掳，而盗窟竟像桃花源，主人公更在桃花源中经历了一场惊心动魄的恋爱，最终却发现是南柯一梦。《精神病患者的悲歌》一开头，就使读者进入猜谜心态。作品把人物安置在环境和心理、爱情和命运的连环套之中，通过对变态心理的反复发掘和多边爱情的错落交织，驱动着故事情节花样翻新，在出人意料的结局中，升华出对人性之伟大的崇拜和对宗教式的净化境界的期盼。《风萧萧》是通俗性与现代性结合得最成功的范例。该小说在《扫荡报》连载时，像一股强劲的季风，席卷了大后方，“重庆江轮上，几乎人手一纸”①。因《风萧萧》名列1943年畅销书的榜首，也使该年被称为“徐讦年”。这是一部集爱情与间谍、舞姿与乐韵于一体的力作。小说写“我”和三个个性迥异的女子之间发生的曲折爱情纠葛和政治牵连，展示了变幻莫测的“爱与恨，生命与民族，战争与手段，美丽与丑恶，伟大与崇高，以及空间与时间，天堂与地狱”的错综图景②。小说写的是间谍，但又没有陷入间谍小说的窠臼，而是在间谍与反间谍的密谋和疑忌之中，在繁华与孤寂、爱慕与冷酷之中，进行高层次的艺术探索，游刃有余地舒展清细的感情书写和隽永的景物描写。整部小说情节浪漫惊险，想象飞扬绮丽，语言抒情典雅，且渗透着民族意识与正义精神，既能满足读者的好奇，又能引起读者的思考。

徐讦小说运用了众多的现代小说技法，尤其擅长运用精神分析的方法对人物进行解剖，以达到探究人、发现人的目的。他的作品既有令人惊奇的故事，又具有哲理意味，一方面描绘人鬼奇幻与异域风流，一方面又表现了民族意识与人性焦虑。浪漫传奇故事仅是他小说的外壳，运用心理分

---

① 陈乃欣等：《徐讦二三事》，转引自范伯群《中国现代通俗文学史》，第555页，北京大学出版社2007年版。

② 杨义：《中国现代小说史》（第三卷），第446—447页，人民文学出版社1986年版。

析的方法，从人性的深度表现并探测人类的心理世界才是他的作品的灵魂。吴义勤认为："徐讦对人性意识的剖析总是融入于故事性极强的文本，这是他的小说通俗性和现代性同时呈现的内在原因。"①

无名氏于1937年初登文坛时便表现出过人的才华，其作品情真意挚，用语铺陈，风格新奇。他的中篇小说《北极风情画》和《塔里的女人》，以其新奇艳丽的书名，风流倜傥的爱情故事，跌宕多姿的人际悲欢，以及迷乱苍茫的哲理思索，风靡文坛。杨义认为："无名氏的文笔比徐讦更为粗豪舒展，在徐讦展示西欧的柔情，晃动着若隐若现的梅里美的倩丽的影子之时，无名氏从抒写北国的强悍开始，呼唤着一个惨痛欲绝的灵魂，闪动着乍明乍暗的陀思妥耶夫斯基的悲戚的面容。"② 这里强调的是它雅的一面。也有学者强调它俗的一面："标新立异地希望给人以刺激和陶醉"，"是遣送时间的消遣书"③。其实它是既有通俗性，又有时代性。《北极风情画》写一韩国军官与一波兰少女，在奇荒异寒的西伯利亚爆发了一段疯狂而凄绝的爱情。虽然凄绝哀艳一如言情小说，但于奇情奇景中融入的民族意识却令人耳目一新。《塔里的女人》是道士觉空的自述，作品交织着荣辱悲欢，对情感的宣泄与对心灵的拷问紧密结合，兼以悔恨交加的叙述方式，增强了读者对人物心理的透视力。

徐讦与无名氏的小说已经是非常高雅的通俗小说，他们的作品中有世俗的读者所着迷的一切：艳遇、惊险、阴谋、神秘、诡谲；同时又有现代小说所有的品质：探寻哲理、表现人性、深掘内心、分析心理、语言明快、技巧前卫。他们的作品把通俗小说提高到一个相当成熟的现代化层次。正因为如此，他们的小说常常既被通俗文学研究者作为研究对象，又被现代派文学研究者看作典范，从而成为两类研究对象的"交集"。

如上所述，中国现代通俗小说与时代、社会俱进，完成了从传统向现代的转换，提升了自身的社会价值与审美价值，使之成为现代性文学语境

---

① 吴义勤：《飘泊的都市之魂——徐讦论》，第228页，苏州大学出版社1993年版。

② 杨义：《中国现代小说史》（第三卷），第501页，人民文学出版社1986年版。

③ 周锦：《中国新文学简史》，第221页，台湾成文出版社1980年版。

中的写作而进入文学史。现代性有两个维度，一个是物质的、经济的、市场的、商业的，一个是精神的、启蒙的、审美的。我们应该看到，“文学现代性”不等于“纯文学”，在市场文化语境中写作的中国现代通俗小说，吸取的是新文学的某些思想精神资源，而不是将自己也变成属于“纯文学”的新文学，其自身仍然保持了鲜明的民族传统特性和市场文化特色，张恨水、徐讦和无名氏均是畅销书作家的事实说明了这一点。然而，当新文学精神逐渐演变为现代性文学语境中的主流话语和强势话语，乃至成为某种占统治地位的意识形态时，两者之间的关系便由相互影响、相互交融变为彼此冲突、改造与被改造的关系了。一方面，新文学对通俗小说的批判、否定，其指向主要是通俗小说的传统性、商业性；另一方面，通俗小说以其所承载的中国传统伦理文化精神和市民文化因子，抗拒着新文学的“西化”倾向和“激进主义”思潮，体现了文化守成的一面。由于中国市场文化的脆弱和新文学已成为“权力文化”的话语，在这种冲突中，通俗小说从一开始就被置于边缘、支流和被改造的位置。许多优秀的通俗小说作家，在自觉地吸取新文学精神营养的同时，又自觉地以阉割通俗文学特性、丧失通俗文学独立性为代价，向主流文学靠拢，接受主流文学的改造。在这方面，张恨水又可以作为一个典型的例子。他在30年代创作的“国难小说”与新文学的“抗战小说”类似，仓促求成，结构粗放，当时虽影响很大，但经不起时间考验，题材上开掘不够，因经常用情节巧合来图解观念，概念化、公式化明显，犯了新文学作品中常犯的“主题先行”的毛病。所以，张恨水回首一生创作最满意的还是《春明外史》和《金粉世家》，因为这两部作品充满了“消闲”神韵，而这正是通俗小说的精髓、特性。当张恨水一味地向新文学看齐，在创作中过分地迎合主流文学所倡导的社会使命感和责任感时，通俗小说的特性也随之消失①。

这确实耐人寻味引人深思。它向我们提出了两个问题：一是当我们今天“重写文学史”时，应该如何看待以通俗小说为主体的通俗文学的现

① 范伯群、孔庆东：《通俗文学十五讲》，第50页，北京大学出版社2003年版。

代性？是以其商业化、市场化的特性作为根据，否认、取消其现代性，还是以其接受新文学精神影响为依据，将其强行纳入纯文学的现代性？两种做法，其实都是抹煞、取消处于前述两个维度意义上的现代性文学语境中的通俗小说在现代文学史上的独立位置和价值。二是由如何评价历史而引发的现实命题：处于伴随着后现代性的大众文化语境中的当代通俗小说，如何才能做到既继承“五四”新文学的启蒙精神和审美特性，从精英文学、主流文学中吸取营养，丰富、完善、提升自身，又摆脱主流意识形态限制，保持其市场文化的独立品格，从而真正地具有两个维度意义上的“文学现代性”？

第五节　中国现代通俗小说发展的启示

众所周知，中国现代通俗文学的大本营在上海，因都市的繁华、市民的激增、报章的兴办、文人的加盟等，使谴责、言情、武侠、黑幕、侦探、社会、历史等各种通俗小说类型都能得到繁盛与发展。“五四”以后，向恺然、还珠楼主等的武侠小说，张无铮、赵苕狂等的侦探小说，包天笑、江红蕉等的黑幕小说，贡少芹、陶寒翠等的国难小说，顾明道、张恨水等的言情小说，在接受新文学和外国文学的表现手法中，使通俗文学创作有了新的色彩；40 年代，秦瘦鸥、周瘦鹃的言情小说，程小青、孙了红的侦探小说，张爱玲、苏青的市民小说，徐讦、无名氏的新浪漫小说等，在动荡的社会氛围中拓展出了通俗文学的新面貌。孔庆东认为：“事实上，新文学小说虽占据了文坛的制高点，被目为正宗，但在它周围汪洋恣肆的仍是通俗小说之海。”① 这种判断是符合事实的。其实，新文学作家们以浅显白话走向民众、启蒙民众的意图并没有能够完全实现，新文学作品因其欧化倾向和高雅面目仅仅局限于知识分子和高层次的市民阶层中，大多数普遍民众接受的还是通俗文学。

中国现代通俗小说给后人的启示是多方面的：首先，要有勇气坚持通

① 孔庆东：《超越雅俗——抗战时期的通俗小说》，北京大学出版社 1998 年版。

俗小说的消闲娱乐观念。贾植芳先生在《中国近现代通俗文学史》的序言中说："中国人一向瞧不起通俗文学，历史上一贯把小说笔记这类文学作品称为'闲书'，由此，从晚清到1949年以前，也就是通俗文学作品大量涌现于文化市场的旺盛时期，当时那些被称为'鸳鸯蝴蝶派'或'《礼拜六》派'的通俗作家，也自认不讳地把自己的作品看成是供读者茶余酒后消闲解闷的东西，是一种'游戏文学'；也因此遭到了新文学家的迎头痛击，斥之为'文丐'、'文娼'等，连同他们的作品一起遭到严厉而彻底的批判。此后几十年，这一重要的文学部门被排斥在20世纪中国文学史的研究范围之外，以致今天的读者对他们已经相当陌生（最近几年有些改变），然而从文学史研究的角度来看，完全忽视这些作家作品作为一种文化现象的存在，却是甚不科学的。"① 新文学作家们往往以二元对立的视阈看待事物，如新与旧，雅与俗，传统与现代，进步与保守，等等，因而反对娱乐消遣的通俗文学观，提倡"为人生的艺术"。这种观念在中国社会救亡图存的动荡岁月中，在文艺为工农兵服务理论的左右下，一再得到强化。对于新文学家的批评，通俗作家们为了维护通俗文学自身的生存权，也进行了"自卫式"的反击。王受生在《金屋小史》中就针对有人批评他们"有伤风化"和"诲淫"之说提出了自辩。他认为社会上既有这类淫秽事，就可以表现，关键在于怎么表现，作者的动机不在诲淫就行了。这种说法虽有一定道理，但并不完全正确，因为动机与效果不一定总是一致的。其实，对于那些诲淫诲盗的作品，许多通俗刊物也对之进行了抨击。《红玫瑰》第3卷第5号曾刊登仙人的《性欲小报难禁绝之原因》一文，批评这些作者唯利是图，受经济利益驱动。《红玫瑰》第5卷第5期中刊登的徐国桢的《小说杂论（三）》一文，也批评那些"做淫书的朋友，很会把劝世惩淫等大题目做幌子"。这些都说明通俗作家在追求作品娱乐效果的同时，对诲淫诲盗的作品是持警惕态度的。因为将通俗文学逐渐等同于下里巴人的低级趣味，以至于有些为通俗文学所吸引的知

① 贾植芳：《反思的历史 历史的反思——为〈中国近现代通俗文学史〉而序》，范伯群主编《中国近现代通俗文学史》，江苏教育出版社2000年版。

识分子“暗里读得津津有味，明里却不愿津津乐道”，“感情上被它打动过，理智上认定它低人一等”①。这种状况与心态可以说一直延续至今，作家们往往以创作先锋文学、高雅文学为荣，而认为通俗文学是不登大雅之堂的东西，批评家们也往往更多关注纯文学的创作，而很少关注通俗文学的批评。

其次，继承中外文学创作的优良传统。在中外文学发展的历史中，通俗文学已形成了各自的传统。范伯群认为鸳鸯蝴蝶派继承了中国古典小说的传统而更符合我们民族的阅读欣赏习惯，“它的魅力的奥秘首先在于结构情节的技巧”，“精巧和有趣的情节设计是娱乐性和消遣功能的生命线”，“趣味性应该被视为是通俗文学的重要审美标准”②。晚清以来上海现代通俗小说的成就为其后的通俗文学创作积累了经验，如题材的趣味性、结构的完整性、情节的生动性、描写的简洁性、语言的大众性等等通俗文学传统，应该得到继承与弘扬。客观地说，上海现代通俗作家的作品，确实有许多佳作，这些作品在形式上为市民大众所喜闻乐见，反映了平民的思想，不仅为平民所喜爱，而且也受到了开明的新文学家们的赞扬，有的作品表现出来的强烈的爱国主义热情和人道主义精神，更能显示出通俗作家的人性闪光之处。在创作过程中，通俗作家们既能借鉴西方，也看重向新文学作品学习。在我们通常的认识中，好像通俗作家只是一群封建遗老遗少，只是一些因科举路绝而靠写作聊以为生的潦倒文人，其实他们之中有不少人是受西方思想影响乃至参加过革命的有识之士。像许啸天这样的通俗作家，虽然在写历史小说，但他在清末曾追随过秋瑾革命，失败后又参加了新剧运动，可见通俗的形式与作家的世界观之间不是一种简单的组合关系，写通俗小说的人也会抱着改革社会的理想去工作。通俗作家固然大多有一定的传统小说功底，但同样接受西方作品的影响。恽铁樵早期主编《小说月报》时，就认为“言情小说撰不如译”，认为“欧洲

① 范伯群：《鸳鸯蝴蝶礼拜六派作品选》，第17页，人民文学出版社1991年版。

② 同上，第30页，人民文学出版社1991年版。

言情小说，取之社会而有余，我国言情小说，搜索枯肠而不足”①。李定夷也认为中西小说各有所长：“盖西说富于理想，而中说富于事实；西说工于构造，而中说工于铺叙。”② 他们当中的许多人，在文化素养和艺术实践上，多受西方的影响。何海鸣在《我作小说之经过》中，曾谈到他少年时代多受传统小说及侦探小说的影响，“后阅及《茶花女》，我思想又为之一变”③。至于徐卓呆小说之受卓别林等人的影响，程小青的《霍桑探案》受程小青自己和周瘦鹃等人翻译的《福尔摩斯探案》的影响，更是显而易见的。正是因为通俗小说家们既接受传统文学的资源，又接受外国文学和新文学的影响，并关注市民大众的生活和需求，才出现了沦陷时期张爱玲、徐讦、无名氏等人可观的创作成就。

第三，注重寓教于乐的艺术品位。过去在对通俗文学的批判否定中，常常认为通俗文学是一味注重消遣娱乐的，其实这只是说到通俗文学的某些方面。范伯群先生认为：“中国近现代通俗文学是指以清末民初大都市工商经济发展为基础得以滋长繁荣的；在内容上以传统心理机制为核心的，在形式上继承中国古代小说传统为模式的文人创作或经文人加工再创造的作品；在功能上侧重于趣味性、娱乐性、知识性和可读性，但也顾及‘寓教于乐’的惩恶劝善效应，基于符合民族欣赏习惯的优势，形成了以广大市民层为主的读者群，是一种被他们视为精神消费品的，也必然会反映他们的社会价值观的商品性文学。”④ 在通俗文学创作中，应在注重趣味性、娱乐性、知识性的同时，顾及“寓教于乐”的惩恶劝善效应，不能为了迎合市民的低级趣味而降低通俗文学的品位，应努力以高品位的通俗文学创作不断引导提高市民大众的欣赏水平。值得一提的是，通俗文学作家们在新文学家们的批评声中，在向新文学学习的过程中，也在不断地检讨自己，谋求改良。1928 年，通俗文学作家廖国芳在《红玫瑰》杂志

---

① 恽铁樵：《论言情小说撰不如译》，《小说月报》1915 年第 7 期。

② 李定夷：《小说改良刍议》，《小说新报》1920 年第 1 期。

③ 何海鸣：《我作小说之经过》，《红玫瑰》1926 年第 40 期。

④ 范伯群：《中国近现代通俗作家评传丛书·总序》，南京出版社 1994 年版。

发表的《关于文艺的一封信》① 和《讨论文艺的文艺》② 两篇文章中，提倡“以写实主义来表现人生，以新浪漫主义的方法来批评人生，以未来主义的目标来指导人生”，这与新文学家已经在同一层面上来讨论问题了。1939 年，新的《玫瑰》杂志创刊，署名园丁的主编在创刊号上发表《花前小语》说：“这《红玫瑰》，乃是昨日的玫瑰，早已成为过去的读物了！我们现在这本《玫瑰》半月刊，却是今日的玫瑰，不论在精神方面，或是在文字方面，大家都抱上一个决心，须得努力赶上这时代，决不和这已没落了的、已蔫谢了的《红玫瑰》一般的！”在 1940 年出版的第 2 卷第 3 期上，署名“文”的作者写了《谈谈歌谣》一文，对民间歌谣给予了高度评价，认为它“是一般普通的农夫和村妇都知道和稔熟的，而且更能流入幼稚的孩提们的口中，成为最受人欢迎、最普遍的大众文学。其中尤其是童谣和情歌、采茶歌、采桑歌，最是为大众所喜悦”；“他们是快乐的种子，也向着社会上散播着”。文中还颂扬“赤日炎炎似火烧”等民谣，是“很能使一般平民所拥护和爱好，而且他呼喊出来的力量，比较任何的文学来得着力，所以形成了这种文学成为很普遍的大众文学”！这种思想，已经与新文学家很接近了，而且在通俗性的倡导方面，比新文学家有着明显的进步。

总之，“鸳鸯蝴蝶派”通俗小说在 20 世纪的兴起与发展，不仅是对古典通俗小说传统的延续，更是现代商品经济、文化市场催化、激发的结果。文化市场的建立不仅仅为通俗小说的兴起创造了外部环境和社会土壤，也使通俗小说本身完成了从古典到现代的转型。应该说，现代性有两个维度：一个是物质的、经济的、市场的、商业的，一个是精神的、启蒙的、审美的。在中国现代文学史上，精英文学与大众文学、高雅文学与通俗文学同步发展又相互渗透、融合的事实构成了完整意义上的现代性文学语境。

---

① 廖国芳：《关于文艺的一封信》，《红玫瑰》1928 年第 9 期。
② 廖国芳：《讨论文艺的文艺》，《红玫瑰》1928 年第 12 期。

第六章

上海文学论争与 20 世纪中国文学

文学论争作为文学思潮发展的重要构成，是文学批评时的相互碰撞冲突。在 20 世纪中国文学史上，关于文学问题的论争热潮迭起众声喧哗，蔚为可观，不仅打破了当时文坛的平静，而且在文学史上产生重要影响。其中，上海作为 20 世纪中国文学的重镇，文坛更是颇不平静，文学论争精彩纷呈，从现代到当代不胜枚举，文学新旧论辩、白话诗之争、雅俗文学分流、文学研究会与创造社的论争、“革命文学”论战、“左联”突围、“两个口号”争论、京派与海派对抗、“鲁迅风”论争，以至当代的“为文艺正名讨论”、“重写文学史”、“文学与人文精神”等热点讨论，都曾在沪上文坛掀起风雨，在全国也引起广泛反响。

上海文学论争及其引起的笔墨官司，其发生频率之高、参与人数之多、辐射面之大，在全国都屈指可数，许多已经为 20 世纪中国文学史上广为人知。作家、批评家之间的对话与交火，具有复杂的历史缘由，既有文学观念的差异、话语权的争夺，也不乏门户之见、私人恩怨。上海文学论争的更迭，本身显示了自由开放的批评空气，也彰显了自身个性，即不满足于任何陈规陋习或者霸权秩序，不对任何主流声音、强势话语言听计从，无视高高在上的权威、偶像，反对一成不变的金科玉律，拒绝人云亦云，总是以开放和实验姿态关注新事物，捍卫自我个性。上海文学论争不仅成为20世纪中国文学思潮中不可或缺的内容，而且其释放个性的批评风格、建构的公共空间，汇入了20世纪中国文学的传统，对文学史嬗变、批评生态产生了深刻影响，同时留下了正面和负面的双重启示。

第一节　上海文学论争概述

向旧传统宣战——上海文坛的新旧、雅俗之争

“五四”时期，北京作为新文化运动的中心是新旧文学交锋的主战场，而《新青年》的创刊地上海也处于风口浪尖，新潮云涌，利用报刊、出版等媒介为文学革命推波助澜，成为北京之外新文化运动的重镇。期间，上海的《民国日报》、《时事新报》、《神州日报》等多家报纸，纷纷视潮流而动，扮演着舆论阵地的角色，《民国日报》抨击北京“政府之人物，无一非专制头脑”，《时事新报》鼓励新文化运动的倡导者“凡欲革新一代思想学术，终不免有忤逆世俗之虞。来日方长，挫折争未有艾。寄语以革新事业为己任者勿以区区恫吓而遂气沮也”。《神州日报》则要求广大读者认清形势：“我希望我国青年的脑筋，不要被那般旧派的人迷惑住。”① 许多报纸纷纷开设副刊，发表白话诗文，为新文学生长提供了萌生土壤和生存载体，如《民国日报》的《觉悟》、《时事新报》的《学灯》等都是“五四”时期带有标志性的新文学阵地。这其中，许多上海小报从中推波助澜，1919 年 2 月 17—18、3 月 19—20 日，林纾在上海《新申报》连载文言小说《荆生》、《妖梦》，影射新文学家，上海《晶

① 邱明正主编：《上海文学通史》（下册），复旦大学出版社2005 年版，第 612 页。

报》随即作出反应，3 月30 日刊登了张丹斧的文章《戏代蔡答林》，对林予以驳斥。

新旧文学互博的刀光剑影，在小说、诗歌、戏剧等领域都留下蛛丝马迹。就小说而言，最显著的莫过于新文学家对通俗文学的讨伐及其引起的雅俗分流现象。“五四”开始，新文学阵营向鸳鸯蝴蝶派发难，揭开了批判通俗文学的帷幕，胡适《建设的文学革命论》、周作人《论“黑幕”》等都对通俗文学大加挞伐。胡适曾对《广凌潮》、《海上繁华梦》、《九尾龟》等提出尖锐的批评，认为“《海上繁华梦》与《九尾龟》所以能风行一时，正因为他们都只刚刚够得上‘嫖界指南’的资格，而都没有文学价值，都没有深刻的见解，与深刻的描写，这些书都只是供一般读者消遣的书，读时无所用心读过毫无余味”①，而在鸳鸯蝴蝶派大本营的上海，茅盾更是多次发出近距离的攻击，数列其“略采西洋小说的布局法而全用中国旧章回体小说的叙述法与描写法”、“剿袭了旧章回体小说的腔调和意境”② 等多条罪状。1921 年，文学研究会会刊、商务印书馆麾下的《小说月报》在新任主编沈雁冰的主持下，开始大刀阔斧地变革，将矛头对准鸳鸯蝴蝶派，主张“将文艺当作高兴时的游戏或失意时的消遣的时候，现在已经过去了。我们相信文学是一种工作，而且又是于人生很切要的一种工作；治文学的人也当以这事业为他终身的事业，正同劳农一样”。《小说月报》的脱胎换骨，创作观念由改造人生取代游戏娱乐，文体上以白话文淘汰文言文，凸显了小说严肃的态度、写实的方法、功利作用，从此把鸳鸯蝴蝶派代表的通俗文学扫地出门，在文坛上树立了全新形象。而“对新文学家们的严厉批判，鸳鸯蝴蝶派不以理论应战，却是在顺应时代、进一步迎合都市市民口味上大做文章，用创作的实绩占领读者市场，与革新小说抗衡”③。由于通俗文学作家的缺席，新文学家的单方挑战，并未升级为双方你死我活的酣战，但是造成的影响却持续了近一个

---

① 阿英:《晚清小说史·晚清小说之末流》，东方出版社 1996 年版。

② 茅盾:《自然主义与中国现代小说》，《小说月报》1922 年第 13 卷第 7 号。

③ 黄晖:《中国现代小说的雅俗论争及其文学史意义》，《思想战线》2007 年第 5 期。

世纪，新文学家对通俗文学的贬低，诚然击中了要害，但其偏颇也不容置疑，不仅使双方划地为营，而且其观点无形中长期左右着对通俗文学的评价，甚至致使通俗文学受到遮蔽与误读。“1917 年，文学革命潮起，它既有历史的功勋，也有历史的误导。其误导之一就是对继承本民族白话小说传统的现代通俗小说不分青红皂白地一概加以否定。将现代通俗文学的一个重要流派定名为‘鸳鸯蝴蝶派’或‘《礼拜六派》’，而且将此名称视为文学史中的一种贬义。影响所及，在 50 年代编定的若干文学史中，将现代通俗文学看成是文学史中的一股‘逆流’。”① 开启了雅俗分流、以雅贬俗的冷战局面。30 年代，新文学界仍然集中火力对通俗文学予以痛击，鲁迅《上海文艺一瞥》、瞿秋白的《鬼门关以外的战争》、沈雁冰的《封建的小市民文艺》、钱杏邨的《上海事变与鸳鸯蝴蝶派文艺》等，对通俗文学在“国难”叙事等方面的转型尝试与具体价值视而不见，对其表示不齿。尽管在 30、40 年代曾经出现雅俗合流，但是总体来看，在 20 世纪中国文学史上雅俗分野从未得到根除，直到 20 世纪末以来，这场百年官司才在学理层面上逐渐被翻案，历史尘埃得到清理，通俗文学重新引起学界的重视，在文学史中恢复了应有的席位②。

“五四”时期，上海文学论争不仅仅限于新对旧、现代对传统的绝对性胜利，对新文学的各种评头论足，也并非完全来自守旧人士，在当时文坛，也不乏对新文学时弊的批评，如 1919 年有关白话诗的论争即是一例。这场被人忽略的论争，是在上海小报中的佼佼者《晶报》上展开的，而且当事人就包括新文学先驱胡适先生。论争肇始于 1919 年 10 月《星期评论》“双十节号”上刊登的胡适《谈新诗》，该万言长文详细阐述了新诗创作方法等问题，并用溢美之辞来评介他的《应该》、康白情的《窗外》等白话诗作，认为《应该》“意思神情都是旧体诗所表达不出的”，

---

① 范伯群主编：《中国近现代通俗文学史 · 绪论》，江苏教育出版社 2000 年版，第 2 页。

② 范伯群主编：《中国近现代通俗作家评传丛书》（南京出版社 1994 年版）、《中国近现代通俗文学史》（江苏教育出版社 2000 年版），以及专著《中国现代通俗文学史》（北京大学出版社 2007 年版）等都以雅俗文学“两个翅膀”的文学史观，对近现代通俗文学进行了系统梳理和详细描述。

而《窗外》那种复杂的情感“若用旧体诗，一定不能说得如此细腻”①。随后，张丹斧在《晶报》发表《为什么新诗都做得不好》提出异议，对白话诗的长短作了较为客观的评价，尤其毫无顾忌地针砭白话诗的不成熟之处，认为胡适的《应该》“意思是很曲，白描功夫是很足”，但是“未免太像外洋人口吻，与中国男女用情的地方，似乎不大同”，质疑胡适赞赏的作品以及傅斯年的《深秋永定城门晚景》、俞平伯《春水船》等白话诗水准；他以古典诗词为参照分析了白话诗失败的缘由，坦言胡适“做的新诗，诚然不能说坏，但说比他做的旧诗，要说好些，却真正未必。至于跟他学做新诗的那些人，越发去他远了”，原因在于“无论做诗、做词、做曲、做新诗，先要性情过人，聪明过人，阅历过人，学问过人，然后人读他的著作，好比用催眠术一样，才能受他催得动。只要有一样不能加人一等，就在这一样上，人就要加他的批评”，“就胡适之个人而论，可算这四样，样样立在人眼前。至于他的本领，虽未必压倒古人，并时的大诗家，却没有一个劲敌。不管旧诗也罢，新诗也罢，任他主张，好歹没有人配同他反对”。② 在论争中，张丹斧的观点得到不少《晶报》作家的赞同，他们反对将传统文学全盘否定，毫不含糊地指出白话诗作的不足，张恨水在当时指出了新诗的“不讲究韵脚”、“无审美性”、“没有什么章法”等三宗罪，认为胡适“是旧书堆里钻出来的，是在诗词曲三样里面经练过的，所以有那么一回事”，而“一班才知道爱皮西地的先生，就是他们最崇拜的‘莎士比’、‘拜伦’的大作，也没见过，就想推倒李杜，也太不自量些”，反对诗歌欧化，割裂传统诗学，认为“爱做新诗的人，你不要看轻了古人”③。面对小报作家的大不敬与批评，胡适后来发表《与丹翁说话》回驳对方，反对用厚古薄今的态度评价新诗，以实验态度提出要通过大胆尝试突破传统，为新诗寻找生机。之后，《晶报》作家又进行回辩，但胡适不愿继续纠缠下去，于是一场论争尚未经过几个回合便

① 陈金淦：《胡适研究资料》370—389页，北京十月文艺出版社1989年版。

② 张丹斧：《为什么新诗都做得不好》，《晶报》1919年11月9日。

③ 张恨水：《纯粹新诗决做不好》，《晶报》1919年11月21日

匆匆收场。这场稍显短暂的争议，由小报作家首先发难，胡适等新文学家似乎不屑与之对话，没有投入热情去辩明是非曲直，大多文学史对此也较少着墨，“胡适其实是有意冷落《晶报》诸人的。在他看来，《晶报》诸人都属守旧派，是不足与言新诗的，所以他在给张丹斧的信中也无意与之探讨学理，只是指出了张文中的矛盾（其实张对胡适的诗作不作苛评或许只是处于为老友胡适留面子这一考虑）”①。如果撇开任何成见，它并非守旧派的观点，而是对新文学中肯的批评与建议，特别是对早期新诗自身缺陷的批评观点都正中要害，而且从新文学嬗变的角度看，出现于上海文坛的这场论争，证明上海虽然未像北京那样在新文化运动中风光无限，但是也绝非黯然无光，将新文化思潮拒之门外，上海文化氛围已逐渐开放，思想趋于活跃，敏锐地把握社会文化和文学的脉动，开始冷静地观察、接受新文学，小报作家向新文学作家的直接发言，很大程度上代表了大众读者对于精英作家的质疑，因此其特殊意义没有理由予以低估，甚至完全抹杀。

挑战文坛霸主——创造社的分庭抗礼

继北京引发的文学革命之后，上海创造社的“异军突起”及其引起的争论再次引爆新文坛，堪称新文坛内部的首次正式较量，也是京沪两地之间文学团体的相互对垒。

“五四”后，新文学社团南北林立，而成立于1921年的文学研究会作为群龙之首，无论是文学主张、作家阵容，还是社会声誉，都最受瞩目，几乎无出其右者，在新文学发展中首屈一指，至创造社出现，原有的格局才有改观。创造社成员多是留日归来的青年作家，虽然对新文化运动抱有好感，然而并未崇拜到狂热或盲目的地步，从一开始就不掩饰踌躇满志、桀骜不驯的个性气质。初登文坛之际，在郭沫若、张资平等作家眼里，连《新青年》不过是“浅薄的杂志”，“一篇文字的密圈胖点和字数比起来还要多”。尽管在出版实力、社会知名度、创作资历等方面均处弱

① 李国平《上海市民的精神“大世界”——民国小报巨擘〈晶报〉研究》（苏州大学2008届博士学位论文），第40页。

势，创造社在成立之初，清一色的青年作家，才华横溢但也锋芒毕露，甚至不顾忌公开树敌的危险，将矛头对准正在新文坛独占鳌头的文学研究会，言辞激烈地予以批评，挑战其权威地位，对一些资深作家评头论足、指摘不足。郁达夫在1921年9月《纯文学季刊〈创造〉出版预告》挑起论争，一团火气地提出“自文化运动发生后，我国新文艺为一二偶像所垄断，以致艺术之新兴气运，渐灭殆尽”；1922年5月，《创造》季刊创刊号发表了郁达夫的《艺文私见》、郭沫若的《海外归鸿·（二）》，郁达夫指责“那些在新闻杂志上主持文艺的假批评家”是“伏在明珠上的木斗”，“真的天才总不能放他的灵光，来照耀世人”，郭沫若则激烈抨击文研会作家“简直是专擅君主的态度了”、“党同伐异的劣等精神，与卑陋的政客者流不相上下”。创造社并不指名道姓，然而出言不逊的嘲弄谩骂，引起了文学研究会的极大不平。5月19日郑振铎与周作人通信，商量“应付”对策，而沈雁冰以“损”为笔名于5月11日、5月21日、6月1日在《文学旬刊》上陆续发表《〈创造〉给我的印象》进行回应，对创造社四名作家的作品进行评论，在肯定的基础上指出其不足，奉劝并反讽创造社作家“把天才两字写在纸上，不要挂在嘴上”。

除了一些人为因素的宿怨、隔阂，双方在审美观念、文学追求上更是存在显著歧义，创造社在崛起之时，以《创造季刊》为阵地批评文学研究会“写实主义”，认为国内正在风行的自然主义和现实主义思潮已经陈旧落伍，反对将文学作为宣传工具，在审美观念、创作方法上与文学研究会势不两立，主张艺术的无功利性，倡导自我表现，追捧浪漫主义，认为“‘人生派’把艺术堪称一种工具，想利用来宣传主义，那是他们根本的错误”。郭沫若宣称：“我认定艺术与人生，只是一个晶球的两面，只如我们的肉体与精神的关系一样，他们是两两平行，绝不是互为君主臣仆的。”①由于特定时期的文坛秩序，“创造社发起与文学研究会的论争就具有了明显的策略性。然而要明确的是，这种策略并非意在取而代之，更不是图名

① 郭沫若：《论国内的评坛及我对于创作上的态度》，《时事新报》副刊《学灯》1922年8月4日。

图利，而是要为自己恪守的文学信念争取尊重。一个明显的例证就是，上述三篇挑起论争的文章尽管言辞激切，然而郭沫若、郁达夫据以进攻的基点始终是：文学创作是多元的，任何理论、任何人都无权压制他者，而受压制者有权反抗”①，前期创造社作家把文学研究会作为对手，他们公然与文学研究会唱对台，极端自信地宣扬自己的文学主张，在招牌林立的文学社团中终于脱颖而出，打破了写实主义一元独尊的局面。

客观而言，创造社与文学研究会的分庭抗礼，标志着“五四”后审美观念截然不同的文学社团、流派正式生成，使新文学在肇始时期就避免了现实主义一统天下的秩序，丰富了文学观念和艺术手法，彰显了拒绝任何权力话语的现代批评个性，激活了新文坛的开放氛围。“文学研究会和创造社在当时是相互补充的两个文学社团，代表了两种不同的文学思潮，他们之间的争鸣必然打破文学定于一尊的思想束缚，不仅丰富了当时的文学创作，而且促进双方深入思考问题，丰富了当时的文学理论与评论，具有积极的意义。另一方面作为社团与代表的文学思潮，两者并非是完全对立的。”② 然而不可否认，双方之争尤其是创造者的挑战，无疑难免带有门户之争与情绪批评的意味，不顾是非曲直地大肆攻击，甚至采取公开谩骂、故意诋毁、随意栽赃的手段，有失批评理性和相互对话，“不是一场真正意义上的文艺论争，在当时不成熟的中国文坛，文人们都在主观和客观上有在文坛留名和站稳脚跟的心理，谁都不愿是个闯入者，而要是个主人翁。在这样心态的支配下，加上一些误解一些不甘，才会形成后来的场面”③。以自我想象与内在情绪为中心的主观批评，往往缺乏他者观念，使批评陷入无秩序的失范状态，对讲求严肃、客观、公正的批评伦理构成了不同程度的践踏，陷入了不辨是非、自以为是、贬他扬我的误区，这种未能纠正和约束的批评个性及其偏颇，在以后的“革命文学”论争中再次暴露无遗。

---

① 李卫国、魏建：《创造社与文学研究会论争的缘起》，《德州学院学报》2001 年第 1 期。

② 邱明正主编：《上海文学通史》下册，复旦大学出版社 2005 年版，第 617 页。

③ 李琴：《“闯入者”心态——创造社与文学研究会复杂关系之一窥》，《安徽文学》2007 年第 12 期。

“革命文学”时代的多元纷争

“五四”退潮后，文学的新与旧、传统与现代已经不再是新鲜话题，直到“革命文学”出现，文坛才被重新激活，创造社和太阳社作家疾言厉色地为“革命文学”造势，并以火气十足的批评言论再次引起纷争，文坛因此再次打破沉寂、失去平静，在上海随之展开的笔墨官司，使新文学在上海找到崭新的生长点，实现了“革命文学”对“文学革命”的主题变奏。

这期间，革命文学的出现曾经过了一个潜滋暗长的过渡阶段。蒋光慈较早探讨了无产阶级与文学的关系，1923 年《创造月刊》发表郭沫若的《我们的文学新运动》、成仿吾《新文学之使命》、郁达夫《文学上的阶级斗争》，倡导文学中“爆发出无产阶级精神”，要求文学负起“时代的使命”，肯定“文学上的阶级斗争”。1924 年，成仿吾《创造周报》发表了《江南春汛》、《文学界的现形》、《一年的回顾》，对创造社以往的创作进行自我检讨，为“创作不值一钱”而痛心，希望人们“看看我们将来的作品”，“不要使新文学的建设再延下去”，须“重新来一次”。1925 年 9 月，《洪水》复刊，鲜明表现出“方向转换”的痕迹，1926 年，《洪水》围绕郭沫若小说《马克思主义文庙》展开了社会革命与共产主义问题的讨论，显示出文艺观的变化，郭沫若说“我现在对于文艺的见解也全盘变了”①。

1927 年下半年，创造社郭沫若、成仿吾等改弦更张，把一腔热情由浪漫主义转移到无产阶级文学革命，彭康、李初梨、冯乃超、朱镜我等后进作家年底从日回沪，也以激进姿态为无产阶级文学革命推波助澜。次年 1 月，太阳社成员蒋光慈、钱杏邨、洪灵菲、孟超在《太阳月刊》等刊物上，大张无产阶级革命的旗帜。这批作家大张旗鼓地宣传自己的主张，将“五四”新文学全盘推翻，极力鼓吹“普罗列塔利亚（Proletarian）”文学即普罗文学的唯一合法性，刻意凸显文艺的宣传功能，不仅放弃了昔日自

---

① 郭沫若:《文艺论集·序》,《洪水》第 1 卷第 2 期，1925 年 12 月 16 日版。

已的文学理念，宣告旧我正式决裂，实现脱胎换骨，并且对其他“五四”作家进行了扫荡式批判，对刚刚到达上海的鲁迅以及其他一批作家大肆攻击，给他们扣上了“资产阶级代言人”、“小资产阶级的根性”、“时代落伍的印贴利更追亚的自暴自弃”、“封建余孽”等罪状，遂引起轩然大波。随后鲁迅等人也撰文予以回应、辩诬，反驳把文艺等同于宣传的论调，这场论争的声势前所未有，一百三十多家报刊介入了论战，直接间接参与讨论的文章达三百余篇，历时一年之久，涉及内容相当广泛，包括无产阶级革命文学发生的必要性、无产阶级文学的作者队伍、无产阶级革命文学的社会作用等诸多命题。通过这场论争，“革命文学”作为新事物在国内为人所认识，逐渐流行开来，被推向话语高地，新文学在都市上海与世界文学思潮取得了呼应，在国际视野内，不但深化了有关革命文学理论及实践的认识，同时在国内促使形成一个译介和研究马克思主义文艺思想的高潮，大量国外的文艺理论著作被译介。由文学革命到革命文学的转换，是20年代后期上海发生的国内文坛和思想文化界最重大的事件之一。

围绕“革命文学”展开的系列争论，随着1930年左联成立而暂告一段落。这个以上海的著名文学团体，自成立起随即卷入了论争的漩涡，与民族主义文学、自由主义、“新月派”、“第三种人”等展开周旋、论争，这些异己力量也各持己见，并不服膺“左联”的一家之言，上海文坛的多方角逐和众声喧哗，推动了二三十年代的文学论争进入白热化和多元化阶段。

最先向左翼文艺挑衅的是陈果夫、陈立夫、潘公展、范争波和王平陵、朱大心等民族主义论者，发表《民族主义文艺运动宣言》，将“民族主义文学”视为文艺的最高意义，提出“民族意识”高于“阶级意识”，建构民族主义文艺的核心文学观，“左联”随后声明《无产阶级文学运动新的情势及我们的任务》，鲁迅发表《黑暗中国的文艺界现状》、《“民族主义文学”的任务和命运》等文章予以回击，结果没经过多少回合，“民族主义文学”论调便随着《前锋周刊》的停刊而偃旗息鼓。

相比之下，自由主义作家与左翼作家的博弈则要激烈和持久得多，整整贯穿了30年代，其中左翼作家与“新月派”的笔仗已成为现代史上广为人知的公案。当“左联”以革命文学为武器横扫文坛之际，新月派则与之分庭抗礼，1928 年梁实秋发表《文学与革命》，对风行文坛的无产阶级文学提出了相反的意见，抛出“固定的普遍的人性”论，认为“伟大的文学乃是基于固定的普遍的人性”，把人性作为文学的恒久不变的主题，否认文学的阶级性。随后又于 1929 年发表《文学是有阶级性的吗?》、《论鲁迅先生的硬译》等数十篇文章，继续宣扬自己的学说。梁氏的言论一出，很快成为“左联”作家的众矢之的，冯乃超写作了《冷静的头脑——评梁实秋的〈文学与革命〉》、《阶级社会的艺术》等文章予以驳斥，而“左联”盟主鲁迅披挂出战更为有名，他先后撰写了《“硬译”与“文学的阶级性”》、《好政府主义》、《“丧家的”“资本家的乏走狗”》等著名篇什，对新月派进行冷嘲热讽。这场是非，从言说立场、理论武器来说，均染上了强烈的阶级色彩，显示了无产阶级文艺理论与异己学说的较量，过去因为阶级观念的影响，曾引起了误会，被渲染成一场水火不容、敌错我对的斗争，其实这场原本自由公平的争辩，双方各有精彩迭出的洞见，从人性和阶级两个不同角度进行了理论阐述，触及了纠缠在 20 世纪中国文学史的两大命题。

在“左联”周围，还不乏另外一些个性鲜明的自由主义论敌，较为著名的有“自由人”、“第三种人”、“性灵文学”和“静穆美”论者。1931 年 10 月至 1932 年 4 月，胡秋原以“自由人”的角色，发表《阿狗文艺论》、《勿侵略文艺》、《谁为虎作伥》等文章，既反对民族主义文学论调，也不愿与“左联作家”为伍，力挺“文艺自由”，呼吁文艺至上；自立门户的还有“第三种人”的“左联”前成员苏汶（杜衡），发表《关于〈文新〉与胡秋原的文艺论辩》、《“第三种人”的出路》、《论文学上的干涉主义》，强调“真实”比“正确”对于文艺的重要性，同样主张创作自由，反对政治介入。而在《人间世》、《宇宙风》上宣扬“以自我为中心，以闲适为格调”的林语堂，对“性灵”、“自然”推崇备至，而不愿皈依“左联”的道路；1935 年朱光潜提倡的静穆美，也游离在“左联”文学主张之外，认为“和平静穆”是“诗的极境”、美的“最高境界”和人生哲理的“最高理想”。

针对此类不和谐的声音，鲁迅《论“第三种人”》、《又论“第三种人”》、《小品文的危机》、《白莽作〈孩儿塔序〉》、瞿秋白《“自由人”的文化运动》、《文艺的自由和文学家的不自由》、冯雪峰《致〈文艺新闻〉的一封信》、《关于“第三种文学”的倾向与理论》、周扬《到底谁不要真理，不要文艺》、《“自由人”文学理论探讨》等，对“自由人”、“第三种人”进行了批驳。左翼人士与异己力量的一系列对决，扩大了左翼文艺的传播，加快了马克思主义文艺理论的译介进程，左翼作家为了争夺话语制高点，常常锋芒毕露地亮明自己的立场观点，态度激烈地寻找对方的谬误之处，常常有失于唯我独尊的简单和偏颇；而面对左翼的强势，对方也毫不示弱，不轻易放弃自己的话语，以超越阶级、政治的文艺本位，从不同的角度与左翼争鸣，对过分强调政治性、阶级性的急功近利的文艺工具论进行了制衡。在上海文坛的群雄角逐中，每一方充分显示了各自的理论立场和批评个性，上海为之提供了一个伸展个性的公共空间，也没有以一种区分是非对错的绝对标准，对争论强加干预或作出判决，使得论争在相对宽松开放的环境中展开，在文学史上迎来了一个鲜见的学派林立、自由争鸣的时期。

“左联”所激起的纷争，不仅在其成立期间频频出现，即使该团体不宣而散之后也留下余脉，以上海爆发的“两个口号”论争最令人瞩目。这场于抗战前夕出现的大型论争，并非因为“左联”遇到新的对手，而是来自团队内部的思想分歧。由于政治磨难·“左联”文委受到冲击，1936年2月，以周扬为代表的劫后余生的成员，解散“左联”并建立新的“文委”，提出了“国防文学”口号；而以鲁迅、冯雪峰、茅盾、胡风为代表的作家闻讯后，对私下解散左联的做法并不满意，而且认为新号令也存在欠妥，以国防为旗号容易导致关门主义和宗派主义，因此在“国防文学”口号提出四个月后，他们以胡风名义发表《人民大众向文学要求什么?》，提出“民族革命战争的大众文学”新口号，引起两个文学阵营展开了论争，“国防文学”麾下的作家组成中国文艺家协会，发表《中国文艺家协会宣言》，而拥护“民族革命战争的大众文学”的作家则发出《中国文艺工作者宣言》。“当时参与两个口号论争的文章很多，根据对三百多种报刊的不完全统计，发表的有关文章达四百八十余篇。其影响除中心地上海外，遍及全国，还传至海外。"① 在周扬、郭沫若看来，烽火当前"国防文学"理应成为作家共同的旗帜，鲁迅此时撰写了《答徐懋庸并抗日统一战线问题》，赞成作家树立抗日的民族立场，但在文学立场上反对"国防文学"一统天下，应保留相互争鸣和批判的权利，他不愿意随便舍弃"左联"时期的文学主张，倡导以民族革命战争的大众文学来延续无产阶级革命文学。为避免鹬蚌相争，双方的争执时有和解，以民族立场为底线，鲁迅承认"国防文学"的合理性，但也不愿完全舍弃自己的观念，主张两个口号同时并存。1936 年 10 月随着《文艺界同人为团结御侮与言论自由宣言》的发表，双方的争议暂时搁置下来，在抗日统一战线旗帜下握手言和。

有关"革命文学"以及"左联"引起的系列论争，涉及了文学的阶级属性、社会功能等诸多崭新命题，并进行了理论阐释，深化了对革命文学的认识，丰富了革命文学的话语谱系。比如郭沫若《革命与文学》、《文艺家的觉悟》讨论了革命与文学的关系，1925 年茅盾《论无产阶级艺术》、1926 年初成仿吾的《革命文学与他的永远性》，引用十月革命初期苏联无产阶级文艺运动材料，系统探讨了无产阶级文艺的性质、人物、题材、形式、批评以及与旧文艺的关系等问题。然而同时，论争也暴露出来许多偏颇，倡导者为实现个性诉求，过于机械地理解马克思主义理论，狭隘地将文艺的宣传功能推向极端，对异己思想缺乏历史态度和宽容胸怀，许多草率的观点值得推敲和商榷，因此使无产阶级文学在中国诞生伊始就携带了部分"左"倾的基因。

异质文化的跨地域冲突——京派与海派之争

在 30 年代文学论争的热潮中，除了围绕"左联"的系列笔战，京海之争可谓是主要与文化因素有关的文学论争，也是京沪两地作家群之间跨地域的交锋，并由此孕生了一个有关京海派文化及文学的世纪性命题。这次争论肇始于沈从文发表的《文学者的态度》（《大公报·文艺》第八期

---

① 邱明正主编：《上海文学通史》下册，复旦大学出版社 2005 年版，第 715 页。

1933年10月18日），该文炮轰上海作家的玩票、白相等，网罗了投机取巧、见风使舵、造谣中伤等种种海派作风，攻讦“名士才情加上商业竞卖”的罪状。但他以“海派”为恶名的尖锐言论和点名批评，激起了上海作家的不平。苏汶带头回击，12月发表《文人在上海》（《现代》第四卷第二期）为上海作家辩诬，认为作家的职业化无可厚非，指责沈从文把“上海作家”与“海派”混为一谈。次年，沈从文又发表《论“海派”》（《大公报·文艺》1934年1月10日），进一步阐明了关于“海派”的观点，表明对事不对人的意图，并开出了一张名单，将苏汶、茅盾、鲁迅、叶绍钧等“正在从事文学创作杂志编纂的人”排除在外，表达了对坏作风侵蚀文坛的关注和忧虑。《论“海派”》发表之后，在报刊上激起了热烈的反应，甚至沈从文的原意也被曲解，许多讨论者在“海派”这一名词上大做文章，把“海派”与“京派”对立起来，后来沈从文又不得不发表《关于海派》来作进一步说明，因此，原本针对文学现象的批评，反而激起了一场两地之间剧烈的文化碰撞，“于是一场原本具有现实针对性的文学论争演化为京海地域文化孰优孰劣的文化论争”①。

论争引起了文坛的广泛兴趣，其他上海作家纷纷撰文参与讨论，从赞同、中立等不同立场畅所欲言，鲁迅、徐懋庸、姚雪垠、胡风、曹聚仁等都曾发表真知灼见，曹聚仁认为“京派不妨说是古典的，海派不妨说是浪漫的；京派如大家闺秀，海派则如摩登女郎”②，曾在京沪两地长期居住的鲁迅，发表了“‘京派’是官的帮闲，‘海派’是商的帮忙而已”③的著名论断，已经成了评价京沪文化的典范表述。

北京作家非议上海作家，批评洋场的商业、殖民文化给文学带来的负面效应，并非无中生有，切中肯綮地指出了上海文坛的某些不正之风，显示了道德责任与批评良知；而海派作家的自辩，也回击了京派作家的道德面孔，伸张了自己的个性。从这场论争起，京派与海派才作为一种二元对

---

① 吴投文：《沈从文与“京派”、“海派”论争》，《中州学刊》，2002年第1期。

② 曹聚仁：《芒种》第八期，1934年。

③ 鲁迅：《“京派”与“海派”》，《花边文学》，《鲁迅全集》，人民文学出版社2005年版。

立的文学、文化概念被正式提出，双方以不同的文化视域展开辩驳，是20世纪十分罕见的跨地域的文学与文化冲突。双方的不理解和分歧，源自审美观、个人好恶的不同，但根本上与文化语境的异质有着密切关系。有的学者从文化人类学、比较文化学等视角所说："这里既涉及地域文化学或人文地理学，也涉及中西文化撞击交融的异质性和不平衡性，对于京派、海派文学而言，是一种文化寻根的研究，或文学基因的分析。"① 近代上海开埠以来，"海派"风气由京剧、绘画逐渐蔓延开来，在商业气息和殖民色彩的都市文化环境中，形成了商业化、开放性、世俗化的城市文化特质，上海作家形成了独特的生存方式、价值追求和创作姿态，与金钱社会结成了千丝万缕的联系，也出现了借机炒作、唯利是图等鱼龙混杂的文化现象；而北京作家生活的环境相对本土化，尽管沈从文等人也对上海有过亲身体验，然而并未自始至终处在西方现代文明和殖民文化混合的都市环境，因而容易把民族话语和传统审美理想作为准绳来检点海派作家，对商风侵蚀下上海作家变质的品性、趋利的心态、交易化的创作表示不齿，抱有强烈的危机感，京派作家虽然苦心孤诣地警惕文学沦落，捍卫文学的纯正和严肃，然而因为文化差异，实际上又不免造成误会，对海派文化现象和作家心态缺乏文化沟通与理解。对此，近年还有人把租界文化作为其中的症结，认为租界的文化风气和文化规则，构成了京派文化的"他者"。"他者"的存在不仅使京派文化的特征更为显明，而且滋生出互相转化的机运和因子，也就是鲁迅说的"京海杂烩"。在30年代，租界文化不仅和京派文化对峙，且有浸染扩张的势头。这就激发了京派文人固有的文化忧患意识，执意坚守纯文学的立场②。其实，出于商业与文化、殖民霸权与民族话语之间的多重焦虑，恰是京派作家疏离，甚至鄙视海派作家的主要缘由。该论争是20世纪中国文学史上较为罕见的不受政治等因素介入的自由争辩，从此引发了关于京沪文化现象的持续关注与不断思考，开创了广阔的文学、文化话语空间。

---

① 杨义：《作为文化现象的京派与海派》，《海南师范学院学报》2001年第2期。

② 李永东：《租界文化作为"京派"的他者》，《河北师范大学学报》2006年第3期。

民族话语下的个性歧异——“孤岛”时期的上海“鲁迅风”论争

当抗战烽火燃起，现代文学中心在时局动荡中由上海移往内地，上海度过了“孤岛”和沦陷期。在梦魇般的政治空气中，鼓吹伪政和媚俗读者的文学泛滥。当国统区和解放区的文艺论争如火如荼之际，上海无法与文艺主流步伐一致，也缺少自由言说的环境，与二三十年代相比论争显得沉寂，然而，其中仍活跃着一批富有民族正气和批评个性的作家，他们拒绝醉生梦死，与严峻的政治语境对抗，自发掀起了富有建树和影响的文艺论争。

1938 年，“鲁迅风”问题刮起了“孤岛”文坛的旋风。阿英撰文《守成与发展》，认为鲁迅杂文已经属于过去时，不应把“鲁迅风”作为一成不变的传统。巴人（王任叔）随后发表《超越鲁迅——为纪念鲁迅逝世二周年而作》提出不同意见，主张鲁迅杂文的战斗传统需要继承和发扬。另有一批作家参与讨论，论争双方各抒已见，展开激烈论辩，对于抗战救亡的形势下是否发扬和如何发扬鲁迅杂文的现实主义精神问题存在不同理解。为了避免自相残杀、一致对外，双方达成和解，同年 12 月 28 日，巴人、阿英、应服群（林淡秋）、东方曦（孔另境）、于伶、陈望道、郑振铎、柯灵、洛饰文（王元化）、蒋天佐等 37 人共同发表《我们对于“鲁迅风”杂文问题的意见》，宣称以反日、反汉奸为当务之急，“鲁迅风”和非“鲁迅风”的杂文都有各自的价值。此后的分歧还一定程度地存在，反对方在《华美晨报》、《中美日报》陆续发表相关文章，而文载道（金性尧）、巴人为代表的一方誓将鲁迅传统守卫到底，在继承传统中熔铸个性，于 1939 年 1 月 11 日正式创刊的杂文专刊《鲁迅风》，《发刊词》旗帜鲜明地宣告“沿着鲁迅先生所走过的、所指示的路走去”，“生在斗争的时代，是无法逃避斗争的。探取鲁迅先生使用武器的秘奥，使用我们可能使用的武器，袭击当前的大敌；说我们这刊物有些‘用意’，那便是唯一的‘用意’了”。上海这份“孤岛”时期的品牌期刊，成为国内文坛一份特色鲜明和富有影响的文学刊物。

在抗日背景下，正当“与抗战无关”论、“民族形式”问题、胡风

"主观战斗精神"等一系列论争正在重庆和延安展开之际，与世隔绝的"孤岛"上海由于历史原因未能介入，然而围绕"鲁迅风"的讨论证明，即便在抗日的公共话语之下，上海文坛的批评个性并未泯灭，阿英等人从民族和时代语境着眼，质疑将鲁迅传统僵化，显示了批评勇气和重建个性的诉求；而巴人则擎起了鲁迅传统的旗帜，呼吁捍卫战斗性的文体与传统，从而构建符合时代要求、具有批判功能的个性，"创办者就自觉地意识到了作为文学刊物所承担的历史责任和所应有的品格，体现出在日寇和汪伪政权暴戾统治下激发起来的中国人民的反抗情绪和争取民族解放的时代精神"①。这场在共同契约下的分歧，纵然双方对待传统、个性的态度存在差异，但是在展示个性化批评姿态上并无二致，体现出民族话语下批评主体的焦虑。

悲壮的博弈——"十七年"意识形态话语压抑下的上海文学论争

建国后的历次文艺运动，政治化语境则常常改变了文学批评、文学论争的意味，主流意识形态的干预，为文艺论争设定各种条条框框，制定话语界限，对与集体话语相悖的个性声音进行排斥，常常上升为政治批判，集体以绝对优势压倒个体。在这样的环境中，文艺与意识形态的关系成为争论的焦点，论争空间失去了许多自由的天地，与公共秩序对抗的个性行为就显得凤毛麟角，往往逃不脱被压抑的命运，"上海的文艺界首当其冲，也经历着一次比一次更严重的'文化批判'、政治批判的风波"②。

早在1949年8月，《文汇报》围绕小资产阶级能否成为文学作品主角的问题组织讨论，有的作家对工农兵是文艺创作的唯一主角表示怀疑，冼群、陈白尘、张毕来、左明等都发表了各自的见解，该讨论持续了两个多月。何其芳于11月10日《文艺报》第1卷第2期发表《一个文艺创作问题的争论》，对此作了颇带左倾色彩的系统评述，提倡作家实现世界观转

---

① 王国绶：《〈鲁迅风〉的风骨》，《中国现代文学研究丛刊》2005年第4期。

② 杨剑龙语，见邱明正主编：《上海文学通史》下册，复旦大学出版社2005年版，第918页。

变，深入工农兵中间，表现阶级斗争。1950 年 2 月，阿垅在《文艺报》创刊号上发表《论倾向性》，在上海《起点》第 2 期发表《论正面人物与反面人物》，反对艺术至上主义，也反对过于强调政治性而偏废艺术性。3 月，陈涌、史笃在《人民日报》撰文，以反马克思主义为名对阿垅的观点进行严厉批判。上海昆仑影片公司摄制的电影《武训传》曾是引起历史批判的导火索，上海批评界给予好评，然而次年 3、4 月份，便涌现出诋毁性的评论，这部毁誉参半的电影，到了当年 5 月 20 日毛泽东的社论《应当重视电影〈武训传〉的讨论》便被一锤定音，打上了反动的烙印，拉开了政治化批判的帷幕，从此自由争鸣的氛围被扼杀，群体围攻和政治批判蔚为风气。

1955 年的“反胡风”运动是一桩举世震动的文坛要案，也是上海批评界遭遇的一次重创。胡风作为个性鲜明、特立独行的文艺理论家，在毛泽东《在延安文艺座谈会上的讲话》发表后，仍独创“主观战斗精神”而震动文坛，并与何其芳、邵荃麟、林默涵等展开论战。1952 年 6 月 8 日，《人民日报》转载了舒芜的评论文章，按语将胡风文艺思想定性为“资产阶级、小资产阶级的个人主义的文艺思想”。12 月，全国文联召开“胡风文艺思想讨论会”，也出现一些批评性的声音，对此胡风就个别问题作了反思，但主要立场并无更改。1953 年，林默涵、何其芳分别发表《胡风反马克思主义的文艺思想》（《文艺报》1953 年 1 月 30 日）、《现实主义的路，还是反现实主义的路?》（《文艺报》2 月 15 日），将胡风的文艺思想定为反马克思主义、反现实主义，向胡风发起新一轮更加猛烈的攻击。1954 年 7 月 22 日，胡风向中央提交了洋洋洒洒三十万言书《关于几年来的文艺实践情况的报告》，要言不烦地阐明自己的文艺思想，反驳对手的攻击，证明自己的清白。然而紧随其后的是，他的自辩却被愈演愈烈的批判风暴所淹没，次年 2 月中国作协决定对其展开全面批判，5 月 13 日，《人民日报》发表胡风的《我的自我批评》，同时刊载《关于胡风反革命集团的材料》，附加按语，把胡风文艺思想批评上升为政治批斗，揭开“十七年”批判胡风的序幕。6 月 10 日，《人民日报》社论《必须从胡风事件吸取教训》正式把胡风等人定为反革命集团，紧接着胡风被开除作协会籍、撤职、入狱，此后还牵连两千余人。这场以文学论争为起点的重大风波，结果却远远超出了论争的范畴，不可遏止地升级为一场政治运动，这场罕见风雨与当时敏感的政治舆论环境、胡风文艺思想的复杂性都有关系，“这些正确的意见同他的一些错误的看法搅在一起，又以一种言辞激烈、态度消极的方式表达出来，就是增加了人们分辨的复杂性。尤其是他的一度膨胀的宗派主义，更促使了矛盾的进一步激化”①。事件的背后，本质上是文艺批评个性与意识形态话语的龃龉，“胡风的文艺思想与当时流行的许多文艺思想相矛盾，尤其是与毛泽东文艺思想的权威阐释者们有着深刻的分歧。胡风耿直的性格、坦诚的言论、深刻的见地、率真的表述等，把他摆到了权威者的对立面，也就导致了胡风及其朋友们的悲剧命运”②。富有个性的自由批评，触犯了意识形态的禁忌，而最终受到不公正的审判，这场声势浩大的批判，宣告了在政治一体化环境中文艺批评异端的悲剧宿命。

在“十七年”文学中，上海引发的“文学是人学”观念讨论也影响深远，对意识形态话语构成冲击，在全国起到了开风气的作用。1957 年 5 月，《文艺月报》发表钱谷融的《论“文学是人学”》，强调文学创作应该以人道主义为中心，注重描写“人”本身的丰富性，这种与阶级斗争主导的文学观念格格不入，立即激起波澜。李希凡、吴调公等纷纷发表评论，对“文学是人学”论进行猛烈抨击，认为是重蹈“人性论”、“人道主义”的覆辙，1959 年 9 月后钱谷融的《〈雷雨〉人物谈》等系列论文也遭受非议。“文学是人学”观，还原文学本位，从人性视角系统阐述了文学的任务、作家世界观与创作方法、文学作品的评价标准、创作方法的区别、人物的典型性与阶级性等问题，推动了对文学自身问题的反思，反拨了当时意识形态化文学观念，纠正了强调政治性、忽视文学本体性的偏颇，当时在文艺界起到了开风气的作用。

---

① 白烨：《文学论争 20 年》，华中师范大学出版社 1998 年版，第 320 页。

② 杨剑龙语，见邱明正主编：《上海文学通史》下册，复旦大学出版社 2005 年版，第 981 页。

总而言之，“十七年”时期上海的文学批评，即使在主流观念的强大压力下，也常常表现出独立不倚的姿态，和主流文学话语格格不入，但由于历史语境原因，在当时未能被广泛接受，甚至普遍遭受拒斥和批判，被意识形态话语遮蔽。时过境迁，这些批评经过了时间的淘洗和实践的检验，在新时期以后又重新被发掘和得到接受，体现出其应有的价值。

复活的争鸣——新时期上海文学论争与讨论

随着新时期思想禁锢的解冻、文学创作的繁荣，上海文艺理论界也相当活跃，在全国批判左倾文艺思潮、关于文艺与政治的关系、文艺的主体性、文学价值论、文艺学方法论、马克思主义文艺体系、美的规律、西方文艺思潮、现代主义、西方马克思主义等重大文学理论问题讨论中都发出自己的声音。尤其备受瞩目的是，上海文坛和理论界在继承“五四”传统的基础上，紧扣时代脉动，在反思历史和面对现实的问题上勇于打破成见，提出了诸多挑战性的创见，其新颖的文学观念、锐利的思想锋芒、创新性思维，常常先声夺人，使文坛和思想界引起广泛反响。

70、80 年代之交，上海文艺界在思想解放潮流中较早打破历史沉寂，“文学是人学”观念得到认同，文学本体性逐渐还原，“人的文学”成为关键词，文学以人为中心、关注人的命运等话题的讨论屡见不鲜，尤其是率先在文艺与政治的关系、人性与人道主义等问题的反思中率先实现突破，对长期占据主导的意识形态话语进行清理。1979 年上海《戏剧艺术》上发表陈恭敏的《工具论还是反映论——关于文艺与政治的关系》，第一个驳斥文学“工具说”、“从属论”，《上海文学》1979 年第 4 期刊发了李子云、周介人的评论员文章《为文艺正名——驳“文艺是阶级斗争的工具”论》，旗帜鲜明地反拨“工具论”，引发了持续一年之余的持久论争与反思。在乍暖还寒的批评空气中，上海批评家这样具有勇气和锐气的文艺观尚不能被普遍接受，并遭到了不少质疑，其中来自北京等其他学界的挑战最具代表性，《上海文学》同年第 6 期发表王得后《给〈上海文学〉评论员的一封信》、吴世常的《“文艺是阶级斗争的工具”是个科学的口号》等批评文章，仍然维护意识形态化的主流观点，从阶级视角阐释文艺属性。邱明正的《一个不精确的口号——评“文艺是阶级斗争的工具”》(《上海文学》1979年第8期)、文致和的《就“阶级斗争的工具说”和王得后等同志商榷》(《上海文学》1979年第11期)等文章都对“工具说”进行了反驳。通过艰难而反复的讨论、争辩，文艺与政治关系作为长期争论不休而又难成定论的命题，得到集中而深入地探讨，由历史造成的观念错位得到矫正，文艺主体性获得了还原。这一时期，规模较大、争议颇多的还有50年代以来就曾出现的关于人性与人道主义的论争，新时期以来除了继续厘清人性、人的本质等问题，还侧重人性、人道主义与马克思主义的关系的探询，在众说纷纭中，王元化等上海文艺理论家发表了一些代表性的观点，提出了人的“社会属性”论①。上海作家戴厚英不失时机地推出了长篇小说《人啊，人!》，切合了理论界的反思潮流，当时在全国引起了很大震动，由此推动了关于人性、人道主义的讨论热。

上海文学讨论在80年代保持了热闹非凡的势头，而且在检讨历史问题的基础上更具有深度和力度。如蒋孔阳的《形象思维与艺术构思》引起关于形象思维特征的讨论、徐俊西《一个值得重新探讨的定义——关于典型环境和典型人物关系的疑义》引发的现实主义问题讨论、王元化《对文学与真实的思考》引发的关于艺术真实问题的反思、上海作家协会发起的重要理论及作家作品讨论等。其中，1988年第4期至1989年第6期《上海文论》上由陈思和、王晓明主持的“重写文学史”专栏备受瞩目，他们不满于打上意识形态烙印的文学史，不满于被动接受那些教条化的结论，而是以文学眼光和当代视野重新观照历史，把历史美学作为衡量标准，通过对作家作品的再解读和再评价，颠覆封闭陈旧的模式，“冲击那些似乎已成定论的文学史结论”，清理历史积弊，实现个性化的文学史建构。上海学者有先见性的思想锋芒和挑战金科玉律的学术勇气，打破了封闭单一的文学史视野，彰显了批评锐气和个性风采，得到社会的积极响应，与北京学者提出的“20世纪中国文学”，为当代的文学史书写提供了两种典范。不过，该命题最初也曾遇到质疑，有观点认为，重写文学史面

① 王元化:《人性札记》,《上海文学》,1980年第3期。

临着一定危险，比如否定“五四”新文学传统、重读作品时暴露出个性的偏狭等等。

20 世纪末，随着社会转型期和市场经济的发展，上海文艺理论批评同样面临着文学边缘化的困境，曾有起有落，但是并非乏善可陈，富有创见性地提出一系列命题，在全国成为讨论热点。较富有影响的包括“文学与人文精神危机”大讨论、女性文学讨论、“民间”文学争鸣、现代主义与后现代主义、《上海文学》发起的“新市民文学”的讨论、《文学报》组织的“大众文学”讨论、上海作协发起的“90 年代文学”、“比较文学”相关讨论等。其中，就延续时间、参与面、波及范围等角度来看，以“文学与人文精神危机”讨论格外引人注目。社会的快速转型和市场化迅猛发展，把文艺创作纳入了商品生产轨道，给社会精神生活带来了强烈震动，社会价值的天平出现倾斜，消费主义开始泛滥，精英文学逐渐让位给大众文学，致使出现了人文价值退位、精神产品贬值、文学被社会冷落等普遍问题，1993 年上海评论家何满子在《文化危言》中对文化萎靡的现状进行鞭挞，王晓明等在《上海文学》发表《旷野上的废墟——文学和人文精神的危机》(《上海文学》1993 年第 6 期)，对文学和社会症候提出尖锐批评，文章揭示了文学创作想象力的丧失、向大众媚俗、追求形式主义等突出问题，发出了警惕文学危机的信号，并透过现象反思了背后的深层弊病，认为文学的不景气反映了“公众文化素养的普遍下降，更标志着整整几代人精神素质的持续恶化”，暴露了当代中国人文精神的危机，呼吁文学直面社会痛苦和焦虑，摆脱戏谑调侃的低级趣味，重振人文精神并作为救赎方式。沪上学者看似危言耸听的分析和充满锋芒的鞭挞，击中了世纪末以来的文学和文化病象，也是向物质化和庸俗化发出的最早最为有力的挑战，刊出后立即引起全国文艺界的回应，短时间内百余篇相关文章参与讨论，一时关于人文精神的内涵、根源、实质的热门话题成为讨论的热点，成为世纪末文艺理论界十分夺目的风景线。这种“危机”说出炉后，引发了一些相左的意见，尤以王朔、吴滨、杨争光等人的《选择的自由和文学态势、人文精神》(《上海文学》1994 年第 2 期) 最具代表性，该文乐观地看待文学与人文精神的现状，对当代人文精神等问题具有不同的理解，认为尽管严肃文学在市场大潮中深陷漩涡，然而作家个人与整体的创作水平都获得提高，当代文学创作、社会生活方式的多元化是时代所趋，本身无可厚非，并提出人文精神主要体现于个人的价值追求，只要每个人付诸有意义的行动，就谈不上人文精神是否失落，且认为人文精神的要义在于对个体的尊重与理解，是多元价值体系，而非任何一元标准。这场批评家、作家参与的论争，持续了三年多，使人文精神成了世纪末以来的一大热门话题，“这一讨论又由文学界扩展到社会科学界和教育界，讨论的问题及提出的看法，也与文学界明显有所不同”①，引起了“人文精神与社会主义文化”、“市场经济下的人文精神”等一些后续讨论，达到了罕见的广度和深度。

第二节　上海文学论争的主要特征

综观百年上海文学论争，“五四”以来形成的个性自由被奉为信条，论争充分体现出批评的个性姿态与思想魅力，而不同观点的争鸣、碰撞、争论，不仅让上海文坛构成了容纳不同声音的公共空间，显示了上海文化的开放氛围，形成了标榜个性、颠覆秩序的自身传统。

在论争中，上海作家和批评家倾力引领新思潮、鼓吹新理论，他们敢于向强势与霸权发起挑战。“五四”时期，上海小报作家就既不自惭形秽，也不惧触犯胡适等新文学权威，对其白话诗作的长短作了客观评价；而初露头角的创造社作家，在强大的文学研究会面前，敢于标新立异，以浪漫主义的艺术态度与对手分庭抗礼，从而成为新文学的两大思潮之一。20、30年代，无论是创造社雄起后推崇“革命文学”，还是左翼作家掀起无产阶级革命文学高潮，也都遇到了强敌，“新月派”、“自由人”、“第三种人”等自由主义作家，与对方展开公平较量。在京海之争中，海派作家面对“京派”作家的道德教训，努力为自己辩诬，鲁迅、曹聚仁等也发表了精彩深刻的观点。抗战前夕爆发的“两个口号”的论争，见证了

① 白烨：《文学论争20年》，华中师范大学出版社1998年版，第274页。

上海两个批评阵营相互对垒的历史声势。即使在“孤岛”时期，上海文艺界虽然远离重庆和延安的潮流，在紧张的政治空气中却不甘消沉，在“鲁迅风”的大型争论中表露出了战斗姿态。建国后，胡风的《三十万言书》、钱谷融的“文学是人学”等都迎着政治批判的疾风劲雨萌生，虽然当时没有经过严肃争论便被打入冷宫，但是在政治强势中敢于发表新说，显出独特的张力。新时期以来，“为文艺正名”、“重写文学史”讨论，对长久以来为政治服务的主流观念进行消解，大胆地提出了新的文艺观和文学史观念。“文学与人文精神”大讨论，敏锐地洞察世纪末商品化、市场化大潮带来的负面效应，不愿随波逐流，及时地抨击和纠正社会的不正之风。

从中可见，上海的文学论争，确立了文学个性的本位，颠覆了所谓“前驱”、“权威”、“强势”、“主流”等标准或秩序，作家和批评家各持不同视角、不同观点，既有正方、反方的对抗，也有自由人的发言，他们无所顾忌地各抒己见，相互展开交锋、碰撞，构建了众声喧哗的公共空间，这种思想的多元性，在全国都堪称屈指可数。上海文艺理论界的论争，不仅仅是个体的自言自语，还通过文学社团、同人刊物、社会派别等，以结盟的方式进行群体作战，如创造社、“左联”、《鲁迅风》作家群等，形成不同的思潮、阵营或团队，制造了舆论声势，拓宽了论争的参与面，扩大了文学论争的规模和影响，在上海以及全国都产生了轰动效应。

诚然，上海文学论争的自由论辩传统，也暴露出一定的负面性。在张扬批评个性、消解权力的同时，论争实践存在唯我倾向，过度以自我为中心，往往对异己学说进行围攻，有时试图置对方于死地，导致了视野狭隘、易走极端等弊端，“上海文学的人性内涵有时在个体的自由独立中，呈现出仅注重维护自己的个体自由，而不顾他人的个体自由的倾向，各执己见各行其是中相互诋毁，各自为阵中难以形成群体或流派。有时在强调个体的自由与独立中，拉帮结派党同伐异，使文学运动演变成一场党派斗争、政治斗争，在极左思潮的影响下，将文学引入政治宣传、阶级斗争、路线斗争的误区中”①。这些带有强烈的个人色彩和意气成分的论争，缺

---

① 杨剑龙：《论上海文化与20世纪中国文学》，《文学评论》2006年第6期。

乏是非标准和宽容胸怀，缺少心平气和的商榷，论断常常有失客观和公正，引起纠纷和误会无数，其“恶性海派”为人所诟病。

第三节 上海文学论争对20世纪中国文学的影响

在20世纪中国文学史上，上海文学论争占据着重要位置，始终与文学嬗变形影相随，成为每一时期文学思潮不可或缺的内容，一些赫赫有名的论争在上海引爆，进而波及全国，而且沪上的文学论争注重显现主体个性，允许自由博弈，常常充满着不同文艺立场、不同创作群体之间的轮番较量，且争论的话题新鲜而深入，生动体现了上海文坛的先锋意识和公共特征，但同时也暴露出自身的不足，对20世纪中国文学的发展产生了正负面的双重影响。

上海爆发的历次文学论争，都是一次挑战信号，开始超越过去的认识，颠覆原有的秩序，提出崭新的命题，为文学嬗变源源不断地注入活力，在全国文艺界都起到了开风气的作用。从现代的雅俗之争、创造社的、“革命文学”倡导、“左联”系列论争、京海派之争、“两个口号”论争，到当代的“文学是人学”论、“为文艺正名”、“重写文学史”、“文学与人文精神”等一系列讨论，都将矛头对准凌驾于文坛之上的主流观念或权力话语，从而树立个性旗帜，为自己的文学主张寻找合法性，因此能够每每率先打破思维定式，激发具有先锋性的文艺新潮、发表与众不同的新说，制造舆论焦点，其新锐性在全国备受瞩目。论争主题的频频更替，论争焦点的频频制造，均有力地左右了20世纪中国文学的发展路径，使文学史不再拘泥于任何一种模式，而是时刻保持思潮流变，不断开拓出崭新的话语空间，具有开放视角和个性风貌，形成了文学史动态化的更新机制与个性化的批评张力。

上海文学论争在先锋性和新锐性中，又常常表现出话语的公共性。由于各讨论方身份不同、立场迥异，往往各执一端，争论持续时间久，相互攻击激烈，经过数个回合仍难辨是非、不分输赢，构成了奇特的文学与文化景观。其中，既包括正方对文学新潮的倡导，也包括反方的驳斥，如

“革命文学”之争、“左联”成员与论敌的对决等；既包括弱势向强势的挑战，例如初期创造社对文学研究会的指责，也包括主流基调对异端思想的压制，如左倾批评家对胡风文艺思想、“文学是人学”论的大批判；既存在异质话语的竞争，如“浪漫主义”与现实主义、京派与海派的争锋，也存在着同一话语下的个性摩擦，如在抗战语境下产生的“两个口号”的互争高下。这种基于不同社会理想、文艺观念、文化背景、批评气质的激烈冲突，是非对错姑且不论，也难成定论，但其自由论辩的风气，毋庸置疑在20世纪中国文学史上比其他文学论争都要鲜明得多，大幅开拓了文学史与文学批评的话语空间，形成了十分难得的开放空气与文学传统，因此许多公案为人所记忆犹新。

客观而言，上海文学论争的自身不足，在文学史上也产生过一定的负面影响。一些上海作家和批评家过度标榜自我，狂热地除旧骛新，常常导致偏激的批评，为了占据话语制高点，他们以激进姿态排斥异己力量，甚至不惜采取围攻、批判、政治运动等棒杀策略，将反对方击溃乃至置于死地，这样论争有失正常意义上的讨论，也不是心平气和地商榷，掺入了过多的个人偏见与情绪成分，最终演化为笔战、诋毁、宿怨与压制，超出应有的批评伦理。这种情绪化批评和狭隘的批判，虽然能够起到语出惊人的批评效果，但对批评生态的消解也值得反思和警惕，堪称为上海文学论争为20世纪中国文学留下的历史启示之一。

第七章

上海戏剧运动与 20 世纪中国文学

话剧、戏曲和新歌剧是 20 世纪中国戏剧的主要形态。话剧作为 19 世纪末传入中国的西方戏剧样式，是中西文化交流的产物，自近现代以来在中国流行之广、影响之深，很大程度上已经成为中国现代戏剧的同义语，这种异质艺术不仅明显地左右了中国戏剧的发展路径，也深刻改变了中国观众的审美方式。“20 世纪中国戏剧最大的、带有根本性的变化，是它的古典时期的结束与现代时期的开始，是传统旧剧（戏曲）的‘一统天下’被‘话剧—戏曲二元结构’的崭新的戏剧文化生态所取代，并且由新兴话剧在文化启蒙和民主革命运动中领导了现代戏剧的新潮流。”① 在 20 世纪中国戏剧史上，以话剧为主体的戏剧运动与上海有着密不可分的文化关

① 董健：《中国戏剧现代化的艰难历程——20 世纪中国戏剧回顾》，《戏剧与时代》，人民文学出版社 2004 年版，第 2 页。

联，上海在戏剧史上占有十分特殊的地位，它堪称话剧在中国的发源地、实验场，20 世纪 20、30 年代上海不仅是全国文学的中心，也成为全国戏剧运动的中心，百年来为中国话剧发展作出重要贡献。上海文化的开放性、商业性氛围，使上海戏剧运动在世界与本土、传统与现代、精英与大众之间保持开放的文化观，推动了戏剧运动的发展嬗变，上海的文坛屡屡进行艺术实验，探索新颖前卫演剧方式，实现了戏剧自身的革命，而且，上海文化也为戏剧发展创造了得天独厚的文化空间，印刷出版、文艺演出、消费市场的发达，成为戏剧繁盛的重要支撑，孕生了戏剧生产、传播、接受的运作机制，戏剧流派纷呈、戏剧社团林立，一批著名的戏剧家活跃在上海舞台，大量经典剧作在上海首版和首演，轰动沪上并享誉全国，对 20 世纪中国文学产生深刻影响。除了推动话剧的民族化、大众化、市场化，“五四”以来上海戏剧家最早以公正眼光看待传统戏剧，打破对戏曲的偏见，通过戏曲自身变革、话剧借鉴戏曲手法等途径，为中国戏剧现代化作出了有益尝试。

第一节　上海戏剧运动概况

上海是早期话剧在中国萌芽、成长之地，其最初的新剧运动、文明新戏演出，在表演方式、演出体制、舞台美学等诸多方面都开创先河。早在 1866 年，旅居上海的英侨组建“兰心剧院”（LyceumTheater），定期演出西方情节剧，堪称国内首家西方式的现代剧院，近代上海还有“东京席”之誉的小剧场，向国内观众介绍深受西方戏剧濡染的日本新派剧。在中国戏剧史上，纵然对于话剧诞生的具体时间众说纷纭，但上海教会学校学生的业余话剧排演，被公认为中国新剧的滥觞。欧阳予倩曾称：“上海是新剧的发祥地，远在 1889 年就有教会学校圣约翰书院学生演出的《官场丑史》。1900 年（光绪二十六年）有南洋公学演的时事新剧《六君子》、《经国美谈》、《义和团》等三个戏。1903 年育才学堂演出了《张文祥刺马》、《英兵掳去叶名琛》、《张廷标被难》、《监生一班》四个戏。”① 这些

① 欧阳予倩：《谈文明戏》，《欧阳予倩戏剧论文集》，上海文艺出版社 1984 年版，第 176 页。

剧目抛弃戏曲唱腔，以西方话剧为蓝本。近代新剧运动的健将朱双云也有相似的回忆，把话剧追溯到上海的教会学校的学生演剧，认为："中国之有话剧，始于公历1902年，即光绪二十八年已亥。创始者为上海约翰书院。风气一开，于是徐汇公学、南洋公学、民立中学、南洋中学等各学校，纷纷继起。"①1905年汪仲贤兄弟组织文友会，1906年朱双云、汪仲贤等组织开明演剧会，从校园走向社会演出，进一步扩大了新剧的影响。1907年2月，中国现代戏剧最早的社团春柳社在东京演出《黑奴吁天录》，成为中国话剧的源头。春柳社演出轰动几个月后，文明新戏就在上海迅速走俏，王钟声于同年创办"春阳社"，成员有任天知、汪仲贤等人，对《黑奴吁天录》进行改编、重演，首次起用分幕和布景，1910年陆镜若回国与王钟声等以文艺新剧场名义演出，尤其是1911年合作的《社会钟》，开始比较完整地把话剧的演出形式运用到中国舞台。在春柳社影响下上海在国内率先开展"新剧革命"，兴起文明新戏，标志着话剧作为独立的戏剧样式登上中国舞台，对演剧团体、表演体制、运营方式都作了先期探索。1910年，王钟声和汪仲贤、欧阳予倩、陈大悲等创建了国内首家职业性剧团"进化团"，该剧团标榜"天知派新戏"，注重戏剧的政治宣教功能，虽然仍闪现着传统戏曲的影子，但是已经实行分幕演出，草创了具有简单动作、对话的幕表，更多强调演员现场即兴表演，体现了中国早期话剧创作与演出的雏形，使新剧在上海走向全国。

辛亥革命后"文明戏"曾经一落千丈，直到1914年"甲寅中兴"又回光返照，政治宣传色彩明显弱化，掀起新戏商业化、娱乐化的热潮。一年间，上海涌现了数十个职业剧团，专业演员共计千余人，演出剧目总数达几百个，当年4月，上海文明新戏剧团"新民社"、"民鸣社"、"开明社"、"文明社"、"春柳社"达成合作，改变了散兵作战的商业运作方式，以新剧公会的名义进行集团经营，扩大了市场，推动新剧的大众化。在剧目类型上，放逐了政治戏，偏向世俗化，主动迎合市民口味，家庭戏备受青睐，郑正秋编导的《恶家庭》创造了文明戏上座率的纪录；另外，文

---

① 朱双云：《初期职业话剧史料》，独立出版社1942年版，第1页。

明新戏的演出模式也呈现出迥异于传统的现代性，“新式剧场一般改旧式舞台的前伸式台口为内缩式——所谓‘镜框式’，采用灯光照明，增置写实布景，挂上大幕，另外在灯光设备、舞台布景方面也力求新颖”①。上海文明戏作为戏剧史上中西文化融汇的第一代产物，通过效仿日本新派剧，而间接地借鉴西方戏剧的言语动作、幕表结构、剧场模式等手段，纵使在剧本、表演等方面不尽成熟，但是为中国话剧发展提供了有益的经验。辛亥革命后，文明新戏试图依靠取悦大众的商业策略来寻找出路，但一经泛滥，便日益沦入了媚俗的深渊，在思想意识和艺术观念方面逐渐落伍，在“五四”时期遭到摒弃，被打入历史的冷宫。

“五四”期间话剧重新兴起，“西洋式新剧”备受追捧，“易卜生式”的社会问题剧盛行一时，现实主义、浪漫主义和现代派等形形色色的西方戏剧流派得到译介，而且“五四运动以后中国的话剧运动有新的发展。当时认为职业剧团经常受着商业剧场的支配，不可能自由研究艺术，就发起了爱美剧运动——就是非职业的戏剧运动”②。在新潮面前，上海戏剧界为戏剧发展作出了新的探索，1921 年，曾经活跃在文明新戏舞台的汪仲贤改弦更张，与陈大悲、沈雁冰、郑振铎、熊佛西等联袂，在上海成立了“五四”后第一个新式戏剧社团“民众戏剧社”，次年扩建为新中华戏剧协社，主办了国内第一个戏剧刊物《戏剧》。鉴于过去的经验，为了避免重蹈文明新戏的覆辙，民主戏剧社试图改变戏剧运动的路数，改提“以非营业的性质，提倡艺术的新剧为宗旨”，开创了“爱美剧”的先河，在全国引领了“五四”业余演出话剧的高潮，陈大悲《幽兰女士》与胡适的《终身大事》一样，均为“易卜生模式”的代表作，使家庭题材的社会问题剧流行开来。同年，上海还成立了由应云卫、谷剑尘、欧阳予倩、洪深等人组成的上海戏剧协社，这是中国早期活动时间最久的戏剧团体。民众戏剧社与上海戏剧协社均将戏剧视为启蒙工具，注重社会写实，

---

① 刘彦君、廖奔：《中外戏剧史》，广西师范大学出版社 2005 年版，第 257 页。

② 欧阳予倩：《谈文明戏》，《欧阳予倩戏剧论文集》，上海文艺出版社 1984 年版，第 224 页。

强调教育功能。爱美剧运动的倡导者，对易卜生、萧伯纳等欧洲戏剧家的剧作进行了全面系统的介绍，大力倡导现实主义，他们不仅把“社会问题”剧推广开来，而且积极从事西方“小剧场”实验，实践新的戏剧美学观念与表演体制，建立表演导演制度，逐步建构了以导演为中心，讲究舞台艺术的“剧场戏剧”范式，在深层意义上实现了向现代戏剧的转换。1924 年，上海戏剧协社作家洪深根据王尔德作品改编、执导的《少奶奶的扇子》率先将“导演制”运用到中国戏剧界。

然而，写实主义的“社会问题剧”绝非“五四”上海剧坛唯一的风景，与之相媲美的是浪漫主义、新浪漫主义与表现主义戏剧。郭沫若历史剧《三个叛逆的女性》(上海光华书局 1926 年 4 月版)、《棠棣之花》(上海《时事新报·学灯增刊》) 流露出浓厚的诗化色彩与抒情倾向。著名戏剧家田汉最早在国内戏剧界张扬“新浪漫主义”，在戏剧中实践浪漫主义、象征主义、唯美主义。1929 年他率领南国社公演王尔德的《莎乐美》，将唯美主义引入中国舞台；他的早期剧作《环莪嶙与蔷薇》、《灵光》、《澼亚罗之鬼》、《苏州夜话》、《名优之死》等，吸收西方浪漫主义和现代主义营养，形成了擅于运用象征、侧重抒情的艺术个性。1927 年底，以田汉为首的一批剧作家、艺术家在上海建立南国社，骨干成员还有欧阳予倩、徐悲鸿、洪深、徐志摩、郑君里等，演出了田汉创作的剧作《苏州夜话》、《江村小景》、《生之意志》和翻译剧本《父归》、《未完成之杰作》、欧阳予倩的《潘金莲》等剧作。南国社信奉戏剧的艺术性，强调自我表现和主观抒情，采取“情感演剧”方式，以与“爱美剧”相悖反的姿态，成为现代戏剧运动的重要一翼。曾活跃于多个剧团之间的戏剧家洪深，不仅在现代戏剧体制上颇有建树，是国内导演制的创立者、话剧的命名者，而且堪称国内表现主义戏剧的开山者。1922 年留美归来后落户上海，第二年便由上海现代书局出版了著名剧作《赵阎王》。这是中国现代戏剧史上首部表现主义剧作。他效法美国表现主义大师奥尼尔的作品《琼斯王》，尝试运用了表现主义美学范式进行创作，第一次将“琼斯王模式”介绍到中国。1923 年 2 月，洪深亲自披挂在上海笑舞台举行公演，并亲自执导和出演，不过，最初这种对于国内观众十分陌生的西洋戏剧并不受欢迎，但是1929年重演后逐渐被接受。而1928年，正是在洪深的提倡下，“话剧”才首次获得命名，取代了之前的“新剧”、“文明新戏”、“爱美剧”等名称，一直沿用至今。

20世纪20年代末至30年代，尽管“五四”时代的戏剧运动回落，但是随着现代文学中心的南移，新一轮话剧高潮在上海开始酝酿和勃兴，上海成为现代戏剧的中心，迎来了现代戏剧史上鼎盛期，“无产阶级戏剧”、“国防戏剧”思潮迭起，一些颇具影响的戏剧社团、赫赫有名的戏剧家、脍炙人口的剧作、具有品牌的专业话剧剧场都在上海涌现。当时除了田汉代表的南国社、洪深代表的复旦剧社、应云卫代表的上海戏剧协社、朱襄丞和罗鸣凤代表的辛酉剧社、陈白尘代表的摩登剧社，1929年，沈端先、郑伯奇、冯乃超、钱杏邨等组成上海艺术剧社，以《艺术》、《沙仑》为阵地，率先吹响了“无产阶级戏剧”号角。1930年8月，他们又与辛酉、南国、摩登等剧社联手，正式组建中国左翼剧团联盟，即后来的中国左翼戏剧家联盟，揭开了左翼戏剧的帷幕。“九·一八”事变后，上海“国防戏剧”兴起，在如火如荼的“无产阶级戏剧”、“国防戏剧”运动中，上海戏剧家成为剧运的中坚，田汉发表广为人知的《我们的自己批判》一文，宣布与早期路线决裂，创作了《梅雨》、《顾正红之死》、《洪水》、《乱钟》、《暴风雨中的七个女性》等大量“普罗”剧作，进入了其第二个创作黄金期，1935年以抗战与爱情为题材的《回春之曲》成为30年代乃至话剧史上的经典之作。转向后的洪深，推出了力作“农村三部曲”《五奎桥》、《香稻米》、《青龙潭》，农村题材、阶级视角、写实手法等方面都呈现给观众以崭新的形象；另外他还创作了《走私》、《咸鱼主义》等“国防戏剧”。在左翼戏剧运动中，戏剧家夏衍以描写上海市民生活为题材而著称，在《上海屋檐下》中把上海底层市民搬上舞台，以一组人物为中心，在日常生活中发掘戏剧冲突，开创了小人物为中心折射时代风云的戏剧结构，突破了一般的激烈戏剧冲突的模式，在日常生活中人物内心冲突与时代冲突的明暗两条线索设置结构，增强了艺术张力。

在二三十年代风起云涌的戏剧运动中，上海话剧创作和职业化商业演出取得重要收获，话剧创作出现了诸多佳作，职业化剧团开始出现，表演和导演制更加完善，戏剧真正走上职业化、商业性道路，大剧场演出蔚为风气，注重戏剧的艺术性和商业性效果。曹禺虽不是上海戏剧家，然而与上海有着十分紧密的关联，《雷雨》、《日出》、《原野》均在上海首次以单行本形式发行，且取得了盛况空前的公演场面。1935 年 9 月，上海复旦剧社排演《雷雨》后，1936 年 5 月，国内第一个职业剧团——中国旅行剧社又在上海闻名遐迩的卡尔登大戏院公开演出，顿时风靡上海、蜚声全国，连续数月票房爆满，“据统计，至 1936 年底，全国上演了五六百场”①。《雷雨》在上海的走红，成为曹禺创作生涯的转折点，1936 年 1 月，《雷雨》单行本在上海首版，收入由巴金主编、上海文化生活出版社出版的《文学丛刊》，此后他的新作受到了上海出版、演出机构的关注，《日出》、《原野》陆续在沪首次发表并亮相舞台。《日出》于 1936 年在《文季月刊》连载后，同年 11 月由上海文化生活出版社作为单行本出版，1937 年 2 月在卡尔登大剧院首次公演。六个月后，《原野》由中国业余实验剧团也在卡尔登大剧院首演。曹禺戏剧创作和演出都获得了成功，提升了话剧的声誉，标志着中国话剧已经超越“爱美剧”阶段，职业性商业演出日臻成熟，“剧场戏剧”正式确立，在戏剧发展史上具有里程碑的意义。而卡尔登大戏院在《雷雨》的成功中名利双收，树立对话剧市场的信心，甚至一度专演话剧，1937 至 1938 年间获得了“话剧大本营”之誉。受此影响，1936 至 1937 年，“大剧场”演出模式以上海为中心广泛流行，先后上演了夏衍的《赛金花》、奥斯特洛夫斯基的《大雷雨》、曹禺的《日出》，“轰动了上海文化界，一直到最落后的小商人”② 话剧日渐获得了市场，1937 年 3 月，上海话剧集团在卡尔登大剧院举行了为期 20 天的春季联合公演活动；而 1937 年 4 月，上海位居头牌的演出团体——业余剧人协会改组为中国业余实验剧团，成为继中国旅行剧团之后第二个规模较大的职业剧团，以“大剧场”形式演出了《罗密欧与朱丽

① 《大公报》1937 年 1 月 24 日，转引自钱理群、温儒敏、吴福辉：《中国现代文学三十年》，北京大学出版社 1998 年版，第 433 页。

② 张庚：《1936 年的戏剧》，转引自《中国现代文学三十年》，北京大学出版社 1998 年版，第 433 页。

叶》、《武则天》、《天平天国》，首部《金田村》、《原野》等中外剧目。这一时期，戏剧的表演、导演、舞美等进入更加成熟的阶段，上海卡尔登舞台上云集了应云卫、洪深、章泯等著名导演，汪洋等舞美艺术家，1935年中国话剧界倡导“提高演剧水平”，“章泯在上海业余剧人协会首次以斯坦尼体系排演《娜拉》、《大雷雨》、《钦差大臣》等剧并获得成功，被称作是开创中国话剧演剧新时代的壮举”①。上海戏剧界还闪现出赵丹、金山、白杨、金焰等一大批明星的身影。名家、名剧、名导、名演员和实力剧团的联动，形成了比较健全的创作、导演、表演、舞台美术等演剧体制，为话剧赢得了市场。

30年代，上海活跃着一大批戏剧家，现实生活与历史题材都得到关注，陈白尘1935年在上海亭子间埋头约两年，从事《石达开的末路》、《恭喜发财》等多幕剧的创作；宋之的1936年加入上海业余剧人协会，创作话剧《武则天》，在历史叙述中插入了人物心理分析的新颖方法，演出后引起轰动。这一时期开始活跃的夏衍、陈白尘、宋之的等一批上海戏剧家，抗战后迁往内地，成为内地剧坛上的中坚力量，陈白尘的《太平天国》开创了40年代太平天国题材历史剧的先河；宋之的与夏衍、于伶合作《戏剧春秋》等，1940年12月他的《雾重庆》由中国万岁剧团在重庆国泰大戏院公演时盛况空前，从此雾重庆成为国民党陪都的代名词。

1937年抗战烽火燃起，救亡图存话语成为戏剧运动发展的最强音。上海戏剧运动在抗战救亡潮流中扮演了排头兵的角色，《保卫卢沟桥》是上海乃至全国首部直接以抗战为题的剧作，拉开了抗战戏剧的序幕。1938年8月，上海话剧界救亡协会组建13支职业与业余的救亡演出队，20日在卡尔登大戏院正式开拔，分赴各地宣传抗战救亡。抗战期间，除了陈白尘的《卢沟桥之役》、沈西苓的《罗店血战》、欧阳予倩的《青纱帐里》等多幕剧，独幕剧以篇幅短小、创作高效、传播迅速等特点，更为切合了战乱时期艺术传播的需要，上海戏剧界的救亡独幕剧就有夏衍的《咱们要反攻》、于伶的《我们打冲锋》、凌鹤的《到前线去》、沈西苓的《在烽

---

① 胡星亮：《20世纪中国戏剧思潮》，江苏文艺出版社1995年版，第294页。

火中》、陈白尘的《扫射》、姚时晓的《汉奸末路》、方岩的《专门造谣》、子幽的《里弄里开会去》、夏蔡的《改良拾黄金》等。由于民族救亡的现实需要，戏剧观念、创作主题、表现手法、舞台空间、观众群体都随之发生变化，“剧场戏剧”暂时让位于抗战戏剧，内地大后方则成了抗战戏剧的大舞台。

随着战局变化，戏剧运动在沦陷区、国统区和解放区之间各有千秋，“孤岛”时期的上海剧坛，仍处于沦陷区戏剧的中心，保持着“剧场戏剧”职业性、商业性的状态，且在取材、视角、演出等方面具有自身的特点，既不同于抗战初期盛行的救亡叙事、战争叙事，也迥异于大后方的戏剧运动。就戏剧题材而言，以日常生活反映抗战的现实剧与以史喻今的历史剧最为突出，前者以于伶为代表，后者有阿英《碧血花》等。于伶在孤岛三年多期间创作了七部戏剧，这名高产作家具有现实剧和历史剧两套笔墨，五幕剧《夜上海》、《女儿国》是孤岛现实剧中的代表作，而影响最大的《夜上海》摆脱了抗日的战争叙事套路，淡化了硝烟场景，以“孤岛”普通市民生活为背景，通过乱世都市中市民的患难经历，展现了沦陷区大众的民族尊严和生存勇气，鞭挞了借国难牟取暴利的可耻行为，被称为“上海变成‘孤岛’后最现实的一个剧本”、“孤岛剧运的纪念碑”①；而夏衍的四幕剧《心防》，虽然是辗转桂林后的作品，但取材于上海沦陷后知识分子的悲壮抗争，通过抗战现实与个人情感之间的生死抉择，演绎了可歌可泣的爱国情结。

在此时期，上海戏剧界的商业气息大于政治色彩，戏剧创作和接受趣味趋向平民化、世俗化、娱乐化，戏剧的商业性和消费性反而得到彰显。1943—1944年上海话剧界有中国旅行剧团、苦干剧团等几十个剧团，新成立了上海剧艺社、中法剧社、中国银行剧社、上海职业剧团等，也涌现了许多戏剧家，其中还有的成为20世纪戏剧史上的风云人物。“据不完全统计，1942年职业剧团已达20个，到1943、1944年进入繁荣期，苦干剧

---

① 李宗绍：《一年来孤岛剧运的回顾》，《戏剧与文学》第一卷第一期，1940年1月25日，转引自《上海文学通史》852页。

团、中国旅行剧团、新华艺术剧团、同茂剧团（后改为“国华剧团”）、上海艺术剧团、上海联艺剧团、国风剧团等剧团同时活跃在话剧舞台上……此时上海话剧的影响实际上已超过了传统戏曲与新兴的电影：这在中国现代戏剧史上几乎是唯一的一次历史机遇。”① 剧团各有特色，均有看家本领，值得一提的是，1943 年黄佐林与姚克、吴仞之、柯灵、孙浩然、石挥、黄宗江等人成立的苦干剧团，为当时乃至后来的戏剧史书写了浓重的一笔。上海沦陷后给戏剧造成较大冲击，艳情、侦探、猎奇等通俗剧目呈泛滥之势。1942 年，苦干剧团和上海艺术剧团合作，坚持走戏剧艺术性的路线，在卡尔登大剧院演出了《荒岛英雄》、《大马戏团》、《秋海棠》三个剧目，大获成功，演员石挥在演出《大马戏团》和《秋海棠》后，赢得了“话剧皇帝”的赞誉，“苦干是沦陷后的上海剧坛上自主性最强的剧团，也是最具艺术独创性和风格的剧团”②。二十年后，导演黄佐林也成为风云人物，以“写意戏剧观”震撼了戏剧界，在话剧史上与北京的焦菊隐并称“南黄北焦”。40 年代，作家徐讦不仅以小说闻名，而且曾受西方未来派等现代派戏剧的影响，创作了《荒场》、《鬼戏》、《人类史》、《女性史》等剧作，象征、暗示艺术，表现“速力”的审美情趣和艺术技巧，刻画充满象征意蕴的场景和人物。

建国后特别是“十七年”时期，全国文化中心的北移，文艺为政治服务、为工农兵服务成为戏剧界的主旋律，从“抗战”时期盛行的斯坦尼斯拉夫斯基体系成为剧坛基本的规则，上海戏剧运动呈现出回落的态势，话剧在意识形态语境中实现自身蜕变，为戏剧寻找新的生长点。一批资深的现代剧作家又有新作问世，如夏衍的《考验》、于伶的《七月流火》、熊佛西的《上海滩的春天》等。建国初，杜宣的“青春三部曲”（《难忘的岁月》、《动荡的年代》、《无名英雄》）是战争历史题材话剧的代表，该剧时间横跨 18 年，以新鲜的题材、三部曲的范式全景式地展现

---

① 钱理群、温儒敏、吴福辉：《中国现代文学三十年》，北京大学出版社 1998 年版，第 641 页。

② 刘亚力、李森、董玲玲、李振兴：《卡尔登剧场：商业话剧的魔方》，《文化创意产业周刊》A1 版，2007 年 3 月 12 日。

了1931至1949年上海地下斗争。到50、60年代上海戏剧界打破主流规范，为剧坛吹入了一股新风。50年代初，黄佐临开始尝试布莱希特戏剧体系创作，他在上海人艺排演《胆大妈妈和她的孩子们》，70、80年代又导演了《伽利略传》、《中国梦》等剧作，使世界闻名的叙述戏剧体系逐渐为中国观众所熟悉。1962年，黄佐临发表题为《漫谈“戏剧观”》① 的论剧文章，首次系统阐述了斯坦尼斯拉夫斯基、布莱希特、梅兰芳等世界三大戏剧体系，提出了“写意戏剧观”的创见，强调重视舞台假定性，打破“三一律”、“第四堵墙”等一成不变的戏剧观念，率先从戏剧观的角度探询艺术创新的可能性，引起广泛共鸣，为80年代戏剧观讨论与革新提供了先导。新中国建立后“十七年”时期，上海戏剧创作、舞台演出也不乏个性化，沈西蒙等创作的军事题材话剧《霓虹灯下的哨兵》最为著称，剧作以解放初上海南京路为空间，通过没有硝烟的战场表现军人斗志，创造性地吸纳了镜头转换、画外音等技术元素，开拓了舞台空间，人物塑造和戏剧观念都在当代戏剧界取得重要突破。总体而言，“十七年”和“文革”时期上海的戏剧运动处于转型期、边缘期，无论是戏剧观、表现手法、演剧体制，都在适应主流模式的基础上展示艺术个性。

20世纪70年代末至80年代，随着西方现代主义再次涌入中国，上海戏剧出现了标新立异、引领潮流的强劲势头，迎来戏剧艺术探索的高峰，传统的戏剧美学受到消解，戏剧观、戏剧结构、演剧模式都摆脱主流样式，释放出巨大的开放性与实验性，现代主义为戏剧涂上了鲜明的亮色。1978年，宗福先的《于无声处》取材于天安门事件，并采取正面表现的视角，率先打破政治禁忌，引起轰动，也正式翻开了上海戏剧在新时期的辉煌一页；两年后，宗福先又和贾国甫合作创作了话剧《血，总是热的》，打破了话剧演出分场或幕次的惯例，大胆采用17段的演出模式，借助灯光技术手段实现剧段交替、场景转换，拓展了戏剧时空，“故事情节完全打破了话剧传统的结构法则（分幕分场、场景集中、顺序发展），全剧分为若干个小场景（情节单元），然后依据电影的原则进行剪辑。戏剧

① 黄佐临：《漫谈“戏剧观”》，《人民日报》1962年4月25日。

的进展变成了电影式的运动，于是出现了‘电影化’的倾向”①。而“探索戏剧”出现，标志上海戏剧在新时期剧坛的整体勃兴与崛起，1980年，贾宏源、马中骏的独幕剧《屋外有热流》，则借鉴超现实主义、表现主义、荒诞派等手法，戏剧情节让位于人物内心，用灯光变化展示现实、梦幻、潜意识、回忆场景，成为80年代“探索戏剧”的肇端，与北京高行健创作的《绝对信号》(1982年) 等作品并称实验戏剧的代表。随后，贾宏源、马中骏联手创作的《路》，也以人物内心情感为主要结构，与碎片化的场景组合，取得陌生化效果。沙叶新的《陈毅市长》采用“冰糖葫芦”式结构，颠覆了戏剧中心冲突、完整情节的传统叙述，在当代戏剧中独辟蹊径，他的《假如我是真的》、《马克思秘史》、《寻找男子汉》、《耶稣·孔子·披头士列侬》等剧作也以探索姿态蜚声国内。50年代曾创作《枯木逢春》的王炼，其新作《祖国狂想曲》吸收了交响乐的叙述艺术方式，运用跨时空、多部调的手法创作戏剧。孙惠柱、费春放创作的《中国梦》较早表现华人移民的主题，表现中西文化的异质与碰撞，该剧演出也富有特色，黄佐临将写意戏剧观运用到《中国梦》的演出，力求“将斯坦尼的内心感应、布莱希特的姿势论和梅兰芳的程式规范溶合在一体”②，假定与真实、本土与西方、梦境与现实等，让观众从广阔的舞台时空中获得了丰富的审美感受。赵耀民的《歌星与猩猩》、罗怀臻的《长恨歌》参照音乐剧、歌剧的特点，令观众耳目一新。除了职业化演出，上海校园实验戏剧也如火如荼，产生了中国实验戏剧的代表作，《魔方》首次在戏剧中采用碎片化结构，拆解了戏剧人物、情节与主题，充满思辨色彩，由中国青年艺术剧院改编，轰动京、沪两地，而王培公创作、王贵导演的《WM》对正统的戏剧美学进行颠覆，将戏曲手法、象征技巧、现代音乐元素融为一体，其异端姿态在全国引起争议，后来由上海人民艺术剧院首次在沪搬上舞台。总而言之，这一时期，上海戏剧的艺术实验达到沸

① 王新民:《中国当代戏剧史纲》，社会科学文献出版社1997年版，第271页。

② 黄佐临:《〈中国梦〉——东西文化交溶之成果》，《我与写意戏剧观》，中国戏剧出版社1990年版，第543页。

点状态，戏剧观念、结构方式与表现手法都反叛和颠覆传统，借鉴现代主义等前卫艺术潮流，表现手法和演出模式呈多元化，尝试新歌剧、音乐剧、小剧场戏剧、室内剧、肥皂剧、写意剧等样式，在现实主义的基础上融入了现代主义因子，“沙叶新的‘冰糖葫芦式结构’，宗福先、贺国甫的‘蒙太奇式结构’，王炼的‘交响乐式结构’，贾宏源、马中骏的‘情绪展开式结构’，陶骏等的‘马戏团晚会式结构’等等”①，都不拘泥于既定的戏剧美学范式，完成了个性化的建构。

新时期后，在市场经济发展的宏观背景下，以网络、影视等为载体的大众文化、娱乐文化日益风靡，观众接受趣味更加注重感官体验，上海戏剧在大众消费语境中，创作和演出都受到巨大挑战，逐渐实现自身的突围和转型，在题材、手法、演剧等方面与市场、大众寻求契合。《大桥》、《大潮汐》塑造了一批改革者形象，《生死抉择》、《假如我是真的》揭示了官场腐败等社会问题；《儿女情长》、《OK，股票》等剧作关注上海市民的生存境遇，揭示他们在都市物化环境中的复杂心理。90 年代，上海戏剧对打工热、出国热等题材予以表现，艺术手法、演剧形式趋于多元化，实验剧开始风行，以小剧场为代表的各种特色演剧样式付诸实践，乐美勤的《留守女士》、张献的《屋里的猫头鹰》，以及王周生《陪读夫人》改编的同名戏剧，在小剧场演出，增强了戏剧的剧场性与艺术感染力。这些具有实验色彩的探索，适应了观众心理，为拓展戏剧的文化市场作了有益尝试。

上海戏剧的百年之旅，除了话剧艺术的萌生与蓬勃发展，戏曲改革和新歌剧发展也取得了重要收获。上海历来是话剧现代化探索的重镇，早在晚清时期，柳亚子、汪笑侬等创办《20 世纪大舞台》，倡导“戏曲改良”。“五四”时期，当新文学家猛烈挞伐旧剧之际，上海戏剧家对戏曲发展提出了客观中肯的洞见，《新青年》掀起新旧戏剧论争之后，上海的《时事新报》、《讼报》、《鞠部丛刊》等报刊积极参与争论，以欧阳予倩为代表的上海戏剧家赞同宋春舫、齐如山、周剑云、李涛痕等人的观点，以宽容态度对待传统戏曲，主张提倡话剧并改良戏曲，而恽铁樵、严独鹤等反对

① 王新民：《中国当代戏剧史纲》，社会科学文献出版社 1997 年版，第 273—274 页。

将旧戏全盘变革。“在中国现代剧作家中，能够成功地将传统戏曲的某些艺术‘基因’（如结构的开放性、情节的传奇性、表现的写意性）移植到话剧创作中的，当首推田汉”①。与许多戏曲家过从甚密的田汉，在“南国戏剧”乃至以后的艺术生涯中怀有深厚的戏曲情结，大张旗鼓开展“新国剧运动”，主张继承程长庚、汪桂芬、孙菊仙、谭鑫培等老一辈艺术家的衣钵，使戏曲“音乐的价值更高，思想内容更富。尤其应该使他成为民众全体的东西”②。田汉还在南国社举办的“艺术鱼龙会”上，邀约欧阳予倩、唐槐秋、周信芳、高百岁等新旧剧艺术家同台演出话剧和京剧，上演了欧阳予倩的新编戏曲《潘金莲》等剧目，在剧坛内外备受瞩目。除了新文学家、戏剧家对戏曲的保护，梅兰芳、周信芳、程砚秋等著名表演艺术家也在探求戏曲创新之路，在传统艺术形式中突出现代意识，表现时代内容。周信芳认为戏曲创作要“宣传人生的苦闷和不平”，充当“现时代的宣传利器”。抗战后，上海戏曲家组建上海戏剧界救亡协会歌剧部，倡导改编和演出具有民族意识和抗战内容的剧目，组织演剧宣传。孤岛时期，周信芳的《徽钦二帝》、《亡蜀恨》在历史灌注现实精神，旧瓶装新酒，注重形式翻新。“十七年”戏曲改革声浪中，上海戏曲界也屡有建树，1959 年，周信芳在沪演出《海瑞上疏》，与京剧《海瑞罢官》掀起了历史剧“海瑞戏”热。唱红全国的现代京剧《红灯记》、《沙家浜》、《智取威虎山》的蓝本都出自上海戏剧家之手，《红灯记》、《沙家浜》分别根据上海爱华沪剧团的《红灯记》、上海市人民沪剧团的《芦荡火种》改编，而上海京剧院改编的《智取威虎山》，则于 1958 年 9 月 17 日在上海的中国大戏院首次公演。20 世纪 80、90 年代，大众文化、消费趣味对传统的艺术形成冲击，戏剧普遍面临着被边缘化的困境，一度出现戏曲危机，古典剧目的文化市场明显下滑，对于观众失去了吸引力，戏曲改革与探索重新提上日程，新编历史剧一度走俏，现代戏花样百出，焕发时代气

① 董健：《中国戏剧现代化的艰难历程——20 世纪中国戏剧回顾》，《戏剧与时代》，人民文学出版社 2004 年版，第 9 页。

② 田汉：《新国剧运动第一声》，《梨园公报》，1928 年 11 月 8 日。

息和艺术活力，“戏曲探索新的表现形式，已不再注重艺术传统的纵向继承，西方表现派艺术以及话剧、舞蹈的‘横向借鉴’成为其主要的源泉”①。1988年上海京剧院在同名巴陵戏的基础上再创作的京剧《曹操与杨修》，“以新的方式表现了自己对现实生活的审美感受，显示了对传统的戏剧观念、形式与手法的勇敢挑战，从而，为话剧和戏曲艺术更加多样化地表现生活提供了崭新的舞台语汇和结构形式，为话剧和戏曲探求、开拓新的发展道路，作出了可喜的努力”②。在历史题材中灌注了对政治权力和知识分子命运的反思，切近了当代观众的接受心理，该剧在全国新编剧汇演中一举成名，摘取桂冠和六个单项奖，被誉为“新时期10年京剧艺术革新探索集大成之力作”。该时期，上海推出的优秀剧目还有京剧《贞观盛世》、《宝莲灯》、《大唐贵妃》，昆剧《司马相如》、《班昭》，越剧《红楼梦》，淮剧《金龙与蜉蝣》、《西楚霸王》等传统剧目；另外沪剧《上海一家人》，滑稽戏《阿混新传》、《GPT不正常》、《老娘舅》、《红茶坊》和广播剧《血染的风采》、《滑稽王小毛》等一批现代戏，切近当代社会生活，博得了观众的青睐。

歌剧也是中国现代戏剧受西方影响而产生的重要形态，虽然由于歌剧自身的特点和观众趣味等因素，歌剧与话剧、戏曲相比虽然显得门庭冷落，但在西方歌剧译介和实践方面，上海剧坛曾开创了历史。歌剧最早的摆渡者黎锦晖，20年代在沪创办中华歌舞专科学校、中华歌舞团，演出了《麻雀和小孩》、《葡萄仙子》、《可怜的秋香》、《春天的快乐》等十余部少儿主题歌舞剧；30年代他又组建明月歌舞团、歌舞剧社，推出《野玫瑰》、《桃花太子》等新作。之后，在歌剧崎岖发展中，田汉、阳翰笙、欧阳予倩等都作了理论拓荒和舞台实践，田汉、聂耳创作的《杨子江暴风雨》取材于上海码头工人反帝的现实抗争，洋溢着民族话语和澎湃激情，“话剧加唱”首次奠定了歌剧激越雄壮的基调。这一时期，歌剧吸收西洋歌剧作曲、演奏等艺术技巧。在早期探索阶段，田汉等歌剧奠基人通

① 胡星亮：《20世纪中国戏剧思潮》，江苏文艺出版社1995年版，第259页。

② 高文升主编：《中国当代戏剧文学史》，广西人民出版社1990年版，第44页。

过翻译、创作、演出、教育等多种渠道，勾勒了歌剧发展构想，认为“由模仿而创造，由对新的事物的研究学习而达到民族性的自觉与中国作风的完成”①，试图为歌剧寻找一条民族化之路。

“抗战”后，歌剧在大后方逐渐扎根，产生了具有民族特色的戏剧样式新歌剧。1953 年起，上海成立了实验歌剧院，是全国率先成立歌剧团的城市之一，促进了歌剧创作和表演的专业化。“新时期歌剧的理论探讨和艺术实践都是围绕着改编‘话剧加唱’的现象而进行的。无论是探索以音乐结构歌剧，还是尝试通俗的音乐歌剧，大家都把‘音乐’放在首要地位”②，甚至许多歌剧元素被移用到上海的话剧创作中。随着中外文化交流的日益加强和观众欣赏趣味的提高，西方歌剧更加频繁地登陆上海，上海歌剧演出和创作队伍不断壮大，为当代戏剧艺术增添了亮丽的景观，歌剧逐渐融入了市民的公共生活，担当了中西文化交流的重要媒介。

第二节 上海戏剧运动的主要特征

在上海戏剧发展的百年历程中，戏剧思潮起伏跌宕、精彩纷呈，在戏剧观念、表现手法、舞台演出等方面，积累了丰富的艺术经验，既有对戏剧新潮的率先倡导，艺术手法的先期实验，也有演剧模式的不断建构，上海戏剧运动在中西文化背景下体现出来的开放性、先锋性和商业性，构成自身的审美个性与艺术传统。

上海戏剧运动从近代开始，呈现出开放性的艺术特征，既向西方话剧学习借鉴，也以宽容的态度对待传统戏曲，致力于民族戏曲革新，在戏剧美学、创作手法等方面进行了一系列实验，特别是较早译介西方戏剧发展思潮、话剧作品等，并在舶来的基础上接受、借鉴与实践。自近代文明戏在上海走红为起点，写实主义、浪漫主义、唯美主义、表现主义、左翼戏剧、抗战戏剧、“孤岛”戏剧，一直到新时期的实验戏剧……形形色色的

---

① 田汉:《新歌剧问题》,《艺丛》第 1 卷第 2 期，1943 年 7 月。

② 胡星亮:《20 世纪中国戏剧思潮》，江苏文艺出版社 1995 年版，第 286 页。

戏剧思潮、不同的戏剧观念、新颖的艺术方式，往往都从上海最先亮相。近代文明戏作为中国向西方戏剧学习借鉴的滥觞，首次引入了迥异于传统戏曲美学的戏剧范式，以日常对话、动作为主要表现手法，真实性替代程式化，打破了戏曲本土传统。“五四”时期，上海民众剧社和上海戏剧协社引领的“爱美剧”潮流，通过开创话剧的业余演出之风，把“易卜生”模式的写实戏剧推广开来，以改造社会为宗旨的戏剧观走红一时；而田汉代表的戏剧家却开辟了以艺术性为主的路线，浪漫主义、象征主义、唯美主义戏剧在国内萌芽，象征、哲理、抒情手法得到充分运用，带给观众以不同于现实主义的审美感受。洪深首次把表现主义植入中国剧坛，30年代上海左翼戏剧的盛行，把“无产阶级戏剧”介绍到国内，在戏剧的阶级视角、宣传功能等方面开创了戏剧新的生长点，成为革命文学的一支生力军。随后，从抗战戏剧、“孤岛”戏剧，一直到新时期的实验戏剧，都呈现出新锐的姿态。一个世纪以来，上海戏剧新潮的更迭、艺术手法的更新，背后隐藏着戏剧观与戏剧美学的革命，近代文明新戏开始摆脱传统戏曲美学的桎梏，“五四”后，“易卜生”模式的写实戏剧与新浪漫主义、表现主义、左翼戏剧共存互补，从抗战直到“十七年”，“易卜生——斯坦尼”体系逐渐被奉为圭臬，而60年代黄佐临提出“写意戏剧观”直至80年代的探索戏剧，把戏剧从幻觉主义、“第四堵墙”、“当众孤独”等模式中解放出来，从传统戏曲和西方现代主义戏剧中吸收营养，追求舞台假定性、间离效果等审美范式，开辟了戏剧的新纪元。从20世纪以来，上海戏剧不仅引入了话剧、歌剧等西方剧种，实验性地演绎精彩纷呈的世界戏剧潮流，而且较早地认同戏曲传统，纠正了“五四”全盘否定旧戏的偏颇，通过戏曲改革、话剧借鉴戏曲等方式，在世界和本土的二元背景下建立了极具开放性又不乏先锋性的戏剧艺术生态。

同时，上海戏剧在百年嬗变中，还形成了行之有效的商业运作机制。除了著名戏剧家，上海率先涌现出一批富有影响的导演、职业和非职业剧团、演出机构，形成一套戏剧创作、演出的文化生产与传播机制。上海的进化团、民众戏剧社、上海戏剧协社、南国社，无论是从成立时间还是社会影响，都在上海乃至全国戏剧团体中屈指可数，而1933年唐槐秋创办的中国旅行剧团和1937年上海业余剧人协会改组的上海业余实验剧团，是国内成立最早的两大职业剧团，这些剧团尤其是职业剧团，汇聚了一大批戏剧家、导演和演员，演出了《雷雨》等著名剧目，使现代戏剧真正获得了演出成功，在艺术效应和社会效益之间找到了契合点，赢得了观众的认可，标志着话剧真正趋于成熟。上海还集中了一批以现代的卡尔登大剧院、美琪大戏院及当代的上海人民艺术剧院、上海大剧院、上海实验剧场、逸夫舞台等著名演出机构，为戏剧演出提供了专门的场所，其开放的艺术观念、雄厚的运营资本，产生出强大的票房号召力，有力地左右着观众的消费趣味，扩大了戏剧的影响，而卡尔登剧场的演出方式更是最成功的典型之一，被戏剧理论家张庚称之为"卡尔登路线"。在导演方面，上海不乏戏剧领军人物，20年代洪深根据王尔德的名剧改编、执导的《少奶奶的扇子》，率先创建导演制，此外还涌现出欧阳予倩、章泯、陈鲤庭、贺孟斧、黄佐临等几代著名导演，不断实现戏剧艺术的开拓，章泯1935年在上海执导《娜拉》、《大雷雨》、《钦差大臣》，严格遵循幻觉真实的舞台规则，为斯坦尼体系的中国化进行了早期开拓。20世纪30、40年代，陈鲤庭导演的《屈原》、贺孟斧导演的《风雪夜归人》使著名剧本在舞台上取得了成功，而黄佐临在当代率先提出和阐述了世界三大戏剧体系和"写意戏剧观"的洞见，并把布莱希特戏剧体系完整地介绍给中国观众，从西方现代戏剧和中国传统戏曲中汲取营养，倡导舞台假定性，冲破"第四堵墙"，开创了当代戏剧观的新生面。就演剧模式而言，从20世纪初开始，从无到有、从幼稚到成熟，不断丰富和改进，适应时代特点和观众需要，从近代上海教会学校的业余话剧演出开始，"爱美剧"小剧场业余演出到"剧场戏剧"职业性商业演出，"抗战戏剧"的社会流动演出，再发展到当代商业性小剧场演出、非常规舞台演出等等，凡此种种，每一种演出模式都在上海戏剧中有所探索，最终确立了现代性的戏剧运营体制，"这种由1914年左右的'文明戏'演变过来的演剧形式，时至20世纪40年代，在上海及其周边地区已经拥有稳定的观众群，出现了一批比较成熟、具有相当知名度的优秀演员"①。

---

① 傅谨：《沧海桑田：20世纪中国戏剧版图巨变》，《文艺研究》，2006年第9期。

第三节　上海戏剧运动对20世纪中国文学思潮的影响

上海戏剧可谓是20世纪中国戏剧尤其是话剧发展的缩影，诞生了一大批享誉全国的戏剧家、剧团与剧目，涌现了形形色色的戏剧思潮，既将话剧、歌剧等外来戏剧样式植入中国本土，同时也在不断探询传统戏曲改革的道路。上海戏剧运动以新锐、开放的艺术实验和丰富、健全的运作机制，在现代戏剧史上填补了诸多空白，构成了文学思潮不可或缺的组成部分，其艺术实验成为戏剧嬗变的内在动力，其运作机制促进了20世纪中国戏剧的消费化、大众化。

上海戏剧的艺术实验，呈现出动态性、先锋性的革新形态，构成了20世纪中国戏剧嬗变的内在张力。百年来，上海由于自身的历史、地理、文化特点，形成了“商业性、开放性、个性化”① 的文化特征，这种特点在上海戏剧发展中体现得淋漓尽致。从19、20世纪之交文明戏兴起开始，各种世界性的戏剧新思潮、新观念、新手法、新探索源源不断地在上海舞台崭露头角，上海戏剧在20世纪中国戏剧中扮演着领衔角色，把写实主义、浪漫主义、象征主义、唯美主义、普罗戏剧、现代主义等世界戏剧思潮源源不断地移植到国内，并在剧本创作、演剧模式等方面进行大胆的艺术实践，为国内观众带来了新鲜的审美感受。同时，上海戏剧运动实验性，绝不是对西方潮流亦步亦趋的模仿，对传统的完全割裂，而是面向中西文化的开放式探索，戏剧民族化和戏曲革新并驾齐驱，在实验性中体现出民族认同，“中国话剧近百年的历史，实际上是不断探索民族演剧体系的艰难过程。建立富有中国特色的民族演剧体系，是几代话剧人梦寐以求的追求”②。自20世纪20年代初，汪仲贤、洪深等人就和宋春舫、蒲伯英、陈大悲千方百计把国外话剧移植到中国舞台，转换成本民族的戏剧艺术，1920年，汪仲贤在上海“新舞台”演出萧伯纳的《华伦夫人的职业》

① 杨剑龙：《论上海文化与20世纪中国文学》，《文学评论》，2006年第6期。

② 黄振林：《百年话剧舞台：如何改造和转换?》，《新华文摘》，2005年第17期。

遇挫后，上海戏剧运动力图摆脱欧化，探询民族化之路。田汉以开放的态度对待中国传统戏曲，是国内把戏曲基因移入现代戏剧中的第一人。1924年，洪深对王尔德《温德米尔夫人的扇子》的改编、执导，对人物姓名、地点、剧情进行中国化，同样在上海公演获得巨大成功。当斯坦尼体系覆盖了中国剧坛后，上海戏剧家黄佐临既尝试布莱希特戏剧体系，又把戏曲传统提到与西方戏剧体系并肩的高度，并从中汲取了舞台假定性的艺术营养，首次提出“写意戏剧观”，为戏剧开辟了新路。无论是借鉴外来艺术潮流，还是探索传统戏曲发展的新路，无论是成功的探索，还是失败的尝试，上海戏剧并不固守任何一种艺术规则而裹足不前，而是不断颠覆传统的美学范式，坚持探索新的戏剧观与表达手法，在引领新潮中凸显个性姿态，走出了写实戏剧、写意戏剧、表现戏剧的曲折轨迹，为戏剧发展注入生机活力。这种发生频率极高的戏剧运动，成为20世纪中国戏剧思潮的晴雨表，与每一时期的文学主潮进行同构，构成了文学史的风向标与推动力，深刻影响着文学思潮的流变。无论是“五四”写实主义与浪漫主义、二三十年代的左翼戏剧、抗战戏剧，还是80年代的探索戏剧，上海戏剧常常扮演着敢为人先的先锋角色，对20世纪中国戏剧的发展做出了开创性的贡献。

上海戏剧运动在百年发展史中，积累了丰富的戏剧创作、舞台演出经验，形成了比较成熟健全的运作机制，率先实现了戏剧的职业化和商业化，为20世纪中国戏剧的发展提供了得天独厚的文化空间，推动了戏剧艺术的健康发展。戏剧是集编剧、导演、表演于一体的综合艺术，整合了布景、动作、语言、音响等多重艺术手段，讲究剧场性和交流性，从观众接受与欣赏的方式、地点、场景、效果等角度看，具有鲜明的艺术性、娱乐性和大众性。“有关20世纪中国戏剧发展变迁的研究，政治层面与商业机制的影响是两个不可或缺的重要视角。而政治与商业的作用力以及它们潜在的角力，对于20世纪的中国戏剧变迁过程以及当下戏剧格局的形成，作用实不能低估。艺术或许有它自身发展的内在规律，但如果我们能将艺术放回到它实际生长存续的环境，就会发现，它既然是人类精神生活的一个组成部分，就不可能孤立存在与独自发展，因为人的精神世界，所面对的永远是光怪陆离的大千世界，并不只有艺术。”① 上海戏剧的发展，不单单是剧本创作日益提高的过程，而且是戏剧生产与传播机制日臻完善的过程。在融汇了都市文化各种因素的上海，印刷出版、文艺演出、文化消费的发达，使戏剧获得了无与伦比的外部条件，为戏剧繁荣提供了重要的支撑，或者说，上海戏剧相对健全的商业运作机制，使戏剧具备了无比优越的创作与演出的环境，纷纭的戏剧流派、林立的戏剧社团、著名的演出机构、多元的演出模式，使20世纪中国戏剧的生产与演出体制在沪产生最早、发展最为充分。因此，一些戏剧家、脍炙人口的经典剧作常常在上海舞台脱颖而出，这其中，除了上海的戏剧家，许多外地剧作家的作品也在上海首版或首演，先成名于上海滩后，才在全国产生了广泛的影响，如余上沅的《国剧运动》（新月书店1927年版），以及曹禺的《雷雨》、《日出》、《原野》等，曹禺的话剧曾在多个城市演出，却在上海最为走红，《雷雨》（上海文化生活出版社1936年1月版）、《日出》（上海文化生活出版社1936年11月版）、《原野》（上海文化生活出版社1937年8月版）单行本全部都是在上海首次付梓，且均在卡尔登大剧院公演后享誉全国。

综观20世纪中国戏剧发展，名剧、名家之所以在上海出现，很大程度上得益于多元文化汇聚的都市氛围和相对成熟的戏剧运营机制，甚至可以说：“各地的戏剧在上海竞相登台，上海已经成为握有某种无形权力的舞台，即：不论哪个剧种、哪个剧团、哪个演员，要想在全国打响，首先必须在上海打响，要想获得全国的承认，首先要获得上海的承认。这样一种权力就是上海的文化中心地位所赋予的，而这样一种特殊的权力的形成也可反证上海文化中心地位的确立。”② 这样在全国首屈一指的戏剧运营体制，使话剧作为一种舶来品真正深入人心，超越了“爱美剧”阶段，建立了观众群体，开拓了艺术消费市场，为话剧在中国扎根和传统戏曲改造提供了先决条件和广阔空间，从而推动了20世纪中国戏剧的大众化、职业化、市场化，堪称是20世纪中国戏剧发展的重要创获。

---

① 傅谨：《沧海桑田：20世纪中国戏剧版图巨变》，《文艺研究》，2006年第9期。

② 邱明正主编：《上海文学通史》下册，复旦大学出版社2005年版，第687页。

第八章

上海左翼运动与中国文学左倾思潮

20 世纪 30 年代最引人注意的文学现象之一就是左翼文学运动的勃兴——从广义的角度来说，左翼文学涵盖了从 20 年代无产阶级革命开端直至建国后社会主义文学建立这一漫长的历史时段，是对革命意识形态主导下不同时期革命文学或无产阶级文学的整体描述；但文学史意义上的左翼文学仅指从 1927 年大革命失败后直至抗日民族统一战线建立这一时间跨度内，以上海为中心，革命者和倾向革命的青年知识分子所倡导和参与的文艺运动，它以 1930 年“左联”的成立为分界线，被分为前期的普罗文学和后期的“左联”文学。

左翼运动的出现，是中国知识分子面对日益加剧的民族矛盾和社会矛盾，转向苏俄经验以寻求民族救亡和国家现代化途径的一种选择。从左翼运动产生的社会历史语境看，自辛亥革命以来西方式民主政治蓝图的逐渐幻灭和现实环境的持续恶化，促使中国知识分子思考并寻找新的政治方案——自下而上的苏俄模式颠覆并重建了整个社会结构，这种以集体主义价值观为中心的社会建设实践不仅在极大程度上满足了中国文化对于大同社会的想象，而且以它的高效及活力为中国知识分子展示了在落后、封建的农业国家实现现代化的前景。因此，以马克思主义为指导的革命在很大一部分知识分子心目中成为应对民族危机和实现国家富强的最佳途径。

在本质上，左翼运动是一次思想文化运动，相对于“五四”运动，左翼运动是意在完成对大众的革命启蒙的任务。这一次启蒙建立在马克思主义社会政治理论以及苏联社会主义建设实践的基础之上，它推翻了西方式民主政治的理论构想，旗帜鲜明地倡导社会上层建筑的彻底变革，用集体主义观念取代了“五四”时期的个人主义，并表现出对社会的激进和批判的态度。

第一节　上海：左翼运动的起点和中心

对于中国革命以及革命文学的发展来说，上海这座国际性的大都市显得尤为重要。综观20世纪的中国历史，自1921年中共“一大”在上海召开，直至1926—1927年间由中共领导的三次工人武装起义，再到20年代末设立于上海的中共中央机关，中国共产党与中国革命一直和上海存在无法割裂的联系，于是在这个城市里形成了一个奇异的场景：它是繁华的现代都市，到处荡漾着资本的气息；它又是革命的中心，革命者穿行在霓虹灯下，策动着将这罪恶的资本颠覆。

自开埠以来，上海就受到西方文化的强烈冲击，百货大楼、咖啡馆、舞厅、宾馆……物质文明的产物麇集在这座城市中，而现代出版业的兴起也改变了作家的写作姿态，促进了文化空气的活跃——“舶来”的现代生活方式和文化生产方式造就了上海的繁荣面貌，同样对革命文学的发展起到了不可估量的作用。综观上海文化对于左翼运动的影响，租界的存在、现代文化产业的形成和现代都市生活的刺激成为左翼运动的推动力。

（一）租界对左翼运动的特殊文化意义

沈从文曾以旁观者的姿态对左翼文学有一番论述，他认为“一部分作家或因不太明白政治，或因太明白政治，看中了文学的政治作用，更看中了上海，于是用租界作根据地，用文学刊物作工具，与三五小书店合作，'农民文学'，'劳动文学'，'社会主义文学'，'革命文学'……等等名称，随之陆续产生……上海租界上的环境特别，实有点使当局棘手。"① 正如沈从文所看到的，租界是左翼运动的庇护所，而更进一步看来，租界带来的文化现象是左翼文学的催化剂。

租界是中国近代屈辱史的见证，但由于拥有治外法权的租界，有自己的一整套管理机制和法规体系，是独立于国民政府统治外的特殊地域，因此在30年代白色恐怖加剧的时期，中共与左翼人士充分利用了这一点，租界成为他们开展活动与躲避缉捕的场所。左联的成立大会在窦乐安路上的中华艺术大学召开，出版《创造月刊》和《文化批判》的创造社出版部、出版《太阳月刊》的春野书店、出版《我们月刊》的晓山书店等，就位于虹口公共租界的北四川路一带，中共机关刊物《红旗》也创刊于此。而流亡上海的革命者、左翼人士也时常选择租界作为他们安身之地和集会之所，鲁迅迁居上海后便一直生活在虹口租界内，洪灵菲曾先后住在法租界的白莱尼蒙马朗路和北四川路，丁玲、胡也频住在萨坡赛路，"左联"的各种活动也常常选择在租界内进行。客观地说，租界当局的治外法权和言论自由政策为左翼刊物和左翼文人提供了相对宽松、安全的空间，使之得以突破国民党政府的文化围剿，革命文学从而在国民党统治的边缘得到了传播和发展。

在这样的环境里，即使是坚持政治功利性的左翼作家也依然能够保持相对自由、开放的写作空间，李欧梵在论及上海文化时称："我更愿意把这种景象——上海租界里的中国作家热烈拥抱西方文化——视为是一种中国世界主义的表现……"② 他所指的世界主义对于左翼作家来说意味着以开放的文化视野进行理论建构和创作，租界所形成的中西文化交融确实给

---

① 沈从文：《"文艺政策"检讨》，《沈从文全集》第17卷，北岳文艺出版社2002年版，第280页。

② 李欧梵：《上海摩登》，北京大学出版社2001年版，第327页。

予左翼作家世界性的观念和西化的审美趣味：前者表现在左翼作家与世界文学的广泛联系上，不仅左翼文学积极地传播和借鉴苏联、日本的无产阶级文学，而且左翼作家已经具有了将自身融入世界的自觉意识①；后者则表现为，左翼文学在以咖啡馆、公园、舞厅等为表征的西方文化拟态环境中，其写作与标准化的无产阶级文学之间形成了一定程度的偏差，比如左翼作家对于"革命的浪漫蒂克"的偏爱既源于他们对革命的美好想象，也来自于十里洋场内温柔悱恻的"小资"情调，可以说，左翼作家对都市生活和情感欲望的纤细感知与细致叙述，以及他们作品中流露出的浪漫色彩，很大程度上应当归因于租界文化的潜移默化。

（二）现代传媒对文学生产方式的改造

随着现代化程度的不断提高和经济的繁荣，上海形成了以报纸、杂志和出版业为核心的现代文化产业。1928 年，戴望舒、施蛰存等人创办了一份叫做《文学工场》的杂志，这个名称揭示了二三十年代文学成为一种消费生产的真实状况，它包含了以下几个方面的特点：

首先，上海形成了以市场为导向的文化产业，以赢利为目的的现代出版业在 30 年代的上海呈现出繁荣的态势，无论是带有同人性质的开明书店，还是商业色彩更重的光华书局等出版机构，都被纳入到现代文学生产的产业链中，文人以直接经营书店或依托出版商经营刊物的方式参与出版业的竞争——光华书局、现代书局等专业书局将《奔流》、《大众文艺》、《文学月报》等刊物交由鲁迅、郁达夫、周扬等左翼人士主持，自然使之成为了左翼文学的重要阵地，而沈从文与胡也频、丁玲则在上海创办了《人间》、《红黑》杂志和红黑出版社，将作家与编辑者、经营者的身份合为一体。

从出版商的角度而言，赢利永远是第一位的。左翼文学在 30 年代蕴含了巨大的商业价值，最突出的例子是蒋光慈，他在亚东图书馆出版的第

① 从普罗文学开始，左翼作家就不断强调中国的革命文学是处在世界性无产阶级革命背景之下，因此，中国左翼文学成为世界无产阶级文学的一部分，如中国左翼作家联盟本身就是国际革命作家联盟的中国支部。

一本小说《少年飘泊者》两年内印刷了三次，并且不断被盗版，甚至出现其他作家的作品冠以他的名字出版而成为畅销书的现象①。因此，出版商自然不能无视这种流行趋势，尽管“‘吃官司’变成书店经理们的家常便饭了”②，但他们依然通过各种方式规避国民政府的图书审查，坚持出版左翼图书和刊物，这虽然是出版商出于商业利益的考量而采取的经营策略，但也在客观上为左翼文学的传播开辟了生路。

其次，杂志在文学与社会生活中的地位大大提升，杂志的流行使革命的思想文化走向了大众，为不同话语的提出和交锋提供了一个即时的公共空间，成为现代文化的重要表征，在中国现代文学的发展历程中，“五四”时期的同人杂志承载了新文化的传播，而30年代的杂志则为革命文学提供了平台。

在左翼文学运动的整个过程中，杂志是其重要的载体：1928年的“革命文学”论争，正是以《创造月刊》、《太阳月刊》、《文化批判》和《语丝》、《奔流》等杂志为阵地发生的；包括长篇小说在内的文学作品通过杂志进入读者的视野③，在《太阳月刊》、《拓荒者》、《北斗》等左翼刊物上逐渐形成了以蒋光慈、丁玲等人为代表的左翼文学创作群体。以杂志为中心组织起来的文学生产，对于左翼文学的壮大有着不可忽视的作用——一方面，杂志所形成的公共空间将作者和读者紧密地联系在一起，使文学的传播和接受较之以往更具有开放性和互动性，“在作者与读者之间，出版者一方面可以根据读者的要求挑选作品，从而影响到文学的面貌和作者的创作；另一方面则通过出版过程培养读者对某类作品的阅读习惯，以作者的面目对读者施加影响，造成一时的文学风气”④；另一方面，杂志将具有共同理念的知识分子群体组织起来，使知识分子个人的声音变成团体

---

① 参见刘震：《蒋光慈作品的畅销与盗版》，《新文学史料》2007年第2期。

② 张静庐：《在出版界二十年》，上海书店1984年版，第118页。

③ 如蒋光慈的长篇小说《丽莎的哀怨》连载于《新流月报》，《咆哮了的土地》连载于《拓荒者》。

④ 叶桐：《新文学传播中的开明书店》，见程光炜主编，《都市文化与中国现当代文学》，人民文学出版社2005年版，第122页。

的合声，成员间彼此的呼应形成了强大的声势，他们以这种放大了的声音参与到话语权的争夺中，总是能够造成对论争对手的围攻之势，从而有助于在自身理念的传播和读者群的扩大上占据有利位置。

最后，以稿酬和版税制度为支撑的文学生产为作家的创作提供了巨大的物质刺激，在上海这个充分市场化的社会里，以稿酬、版税为生的职业作家逐渐形成群体，于是矛盾不可避免地出现——革命作家一方面书写着工农的苦难和斗争，另一方面却又以此向出版商换取金钱，因此有学者认为："不管文学创作取何意识形态，资产阶级的也罢，反资产阶级的也罢，它们在是意识形态产物的同时也必然是生产者个人谋生的工具。"①在经济利益的驱动下，作家必然要面对市场和读者，以尽量迎合大众审美趣味的姿态开展自身的文学活动。这也就意味着对时尚的追逐与模仿，而在这一时期，"革命"当仁不让地成为公众瞩目的焦点，因此革命题材的流行和左翼小说尤其是普罗小说的模式化倾向，很大程度上来自作家个人的主动选择。

（三）现代都市生活对左翼运动的触发

1917—1923年，是中国工商业、金融业发展的黄金时代，在这一时期以上海为中心的工商业、金融业得到迅猛地发展，《剑桥中华民国史》称："从1914至1919年，纺纱厂每支纱的利润增加了70%，而钱庄的利润增加了74%。一些最重要的公司的利润增加了20倍，有些甚至50倍。红利达到30%—40%，有时甚至90%。"② 在这一趋势下，都市化的节奏大大加快，仅从上海公共租界华人户口的递增看，1900年为345276人，1915年为620401人，1930年达到了971397人，而1930年全上海的华人人口则为2922374人③。随着经济的发展和人口的流动，"各个社会集团变得更加复杂，互相间的分化也更加明显。出现了工业无产阶级，从城市

---

① 陈晓明等编：《现代性与中国当代文学转型》，云南人民出版社2003年版，第57页。

② 费正清等编：《剑桥中华民国史》（上卷），中国社会科学出版社1994年版，第486页。

③ 见《公共租界户口调查表》、《1930年10月全上海人口统计》、《上海公共租界史稿》，上海人民出版社1980年版，第12—13页。

精英（绅商）中诞生了现代知识阶层和现代资产阶级"①。

正是在这样一个高度发达的都市，无产阶级逐渐成长为一支不可低估的力量，无产阶级文学也因此具备了生长的土壤，换言之，以工业文明批判者和继承者双重身份出现的无产阶级，与现代城市之间存在着复杂的共生关系，无产阶级文学的出现并不意味着现代性的剥离，相反它看到了现代社会的弊病，从而试图以批判和否定的面目通过革命的途径完成现代化。所以，研究者指出："它们（普罗文学和现代主义文学）是典型的现代城市文学，是上海资本主义发展的产物，它们都是以城市现代性和工业现代主义作为自己基本的价值取向。"②

批判性的左翼运动面对的是都市繁荣的双重性，即充满现代气息的物质刺激和消费主义背后的现代文明病态。具体而言，在物欲驱动下的城市环境中，贫富差距不断扩大，享乐主义的盛行制造出上层社会纸醉金迷的生活场景，而小农经济破产带来的人口向大城市流动，和自 1923 年开始的世界性经济危机的冲击造成了城市贫民数量的激增，劳资纠纷、市民失业等社会问题使阶级矛盾不断深化，于是一边是歌舞升平和醉生梦死，另一边则是资本的血腥的积累和穷人的无助的呻吟。穆时英的《上海的狐步舞》较为典型地展示了都市文明的病象——在同样的夜晚，富人迷失在肉欲里，穷人则徒劳地挣扎着，繁华和贫苦、荒淫和悲哀在时空的交错中组合成对都市景象的描述："上海，造在地狱上的天堂。"

于是，左翼作家将批判和反抗寄予文艺上，他们宣称："真正的文艺永远是对于现实一切旧的腐败的压迫势力施以反抗，永远代表着不平之鸣！弱者的呼声；而且因为这个缘故，文艺便与社会相联系的走上进化的大道！"③ 这种反抗的声音在左翼文本中被极端化为对资本家、官僚、买办丑态的渲染和对无产阶级暴力复仇的肯定，阶级仇恨在叙事中得以具象

① 费正清等编：《剑桥中华民国史》（上卷），中国社会科学出版社 1994 年版，第 487 页。

② 旷新年：《1928：革命文学》，山东教育出版社 1998 年版，第 88 页。

③ 芳孤：《革命的人生观与文艺》，见中国社会科学院文学研究所编，《"革命文学"论争资料选编（上）》，人民文学出版社 1981 年版，第 49 页。

化，革命也从中获得了合理性。

不可忽视的是，左翼作家个人的生存处境也激发了他们参与左翼运动的热情。20 年代以来现实政治的困境触发了青年知识分子对旧的统治秩序的反叛心理，而大革命失败之后个人理想的失落和在现实中失去自我定位，加剧了他们的叛逆和困惑，尤其是在上海，来自全国各地的青年作家不得不居住在狭窄、昏暗的亭子间里，这种穷困潦倒、怀才不遇的境况往往造成了他们愤激的精神状态。胡也频的小说《杨修》、《一群朋友》中青年人由于生活与精神的双重漂泊走向革命，就部分地道出了革命的真相——革命是他们改变生存状态、获得崇高的自我定位的人生方式。

从上海文化与左翼运动的关系看，租界为知识分子提供了相对宽松、自由的生活氛围和话语环境，现代传媒使文学的生产和传播成为商业化和组织化的产物，而都市文明的病态则成为左翼运动批判性的源头之一。上海独特的文化生态滋养了革命文学，商业化的运作手段和开放的话语空间为文学的生产、传播、接受提供了巨大的动力与载体，左翼文学产生和发展不可能脱离这块交织着希望与罪恶的土壤。

第二节　上海—延安—北京：左翼文论的完成和延续

尽管左翼文学的发展经历了从普罗文学到“左联”文学的转变，在这一过程中，普罗文学“革命的浪漫蒂克”的倾向和一些极左观念受到批判，但是左翼文论在文学的性质、功能、对象等基本问题上依然保持了连续性。在左翼文论的基础上，作为无产阶级文学典范的《在延安文艺座谈会上的讲话》全面总结了 30 年代左翼运动的基本理论问题，并使之系统化和政策化，《讲话》的精神最终成为很长一段时期内中国文学的金科玉律，在文学与政治、文学的对象和大众化、现实主义、知识分子改造等一系列问题上，左翼运动的理论探讨在《讲话》中得到补充和发展。之后，以《讲话》精神为指导的“十七年”文学又对左翼文学的部分理论主张进行了重述和发展，从左翼文论到《讲话》再到新中国的主流文学话语，三者之间形成了一条左倾文学思潮的理论脉络。

（一）文学是政治的工具

对于左翼文学来说，首先要厘清的问题是“文学是什么”，这一问题的实质是处理文学和政治的关系。在革命文学的传播之初，“文学是宣传”就成为普罗文学的共识，李初梨、彭康等人在文学的重新定义上吸收了“岗位派”的观点，把文学视作是政治的“留声机”，相信“一切的艺术，都是宣传”，“文学，与其说它是社会生活的表现，毋宁说它是反映阶级的实践”。他们把文学当作是宣传和组织的工具，认为文艺是“思想的组织化”也是“感情的组织化”①，文学宣传的效果越好，价值就越高。因此，李初梨将无产阶级文学定义为“为完成他主体阶级的历史的使命，不是观照的——表现的态度，而以无产阶级的阶级意识，产生出来的一种斗争的文学”②。

尽管鲁迅、茅盾等人对“工具论”进行了批判和反击，并在一定程度上起到了矫枉的作用，但是由于左倾思维的盛行以及革命形势的客观需要，直至“左联”时期，左翼文学依然没有摆脱“工具论”的束缚。“左联”在1930年8月由执委会通过的《无产阶级文学运动新的情势及我们的任务》一文中强调：“目前中国无产阶级文学运动已经从击破资产阶级文学影响争取领导权的阶段转入积极的为苏维埃政权而斗争的组织活动的时期。”“‘左联’这个文学的组织在领导中国无产阶级文学运动上，不容许他是单纯的作家同业组合，而应该是领导文学斗争的广大群众的组织”③。这意味着“左联”以及它所领导的左翼运动是为政治服务的，换言之是为无产阶级革命服务的，这是左翼文学被赋予的使命，而“左联”这一组织也具有了领导革命斗争的政治团体的性质。因此，“左联”在总结革命文学的新的任务时，指出“必依据上列诸原则而迈进，然后中国

---

① 彭康：《革命文艺与大众文艺》，见中国社会科学院文学研究所编，《“革命文学”论争资料选编（下）》，人民文学出版社1981年版，第729页。

② 参见李初梨《怎样地建设革命文学》，见中国社会科学院文学研究所编，《“革命文学”论争资料选编（上）》，人民文学出版社1981年版，第163页。

③ 马良春、张大明编：《三十年代左翼文艺资料选编》，四川人民出版社1980年版，第150—151页。

无产阶级革命文学始能从文学的思想的领域完成了中国工农兵苏维埃革命所要求的任务”①，它将革命文学视作无产阶级革命的一部分，即在文学、思想领域内的革命，文艺成为革命的工具和组成要素，文艺工作者的任务就是运用文艺的武器参与和推进政治斗争和阶级斗争。

从左翼作家对文学本质和革命文学任务的论述看，他们始终强调文学与政治的联系，作为宣传和组织工具的文学成为革命的手段之一——它从属于政治并表现和产生阶级意识，在思想文化领域完成革命的任务。因此，在左翼文学中，阶级政治被置于决定性的地位，李初梨对革命文学拟定的批评标准首先就是要分析作品反映哪一个阶级的意识，再去“检讨它在那个时代所以能发生的社会根据”，接下来按照作品所演的角色，担当的任务决定其价值，最后才是技巧的批评②。茅盾也不能免俗地号召“在一切这些对外对内的斗争上，建立我们作品的题材”，“从一切统治阶级的崩溃声中，革命巨人威胁的前进声中，全社会地建立起我们作品的题材”③。

政治与文艺的统一更为明确地表现在毛泽东的《讲话》中，他在文章里反对政治和文艺的二元论，并指出脱离政治的、超阶级的艺术是不存在的。在论述文学和政治的关系时，毛泽东强调了无产阶级文艺是无产阶级革命的一部分，是“整个革命机器中的‘齿轮和螺丝钉’”，提出文艺服从于阶级的政治，认为“革命的思想斗争和艺术斗争，必须服从于政治的斗争，因为只有经过政治，阶级和群众的需要才能集中地表现出来”。对于文艺批评，毛泽东指出，政治标准是第一位的，艺术标准是第二位的，文艺作品应当是“革命的政治内容和尽可能完美的艺术形式的

---

① 冯雪峰：《中国无产阶级革命文学的新任务》，见马良春、张大明编，《三十年代左翼文艺资料选编》，四川人民出版社1980年版，第179页。

② 李初梨：《普罗列塔利亚文艺批评底标准》，见中国社会科学院文学研究所编，《“革命文学”论争资料选编（上）》，人民文学出版社1981年版，第521—522页。

③ 施华洛：《中国苏维埃革命与普罗文学之建设》，见《中国新文学大系1927—1937·文学理论集一》，上海文艺出版社1987年版，第411页。

统一”①。

与左翼运动对文学的理解一样，《讲话》坚持政治和文学的一元论，把文学看作是政治的附属物，片面地突出了文学的党性和阶级性。毛泽东对文学的要求是为政治服务，服从阶级斗争的需要，这就取消了文学的独立性，将其限制在阶级与政治的框架内，使之按照政治的需要而非文学自身的规律、特点来进行创作和批评。换言之，毛泽东从政治功利的角度出发，对文学作出了新的定位，他着眼于文学的阶级属性和意识形态功能，以定义为意识形态工具的文学消解了作为审美活动的文学。

于是，在《讲话》以及由此形成的中国文学政治化的传统中，文学成为政治话语的传声筒，主流话语要求文学必须以配合和传播党的政策、路线为中心任务，因此，周恩来在全国第二次“文代会”上，作了题为《为总路线而奋斗的文艺工作者的任务》的报告，提出文学艺术在过渡时期的基本任务是为社会主义改造事业服务，以文艺的手段增强和巩固社会主义基础。对政治功利性和工具性的强化，在文学创作中，就表现为文学作品的政治挂帅，“赶任务”、“反映政策”成为作家写作的首要目的，对此，邵荃麟解释说，“政策观点，就是作者去观察现实，分析现实的立足点，这个立足点如果不稳或是不正确，他所反映出来的东西，也就会不正确或不全面”，“一个为人民服务的作家，应该时时刻刻把他的写作作为一种宣传教育的工作。这样的赶任务是完全应该的”②。

从左翼文学到工农兵文学、“十七年”文学，“工具论”的思维一直没有被清除，这很大程度上是因为无产阶级在争夺和巩固政权的斗争中需要在意识形态上树立和保障其领导权。意识形态的实现需要将意识形态的理性原则内化为大众的情感、意志，把特定阶级和群体的欲望、情感上升为人类普遍的欲望和情感，它通过深入人心建立起心灵世界的规范和秩序。因此，文学在意识形态的实现中起了极为重要的作用，伊格尔顿认

---

① 毛泽东：《在延安文艺座谈会上的讲话》，《毛泽东选集》第三卷，人民出版社 1991 年版，第 866、869 页。

② 邵荃麟：《论文艺创作与政策和任务相结合》，见冯牧主编，《中国新文学大系 1949—1976·文学理论卷二》，上海文艺出版社 1997 年版，第 30、34 页。

为，“如果意识形态想要有效地发挥作用，它就必须是快乐的、直觉的、自我认可的。一言以蔽之，它必须是审美的”。审美的“移情”作用将主体的个人情感通过想象的方式转化为普遍的情感共鸣，想象在其中发挥了关键的作用，在思维中它把观念具体化为形象，“进行想象也就是要创造一个介乎感觉和概念之间某处的形象，获得一种感同身受推己及人的感觉”①。

文学对于政治而言，其作用就在于借助这种审美的“移情”作用，使特定集团的意识形态以潜移默化的方式影响大众。革命意识形态以新/旧、想象/现实的对立形成了对旧阶级秩序的否定性结构，通过放大工农大众的苦难以及对新社会的理想化叙述调动读者的情感共鸣，从而激发起人们改变不合理社会秩序的欲望，达到对革命意识形态的认同，进而捍卫新的上层建筑的合法性。于是，作为宣传工具的文学，能够唤起大众的阶级意识，成为组织阶级力量的有效手段。所以，将文学界定为政治的工具，是从政治功利性的角度对文学本质的解读，这一观念强化了文学的政治功能，把它的审美价值部分甚至全部地纳入到社会价值中。

正是因为文学是意识形态的制约过程中不可缺少的要素，对政治权力的获取和维护有着积极的作用，所以从左翼运动的开展到新中国文学范式的建立，文学和政治的关系一直被置于附庸的地位，“工具论”的提出实质上是要将文学纳入到阶级政治的轨道中，通过文艺对大众的内在塑造力和感染力，生产和传播无产阶级意识形态，不仅在理论上左倾的中国文学为文学创作和批评设立了严密的政治尺度，而且在体制上文学和文学创作者也成为了政治化的牺牲品。

（二）文学的大众化与工农兵方向

1931年11月，“左联”在执行委员会的决议中称：中国无产阶级革命文学“首先第一个重大的问题，就是文学的大众化”②。文学的大众化

---

① 伊格尔顿：《审美意识形态》，广西师范大学出版社2001年版，第29—30页。

② 冯雪峰：《中国无产阶级革命文学的新任务》，见马良春、张大明编，《三十年代左翼文艺资料选编》，四川人民出版社1980年版，第179页。

这一命题的提出，是对于文学接受对象的思考，即文学为什么人和如何为的问题。在左翼文学的发展历程中，大众化一再成为左翼作家和批评家讨论的重点和热点。

对大众化问题，左翼作家先后进行了三次大讨论：第一次讨论是在1930年前后，以列宁关于文艺必须为大众的观点为指导，提出了到工农群众中去的口号；第二次讨论开始于1931年，根据左联在《中国无产阶级革命文学的新任务》中对文艺大众化问题的阐述，《北斗》、《文学月报》、《文学（半月刊）》等左翼刊物先后参与到大众化问题的讨论中，主要涉及到文学的形式和内容、作家向群众学习、培养工农作家等方面。1934年对这一问题的第三次讨论主要集中在大众语问题上，在这次讨论中，鲁迅作《门外文谈》一文，论述了文字的起源，提出“将文字交给一切人”的主张①，对大众语问题作出了科学的总结。

左翼文学对文学大众化的立场，建立在对文学接受对象的认识上。瞿秋白将“大众”这一概念理解为“手工工人城市贫民和农民群众”②，这成为左翼文坛较为普遍的看法，但也有不同意见，如林伯修的释义更加宽泛，他认为“大众”指的是“由各个的工人，农人，兵士，小有产者等等所构成的各种各色的大众层”③。然而，无论如何，社会下层成为左翼文学的接受对象，这是一个不争的事实。

在左翼文学肇始之初，成仿吾就提出“我们要以农工大众为我们的对象”④。之后，左翼批评家吸收和引用了列宁关于革命文学为人民群众服务的观点，“左联”在其决议中指出，“使广大工农劳动群众成为无产阶级革命文学的主要读者和拥护者”，“今后的文学必须以‘属于大众，

---

① 鲁迅：《门外文谈》，《鲁迅全集》第6卷，人民文学出版社1993年版，第95页。

② 瞿秋白：《普洛大众文艺的现实问题》，见《中国新文学大系1927—1937·文学理论集一》，上海文艺出版社1987年版，第428页。

③ 林伯修：《1929年急待解决的几个关于文艺的问题》，见中国社会科学院文学研究所编，《“革命文学”论争资料选编（下）》，人民文学出版社1981年版，第820页。

④ 成仿吾：《从文学革命到革命文学》，见中国社会科学院文学研究所编，《“革命文学”论争资料选编（上）》，人民文学出版社1981年版，第136页。

为大众所理解，所爱好'（列宁）为原则"①，以工农大众为对象，实质上明确了革命文学的基础和方向，它要求革命文学必须符合工农大众的审美趣味及需要，实现文学由精英向通俗和大众的转变。

接受对象的转变，意味着必须以牺牲文学的某些审美特性为代价，迁就工农的实际文化水平。文学的通俗化成为左翼文坛的流行趋势，面向大众的文学需要以浅近易懂的方式赢得和扩大读者群，整个左翼文坛都在以文学启蒙大众的政治功利眼光看待大众化问题，将大众化定位为实现教化工农大众的手段，"所谓的文艺大众化，还是以文艺去实践政治，完成民族革命的任务，而不考虑提高文艺自身"②。在这一趋势下，就连鲁迅也不得不声称："不过应该多有为大众设想的作家，竭力来作浅显易懂的作品，使大家能懂，爱看，以挤掉一些陈腐的劳什子。""因为现在是使大众能鉴赏文艺的时代的准备，所以我想，只能如此。"③

在文艺大众化的实现上，左翼文坛的观点主要集中在两个方面：一是思想意识的"大众化"，一是艺术形式和语言的大众化。对于前者，左翼文学内部并没有分歧，革命文学首先要确立无产阶级的阶级意识，这是左翼作家和批评家的共识，成仿吾在《从文学革命到革命文学》一文中将阶级意识的斗争视作无产阶级文学首先要解决的问题，认为新的文学革命就是要"再把自己否定一遍"，"努力获得阶级意识"。瞿秋白也强调"普罗大众文艺的斗争任务，是要在思想上武装群众，意识上无产阶级化，要开始一个极庞大的反对青天白日主义的斗争"④。因此，意识的"大众化"就是文艺作品在思想内容上的无产阶级化，它要求革命文艺不仅要表现无产阶级的生活和斗争，而且应当站在无产阶级的立场上表现他们的生活和斗争。

① 冯雪峰：《中国无产阶级革命文学的新任务》，见马良春、张大明编，《三十年代左翼文艺资料选编》，四川人民出版社1980年版，第180页。
② 林伟民：《中国左翼文学思潮》，华东师范大学出版社2005年版，第157页。
③ 鲁迅：《文艺的大众化》，《鲁迅全集》第7卷，人民文学出版社1993年版，第349页。
④ 瞿秋白：《普洛大众文艺的现实问题》，见《中国新文学大系1927—1937·文学理论集一》，上海文艺出版社1987年版，第438页。

艺术形式的大众化，其目的在于用通俗易懂的形式适应受教育程度低下的工农大众的审美趣味，以达到对他们进行宣传鼓动的作用。在新旧艺术形式的选择上，瞿秋白批评普罗文学使用“摩登主义的体裁的东西”，结果和群众产生了隔阂，所以他认为革命文学要采用“旧式体裁的故事小说，歌曲小调，歌剧和对话剧等”，指出“我们要写的是体裁朴素的东西——和口头文学离得很近的作品”，并且也要对旧体裁进行改革以及根据旧体裁创造新形式①。他的这一观点从读者接受的现实层面出发，以实用性的角度肯定了旧形式易于被大众接受的优势，并且强调了要将旧形式化为己用，从而对艺术形式如何大众化作出了解答。

不仅是形式问题，语言问题也是文学大众化的重要方面。对此，左翼文坛普遍看法是文学语言要接近大众，符合工农大众的文化水平。比如，成仿吾认为“作者的意德沃罗基的修养及用语的接近大众，这些实是普罗列塔利亚文学目前最重要的急务”②。瞿秋白则进一步地提出，要用“更浅近的普通俗话”，“要用现代话来写，要用读出来可以听得的话来写”。他所谓的“现代话”，指的就是“无产阶级的话”，即大众使用的民间俗语甚至方言，并且他相信语言的统一“必落到无产阶级身上”③。左联的决议也主张排除知识分子式的句法，使用工农听得懂的语言文字，甚至必要时使用方言。

对文艺大众化问题的讨论是左翼文论的重要组成部分，它产生的原因有二：第一、“五四”文学所打造的精英立场将自身局限在知识分子圈子内，不但启蒙没有深入民间，反而西化的语言和形式使大众与启蒙者之间横亘一条鸿沟，在这一情况下，左翼文学要完成对大众的革命启蒙的任务，就必须改弦更张，从精英立场中脱离出来，从无产阶级的现实思想文

① 瞿秋白：《普洛大众文艺的现实问题》，见《中国新文学大系 1927—1937 · 文学理论集一》，上海文艺出版社 1987 年版，第 434 页。

② 石厚生：《革命文学的展望》，见中国社会科学院文学研究所编，《“革命文学”论争资料选编（上）》，人民文学出版社 1981 年版，第 445 页。

③ 瞿秋白：《普洛大众文艺的现实问题》，见《中国新文学大系 1927—1937 · 文学理论集一》，上海文艺出版社 1987 年版，第 432 页。

化程度出发，以贴近大众的文艺实现对大众的宣传和教化；第二、在无产阶级革命过程中，无产阶级及其代言人必然要建设自己的文学，这也就是说，文艺大众化的要求是无产阶级在思想文化领域争夺话语权的反映和必然结果，正是通过思想内容、形式、语言、审美等方面的讨论和实践，无产阶级得以脱离“五四”以来由精英知识分子掌握的文学话语体系，逐步形成自己的话语，即以大众化取代精英化，以通俗取代高雅，把文学从知识分子的小圈子下放到以无产阶级为主体的大众中。

左翼文学对文艺大众化问题的认识，对中国文学的影响在于：

一方面，左翼文学关于文学接受对象的探讨，是工农兵文学的理论先导。以工农大众为服务对象使文学的接受对象由精英阶层转向了大众，从而文学的性质与目的发生了根本性的转变，贫苦大众第一次成为文学舞台上的主角，对革命者来说，文学不再是有闲阶级的玩物，而成为启蒙无产阶级的工具。同样是在“文艺为什么人”的问题上，毛泽东指出，革命文艺是为工农兵和城市小资产阶级服务的，必须坚持无产阶级的立场。他的论断厘清了革命文学接受对象的内涵，确立了工农兵在革命文学中的主体地位，强调了文学的阶级性，这实际上是对左翼文学的“以农工大众为对象”和“获得阶级意识”等观念的具体化和政策化。在此之后，在文学的左倾情势之下，工农兵作为文学主角的地位在政策上得到确立，为工农兵服务、以写工农兵为主不仅成为文学创作和批评的价值标准，而且成为涉及作家立场的政治问题，它最终发展为只能写工农兵，这样的演进轨迹体现出意识形态改造下文学绝对化、简单化的教条主义倾向。

另一方面，对新旧形式和语言问题的讨论，为工农兵文学梳理和创造性地改造传统文学和民间文学，形成其通俗化的写作范式开辟了道路。鲁迅、瞿秋白、冯雪峰等左翼理论家都强调了要利用和改造旧的文艺形式，以大众喜闻乐见、通俗易懂的形式、语言吸引和教育群众，然而，值得注意的是在左翼文学的创作实践上，并没有真正实现其所谓的大众化，生硬的语言和西化的形式充分说明了左翼作家和工农大众之间依然存在着距离。

文学大众化的真正实现，是从解放区开始的。毛泽东对大众化的解释是“就是我们的文艺工作者的思想感情和工农兵大众的思想感情打成一片”①，他要求作家学习群众的语言，深入工农兵群众，继承一切优秀的文学遗产，他还在《中国共产党在民族战争中的地位》一文中强调了民族形式的必要性。在这一要求下，以赵树理代表的解放区作家进行了对文学大众化的探索：人物语言的口语化、借鉴传统章回小说与话本的叙述方式以及自觉的农民立场和本色的乡土气息，形成了赵树理小说的美学特质，因此，周扬在《论赵树理的创作》一文中，肯定了他的小说将艺术性和大众性结合起来，是对毛泽东文艺方向的实践。正是在通俗化的导向下，工农兵文学出现了《小二黑结婚》、《新儿女英雄传》等一批继承民间文化传统的作品，这种创作态势不仅是对《讲话》的回应，也实践了左翼文学所提倡的建设无产阶级的大众文艺的主张。

在文艺的大众化问题上，左翼文学先后就大众化的对象、任务、内容、形式等方面展开讨论，阐述了革命文学应以工农大众为对象，以大众化实现对无产阶级的宣传和教育，在思想意识和语言形式两个方面进行大众化等观点，其理论成果被工农兵文学继承和深化——在文艺的工农兵方向、文学的普及和提高以及对民间语言、形式的借鉴等方面，毛泽东的《在延安文艺座谈会上的讲话》是从高屋建瓴的政策角度对左翼文论的相关理论进行了归纳、总结和完善。可以说，左翼文论对文艺大众化问题的讨论，其意义在于它为以后的中国文学提供了新的方向，无产阶级在文艺领域的地位和领导权问题第一次进入人们的视野，从而开创了无产阶级大众文艺的新局面。

（三）对现实主义的提倡

左翼文学在现实主义问题上，经历了较长的认识过程。早期的普罗文学接受了藏原惟人的“新写实主义”，主张无产阶级世界观和写实主义创作方法的结合。这一理论既强调了无产阶级文学是煽动的艺术，又肯定了

① 毛泽东：《在延安文艺座谈会上的讲话》，《毛泽东选集》第三卷，人民出版社1991年版，第851页。

其作为客观叙事诗的一面，然而在译介“新写实主义”的过程中，太阳社却片面地抓住了“新写实主义”关于以无产阶级解放为主题和文学是“煽动艺术”的观点，因此反而成为“革命的浪漫蒂克”倾向的理论注脚。

在“革命的浪漫蒂克”受到批判之后，左翼理论家从苏联引入了“唯物辩证法的创作方法”，即“作家必须从无产阶级的观点，从无产阶级的世界观，来观察，来描写。作家必须成为一个唯物的辩证法论者”①。新的创作方法的提出，纠正了左翼文学“革命的浪漫蒂克”的倾向，确立了现实主义在理论和创作中的地位，但是，对无产阶级世界观、唯物论的片面强调，强化了左翼文学的“工具论”和党派性、阶级性，造成了以世界观代替创作方法的错误进一步发展。

1932年，苏联开始批判“唯物辩证法的创作方法”，提出“社会主义的现实主义”，带来了中国左翼文坛的转向。周扬在《关于“社会主义的现实主义与革命的浪漫主义”》一文中，系统地阐述了“社会主义的现实主义”的理论，指出真实性是文学的前提，“只有不在表面的琐事中，而在本质的，典型的姿态中，去描写客观的现实”，并在其中阐明社会主义革命胜利的本质，“这才是社会主义的现实主义的道路”。这种现实主义要求的是“典型的环境中的典型的性格之正确的传达”。它的另一个特征是大众性、单纯性，是为大众的文学。在这篇文章中，周扬还认为，革命浪漫主义是“一个可以包括在‘社会主义的现实主义’里面的，使‘社会主义的现实主义’更加丰富和发展的正当的，必要的要素”②。瞿秋白则在《马克思、恩格斯和文学上的现实主义》一文中，论述了马克思主义对现实主义文学的理论观点，主张“有政治的立场的”“客观现实主义文学”。

左翼文学的现实主义理论，最终成为很长一段时期内中国现实主义文

---

① 冯雪峰:《中国无产阶级革命文学的新任务》，见马良春、张大明编，《三十年代左翼文艺资料选编》，四川人民出版社1980年版，第182页。

② 周扬:《关于“社会主义的现实主义与革命的浪漫主义”》，见《中国新文学大系1927—1937·文学理论集一》，上海文艺出版社1987年版，第81—85页。

学的主流观念，其标志是1953年的第二次“文代会”把“社会主义现实主义”确立为文学创作和批评的首要原则。

真实性是现实主义文学的核心和前提，在真实性的问题上，左翼文学的探索成为新中国现实主义文学的理论渊源。从早期的“革命文学”论争开始，左翼文坛就围绕着文学的立场与真实性以及现实主义的反映对象两个方面展开过激烈的论争。鲁迅、茅盾等人以冷静、客观的立场，反对粉饰光明，提倡直面现实，坚持文学作品应当忠实于生活，应当是对现象的如实描写。但是，激进的左翼文人批判了鲁迅与茅盾的现实主义观念，强调作品的政治倾向，提出革命文学要“写光明”和“写本质”。他们认为，“问题不在于题材的种类，而在于作者用什么态度，用什么眼光，以何社会团做立足点，来描写这些种类不同的题材”①，并且强调革命文学就是要在斗争的生活中，找到创造新生活的元素，认识新的出路，促进新势力的发展，一言以蔽之，革命文学必须表现革命的光明的前景。在文学政治化的语境下，他们的主张逐渐成为革命文学的主流。

在对文学真实性的讨论中，左翼文坛普遍承认了现实主义文学的意识形态性，即它是无产阶级意识形态的产物，有其自身的阶级政治倾向。瞿秋白在论及马克思主义的现实主义理论时，就指出马克思主义所主张的“正是善于表现革命倾向的客观的现实主义文学”②。因此，在真实性与政治倾向性、阶级性的关系上，革命文学的理论家们认为文学的真实问题，“根本上是与作家自身的阶级立场有着重大关系的问题”③。在周扬等人看来：文学的真实性是客观现实的表现，后者不能脱离阶级而存在，所以没有纯粹客观的文学，而且越是贯彻无产阶级的阶级性和党派性的文学，就越是真实的文学；文学本身就是政治的一定形式，政治对文学起指导作

① 华希理：《论新旧作家与革命文学》，见中国社会科学院文学研究所编，《“革命文学”论争资料选编（上）》，人民文学出版社1981年版，第258页。

② 瞿秋白：《马克思、恩格斯和文学上的现实主义》，见《中国新文学大系1927—1937·文学理论集一》，上海文艺出版社1987年版，第4页。

③ 周起应：《文学的真实性》，见《中国新文学大系1927—1937·文学理论集一》，上海文艺出版社1987年版，第34页。

用，只有政治上正确的作品，才在文学上具有完全的真实性。

正是由于对政治倾向性的强调，左翼作家普遍从政治的角度认识现实主义的反映对象。具有代表性的是，周扬在阐述“社会主义的现实主义”理论时，认为现实主义文学要反映现实生活的本质——只有从本质上描写生活，尤其是革命的胜利的本质，才是“社会主义的现实主义”的道路。他主张表现历史的本质和必然性，即看到社会发展的进步趋势及美好前景，发掘客观现实中积极的一面。这种“本质论”的观点，追求本质的真实而不是现象的真实，以抽象的意识形态化的观念回避真实、复杂的生活，用“前途的光明”遮盖住“道路的曲折”，造成了对现实的扭曲反映和对文学作品真实性的破坏。于是，左翼文学形成了一条对现实主义的评判标准：凡是暴露黑暗的就是旧现实主义的消极反映，凡是歌颂光明的就是无产阶级的新的现实主义。

左翼文学的现实主义理论强调了阶级政治的主导作用，实质上是按照无产阶级意识形态的需要对现实主义的内涵进行改写。在左翼文论的基础上，毛泽东从政策的高度对文学应当反映什么样的现实、如何反映现实提出了新的规范，他在歌颂和暴露的问题上，指出革命文艺只能够歌颂一切革命斗争，暴露一切黑暗势力，“暴露的对象，只能是侵略者、剥削者、压迫者及其在人民中所遗留的恶劣影响，而不能是人民大众”①。这也就是说，对革命斗争的现实必须而且只能以歌颂的态度反映其光明进步的一面，暴露的对象只能是反动势力及其对工农大众的压迫，毛泽东的这一理论主张实际上是把现实主义的原则阶级化，将现实主义的创作割裂为对两个对立阶级的有选择的反映，而不是对生活现象的如实描写。

随着社会主义建设的开展，如火如荼建设的社会现实需要得到表现和高扬，于是，50年代的中国文坛开始重提现实主义文学。这一时期提倡的社会主义现实主义理论是对左翼文学现实主义理论的继承和深化，政治化的现实主义文学不仅“要求作家提高政治修养，站在无产阶级的立场

① 毛泽东：《在延安文艺座谈会上的讲话》，《毛泽东选集》第三卷，人民出版社1991年版，第872页。

去发现和热爱生活中新的事物”①，而且它还要求作家必须根据政策、党性进行创作，将现实主义的创作约束在写英雄、写光明、写工农群众以及典型化的条条框框内。

正是在这样的束缚下，现实主义文学的真实性原则荡然无存，文艺理论界普遍强调作品的真实性在于能够通过描写生活现象反映生活的本质，“将现实主义写真实的真谛篡改为写本质写生活的本质面貌”②。“写本质”就是要通过写新的生活、新的人物，反映其所代表的社会进步趋势和积极的典型意义，归根到底，就是要为现实高唱颂歌以证明社会制度的优越性。当面对生活的阴暗面时，理论家们指出“人民的、革命内部的落后的东西，只是在表现新生活、新人物在前进中，作为一定的和必须被克服的工作中苦难和缺点而出现，是光明的陪衬”③。

从左翼文学到“十七年”文学，社会主义现实主义的提倡在文学创作和文学批评造成了观念先行、报喜不报忧等倾向，出现了一批粉饰现实、图解政治的文学作品，并且形成了一个现实主义的禁区——从对王实味、丁玲的批判，到对“干预生活”小说的批判，以及胡风、冯雪峰等理论家由于纠正社会主义现实主义理论的某些偏颇而受到的批判，充分说明了一旦现实主义原则与阶级政治观念发生冲突，任何对文学真实性的坚持都必然受到主流意识形态的排斥。

除了在真实性问题上的承接外，在对现实主义和浪漫主义关系的认识上，左翼文学也对建国之后主流文学产生了一定的影响。经历了“革命的浪漫蒂克”的左翼文学并不能够完全消除自身对于革命的浪漫解读。从蒋光慈的“革命是最伟大的罗曼蒂克”，到周扬引述吉尔波丁的观点，认为“革命的浪漫司的性质是社会主义的现实主义所固有的”④。虽然周

① 蔡田：《现实主义，还是公式主义？》，见冯牧主编，《中国新文学大系 1949—1976·文学理论卷二》，上海文艺出版社 1997 年版，第 105 页。

② 林伟民：《中国左翼文学思潮》，华东师范大学出版社 2005 年版，第 344 页。

③ 陈荒煤：《为创造新的英雄典型而努力》，见冯牧主编，《中国新文学大系 1949—1976·文学理论卷二》，上海文艺出版社 1997 年版，第 73 页。

④ 周扬：《关于“社会主义的现实主义与革命的浪漫主义”》，见《中国新文学大系 1927—1937·文学理论集一》，上海文艺出版社 1987 年版，第 85 页。

扬指出了“革命的浪漫主义”与“革命的浪漫蒂克”不同，但浪漫主义的倾向一直存在于具有小资情调的左翼文人中，也是不争的事实，所以周扬在系统介绍苏联“社会主义的现实主义”理论时，提出社会主义的现实主义应当包含革命的浪漫主义。

随着“反右运动”的结束和“大跃进”的开展，1958年毛泽东重提了现实主义和浪漫主义的关系问题，他在中央工作会议上提出“现实主义和浪漫主义对立的统一”的原则，周扬在《新民歌开拓了新诗歌的道路》中将其总结为“革命的现实主义和革命的浪漫主义的结合”，“没有浪漫主义，现实主义就会容易流于鼠目寸光的自然主义”①。“两结合”口号的出现，固然有其政治文化语境上的原因，但也在很大程度上是因为在无产阶级文学的发展过程中，现实主义的提倡并没有真正清理和排除浪漫主义倾向的影响。

（四）对知识分子的改造

革命意识形态对革命文学的改造，是以无产阶级化为中心的，这要求革命文学必须具有无产阶级的阶级意识，作家和批评家必须培养和坚持无产阶级的世界观，这就要求左翼文人要通过思想改造完成自己身份的转换。

普罗文学从一开始就提出，在新的形势下，小资产阶级出身的文艺家已经无法创作出满足时代需要的作品，无产阶级革命必然要求出现与之相适应的无产阶级文学，而无产阶级文学的创作和批评主体只能是具有无产阶级意识和立场的作家、批评家，所以钱杏邨在《死去了的阿Q时代》里批评鲁迅的“小资产阶级的脾气”，并且认为批评家尤为重要的就是“克服小资产阶级的劣根性”②；李初梨也指出“为革命而文学”的作家应当是要“牢牢地把握着无产阶级的世界观”的，他同时也是一个具有

① 周扬：《新民歌开拓了新诗歌的道路》，见冯牧主编，《中国新文学大系1949—1976·文学理论卷二》，上海文艺出版社1997年版，第524页。

② 钱杏邨：《批评的建设》，见《“革命文学”论争资料选编（上）》，人民文学出版社1981年版，第387—388页。

无产阶级阶级意识的革命家①。对此，郭沫若提出，革命作家的意识改造过程是："他先要接近工农群众去获得无产阶级的精神"，然后"要克服自己旧有的资产阶级的意识形态"，最后"把新得的意识形态在实际上表示出来，并且再生产地增长巩固这新得的意识形态"②。

左联成立后，同样对知识分子的身份转换提出了要求。左联在《中国无产阶级革命文学的新任务》的决议中指出，作家必须成为马克思主义的唯物辩证法论者，要以马列主义与封建的、资产阶级的、小资产阶级的意识斗争，不断克服小资产阶级性、同路人性和落后性。在对丁玲小说《水》的评论中，冯雪峰继续强调了作家的自我改造，他说："新的小说家，是一个能够正确地理解阶级斗争，站在工农大众的利益上，特别是看到工农劳苦大众的力量及其出路，具有唯物辩证法的方法的作家。"③ 在这一问题上，就连鲁迅也在《上海文艺之一瞥》中对左联提出的"作家的无产阶级化"的口号表示了赞同。

从左翼运动对作家的要求看，30 年代左翼知识分子在马克思主义理论和苏俄社会建设实践的影响下，在意识上形成了对工农大众的崇拜，他们相信无产阶级政权的建立是唯一正确的社会发展道路，相信革命阶级的神圣性和纯洁性，并以改造自我获得无产阶级的身份为荣。蒋光慈的《咆哮了的土地》就讲述了一个地主出身的知识分子实现身份转换的故事，革命者李杰的成长可以看作是追求革命的知识分子通过对自我的否定、在革命阶级内部取得了合法的身份的过程。但在这个转换的过程中，左翼知识分子的独立性和精英意识依然存在，在他们的小说里，知识分子形象并没有被无产阶级形象所取代和同化，反而因其在革命语境下成长的特殊性，显现出独特的艺术魅力。

① 李初梨《怎样地建设革命文学》，见中国社会科学院文学研究所编，《"革命文学"论争资料选编（上）》，人民文学出版社 1981 年版，第 166 页。

② 麦克昂：《留声机器的回音》，见中国社会科学院文学研究所编，《"革命文学"论争资料选编（上）》，人民文学出版社 1981 年版，第 216 页。

③ 丹仁：《关于新的小说的诞生》，见《中国新文学大系 1927—1937 · 文学理论集一》，上海文艺出版社 1987 年版，第 823 页。

左翼文学把作家的思想改造归为主体的自觉选择，即主动获得和巩固无产阶级的阶级意识，但在毛泽东看来，作家的身份转换是文艺创作必然和必需的先决条件。《讲话》指出，“我们知识分子出身的文艺工作者，要使自己的作品为群众所欢迎，就得把自己的思想感情来一个变化，来一番改造”①。从文学的政治标准和文学为工农兵方向看，无产阶级革命需要的不是具有批判意识的知识分子，而是能够服务于政治、忠实地贯彻革命意识形态要求的无产阶级代言人，因此，必须通过组织上思想上的整顿消弭知识分子的主体性和独立性，实现其无产阶级化，从而把知识分子纳入到新的体制中。这一过程实质上是意识形态对知识分子的规训过程，它的目的是要使知识分子成为刘少奇在《论共产党员的修养》中所说的“党的驯服工具”。

因而，在延安文艺座谈会之后，解放区开展了对知识分子的大规模的思想整顿和组织整顿，以“审干运动”、“抢救运动”和“下乡运动”等方式在组织上和思想意识上进行了对知识分子队伍的教育和清理。通过这次整顿，解放区的文艺领域形成了无产阶级意识形态的话语霸权，知识分子在触及灵魂的改造下逐渐失去了自己的声音，发出不同声音的王实味、丁玲、艾青等人受到批判和整肃，作家被组织化和体制化，无产阶级政权的文学体制基本成型。

左翼文学和延安时期对于知识分子改造问题的提出，有其共同点：二者都主张实现知识分子的无产阶级化，强调作家的阶级意识，并将其视为文艺创作和文艺批评的前提，这是革命意识形态话语的必然要求。但是，由《讲话》规范的对知识分子的思想整风，并不是一个单纯的思想倾向性的问题，而涉及到无产阶级的话语霸权及其体制的建立，知识分子问题也就扩大到了政治领域，在新中国成立之后，对《武训传》、《红楼梦研究》、胡适以及胡风的批判，以至反右斗争，都体现出主流话语对知识分子的规训。

---

① 毛泽东：《在延安文艺座谈会上的讲话》，《毛泽东选集》第三卷，人民出版社 1991 年版，第 851 页。

综上所述，左翼文论作为对革命文学的第一次系统的理论论述，在文学的性质、对象、方法、创作主体等多个方面提出了新的观点。以《讲话》精神为核心的工农兵文学与“十七年”文学在理论建设上受到了左翼文论的影响，尽管这种影响在很多方面是潜在的，同时，以《讲话》为代表，无产阶级文学的新的发展也对左翼文论进行了多方面的补充、完善以及修改，二者之间形成了强烈的共鸣。

第三节　左翼文学的创作实践及其影响

左翼文学不仅在理论建设上开启了革命文学的新的方向，在创作上也成为革命文学观念实施的一次有益的尝试。以革命意识形态为主导，左翼文学在情爱叙事、暴力美学和人物塑造等方面为中国文学的左倾思潮提供了新的文本范式。

（一）革命和恋爱：革命文学的爱情叙事

尽管左翼文学批判创作上的小资情调，但爱情叙写在左翼小说中仍然占据了极大的篇幅。左翼文学的情爱叙事，是以革命意识形态为中心对个体情感欲望的表现，在处理爱情和革命的关系上，左翼作家普遍坚持了革命决定爱情的观念。从长远影响看，革命文本中的爱情叙事始终没有脱离左翼文学的这一创作观念。

革命决定爱情是革命文学在情爱问题上的根本看法。这是因为：马克思主义的革命目的是追求人的幸福，① 而对于革命者来说，个人的幸福来自超越性的自我实现，自我实现是要使个体超越自我，达到与历史的、普遍的人类主体的同一性感受，在革命文学的文本里就表现为投身于阶级斗争，在个体与总体的汇合中获得提升了的道德愉悦，革命就是这样一个自我实现的过程，在实现政治目的的同时，为个体虚构式的烛照关于未来的美好图景，从而在宏大的历史想象中找到了个体存在的意义。

于是，左翼小说家相信革命不仅为青年提供了情感的慰藉，也为他们

---

① 参见汉娜·阿伦特在《论革命》中对法国革命所作的论述，译林出版社2007年版。

呈现了人生的价值，在他们的小说中将革命看作是唯一正确、合理的自我实现方式，只有革命才能给人们带来真正的幸福，因此任何追求个人满足的行为都必须包容在革命这一巨大的能指内，这也就意味着个人情感欲望的实现与否也不能脱离革命的框架，只有革命才是最高的裁判者和决定因素。

因此，左翼小说提供了这样一个范式：革命与爱情是一致的，表现为主人公因革命而获得爱情，因不革命而失去爱情。蒋光慈的《冲出云围的月亮》讲述了王曼英失爱和得爱的故事，她放弃革命，在肉欲中迷失自我，也就失去了与革命者李尚志相爱的资格。当曼英重新投入工人运动中时，她感到："群众的奋斗的生活，现在完全把我的身心改造了。哥哥，我现在可以爱你了……"爱情因为主人公的正确选择而得到拯救，革命成为爱情的基础和保障。在《光明在我们的前面》中，无政府主义者白华从无政府主义转向革命的同时，她与共产党人刘希坚原本动摇了的爱情也得到了巩固；《野祭》中的章淑君因为献身革命而得到了革命作家陈季侠的爱情；《到莫斯科去》则叙述了素裳对革命者施洵白的爱情。这几篇小说都表达了同样的信念：恋爱为革命所拘囿，爱情的建立必然以革命为依托。

这一叙事模式以突出革命能指为叙述动机展开了对男女形象的构建，作为恋爱一方的革命者常常兼有"引路者"的角色，肩负着对恋人或准恋人启蒙的使命，如李尚志之于王曼英、施洵白之于素裳。"革命"也成为他们魅力的源泉，"男性征服女性"或"女性吸引男性"的故事，实质上表达了"革命征服女性"或"革命吸引男性"的潜在含义：一方面是，革命所具有的雄性气质附着于男性革命者身上，"革命"随之内化为男性的性征；另一方面是，女性主人公的身体情欲化的叙述成为男性革命者对于革命的欲望化的想象，而纯洁的革命女性形象又正符合对"革命"的母性化想象。

在革命和爱情的关系上，丁玲的《韦护》、《一九三零年春上海（之一）》和华汉的《复兴》等作品，提供了另一种可能性：当世俗化、个人化的情感欲望与神圣的、集体主义的革命追求相背离，那么爱情将被牺牲，或者说革命破坏了爱情。它们共同的情节结构是男女双方产生爱情——发现革命与爱情的对立——革命者离开，以《韦护》为例，韦护和丽嘉的恋爱是一场情欲的浪漫的狂欢，但当韦护痛苦地意识到性爱的本能与“不可动摇的工作”之间的冲突时，他感到“一切都错了”，却又“无力抵抗”，最终只能选择放弃爱情投入革命。

自“五四”以来，情爱就一直被认为是一种极度私人化的情感体验，具有排他性的爱情建立在男女双方的私密联系上，这就与“革命”能指产生了矛盾——左翼文人认为在现代革命潮流中“集体的生活已经将个人的生活送到不重要的地位了”，“革命文学应当是反个人主义的文学”①，个体存在需要融入到集体化的生活中，因此，韦护之所以放弃丽嘉，不在于双方政治信念的差异，而在于作者相信集体主义的革命话语需要个人的自律，爱情的私人化和肉欲倾向正是主体自律的天敌，韦护选择革命也就意味着个体欲望被祛除，革命者在这个禁欲过程中实现了他的理性化。

当这种情感的冲动被消弭，性爱的里比多受到道德理性的压抑，通过另一方式——革命宣泄出来，成为禁欲主义者的“升华”，这就构成了矛盾张力：主体在自律和欲望之间发生分裂，并最终战胜了个体的欲望，而这一选择本身就意味着对生命本能的否定，“在韦护那里，革命，并非出自内在生命的需求，而是在时代浪潮裹挟下的一种意志的选择，是‘与他原来的个性不相调和的’‘另一种人生观念的铁律’”②，为了表达对革命的忠诚而消除个体，使叙事失去了鲜活人性的滋润，“革命”仅仅作为“理应如此”的观念，在本能和革命意志之间的选择也就显得无奈。将视线延伸到之后的革命叙事，我们不难发现在对革命与爱情的叙述中，以上的叙述观念依然在起作用，并且在革命和爱情的关系上革命小说逐渐找到了两者的统一。

得到主流话语允许的爱情叙事，其本身就是矛盾的。一方面，革命需要表现爱情。作为政治实践的革命行动与身体话语紧密相连，在其具体过

① 蒋光慈：《关于革命文学》，见中国社会科学院文学研究所编，《“革命文学”论争资料选编（上）》，人民文学出版社1981年版，第140页。

② 杜霞：《从革命女性到女性革命》，《齐鲁学刊》2000年第5期。

程中常常表现为狂热的情绪和对个人欲望的宣扬，革命也因此被当作感性的产物和狂欢的境界，在此基础上，个人的情感冲动被纳入到总体的政治信念中，构成了积极的向上的力量。因此，对于革命者来说，爱情是革命的推动力和酬劳，从《林海雪原》、《艳阳天》等不同题材的小说看，主人公都因为其在革命（或社会主义建设）上的出色表现而赢得女性的爱慕。其中，《青春之歌》是较为典型的文本，林道静与卢嘉川的爱情建立在革命的基础上，正是卢嘉川对林道静的革命启蒙点燃了两人之间的爱情之火，而他们的爱情又将林道静改造为一个坚定的革命者。

另一方面，肉体欲望又应当被驱逐，爱情只能是革命话语中的一个空洞的名词，革命理念作为对未知世界颠覆性的想象，将革命的价值取向和目标预置在革命的话语中，使革命这一能指从实践层面扩大到观念层面，以一种抽象观念的形式剥离了其感性力量，在道德自律下将情感的冲动转换为革命的冲动。所以，情欲被抑制，女性形象失去了左翼小说中的肉感和丰富，失去情欲的爱情成为纯粹的精神恋爱，甚至只是观念上的恋爱，它只是被革命所左右的道具，必然要受到理性力量的管束，这种理性力量以“革命”的崇高名义出现，它将一切情感欲望排除出去，建立起革命理性的霸权，《创业史》中梁生宝拒绝改霞的求爱和《洼地上的“战役”》里王应洪拒绝崔英姬，都表现出革命意识形态下道德自律对个体情感的强制力。

（二）革命的暴力美学和“预设正义”的革命伦理

对于无产阶级革命的倡导者和崇拜者们来说，“革命”这个词语一直与暴力相关，从苏俄传播来的马克思主义革命理论认为革命是新兴阶级对旧的统治阶级具有颠覆性的暴力行动，阶级斗争的理念对于急于在现实困境下求得生存和发展的革命者们有着莫大的诱惑，“阶级斗争作为唯物史观的一个重要的基本内容，数十年来对中国的革命知识分子来说，具有关键性的意义。共产主义作为唯物史观的未来图景，提供的只是革命的信念和理想，阶级斗争作为唯物史观的现实描述，才既是革命的依据，又是革命的手段和途径”①。斗争，在左翼文人心目中，就意味着你死我活的不

① 李泽厚:《中国现代思想史论》，天津社会科学院出版社2004年版，第147页。

妥协的暴力。

马克思认为生产关系是阶级矛盾的根源，经济上的不平等和社会地位的差异造成了不同阶级的冲突，摆脱贫困低下的地位是工农大众的革命诉求，“贫困将帮助人们打破压迫的镣铐，因为穷人失去的只有锁链”①，而完成这一愿望的途径则是消灭剥削阶级，实现受剥削者的翻身。劳苦大众的翻身过程在左翼小说中被简化为消灭阶级敌人的肉体，实现自身和阶级的复仇，作者使小说中的人物相信阶级的压迫是他们受苦的根源，想要摆脱贫困和苦难就只有彻底地粉碎剥削阶级，因此在表现工农革命斗争的文本中，典型的叙述逻辑是：贫困源于剥削——杀死剥削者——穷人翻身，暴力在其中成为一个关键性的因素，它既是贫困之果又是翻身之因。于是，茅盾的《子夜》、叶紫的《火》和华汉的《暗夜》等小说中暴力行动都被叙述为贫苦农民获得和捍卫自身解放的唯一手段，他们呼喊：“杀！杀！杀！……杀完了恶霸田主我们好分土地”，“我们要杀人！我们必须杀人！我们要放火！我们必须放火！”“现在是拿我们的血去换取我们的衣食住的时候了”。

对于革命的暴力，汉娜·阿伦特认为，“必然性和暴力结合在一起，暴力因必然性之故而正其名并受到称颂，必然性不再在至高无上的解放事业中遭到抗拒，也不再奴颜婢膝地被人接受。相反，它作为一种高度强制性的伟大力量受到顶礼膜拜”②，我们有理由相信这种所谓历史的必然性与暴力的结合，使革命的暴力以合乎历史发展逻辑的面目存在。然而，在无产阶级革命理论的传播过程中，“革命”被描绘为实现人类解放的必然途径，其所具有的善的目的与作为手段的暴力美学之间也就存在着显而易见的矛盾。

如何解决这一矛盾？革命者们选择了用“预设正义”的方式作为二者的中介，即在阶级话语中贫困成为道德判断的先验标准——穷人在道德上必然是“善”的，反之，富人则具有先天的“恶”，革命也就表现为

① 汉娜·阿伦特：《论革命》，译林出版社2007年版，第54页。

② 同上，第99页。

“善”的阶级或“好人”消灭“恶”的阶级或“坏人”，革命的暴力因此被想象为符合道义的行动而获得了正义性，这一过程实现的唯一依据就是“贫困即美德”的先在规定。正是由于在道德上优于其他阶级，所以无产阶级也就在理论上进一步巩固了争夺领导权的合理性。“道义优越是穷人成为革命者的动因。一旦穷人觉醒或被唤醒这一道义优越，穷人基于道义优越的权利要求会迅即变成追求美好生活而实施暴力的权利。这种权利将是超越一切法律的、自我绝对化的‘单向正义’。”①

蒋光慈的《最后的微笑》中，性格懦弱的青年工人阿贵在被工厂开除后，杀死了特务刘福奎、工头张金魁和工贼李盛才。对于自己杀人的事实，阿贵也感到惶惑，他质疑了杀人的合法性，但是，革命者沈玉芳对革命正义的解释将杀人的行为上升为道义上的阶级复仇，她告诉阿贵：“凡是被压迫者反抗压迫者的行动，无论是什么行动都是对的。既然如此，那末一个被压迫者将一个压迫他的人杀死，这事当然也是对的了。压迫人的人都是坏人，被压迫的人都是好人，好人应当把所有的坏人消灭掉。”这就将阿贵杀人归结为好人杀坏人，使阿贵相信自己是“为人除害”，是理所应当的正义行为，从而消除了他对犯罪的恐慌，获得了道德上的解脱。于是，阿贵自杀之时，“他的面孔依旧充满着胜利的微笑……”

在阿贵身上，同时也是在革命小说的暴力叙事中，革命的暴力之所以获得认同，就在于革命的“预设正义”提供了一套颠覆性的道德话语，并以此遮盖了暴力非法性的一面，从而使受压迫者破除了对原有秩序和法律的内心恐惧，充分激发和强化了他们对现实的抵触和破坏情绪，他们如同被催眠般坚信自己的所为是崇高的，是承担道德责任的结果。于是，我们可以发现，在对阶级斗争的描写上，《暴风骤雨》等一系列小说都体现出这种革命的暴力美学，首先是反革命的暴力引起和加深阶级仇恨，随后革命的暴力克服反革命的暴力，以粉碎阴谋—击败敌人—控诉罪恶—进行清算的叙述结构实现阶级复仇，在这一过程中，反革命的暴力被叙述为丑恶和残忍的行为，而对敌人施加暴力则被看作是应有的惩罚，革命的暴力

---

① 魏朝勇：《革命、暴力与正义》，《开放时代》2006年第1期。

作为无产阶级智慧和力量的表现得到美化，二者呈现出明确的二元对立关系。

（三）阶级英雄和阶级典型的塑造

蒋光慈在《关于革命文学》中提出，革命文学是反个人主义的文学，它的主人翁是群众而非个人，它的倾向是集体主义的，因此，革命文学要向人们展示群众的力量。在集体主义的观念下，左翼文学在人物塑造方面进行了探索，目的是要表现作为群体的阶级而摆脱以往文学的个性化、个人化倾向。实际上，早期的普罗文学更多地显现出强烈的革命英雄主义色彩。

这种革命的英雄主义来源于革命意识形态的需要，在文学作为政治工具的氛围内，尽管个人化的英雄主义与集体主义的革命话语之间存在着矛盾，但对革命意识形态而言，“英雄”既是集体的一部分和阶级意志的集中体现，又是理想化了的人物，代表无产阶级政党引导大众走上革命的道路。英雄形象的塑造过程，实质上是政治权力的具象化和审美化过程，“权力成为魅力，是政治意识形态的根本目标”①。

左翼文学中的英雄人物，如《咆哮了的土地》里的李杰和《地泉》中的汪森，在阶级意志之下他们成为神圣化了的形象，以殉道者的虔诚通过自我奉献式的革命行动获得了生命的升华，这些英雄人物成为民众“翻身解放”的救星，正如研究者对蒋光慈作品的批评：“蒋光慈写‘我们’的作品中，还有一个‘个人主义的英雄’从天而降落到‘群众’中起着诸葛亮式的作用。”② 为大众的献身精神和高尚的人格，是政治权力的感性显现，对人们产生了巨大的魅惑——赋予英雄人物以崇高、伟大的品质，让他们站在道德与智慧的峰巅，完成“拯救”世人的使命，而这一行为的可能性来自于他们“革命者”的身份即政治权力的力量，他们将自我投入到抽象的理念中，激发起对理想的狂热崇拜，意识形态与个体实现了统一，借助这样的具体形象政治权力的神圣与威严得到了确认。

---

① 骆冬青：《论政治美学》，《南京师大学报（社科版）》2003 年第 3 期。

② 林伟民：《中国左翼文学思潮》，华东师范大学出版社 2005 年版，第 228 页。

当普罗文学受到批判之后，左翼文学在人物形象问题上转向了对阶级群像的塑造。具有代表性的是丁玲的《水》，这篇小说描写了一个群体——洪水中的灾民奋起反抗，通过对人物群像的刻画展示了这一群体的生存状态，因此，冯雪峰评价这篇小说“有了新的描写方法”，然而他也指出，其不足之处在于“没有很好的写出他们的组织者和领导者”①。

由此可见，塑造阶级群像的创作实践并没有取得完全的成功，人物形象的芜杂、模糊造成了小说在深度上的欠缺。于是，在对现实主义理论的吸收中，左翼理论家提出了塑造阶级典型的观点。瞿秋白首先在《马克思、恩格斯和文学上的现实主义》一文中提出了典型问题，而在对典型的理解上，周扬提出“典型的创造是由某一社会群里面抽出最性格的特征，习惯，趣味，欲望，行动，语言等，将这些抽出来的体现在一个人物身上，使这个人物并不丧失独有的性格”②。按照周扬的观点，典型人物是既具有群体和阶级的共性，又具有个性的人物。胡风与周扬在这一问题上出现了激烈的论争，但是两人的观点在本质上都认为典型性格是阶级共性和人物特殊性的统一体。③

左翼作家自觉或不自觉地实践了现实主义的典型理论，他们从文本所构建的典型环境中塑造出普遍性和特殊性相结合的典型人物。具体地说，《子夜》不仅在宏大叙事和社会剖析上开创了先河，也塑造出吴荪甫、赵伯韬等具有阶级典型意义的人物形象。在这部小说中，茅盾通过展现30年代上海社会的典型环境，刻画了这一环境中的各类典型人物，例如在吴荪甫身上一方面体现出整个民族资产阶级的软弱性和妥协性，另一方面又表现出他自身的性格特征——精明、冷酷、野心勃勃。同样，叶紫的《丰收》和《火》也塑造了云普叔这样一个具有典型意义的人物，这是一个勤劳、守旧的传统农民形象，但在人祸的重压之下走上了反抗的道路，成

① 丹仁：《关于新的小说的诞生》，见《中国新文学大系1927—1937·文学理论集一》，上海文艺出版社1987年版，第826页。

② 周扬：《现实主义试论》，见《中国新文学大系1927—1937·文学理论集一》，上海文艺出版社1987年版，第94页。

③ 参见林伟民，《中国左翼文学思潮》，华东师范大学出版社2005年版，第231页。

为革命大潮中旧式农民思想转变的代表。

左翼文学塑造英雄人物和阶级典型的创作实践，与新中国的文学范式形成了共鸣。在英雄主义的问题上，“十七年”文学大谈“革命英雄主义”，从《咆哮了的土地》里的李杰，到《红旗谱》中的朱老忠，再到《创业史》中的梁生宝，英雄人物的塑造经历了一个转换的过程：无产阶级化英雄形象逐渐取代了左翼文学中带有知识分子色彩的英雄人物；英雄形象不断被道德化和理性化，最终成为“高大全”式的人物。但英雄作为政治权力审美化形象的本质并没有改变，他们依然是革命意识形态的显现，以对他们的示范作用为大众指引一条符合主流话语需要的道路。

这些新的英雄同时也是被塑造出来的阶级典型，在典型问题上，左翼文学的理论探讨是新中国现实主义文学的先导，“典型环境中的典型性格”这一马克思主义文论的重要原则正是在左翼文学的理论和实践中得到阐述和发展的，在创作上，茅盾等左翼作家对30年代中国社会典型环境的描述和对不同阶级典型形象的塑造，为后来者提供了可资借鉴的范例，我们可以看到，《暴风骤雨》、《上海的早晨》、《红旗谱》等小说都在左翼小说的基础上，塑造了新的时代中新的阶级典型。

从对左翼文学创作实践的考察来看，它的文本特征深刻地反映出30年代革命语境下中国文学的转变，这不仅体现了阶级话语对写作方法和审美特征的改造，更体现了写作观念和写作姿态上的根本性变化。应当承认，左翼文学在如何处理革命与爱情、革命与暴力以及新的人物形象等一系列问题上，是对革命叙事的新的探索。

30年代发生于上海的左翼运动，在理论和创作上对中国文学的左倾思潮产生了重大的影响。在革命意识形态的引导下，左翼知识分子对文学与政治、文学的对象等诸多问题进行了深入的探讨和实践，成为中国文学左倾思潮的开端和基础。然而，必须要指出的是，从左翼运动的革命文学实践到新中国文学一体化的实现，社会形态发生了根本性的变化。在中国半殖民地半封建的社会形态下，左翼运动的历史合理性在于，激进的中国知识分子选择自下而上的暴力革命作为民族救亡图强的手段，革命对于他们而言成为改造国家的希望，而正是对旧的社会制度的批判精神和现实革命斗争的需要影响和推动了左翼文学观念的成型，因此，左翼文学在其具体的历史语境中有着合理的一面。但是，当革命已经取得胜利，新的政治体制和生产关系逐步形成之时，主流意识形态继续承袭和发展以阶级论为中心的政治美学，完全忽视了真实的社会状况和文学发展的一般规律，以此来确保和捍卫政治权力的合法性，这也就必然造成了文学的断裂和衰颓。

第九章

上海自由主义文学思潮与20世纪自由主义文学

第一节　上海自由主义文学思潮的形成

自由主义作为一种意识形态，最早可以追溯至欧洲文艺复兴时期。它是欧洲中世纪末期以来，人们批判封建主义宗教文化的彼岸神性观念、突现人性及人自身价值的一种思想武器。后来经过欧洲的宗教改革和启蒙运动，自由主义逐渐演变成为一种影响广泛的社会文化思潮。对于中国来说，自由主义完全是一个舶来品，它的传入源自于清末民初知识分子借用西方思想和价值观念对抗旧文化和旧传统，以达到社会变革、民族独立的目的。因此，从这一角度来划分文学，自由主义文学就带有了浓厚的政治色彩。自“五四”新文化运动以来，发端于北京的自由主义运动就在中华大地狂飙突起、引领潮流。经过不断酝酿发展，到了20世纪20年代末30年代初，自由主义思潮的中心转移到上海，已经成为引领中国自由主义文学影响20世纪中国文学格局的一股重要力量。

一、从北京到上海：自由主义文学思潮中心的转移

早在“五四”之前，北京就是全国文化的中心，北京大学、清华大学等高校网罗了全国大多数的新文化运动精英，其中就包括最早引进西方自由主义思想的严复、梁启超、王国维等文化先驱者。严复和梁启超主要从近代启蒙主义的角度出发，前者指出中西思想最大的区别就在于“自由不自由异耳”①，并提出了“自由为体，民主为用”② 的自由本体论思想；后者宣扬自由是人最基本的权利，认为“自由者，天下之公理，人生之要具，无往而不适用者也”③。他们不但翻译了不少西方自由主义著作，而且在自由主义中国化的构建方面做出了巨大贡献。王国维清醒地认识到“今日之时代，已入研究自由之时代”④，他从文学的角度阐述了自由主义艺术的超功利性，成为中国近代自由主义文学思想的开拓者。不过单纯从文学方面来讲，这一时期以梁启超为代表的功利主义文学观占据着时代的主流，追求艺术性的自由主义文学只能在时代舞台的边缘发出微弱的声音，这似乎也预示着自由主义文学未来之路的坎坷。

“五四”新文化运动时期，自由主义作为否定封建文化专制主义、破除思想禁锢的工具被广泛传播。陈独秀、李大钊、胡适都从思想启蒙的角度呼唤人格独立和个性解放、倡导思想自由，这些与严复、梁启超等新文化运动先驱有着一脉相承之处，然而对于自由主义文学的理论和艺术表现方式却缺乏深入探讨。直到“五四”运动之后，新文化阵营出现分化，以胡适、周作人为代表的知识分子开始关注文学的独立性和审美特性，自由主义文学才有了明显的发展。胡适认为文学既应该通俗易懂、明白晓畅，又要有一定的美的感染力，这种充满平民意识和人文情怀的文学观，不同于强调文学宣传功能的功利主义文学，具有鲜明的自由主义色彩。周

① 严复：《论世变之亟》，《严复集》（一），中华书局1986年版，第2页。

② 同上，第11页。

③ 李华兴、吴嘉勋主编：《梁启超选集》，上海人民出版社1984年版，第159页。

④ 王国维：《王国维文集》第3卷，中国文史出版社1997年版，第71页。

作人在“五四”时期提出“人的文学”理论虽然主要是从人道主义的角度出发，但其对自然人性的肯定，对个人价值的鼓吹，以及个人本位主义的立场，无疑渗透着自由主义的精髓，为自由主义文学打下了坚实的理论基石。“五四”以后周作人更是宣称去开垦一片拥有“独立的艺术美与无形的功利”① 的“自己的园地”，开始了对自由主义文学的自觉探索。在胡适、周作人等人的影响和带领下，北京文坛出现了一批自由主义色彩浓厚的刊物和社团，如《语丝》、新月派、现代评论派等，废名、李金发、沈从文等一批年轻的自由主义作家也逐步走上了文坛。这些作家和团体在政治上大多向往英美现代民主制度，艺术上主张文学的相对独立性，坚持内心精神的独立性，具有明显的个人主义和个性化倾向，北京作为自由主义文学思潮的发源地，其基本特征已经初露端倪，并逐渐走向明朗化。

如果没有时代背景的转变，也许北京的自由主义文学思潮会一直顺利地发展下去。不过到了1927年前后，由于北洋军阀政府处于崩溃的前夕，加紧了对知识阶层的镇压，政治环境急剧恶化，大批知识分子被迫离京南下。而上海由于拥有租界相对宽松的政治环境、比较成熟的文化消费市场以及海纳百川的城市文化特征，很快吸引了大批知识分子的到来。徐志摩于1926年移居上海，任教于上海光华大学、大夏大学和南京中央大学，胡适也于1927年5月底到达上海与徐志摩、邵洵美等创办了新月书店，另外还有闻一多、饶孟侃、叶公超等相继离京南下，加上从南京来的余上沅、梁实秋，他们于次年创办了《新月》月刊，新月派的主要活动阵地由此转移到了上海。《现代评论》也于1927年3月从138期开始转移至上海出版，由丁西林主编。林语堂1927年3月受邀任武汉外交部秘书，不久飞抵上海全心写作。沈从文则在1928年从北京到上海，先是与胡也频、丁玲筹办《红黑》杂志，接着于1929年去吴淞中国公学任教，直到1930年秋接受武汉大学聘请离沪，后来还于1931年初在上海短暂生活过一段时间。这些自由主义作家齐聚上海，再加上此时在文坛崭露头角的施蛰存、刘呐鸥、穆时英、戴望舒等现代派作家，很快形成了自由主义文学思潮。

① 周作人:《自己的园地》,《自己的园地》岳麓书社1987年版，第7页。

二、自由主义文学的阵地

上海之所以能成为继北京之后自由主义文学思潮的中心，并不仅仅因为大批自由主义作家的到来，上海发达的报刊出版业亦是其中一个重要原因。事实上，早在自由主义文学思潮的中心转移之前，许多自由主义文学的书籍就在上海出版，例如胡适的第一部白话诗集《尝试集》就是1920年3月由上海的亚东图书馆出版的，闻一多的《红烛》也于1923年9月由上海的泰东书局出版。另外早期新月派的徐志摩、梁实秋等人与上海的创造社曾经有过一段相当亲密的友谊，在《创造季刊》、《创造周报》刊物上，经常可见梁实秋的诗、散文和小说，创造社诸人还曾主动邀请梁实秋、闻一多主持《创造季刊》的编务工作。还有上海《民国日报·觉悟》、《时事新报·学灯》以及商务出版社、中华书局等都为自由主义文学的发展提供了舞台。总之，在早期自由主义文学思潮的兴起过程中，虽然北京为自由主义作家提供了生活和写作的主要基地，但上海的报刊出版业也有着不可磨灭的贡献。

由于租界相对宽松的言论空间，上海的报刊出版业竞争激烈，营造出自由、开放、多元的文化氛围。到了20年代末30年代初，自由主义文学思潮的中心转移到上海之后，这些有利条件更为自由主义作家提供了任意驰骋的阵地。新月社是自由主义知识分子的大本营，而新月书店的创办是他们在上海的重新崛起，成为影响深远的文学社团的重要标志。在短短几年之中，新月书店出版各类书籍近百种，其中大多数为自由主义文学的作品或理论著作，如闻一多的《死水》，徐志摩的《翡冷翠的一夜》、《猛虎集》、《云游》、《巴黎的鳞爪》、《自剖》、《卞昆岗》，梁实秋的《浪漫的与古典的》、《文学的纪律》、《阿伯拉与哀绿绮思的情书》，沈从文的小说集《蜜柑》、《好管闲事的人》、《阿丽思中国游记》、《沈从文子集》，陈西滢的《西滢闲话》，凌叔华的《花之寺》，陈衡哲的《小雨点》，余上沅的《国剧运动》，陈梦家编的《新月诗选》和《梦家诗集》，丁西林的《西林独幕剧》，陈楚淮的《金丝笼》等，此外还有大批译自西方的自由主义名著，如梁实秋的《潘彼得》、《织工马南传》、《白璧德与人文主义》，陈西滢的《少年歌德之创造》，余上沅的《可敬的克莱登》等。围绕着新月书店，《新月》月刊于1928年3月10日创刊，主要撰稿人有徐志摩、闻一多、饶孟侃、梁实秋、潘光旦、叶公超等，刊物内容除了文艺外，还有政治、经济和法律方面。它和1930年创刊的《诗刊》在诗艺的创造和探索，文艺理论、文学批评的建树上都展示了自由主义文学的实力。除此之外，上海的文学刊物和报纸副刊，如《小说月报》、《时事新报·青光》、《文化评论》、《现代》、《论语》、《人间世》、《宇宙风》等都先后刊载过自由主义作家的创作或评论，上海的商务印书馆、中华书局、开明书局、万象书屋、北新书局（青光书局）、良友图书印刷公司、现代书局、光华书局、上海远东书局、大东书局、合成书局、金屋书店、时代图书公司、文化生活出版社等大大小小的出版机构都曾经成为自由主义作家出版作品的阵地。许多作家虽然不在上海生活，但大部分创作却是通过上海报刊出版业这个窗口在全国产生广泛影响的，例如周作人的散文随笔《泽泻集》、《谈龙集》、《永日集》、《夜读抄》、《苦茶随笔》、《风雨谈》都在上海的北新书局出版，还有《看云集》、《艺术与生活》、《瓜豆集》等都通过上海这个阵地影响着自由主义文学思潮的发展。另外沈从文、梁实秋等虽然在上海时间不长，但也大多借着上海报刊出版业这个舞台为自由主义文学思潮的兴起呐喊助威。从这个角度来说，上海成为自由主义文学思潮的中心，也是势所必然。

三、在论争与夹缝中发展

在上海自由主义文学思潮勃兴的同时，左翼文学运动也在如火如荼地发展。随着政治斗争的日趋尖锐，主张文艺独立性的自由主义文学与要求文学做政治“留声机”的左翼文学之间的论争频繁展开。另一方面，宣扬西方民主自由观念的自由主义文学思潮又要面对国民党的文化专制主义的压迫，于是他们往往两面受夹击，在论争与夹缝中艰难前行。

新月派将自由主义的阵地转移到上海之后，首先在《新月》创刊号上发表了徐志摩执笔的《〈新月〉的态度》，正式亮出了自由主义的旗帜。他们标榜“健康与尊严”的思想原则，宣称当时的文艺创作“正逢着一个荒歉的年头，收成的希望是枉然的。这又是个混乱的年头，一切价值的标准，是颠倒了的"①，这对"当时文艺界存在的种种不良倾向，不无挑战的意味"②。于是这篇文章很快成为引发与左翼文艺家们激烈争论的导火索。首先应战的是创造社的彭康，他于1928年5月14日写了《什么是"健康"与"尊严"——"新月的态度"底批评》一文，针锋相对地指出无产阶级文学"'折辱'了他们的尊严，即是新兴的革命阶级获得了尊严，'妨害'了他们的'健康'，即是新兴的革命阶级增进了健康"③，对新月派的主张予以坚决的驳斥。此后，梁实秋又相继发表《文学与革命》、《文学是有阶级性的吗?》等文，宣称"在文学上讲，'革命的文学'这个名词根本的就不能成立"，并断言"文学是没有阶级性的"④。冯乃超、郁达夫、鲁迅等相继卷入论战中，双方你来我往，围绕着文学的批评标准与态度、文学的人性与阶级性、卢梭的教育论以及翻译问题等展开了尖锐的论争，持续时间长达两年之久，其中最突出的还是要数鲁迅和梁实秋的论争。事实上，鲁、梁之争由来已久，早在1927年两人就有过交锋。梁实秋作为自由主义文学的主要理论家，宣扬"普遍的人性"为文学批评的标准，认为"人性根本是不变的"⑤，并以莎士比亚为例说明文学描写人性才有永久性。鲁迅则在《文学与出汗》中对梁实秋的人性论进行了精妙的讽刺，指出倘若出汗算是"永久不变的人性"，那么"弱不禁风"的小姐出的是香汗，而"蠢笨如牛"的工人出的却是臭汗，要写永久不变的人性，不知道应该写香汗好还是臭汗好。梁实秋进而以人性论否定文学具有阶级性，认为文学没有阶级的界限，资本家和劳动者在人性上是没有两样的，而文学就是要表现这基本的人性。鲁迅并不否定人性，而是认为"文学不借人，也无以表示'性'，一用人，而且还在阶级社会

① 徐志摩执笔:《〈新月〉的态度》,《新月》创刊号，1928年3月。
② 梁实秋:《〈新月〉前后》，见陈子善编:《梁实秋文学回忆录》，岳麓书社1989年版。
③ 彭康:《什么是"健康"与"尊严"——"新月的态度"底批评》,《创造月刊》第1卷第12期，1928年7月10日。
④ 梁实秋:《文学与革命》,《新月》月刊第1卷第4期，1928年6月10日。
⑤ 梁实秋:《文学批评辩》,《晨报》副刊，1926年10月27、28日。

里，即断不能免掉所属的阶级性”①。这在理论上显然比梁实秋认为的人只有人性而没有阶级性更具有说服力。其后，双方的论战进入白热化阶段，在一系列问题上针锋相对，甚至难免偏激而带上了个人攻讦的成分。这场论争双方都有不冷静的地方，但是梁实秋指责左翼文学拿不出真正的货色是有一定道理的，左翼文艺界在文学的阶级性问题上也确实有着某些狭隘僵硬的观点，而后来梁实秋在《人性与阶级性》等文章中宣扬人性的时候也不再否认阶级性，应该说这场论争对双方都有一定的积极意义，对以后的文学运动也产生了深远的影响。

1931 年 11 月 19 日，徐志摩的不幸遇难直接影响了《新月》月刊的正常刊行，其后刊物由叶公超、胡适、梁实秋、余上沅、潘光旦、邵洵美、罗隆基七人主编，政治色彩渐浓，虽然他们也竭力想改变这种倾向，但终因多种原因于 1933 年 9 月不得不宣告停刊。1931 年 12 月 15 日，胡秋原主编的《文化评论》创刊，他在发刊词《真理之檄》中宣称“我们是自由的智识阶级，完全站在客观的立场，说明一切批评一切。我们没有一定的党见，如果有，那便是爱护真理的信心”。在《阿狗文艺论》中他指出“以不三不四的理论来强奸文艺，是对艺术尊严不可恕的冒渎”。虽然胡秋原将斗争的矛头主要指向的是“封建意识形态之残骸与变种”，帝国主义时代的各种反动腐朽文化以及国民党的法西斯统治和民族主义文学派，但他“自由人”的立场还是引起了左翼文坛的警惕。谭四海、瞿秋白相继发表文章，指责胡秋原“为虎作伥”②，“分散反对日本帝国主义的战斗火力”③。胡秋原自然不甘示弱，先是发表了《钱杏邨理论之清算与民族主义文学理论之批判——马克思主义文艺理论之拥护》一文，在批判民族主义文艺理论的同时，也系统地批评了钱杏邨的某些错误理论。接着又在 1932 年 4 月 20 日的《文艺评论》上发表《是谁为虎作伥?》、《文化运动问题》、《勿侵略文艺》等文反驳左翼作家的指责，并论述了反封

---

① 鲁迅:《“硬译”与“文学的阶级性”》，《鲁迅全集》第 4 卷，人民文学出版社 2005 年版，第 208 页。

② 谭四海:《“自由知识阶级”的“文化”理论》，《中国与世界》第 7 期，1932 年 1 月。

③ 瞿秋白:《请脱弃“五四”的衣衫》，《文艺新闻》第 45 号，1932 年 1 月 18 日。

建的必要性，主张文艺创作的自由性，认为“估量一种文艺可以从各种观点来看——例如政治的观点，艺术的观点”①，反对将艺术堕落到一种政治的留声机。正当左翼作家与“自由人”论战正酣之时，苏汶发表了《关于“文新”与胡秋原的文艺论辩》、《“第三种人”的出路》等文章加入了论战，表示支持胡秋原的观点。他提出“在‘智识阶级的自由人’和‘不自由的，有党派的’阶级争着文坛的霸权的时候，最吃苦的，却是这两种人之外的第三种人”②，并对左翼文坛态度的“蛮横”、理论的“狭窄”、对真理的“目前主义功利性论”以及连环图画唱本创作等问题进行了指责，这也立即引起了包括鲁迅在内的左翼作家的批驳。苏汶并未公开声称哪些作家属于“第三种人”，当左翼文坛的胡风把杜衡、巴金、施蛰存、沈从文、郁达夫和穆时英等人的刊于《现代》杂志的小说作为“第三种人”的作品批评时，虽然施蛰存和巴金等作家立即对“第三种人”的身份进行否认，但事实上，他们对“第三种人”的观点还是颇为欣赏的，施蛰存就曾表示“对于文艺的见解是完全与苏汶先生没有什么原则上的歧异的”③。“自由人”、“第三种人”并不否认文艺的阶级性，但强调文艺的阶级性的复杂内涵，反对政治对文艺的过分干涉，在承认文学的武器功能的同时，要求更多地关注文艺的愉悦功能和审美功能。实事求是地说，他们对左翼文学中关门主义和教条主义错误倾向的指责是比较中肯的。虽然在意识形态尖锐的时代背景下，论争也会溢出学术讨论的范围而表现出某些情绪的偏激化，但对左翼文坛理论素养的提高还是具有一定的实际意义，同时也丰富了自由主义文学理论的内涵。

自由主义文学的发展从来就没有一帆风顺过，以胡秋原、苏汶为代表的“自由人”、“第三种人”与左翼文学论战的硝烟还未散尽，林语堂、周作人等自由主义作家又就“性灵文学”与左翼文坛展开了论争。1932年6月，林语堂在上海创办《论语》半月刊，接着他又相继主编了《人

① 胡秋原：《勿侵略文艺》，《文化评论》，1932年4月。

② 苏汶：《关于“文新”与胡秋原的文艺论辩》，《现代》第1卷第3期，1932年7月。

③ 施蛰存：《社中日记》，《现代》第2卷第5期，1933年3月。

间世》、《宇宙风》，并以这三个刊物为阵地提倡自我表现的性灵文学。他们追求闲适、幽默的文学趣味，强调对灵魂的自我审视与表现，强调人的自然本性的流露，主张文艺摆脱社会的束缚。而以鲁迅为代表的左翼作家却将之视为对黑暗现实的逃避，对社会责任的推卸，于是双方因理解角度的不同而发生了观点的歧异。上海自由主义文学与左翼文坛的这些论争影响深远，1936 年末以京津两地报刊为主要阵地爆发的“反差不多运动”，抗战开始后 1938 年底关于梁实秋“与抗战无关”的论争等，都超出了上海的界限，在全国文艺界产生了广泛的影响。这些论争活跃了文艺思想领域内的氛围，形成了自由主义文学与马克思主义文学劼颃互竞、共同发展的局面。

在文学观念上与左翼文坛相论争的同时，上海自由主义作家还要面对来自国民党当局的压迫。新月社的这些知识分子从本质上说是一群自由主义者，他们接受了西方社会的现代价值观念和人权观念，积极呼吁民主、自由、人权。在《新月》月刊中，胡适、罗隆基、梁实秋等写了许多诸如《人权与约法》、《告压迫言论自由者》、《论思想统一》等鼓吹自由与人权的文章，而这些对独裁专制的国民政府来说必然是难以容忍的，刊登胡适的《新文化运动与国民党》一文的这期《新月》月刊就被国民党中宣部下令没收焚毁，刊物更是随时面临被取缔的危险。在文学方面，当国民党 1930 年在上海组织一批政客和王平陵、朱应鹏、黄震遐等文人推出民族主义文学妄图施行文化专制主义政策对抗进步文学时，广大自由主义作家也对其进行了坚决的斗争。胡秋原作为“自由人”对国民党的民族主义文学进行了激烈的否定，指出“民族文学运动就是对时代解放运动之扑灭运动”，其本质是“法西斯的文学”①。沈从文也曾愤怒地指出：“国民党近年来对于文艺政策是未尝疏忽的，从这种党治摧残艺术的政策看来，实在未敢称赞，像这种方法行为，不过给国际有识之士一个齿冷的机会，给国内年轻人一个极坏的印象，此外就是为那政策撒播一片愚蠢与

① 胡秋原《钱杏邨理论之清算与民族主义文学理论之批评——马克思主义文艺理论之拥护》，《读书杂志》第 2 卷第 1 期新年特大号。

不高尚的种子于一切记忆中而已。”① 可见，自由主义作家绝非左翼文坛所批评的那样是国民党反动统治的帮凶，而是始终坚持着对思想自由和人权观念的倡扬，反对任何将文学作为政治工具的艺术观念。

四、上海自由主义文学思潮的特征

对文学独立性的坚守是上海自由主义文学思潮的首要特征。在左翼文学成为文坛主流、文艺空前政治化的30年代，自由主义作家对文学与社会现实、文学与政治的关系都进行了深层地探索。作为自由主义者，无论是否承认文学的阶级性，他们都反对将文学作为政治斗争的工具，主张尊重作家作为个体的人的独立性，维护作家追求思想和艺术自由的权利，反对用统一的思想框架和艺术框架来束缚作家。早在美国留学时，梁实秋就在《现代中国文学之浪漫的趋势》一文中批评了将文学作为启蒙工具的“五四”新文学运动。到了30年代，梁实秋更明确指出：“把文学当作‘武器’，这是很明白，就是说把文学当作宣传品，当作一种阶级斗争的工具。我们不反对任何利用文学达到另外的目的，这与文学本身无害，但是我们不能承认宣传式的文学便是文学。”② 文学当然有它的社会功能，但对那种工具文学、宣传文学，梁实秋是予以坚决反对的。胡秋原在《阿狗文艺论》中也强调：“文学与艺术，至死也是自由的、民主的。”“将艺术堕落到一种政治的留声机，那是艺术的叛徒。艺术家虽然不是神圣，然而也决不是叭儿狗，以不三不四的理论，来强奸文学，是对艺术尊严不可恕的冒渎。”③ 自由主义作家对文学本身体现的执著由此可见一斑。苏汶更以清晰的姿态表明以纯政治的立场来指导文学，是会损坏了文学的对真实的把握的，文学家应该是自由的，不应该受到任何政治势力的干涉。无论对国民党的民族主义文学，还是对左翼无产阶级文学，他们都坚决反对文学的这种政治化倾向。林语堂亦是如此，他指出“我们如若不

---

① 沈从文：《丁玲女士被捕》，《独立评论》第52、53期合刊，1933年6月4日。

② 梁实秋：《文学是有阶级性的吗?》，《新月》第2卷第6、7号合刊，1929年9月10日。

③ 胡秋原：《阿狗文艺论》，《文学评论》创刊号，1931年12月。

能承认艺术实只是一种体力和心力的泛滥，自由而不受羁绊，只为自己而存在，则我们即无从了解艺术和它的要素”①。自由主义作家更以其创作充分证明了艺术的魅力即在于其自身的审美价值，无论是沈从文在如诗如画、恬静淡然的湘西世界，还是林语堂在轻灵潇洒、表现自我的性灵文学里，都以独立不倚、松散随意的写作态度在文学艺术的领域辛勤耕耘。

自由主义作家在反对艺术工具论，主张文学独立性的同时，也反对极端追求艺术形式，主张和谐、节制、理性的美学观念。前期新月派就提倡“理性节制情感”的诗学原则，徐志摩因为不满郭沫若“泪浪滔滔”的诗句还曾与创造社发生过争论。后期新月派同样秉承了这种注重理智的自由主义文学观，提出健康与尊严的原则，反对在文学创作中不加节制的、过分的情感宣泄。徐志摩说：“爱是不能没有的，但不能太热了。情感不能不受理智的相当节制和调剂。”②梁实秋服膺于白璧德尚稳健理性传统保守的新人文主义，认为文学可以不像新古典主义那样推崇形式与规范，但是不能缺少对情感与想象的理性节制，主张“以理性（reason）驾驭情感，以理性节制想象”③。正因如此，以新月派为代表的自由主义文学才对“五四”浪漫派激烈的情感、反叛的呐喊不以为然，对左翼所主张的将诗歌当作“旗帜”、“炸弹”的文学观多加指责。

上海自由主义文学思潮还强调对人生和人性的探索，主张用文学去表现人性，认为只有表现出人性的丰富与深邃，具有精神深度和终极关怀的文学作品才有可能成为经典。从周作人的“人的文学”，到梁实秋的人性论，再到沈从文、张爱玲、钱钟书等在作品中对人性的深层探讨，无不表明以人为本的创作思想是自由主义文学思潮的理论基石，而其中最具代表性的要数梁实秋和沈从文。与周作人基于人道主义的自然人性论有所不同，梁实秋反对个人不受理性指导的自由追求，认为人性是普遍的、固定

---

① 林语堂：《生活的艺术》，《林语堂名著全集》第21卷，东北师范大学出版社1994年版，第340页。

② 徐志摩：《白郎宁夫人的情书》，《新月》月刊创刊号，1928年3月。

③ 梁实秋：《文学的纪律》，《梁实秋批评文集》，珠海出版社1998年版，第102页。

的、永久不变的，“伟大的文学亦不在表现自我，而在表现一个普遍的人性”①。他在《文学的纪律》中详细分析了文学与人性的关系：“文学发于人性，基于人性，亦止于人性。人性是很复杂的（谁能说清楚人性包括的是几样成分?），惟因其复杂，所以才有条理可说，情感想象都要向理性低首。在理性指导下的人生是健康的常态的普遍的，在这种状态下所表现出的人性亦是最标准的，在这标准下所创作出来的文学才是具有永久价值的文学。”② 在与左翼文学的论争中，梁实秋不断完善其人性论的内涵，并以之对抗普罗文学的唯阶级论，具有相当的合理性。沈从文认为文学“是用在时间和空间两方面都‘共同处多差别处少’的共同人性作为原则”③，他以自己的文学作品来实践其“人性”的文学观。“我只想造希腊小庙。选山地作基础，用坚硬石头堆砌它。精致，结实，匀称，形体虽小而不纤巧，是我理想的建筑。这神庙供奉的是‘人性’”④。从乡村到城市，从小说到散文，关于“人性”的信仰贯穿了沈从文一生的创作。稍后的新感觉派以及40年代的张爱玲、钱钟书等更是深化了对人性这一主题的探索。以人为创作的中心也使得自由主义作家的创作具有了某种超越性，尽管自由主义文学在“十七年”及“文革”时期遭到沉重打击，但新时期以来相继出现了“沈从文热”、“张爱玲热”，自由主义文学在多年以后的今天激起了热烈的回响。

第二节　上海自由主义作家的文学创作

上海自由主义文学思潮拥有庞大的作家队伍，他们大多有着较高的文学修养和艺术才华，对文学独立性的坚守和对人性的探索更使得他们的文学创作具有较高的审美价值和长久的艺术生命力。因此，他们在文学创作的各个领域都有着异常丰硕的成果，徐志摩的诗歌、沈从文的小说、林语

① 梁实秋：《现代中国文学之浪漫趋势》，《晨报副镌》，1926年2月15日。

② 梁实秋：《文学的纪律》，《梁实秋批评文集》，珠海出版社1998年版，第105页。

③ 沈从文：《沈从文选集》第5卷，四川人民出版社1983年版，第131页。

④ 沈从文：《从文小说习作选·代序》，良友图书印刷公司1936年版。

堂的散文等，都可称得上是当时文坛的翘楚之作。

一、诗歌：从新月派到现代派

诗歌也许是自由主义文学中成就最大的，从后期新月派到象征诗派、再到现代派，形成了自由主义诗歌的浪潮。这些受西方自由主义思想和诗歌观念影响的作家们，高举创作自由的旗帜，专注于人性美的挖掘和艺术美的创造，创作出不少新诗的精品之作，为提高新诗品位、繁荣诗坛局面做出了巨大贡献。

后期新月派力图改变早期格律过严的束缚，对诗歌形式的要求有所松动，宣称“我们绝不坚持非格律不可的论调，因为情绪的空气不容许格律来应用时，还是得听诗的意义不受拘束的自由发展”①，出现了向自由诗发展的趋势。他们宣扬超功利的诗歌观，声称“我们也始终忠实于自己，诚实表现自己渺小的一掬情感，不做夸大的梦”，我们“只为着诗才写诗”，“我们写诗只为我们喜爱写”，只“因为有着不可忍受的激动，灵感的跳跃挑拨我们的心，原不计较这诗所给予人的究竟是什么”②，这种“纯诗”的立场和对诗歌艺术性的注重与前期新月派是一致的。徐志摩是贯穿新月派始终的灵魂人物，他的诗歌结构严谨整饬、形式灵活多变、意境明丽柔美，在艺术追求方面颇具代表性。“他的人生观真是一种单纯的信仰，这里面只有三个大字：一个是爱，一个是自由，一个是美。他梦想这三个理想的条件能够会合在一个人生里，这是他的单纯信仰。他的一生的历史，只是追求这个单纯信仰实现的历史”③。不过，或许是受同一时期象征诗派的影响，也因为后期新月派诗歌理论中“理性”意识的增加，徐志摩后期诗歌中现代主义色彩渐浓，开始由“单纯的信仰”流入“怀疑的颓废”④，体现出了诗歌创作由浪漫主义向现代主义过渡的特征。如《渺小》、《我不知道风是向哪一个方向吹》等篇章，都体现出对自我生命

①② 陈梦家：《新月诗选·序言》，上海书店1981年版。

③ 胡适：《追忆志摩》，载《新月》第4卷第1期，《志摩纪念号》。

④ 徐志摩：《〈猛虎集〉序》，《徐志摩研究资料》，陕西人民出版社1988年版，第231页。

的体悟。而陈梦家、孙大雨、朱湘等也同样开始在不放弃形式美追求的前提下，寻找一条重视内心情绪的捕捉与暗示的道路，形成了一种独特的审美追求。

以李金发为代表的象征诗派从20年代中期开始步入诗坛，到了1927年他的个人第三本诗集《食客与凶年》由上海北新书局出版，其诗歌理念和创作特色趋于成熟。他认为诗歌是诗人主观情感的表露，“我的诗是个人灵感的记录表，是个人陶醉后引吭的高歌，我不能希望人人能了解”①。只有具有独特素质的人才能懂诗，“诗是一种观感灵敏的将所感到的所想象的用美丽或雄壮之字句将刹那间的意象抓住，使人人可传观的东西……有时，诗人之所想象超人一等，而为普通人所不能追踪，于是诗人遂为人所不谅解，以为他是故弄玄虚”②。不过，有时由于诗歌表象与潜在意象的距离，他的诗歌在意境的深邃之外确实会显得晦涩难懂。他喜欢用意象来表现情感的波动，“弃妇之隐忧堆积在动作上/夕阳之火不能把时间之烦闷/化成灰烬/从烟突里飞去/长染在游鸦之羽/将同栖止于海啸之石上/静听舟子之歌”，用一连串的意象引发读者的联想，营造出一种颓废、忧郁的情绪。李金发执著于追求诗歌艺术的自我世界，沉浸于对内心体验的捕捉，拒绝让诗歌负担任何现实的使命和责任，使诗歌真正从形式上和灵魂上回归到了自己的原始本质。

现代派诗歌承继了后期新月派与李金发象征诗派的流风遗韵，在自由主义文学思潮激荡下，一方面自觉追求“纯诗”的艺术观，坚持表现自我的情感和生命体悟，另一方面多用象征和暗示等手法，寻求隐显适度的朦胧美。施蛰存在《现代》杂志发表了现代诗派的宣言书：“《现代》中的诗是诗，而且是纯然的现代诗。它们是现代人在现代社会中所感受的现代的情绪，用现代的词藻排列成的现代的诗形。”③ 这里的“纯然的现代诗”指的就是对诗歌纯粹性的坚持，强调诗歌作为一种心灵化的艺术的

① 李金发：《是个人灵感的记录表》，《文艺大路》第2卷第1期，1935年11月。
② 杜灵格、李金发：《诗问答》，《文艺画报》第1卷第3期，1935年2月。
③ 施蛰存：《又关于本刊的诗》，《现代》第4卷第1期，1933年11月1日。

本质特征，“现代的情绪”则表明对人的瞬间情感和隐秘灵魂的敏锐捕捉。现代诗派并不主张对人的心灵的直接展示，而是刻意追求一种朦胧蕴藉的美学境界。杜衡认为“诗是一种吞吞吐吐的东西，术语地来说，它底动机是在于表现自己与隐藏自己之间”①，就是对这种诗歌理念的形象诠释。例如戴望舒的《雨巷》借用狭窄阴沉的雨巷、在雨巷中彳亍的独行者以及丁香一样结着愁怨的姑娘等本身即具有象征性的意象，构成了一种朦胧缥缈、亦实亦虚的意境，含蓄地暗示出作者迷惘感伤的情怀。卞之琳、何其芳等人的诗歌也同样以自由的形式、朦胧的象征、多义的主题表现出现代派诗歌独特的审美特征。现代诗派之所以能取得这样成就也是与其兼收并蓄的开放态度分不开的，他们将西方象征主义、意象派诗歌的手法与古典诗歌中典雅、精致的意象融合在一起，创造出既有晚唐温庭筠、李商隐诗歌的温和与含蓄，又有西方现代派的朦胧与忧郁的诗作，代表着自由主义诗歌的巨大收获。

二、小说：以沈从文、施蛰存等为例

自由主义文学在小说创作领域也取得了不凡的成绩，形成了京派、新感觉派等具有自由主义观念的文学流派。以沈从文、废名、施蛰存、刘呐鸥、穆时英等为代表的自由主义作家，在文学观念上突破了政治、伦理、道德等方面的束缚，关注文学在审美意义上的创造性。在艺术上努力追求个性的表达，或是超然于时代旋流之外，潜心营造理想心灵的家园；或是用心理分析的手法解读人性，在丑陋的现实中寻找温情。

沈从文非常重视文学的独立性，他认为“文学方向的自由，正如职业的选择自由一样，在任何拘束里我都觉得无从忍受”，“我主要就是在任何困难下，需要有充分自由，来使用我手中这支笔”②。这种对自由精神的自觉体认，表明了沈从文自由主义文学观的成熟。早在 1924 年末他

① 杜衡：《〈望舒草〉序》，施蛰存、应国靖编：《戴望舒》，三联书店香港分店和人民文学出版社 1987 年版，第 184 页。

② 沈从文：《沈从文文集》第 9 卷，花城出版社 1984 年版，第 92—93 页。

就受徐志摩邀请参加过新月社的读诗会，并深受胡适、徐志摩等欧美自由派文人强调“人性”、追求艺术自身“健康”和“尊严”的文学观的影响。在新月派与左翼文学的论争中，沈从文虽未直接参战，但也对左翼作家将文学作为宣传工具的理念颇为不满，他后来还曾自称是一个“对政治无信仰对生命极关心的乡下人”①。在上海生活、写作过相当长一段时间的沈从文，对海派文人名士才情加上商业竞卖的作风极其厌恶，1933年10月，他在《大公报·文艺》第8期发表了《文学者的态度》一文，挑起了京派与海派的论争，进一步扩大了自由主义文学的影响。《柏子》、《阿金》、《龙朱》等作品为我们构筑了一个作者理想中的湘西世界，这里有“粗卤的如同一只小公牛一样”散发着生命热力的水手柏子，有“美丽强壮像狮子，温和谦驯如小羊”的苗人王子龙朱，也有听地保蛊惑输尽钱财、失却美妇的鸦拉营管事阿金，一系列个性鲜明的湘西人物形象充满了对人性的理想化赞美。沈从文认为“一个伟大的作品，总是表现人性最真切的欲望，——对于当前黑暗的否认，对于未来光明的向往”②，他的作品通过对湘西世界雄性、粗犷充满自然原始气息的健康人性的讴歌，反衬出现代都市文明的糜烂与腐朽，对于城市文明对乡村世界的侵染和对健康人性的玷污感到忧虑。沈从文的小说在艺术上独具韵味，充满灵动的气息，他说：“文学是用生活做根据，凭想象生着翅膀飞到另一世界里去的一件事情，它不缺少最宽泛的自由，能容许感情到一切想象上去散步。”③ 他追求小说文体结构的千变万化，创造性地运用和发展了诗化小说的文章体式，将诗和散文引入到小说中，打破了各种文体间的界限，结构自然流畅、千姿百态，极大地扩充了小说的表现领域和审美功能。在那个政治风云变幻动荡的年代，沈从文依然固守着自由的文学理想，以自己独特的审美方式思考社会人生，意图重建民族道德。

---

① 沈从文：《水云》，《沈从文散文选》，人民文学出版社2004年版，第324页。

② 沈从文：《给志在写作者》，《大公报》1936年3月28日。

③ 沈从文：《记胡也频》，上海大光书局1935年版，第62—63页。

新感觉派小说在展示出现代都市的喧嚣繁华和都市人生五光十色状态的同时，也执著于探索人类的精神世界，发掘人性隐秘的层面。施蛰存、刘呐鸥、穆时英等人大都受过弗洛伊德精神分析学说的影响，将细腻的笔触深入到人物的内心深处，描写人物的潜意识和被压抑的变态心理，带有鲜明的现代派色彩。施蛰存在翻译奥地利心理分析小说家显尼志勒的小说时，对其中心理分析的方法“心向往之”，因此“加紧对这类小说的涉猎和勘察，不但翻译这些小说，还努力将心理分析移植到自己的作品中去”①。《善女人行品》收录了作于1930年1月至1933年11月的十一篇小说。单从小说集的题目来看显然是针对传统妇女贞节观的讽刺，在主题上似乎具有一定的反封建色彩，但在艺术手法上施蛰存却完全跳出了“五四”的窠臼，“用显尼志勒的方式来揭示她们那在受人尊敬的虚饰下所压抑的力比多和神经质”②。《春阳》就用意识流的手法，准确地传达出了主人公婵阿姨的人性的正常欲望在现代都市文化氛围中的瞬间觉醒，揭示了封建道德和资产阶级金钱观对人性的摧残，在探究人物的意识活动与精神世界的同时，也力图从中反映社会现实。相比之下，刘呐鸥和穆时英缺少本土文化和民族传统的背景，往往沉溺于对西方现代派文学技巧浮光掠影式的模仿中，对于中国当时社会的本真样态则缺乏深刻而全面的体认。新感觉派作家对文学本体性的重视是有目共睹的，他们在艺术技巧等方面引进多种现代派手法，或是把主体感觉投诸客体，使感觉外化；或是借鉴电影的表现手段，随心所欲地切割、拼接生活画面；或是吸取西方意识流手法，用内心独白展现人物复杂的意识。在文学观念上，施蛰存对杜衡、胡秋原等人的观点颇为认同，而对人物内心世界的挖掘和艺术上对文学本体性的重视，更表明了施蛰存等人对文学自由性的追求，他们用自己的创作为自由主义小说增添了浓重的现代色彩。

---

① 施蛰存：《关于“现代派”一席谈》，《文汇报》1983年10月18日。

② 李欧梵：《上海摩登——一种新都市文化在中国1930—1945》，北京大学出版社2001年版，第182页。

三、散文：关于林语堂的小品文创作等

散文作为最具个人化色彩的文学体裁，无疑是自由主义作家心灵的家园。而在上海自由主义文学思潮中，最具代表性的散文作家非林语堂莫属。在30年代初期和中期，林语堂先后创办了《论语》、《人间世》、《宇宙风》等刊物，提倡幽默闲适的小品文，形成了一种不同于当时左翼作家批判现实文风和独具自由主义色彩的散文热潮。

幽默、闲适、性灵是林语堂散文理论的三大关键词。将英文“humor”翻译为“幽默”是林语堂的首创，早在20年代，林语堂在《晨报副刊》、《语丝》等刊物发表的某些杂文在具有战斗性的同时就带有浓厚的幽默味。到了30年代他更潜心创作轻松消闲的幽默小品，并把“幽默”从一种美学风格提升为人生态度。例如《粘指民族》一文，开篇引用貌似正经、实则荒谬的科学研究成果“粘液性质”，即当人看到金银铜时，会引起自然反应，手上分泌出粘液，“因此银钱到手，必有一部分胶泥手上，十元过手，必泥一元，乃无可如何之事”，紧接着就摆出国民政府侵吞水灾款和东北捐款的事实，故意为他们开脱是受了粘指性连累的冤魂，在不经意间嘲讽了国民政府的腐败风气。林语堂在《论幽默》一文中指出：“其实幽默为人生一部分，……人生是永远充满幽默的，犹如人生是永远充满悲惨、性欲与想象的。”① 幽默被他视为悲苦生活的一种调剂，这种“反抗绝望，善处人生”② 的人生态度是作家面对无奈的社会现实所采取的一种独善其身式的退守，饱含着悲天悯人的情怀，可以说是当时自由主义知识分子对远离当时的政治生活、对现实人生消极抵抗的生活方式的一种写照。

林语堂主张小品文应“以自我为中心，以闲适为格调”③，因此，他散文中的幽默又带有着一种怡然自得的闲适格调。他往往在日常生活中发

① 林语堂：《论幽默》，《林语堂散文经典全编·卷二》，九洲出版社2007年版，第75页。

② 王兆胜：《反抗绝望，善处人生》，《社会科学辑刊》1997年第3期。

③ 林语堂：《发刊〈人间世〉意见书》，《论语》第38期，1934年1月。

现乐趣，作品中谈艺术、谈生活、谈饮食男女、衣食住行、世故人情，笔墨随意挥洒，“宇宙之大，苍蝇之微，皆可取材”①。这种闲适的格调既是一种文体风格，也是一种思想情致。他把读者当做知己朋友，心中千言万语、一腔温爱都毫不保留地和盘托出。以闲适亲切的笔调，与读者作平实对等的交流，显示出一种可贵的自由民主的理念。林语堂说：“盖此种文字，认读者为‘亲爱的’（familiar）故交，作文时略如良朋话旧，私房娓语。此种笔调，笔墨上极轻松，真情易于吐露，或者谈得畅快忘形，出辞乖戾，达到如西文所谓‘衣不钮扣之心境’（unbuttoned moods）。”② 散文中体现出的士大夫式的闲情逸趣，与明末性灵小品文的影响不无关系，而作家专注于体验自我小天地的生活乐趣和对现实政治斗争环境的某些疏离，也体现了其自由主义的创作态度。

如果说幽默和闲适是林语堂散文给人的直观感受，那么性灵就是其文学创作的精髓。林语堂认为“在文学上主张发挥个性，向来称之为性灵，性灵即个性也。大抵主张自抒胸臆，发挥己见……”③，可见，“性灵”在他这里具有注重自我、推崇个性的，主张情感自我流露的意思，这种反功利的文学观既吸收了晚明公安派、竟陵派“独抒性灵”的“性灵说”等内容，也受到西方自由主义文学思想和克罗齐表现派理论等的影响。林语堂小品文笔锋所至，或谈中西文化，或说茶论酒，或讲人生智慧……如风雨之夕围炉谈天，独具韵味。他将性灵学说理论浸润在小品文创作中，加上幽默的语言，闲适的文风，使得上海自由主义文学思潮中的散文创作达到了一个令人瞩目的高度。

除林语堂之外，上海自由主义文学思潮中从事散文创作的还有徐志摩、邵洵美等。徐志摩的散文集除了《落叶》集（1926 年北新书局出版）外，《巴黎的鳞爪》、《自剖》都由上海新月书店出版。他的散文从不同侧面袒露了其灵魂、个性和思想，抒发了诗人真挚而浓烈的个人情怀，和他

① 林语堂：《发刊〈人间世〉意见书》，《论语》第 38 期，1934 年 1 月。
② 林语堂：《论小品文笔调》，《人间世》半月刊第 6 期，1934 年 6 月 20 日。
③ 林语堂：《论性灵》，《林语堂散文经典全编・卷一》，九洲出版社 2007 年版，第 266—267 页。

的诗歌创作一样热情奔放，充满感性色彩，具有徐志摩所特有的飘逸美。邵洵美曾主编过《狮吼》、《十日谈》、《万象》、《论语》、《声色画报》等刊物，期间发表了大量散文随笔，后结集为《不能说谎的职业》。文章取材广泛，《从时代到服饰》，《从部长到小姐》……仅从题目我们就可以看出涵盖面之宽泛；语言幽默风趣，亦庄亦谐，颇有几分林语堂的色彩，让我们看到了一个与沉溺于唯美之风的"浪荡子"形象不一样的邵洵美。

四、话剧：余上沅、丁西林、李健吾等

刘川鄂在《中国自由主义文学论稿》中谈到，自由主义文学在诗歌散文和小说领域有着较高的成就，至少可以与其他文学阵营的创作平分秋色，但在话剧领域却要甘拜下风。相比较而言，上海作为全国文化的中心，戏剧艺术极为繁荣，上海自由主义话剧在整个自由主义文学创作中还是占据着重要的地位，不但有余上沅、丁西林、李健吾等优秀的话剧作家，就连徐志摩也和陆小曼一起客串创作了戏剧《卞昆岗》。

余上沅是后期新月派的重要人物，他的出现弥补了新月派文学活动中戏剧创作殊无佳绩的遗憾。早在20年代毕业于北京大学英文系以后，他就积极参加爱美剧活动，在《清华周刊》的《文艺增刊》发表了独幕剧《世界的将来》，并在《晨报》副刊等发表了很多有关戏剧的文章。1923年留美专攻西洋戏剧文学及剧场艺术，1925年回国后，他和闻一多等共同任教于北京艺专，并在高校首次开办了戏剧系，后又组织成了"中国戏剧社"，提倡"国剧运动"。1926年秋，余上沅任上海光华大学、暨南大学等校教授，并与徐志摩等共同筹办新月书店，继续在戏剧创作领域耕耘。他不仅出版了《上沅剧本甲集》、《戏剧论集》等，而且翻译了《长生诀》、《可钦佩的克莱敦》等外国名剧。作为中国现代话剧的奠基者之一，余上沅在戏剧理论方面作出了开创性的贡献，他追求"纯粹的艺术"的戏剧观，认为"一切动作，无不受过艺术化。叫它超过平庸的日常生活，超过自然。到了妙处，这不能叫做动作，应该叫做舞蹈，叫做纯粹的艺术"①。

① 余上沅：《旧戏评价》，《余上沅戏剧论文集》，长江文艺出版社1986年版，第152页。

余上沅的戏剧观带有一定的唯美色彩，在他看来，艺术是高于生活的。茅盾就曾以“丙生”的笔名发表评论《读〈上沅剧本甲集〉》：“我们知道余先生的意见了：艺术不是社会的产物，不是社会生活的反映，而是个人的灵感加上个人的理想。”① 对余上沅戏剧观的总结还是相当准确的。他的《白鸽》、《塑像》等作品通过对人类精神世界的探索，体现了艺术与社会的对立。不过，余上沅并不否认戏剧的社会教育意义，他的作品在追求艺术性的同时，也都具有一定的社会指向性。他认为“只有艺术，只有美，能够把中国这片丑恶的地方，变为适合人类居住的妙境”②。在对国外戏剧理论的借鉴和传统戏曲批评的基础上，余上沅还提出了“国剧运动”的口号，力图改良“国剧”，实现以美来唤醒国人的理想。

丁西林受“五四”的影响登上剧坛，于1923年发表了独幕剧《一只马蜂》，接着一发而不可收，接连创作了《亲爱的丈夫》、《酒后》（根据凌叔华同名小说改编）、《压迫》等独幕剧，成为中国现代喜剧的开创者之一。1927年，丁西林出任设于上海的中央研究院物理研究所所长之后，延续了他在北京时期的喜剧风格，创作了《瞎了一只眼》、《北京的空气》等独幕剧，并在1931年由新月书店出版了《西林独幕剧》。丁西林的喜剧并没有激烈的戏剧冲突，只是从近乎无事的生活中撷取一点浪花，戏剧的结局也往往是皆大欢喜，即使有讽刺和批判，也是温和而含蓄的，反映了作家追求和谐超脱的自由主义审美理想。李健吾的话剧创作从1923年发表剧本《出走之前》开始，学生时期他还曾担任过清华大学清华戏剧社社长。1933年从法国留学归来后，他在中华文化教育基金董事会编辑委员会工作，1935年任上海暨南大学文学院教授、上海孔德研究所研究员，并与顾仲彝等创办上海实验戏剧学校，其话剧创作也逐渐进入成熟期。在《梁允达》、《这不过是春天》、《以身作则》等剧作中，李健吾一方面吸收传统地方戏剧的艺术养分，另一方面着重展示人物内心灵魂的煎熬，从人

① 张余：《余上沅研究专集》，上海交通大学出版社1992年版，第158页。

② 余上沅：《这一次离开祖国》，《余上沅戏剧文论集》，长江文艺出版社1986年版，第67页。

物的内心冲突中挖掘人性。他认为“作品应该建在一个深广的人性上面，富有地方色彩，然后传达人类普遍情绪”①。因此面对严峻的政治现实的冲击，李健吾始终保持了作为一个艺术家的独立性，为30年代自由主义戏剧的成熟作出了重要贡献。

第三节　上海自由主义文学思潮的后续影响

抗战的爆发改变了自由主义文学的格局，随着大批作家离开上海辗转到大西南，上海作为全国自由主义文学思潮中心的局面不复存在，但是自由主义文学的影响并未消失。在孤岛上海，在抗战的大后方西南边陲，都出现了零星的自由主义文学创作，直到40年代末在京沪两地以及西南联大形成了自由主义文学的一次短暂复兴，而新时期以后的新自由主义文学则成为了上海自由主义文学思潮在当代文学史上一次遥远的回响。

一、抗战时期的自由主义文学创作

1938年“文协”的成立，使得大批自由主义作家和左翼革命作家、民主主义作家、国民党民族主义作家以及通俗作家，一起在抗日的口号下团结起来，为着中华民族的生死存亡而呐喊。追求文学独立性的自由主义文学在这时自然显得有些不合时宜，虽然仍有少数作家发出微弱的要求文学自由性的呼声，但上海自由主义文学思潮理论和创作热火朝天的局面已经不再。不过随着抗战的深入和相持，钱钟书、张爱玲、梁实秋以及徐讦等人，以其自由主义色彩的文学创作丰富了抗战时期的文坛，与偏重于现实功利色彩的抗战文学相比具有较高的艺术价值和魅力。

毕业于清华大学、留学英法的教育背景以及回国后栖身于高等院校的社会经历，使得钱钟书与30年代大多数自由主义知识分子一样，不可避免地带有强烈的自由主义理想与人道主义精神。无论是散文《写在人生边上》，还是小说《人·鬼·兽》和《围城》，都以丰富的文化含量和对

① 李健吾：《以身作则·跋》，文化生活出版社1945年版。

人性的深层洞察而具有了超越时代的特性。在大多数作家以文学作为宣传抗战、服务抗战的工具时，钱钟书则自觉远离社会热点，站在“人生边上”，以自由的心态和渊博的学识冷静超然地观察着这个世界。他在作品中通过对知识分子众生相的描绘，表现了知识分子的固有弱点和精神病态，进而通过对人性的思索和批判，揭示了人生具有普遍性的困境。他在《围城》一书的序言中说：“在这本书里，我想写现代中国某一部分社会、某一类人物。写这类人，我没忘记他们是人类，只是人类，具有无毛两足动物的基本根性。”① 因此作品虽然以抗战为背景，但主人公方鸿渐对婚姻如同“被围困的城堡，城外的人想冲进去，城里的人想逃出来”的困惑，却超出了时代的限制，具有一种象征的意味。更难得的是，钱钟书还在叙述中穿插了许多中外风俗、名人轶事和典故，往往妙语连珠，涉笔成趣。而通篇讽刺性的叙述语言充满了智慧性的冷隽和机敏犀利的幽默。

张爱玲是一个彻底的个人主义者，无论是她极富个性的生活经历，还是独特的文学道路无不清晰地表明了这一点。胡兰成曾评说道：“她是个人主义的，苏格拉底的个人主义是无依靠的，卢骚的个人主义是跋扈的，鲁迅的个人主义是凄厉的，而她的个人主义则是柔和的，明净……是人的发现与事物的发现者。”② 由个人主义的思想立场出发，张爱玲将现实的政治斗争、民族战争置诸视野之外，力图追寻人间世相背后隐藏的无限悲凉和永恒的意味。在叙述过程中，她多注重关于物质生活和心理感觉的细微描绘，“没有悲剧的严肃、崇高和宿命性，光暗的对照也不强烈”③。这是因为张爱玲注重的是人性，而悲剧忽视了人生安稳的一面，“壮烈只有力，没有美，似乎缺少人性”④。在对人性的思索中，张爱玲形成了具有现代意义的历史观和文明观，在她的作品中流露出对现代社会的怀疑态度，弥漫着对人类文明的幻灭感。她在《〈传奇〉再版的话》中讲道：“个人即使等得及，时代是仓促的，已经在破坏中，还有更大的破坏

---

① 钱钟书：《围城·序》，人民文学出版社1980年版，第3页。
② 张子静：《我的姊姊张爱玲》，学林出版社1997年版，第111页。
③ 迅雨（傅雷）：《论张爱玲的小说》，《万象》月刊第11期，1944年5月。
④ 张爱玲：《自己的文章》，《苦竹》第2期，1944年11月。

要来。有一天我们的文明，不论是升华还是浮华，都要成为过去。如果我最常用的字是'苍凉'，那是因为思想背景里有这惘惘的威胁。"①正是这种对人性的观照和对人的存在意识的表达，使张爱玲的作品在近半个世纪以后还能找到历史的回音。

抗战时期大批高等院校和科研文化机构迁往西南大后方，形成了以陪都重庆为中心，辐射到周围云南、贵州等地的文化聚集区。以知识精英姿态出现的自由主义知识分子自然也有许多来到了西南边陲，梁实秋就是其中一个。1939 年，梁实秋迁居重庆北碚，在自称为"雅舍"的几间平房里，创作了几十篇小品文章，后来结集出版为《雅舍小品》。《雅舍小品》是梁实秋编辑《中央日报》副刊时"与抗战无关"理论的一次文学实践，他认为"与抗战有关的材料，我们最为欢迎，但是与抗战无关的材料，只要真实流畅，也是好的，不必勉强把抗战截搭上去"②。在《雅舍小品》中，我们找不到外敌入侵、硝烟弥漫的时代痕迹，有的只是生活琐事，从男人、女人谈到音乐下棋，从谦让、握手谈到送行，真正实践了梁实秋强调文学的理性精神，文学是对人性的表现的艺术理论，具有持久的艺术魅力。西南联大作为抗战时期后方的最高学府同样吸引了大批自由主义作家，闻一多、沈从文、卞之琳、陈梦家以及施蛰存等上海自由主义文学思潮中的几员大将都来到西南联大。在他们的带领和影响下，西南联大出现了一批怀有自由主义文学理想的年轻人，如穆旦、杜运燮、袁可嘉、郑敏、汪曾祺等，他们中的许多人后来成为了中国新诗派的领军人物。

二、40 年代末的自由主义文学热潮

抗战胜利后，饱受战乱之苦的人们对于和平与民主怀着无比的渴望，在这种形势下，呼唤人权、自由的声音得到社会各阶层的普遍支持，政治自由主义再次复兴。1946 年以后，沈从文、杨振声、朱光潜、冯至、朱

① 张爱玲：《〈传奇〉再版的话》，《张爱玲文集》第 4 卷，安徽文艺出版社 1992 年版，第 135 页。

② 梁实秋：《编者的话》，《中央日报·平明》，1938 年 12 月 6 日。

自清、李广田、林徽因等人从大后方相继北归，萧乾从欧洲回到上海，于是在北平、上海等地再次出现了一股自由主义文学热潮。但是随着内战结局的日益清晰，自由主义文人的立场也面临着严峻的挑战。

文学刊物和综合性报刊的文艺副刊是自由主义文人的主要活动阵地。1946 年 3 月，被《大公报》作为战地记者派往欧战前线的萧乾回到上海任《大公报》文艺副刊的主编。在此期间他撰写的社评如《自由主义者的信念——辟妥协·骑墙·中间路线》、《人道与人权（课题：中国人好吗?)》、《怀四大自由》、《中国文艺往哪里走》等都秉持自由主义立场，希望以西方的民主和法制使中国走上和平建国的道路。另外他还发表了《小说家的技巧小论》、《论翻译——兼评〈到灯塔去〉》、《吴尔芙夫人》等论文介绍西方现代派文学，并以塔塔木林为笔名发表系列杂文《红毛长谈》，表达了其自由主义的文学理想。同年 8 月沈从文回到北平后，相继担任了天津《益世报·文学周刊》、北平《平明日报·星期艺文》、北平《益世报·诗与文》等多家报纸副刊的主编，并成为《大公报》的《文艺》、《星期文艺》等文艺副刊的撰稿人，陆续发表了《怀昆明》、《一种新的文学观》、《新烛虚》、《从现实学习》、《新废邮存底》、《一个传奇的本事》等文章。他将文学视为建国复兴的起点，认为“将宗教政治充满封建意识形成的‘强迫’、‘统制’、‘专横’、‘阴狠’种种不健全的情绪加以完全地净化廓清，而成为一种更强有力的光明健康人生观的基础”① 是文学所面临的一个庄严课题。此外还有朱光潜主编的大型文学刊物《文学杂志》，杨振声主编的《经世日报·文艺周刊》，储安平主编的《观察》等都坚守自由主义立场，强调对文学本体的重视，试图在政治纷争之外寻找文学的出路。

40 年代末，另一群从事自由主义文学创作的人是中国新诗派。这是一个兴起于抗战后期西南联大的具有现代主义倾向的诗人团体，主要成员有辛笛、穆旦、陈敬容、杜运燮等九人。抗战胜利后，从大后方来到上海

① 沈从文：《一个传奇的本事》，《大公报·星期文艺》（天津）第 24 期，1947 年 3 月 23 日。

的杭约赫与林宏、臧克家等人于1947年7月创办了《诗创造》刊物，采取兼容并蓄的编辑宗旨，很快得到陈敬容、唐湜、唐祈等人的支持，具有明显的现代主义倾向。不过到了1948年上半年，创办者间对办刊宗旨和原则发生了分歧，于是，杭约赫退出《诗创造》，又和辛笛在1948年6月创办了《中国新诗》杂志，由上海星群出版社出版，参与者除了陈敬容、唐湜、唐祈之外，还包括北平和天津的穆旦、郑敏、袁可嘉、杜运燮诸人。他们是“一群自觉的现代主义者”①，深受西方后期象征主义诗学理论的影响，强调反映现实人生与挖掘内心隐秘灵魂的统一，主张将对生活和现实的独特体验上升为一种普遍的人类经验和形而上的生命体验，因此他们认为诗歌应该是“纯粹发自内心的心理需求，最后必是现实、象征、玄学的综合传统”②。中国新诗派的诗人们自觉疏离任何意识形态的控驭，坚守文艺的现代性与独立性，在严酷的生存环境下表露出知识分子摆脱政治缠绕、返归自由独立的倾向。然而在40年代末内战频仍，两大意识形态截然对立的语境下，中国新诗派不但受到国民党强权政治的挤压，也被以七月派为代表的左翼文人所攻讦，自由主义知识分子处境的困厄和艰难由此可想而知。在挣扎了5期之后，《中国新诗》的命运随着1948年10月上海星群出版社被国民政府的查封而告终。

随着国内战争的深入发展，自由主义立场的文学选择受到了越来越严峻的政治挑战。革命文学阵营从意识形态领域对自由主义文人发起批判和清算，沈从文、萧乾和朱光潜都被点名批判。1948年初，郭沫若在香港大中学生新年团拜会上发表了《一年来中国文艺运动及其趋向》的演说，指控四种所谓“反人民的文艺”，“第一种是茶色文艺，搞这种文艺的一群中，有萧乾、沈从文、易君左、徐仲年等。萧乾比易君左还坏”，并宣布这些“反人民的文艺”，“应予以消灭”，“要消灭他们，不光是文艺方面的问题，还得靠政治上的努力”③。邵荃麟、冯乃超、聂绀弩等左翼作

① 唐湜:《诗的新生代》,《诗创造》第8辑，1948年2月。
② 袁可嘉:《新诗现代化》,《论新诗现代化》，北京三联书店1988年版，第7页。
③ 转引自钱理群:《1948：天地玄黄》，山东教育出版社1998年版，第8页。

家以香港的《华商报》、《大众文艺丛刊》为阵地，以毛泽东在延安文艺座谈会的讲话为指导思想，对这些自由主义作家从作品、文艺思想到政治观进行了猛烈的批判。其中调门最高的仍属郭沫若，他的《斥反动文艺》等文继续对自由主义文学进行全面抨击。这种以政治评判代替文艺批评、以群众思想和集体主义取代作家独立的思想和个性的做法，使得自由主义文学思想在新中国彻底失去了存在的基础，大批自由主义作家或是远离大陆，或是彻底失去声音，或是转变思想适应新形势。

三、当代的新自由主义文学

新中国成立以后，自由主义作家被剥夺了话语权，自由主义成为了文学探索的“禁区”，只有在个别作家的“潜在写作”中，才能看到一些坚持文学自身价值，保持创作个性的自由主义色彩。例如穆旦、唐湜等人在“文革”期间的诗歌创作，传达出对现代悲剧生活的体验；以芒克、多多等为代表的白洋淀诗歌群对诗歌艺术的探索；丰子恺在文革期间的散文创作……这些呼唤自由的声音虽然微弱，但却用生命验证了自由主义文学的韧性与顽强。直到进入新时期以后，文学逐渐走出泛政治化的桎梏，作家才真正开始公开追求思想和创作的自由，文学才得以回到自身的轨迹。

明显延续了沈从文、周作人等京派自由主义文学传统的是汪曾祺的创作。40 年代汪曾祺在西南联大曾师从沈从文，他在那时候发表的小说集《邂逅集》就表达了一种自然和谐的人生理想。汪曾祺在 80 年代初发表的《受戒》、《大淖记事》等小说冲淡平和、明净温厚，具有一种“行到水穷处，坐看云起时”的达观。作品结构松散、舒缓有致，营造出一种散文化小说的诗意氛围，在克制的叙述中传达出宁静与和谐的美学趋向。这与沈从文的《边城》在风格上颇有些相似的地方，汪曾祺自己也承认《受戒》里的小英子受沈从文小说里翠翠、三三、夭夭等女主人公的影响。“有人将沈从文、汪曾祺、钟阿城、贾平凹等名字串联起来，认为他们一脉相承，代表了中国传统文化小说极重要的一支”①。汪曾祺在自由

---

① 舒非：《汪曾祺侧写》，《文艺报》1988 年 9 月 14 日。

主义文学的传承上也具有这种承前启后的意义。在小说自身审美功能的回归，平淡疏散的叙述方式以及健康自然的文学观念上，汪曾祺对后来的以刘绍棠、邓友梅、冯骥才、林斤澜等为代表的寻根小说、风俗小说都有着重要的启示作用，从贾平凹的商州系列小说、何立伟、阿城等的作品中，我们都可以看到汪曾祺的影子。

自由主义真正成为文化界讨论的内容是在80年代末，知识界掀起了重评胡适和中国自由主义运动的潮流。到了90年代，主流意识形态进一步淡化，文化呈现出多元化发展态势，自由主义在中国大陆开始名正言顺地浮出水面，思想文化界掀起了对自由派代表人物陈寅恪、顾准和王小波的热烈讨论，王小波就是其中自由主义文学的代表人物。他明确宣称自己是一个自由主义者，在生前最后一封发给美国朋友刘晓阳的电子邮件中说："在一个喧嚣的话语圈下面，始终有个沉默的大多数。既然精神原子弹在一颗又一颗地炸着，哪里有我们说话的份？但我辈现在开始说话，以前说过的一切和我们都无关系。总而言之，是个一刀两断的意思。千里之行始于足下，中国要有自由派，就从我辈开始。"① 无论是生活方式还是个人作品，王小波都以超越现世功利的胸襟和对个人尊严与价值的强调流露出鲜明的自由主义特征。作为《三联生活周刊》、《南方周末》的自由撰稿人，王小波的杂文以站在体制外的个人主义立场，对任何社会问题都抱以批判的态度，体现了知识分子可贵的独立精神。在称为"时代三部曲"的《黄金时代》、《白银时代》和《青铜时代》等作品中，王小波以独特的睿智和黑色幽默的风格述说了人类生存境遇里现实与虚拟相交织的荒谬性，并将之作为一种嘲讽与颠覆权威秩序的有效叙述描写了外部强权秩序对人性的扭曲与践踏。在艺术上，王小波对穆旦、王道乾等作家的文字极为推崇，认为他们的作品是比鞭子还有力量的鞭策。受其影响，他的小说语言讲究节奏、韵律，充满了想象力，充分发挥"陌生化"的手段表现出怪异、鲜活的意象，王小波的文学思想及创作特色无不充分表明了

① 刘晓阳：《地久天长》，选自艾晓明、李银河编《浪漫骑士：记忆王小波》，中国青年出版社1997年版，第422页。

他和现代自由主义知识分子的相通之处。

捍卫个体自由与尊严、追求文学的独立是自由主义作家文学观念的核心。新时期文学在摆脱僵化观念的束缚以后，怀着对人的命运的关切，深化了对文学特性和任务的思考，开始向着人学的目标行进。在对人物内心世界的探测，日常化写作的倾向，对个体自我的表现以及文学技巧和审美体验的重视等方面，新时期文学延续了上海自由主义文学思潮的某些特征。然而当前的新自由主义文学在批判激进主义的同时，也出现了以精英自居，全面否定革命，泯灭阶级差别的倾向，30 年代自由主义文学思潮中以人性否定阶级性的缺失依然存在。因此，如何在继承自由主义文学优秀传统的同时避免将历史与人性简单化，依然是值得我们认真思考的问题。

第十章

上海唯美思潮与20世纪中国唯美主义文学

唯美主义是一种国际性的文艺思潮，其影响不仅仅局限文学领域，对绘画、建筑乃至日常生活都有着深刻的影响。从广义上讲，唯美主义、颓废主义、象征主义（早期）、“为艺术而艺术”运动、“世纪末”文学等文学现象，“同出一源，是同一文学思潮在不同民族、不同阶段的变体”①。唯美主义运动虽然只经历了半个多世纪，在19世纪90年代末趋于沉寂。但作为一种文艺思潮，它超越了时空的界限，至今仍在东西方文坛上发生着独特而深远的影响。而“五四”前后来源于西方、兴起于上海的唯美主义思潮，不但在文坛中留下了清晰的脚印，而且有着颇丰硕的创作实绩，对20世纪中国文学产生了广泛的影响。在创作思想、写作手法和表现技巧等方面，无论是现代文学还是当代文学都或多或少、或深或浅地透

① 解志熙：《美的偏至》，上海文艺出版社1997年版，第6页。

射出唯美主义的信息。

第一节 唯美思潮在上海的传播

一、唯美思潮兴起的背景

唯美主义是19世纪后期在欧洲兴起的一种文艺思潮，它兴起于欧洲进入现代化的历史语境。面对机械轰鸣、霓虹闪烁的都市社会，人们在享受灯红酒绿生活的同时，也日益感受到工业化所带来的精神的疲惫和衰弱。正如马克思、恩格斯在《德意志意识形态》中指出："在现代，物的关系对个人的统治、偶然性对个性的压抑，已具有最尖锐最普遍的形式。"① 新兴资产阶级的功利主义社会哲学以及工业时代的庸俗市侩作风越来越成为压抑人们灵魂自由飞翔的重负，而艺术则成为某些知识分子特别是文化精英摆脱资产阶级商人气息浸染和商品社会对人性侵害的避难所。为此唯美主义者提出了"为艺术而艺术"的口号，主张艺术的目的仅在于艺术本身的美，艺术不应服务于任何目的，不应表现任何思想，反对一切把艺术看成说教品或政治工具的理论。戈蒂耶在《〈阿贝杜斯〉序言》中指出："艺术，是自由，是奢侈，是繁荣，是灵魂在欢乐的充分发展。绘画、雕塑、音乐，都绝不为任何目的服务。"② 唯美主义还追求生活的艺术化，它不仅是一种艺术思潮，还是一场社会改造运动。"为艺术而生活"是唯美主义重要的生活实践。佩特曾不无激情地呼喊："让能使得这种强烈的、宝石般的火焰一直燃烧着，能保持这种心醉神迷的状态，这就是人生的成功。"③ 王尔德就是把生活艺术化原则付诸于日常生活的典范，他在服装、家居、装饰等方面无不追求审美效果的极致。他在北美演讲中说道："我们每一个人都日复一日地寻找生活的秘密。而生活的秘

① 《马克思恩格斯全集》第3卷，人民出版社1960年版，第515页。
② 赵澧、徐京生主编：《唯美主义》，中国人民大学出版社1988年版，第16页。
③ 佩特：《文艺复兴》，引自赵澧、徐京生：《唯美主义》，中国人民大学出版社1988年版，第77页。

密就存在于艺术之中。"① 因此，唯美主义又与装饰艺术、室内装修和时代风尚等消费文化息息相关。唯美主义就是在现代都市社会这种文化背景下应运而生的。

19 世纪末 20 世纪初的上海已经完全具备了唯美主义产生的社会基础。自 1843 年开埠以来，上海以其优越的地理位置和富有潜质的工商业传统，迅速成为外国资本在华活动的中心。开埠使原来每年 300 万吨的港口吞吐量很快超过了 1000 万吨；徘徊在 3000 万至 5000 万两之间的年贸易量，很快超过了 1 亿两。同时，包括丝、茶、纺织、面粉、印刷、榨油和机器制造等在内的各类产业迅速崛起。短短数十年间，上海从一个普通的滨海县城发展成为中国最具现代性的"第一繁盛商埠"。到 20 世纪 30 年代，上海已成为世界上最主要的工业、商业和金融交流中心，即使与伦敦、巴黎、纽约、柏林等世界性大都会相比也并不逊色。试看海派作家张若谷对上海的描写："我们凡是住在位居世界第六大都会的上海，就可以自由享受一切异国情调的生活，我不敢把龙华塔来比巴黎铁塔，也不敢就苏州河是中国的威尼斯水道，但是，马赛港埠式的黄埔滩，纽约第五街式的南京路，日本银座式的虹口区，美国唐人街式的北四川路，还有那夏天黄昏时候的霞飞路，处处含有南欧的风味，静安寺路与愚园路旁的住宅，形形色色的建筑，好像瑞士的别墅野宫，宗教气氛浓郁的徐家汇镇，使人幻想到西班牙的村落，吴淞口的海水如果变了颜色，那不就活像衣袖(爱琴）海吗?"② 被誉为"东方巴黎"的上海已经是当时亚洲最大的商业城市之一，其商品消费和商业的发展繁荣与维多利亚晚期的英国相比毫不逊色，甚至超过了当时的东京。吴福辉论及海派文学时说："上海步入世界大都会行列，找到了它对应的文学表达方式。"③ 这句话对唯美主义在上海的产生也同样适合。

与此同时，上海文化中的商业性和消费性也为唯美主义在上海的产生

---

① 转引自周小仪:《唯美主义与消费文化》，北京大学出版社 2002 年版，第 4 页。

② 转引自许道明:《海派文学论》。

③ 吴福辉:《都市漩流中的海派小说》，第 16 页。

提供了精神土壤。上海地处东南沿海，“没海者近商”，自古上海便有经商传统。近代开埠以来，商业文明之风更是吹遍上海的各个角落。文化和商业的结缘，并不仅仅是文化没落、道德沦丧的开始，由商业社会蔓延开来的文化趣味和文化习惯一方面充斥着金钱物质欲望和低级趣味，另一方面也促使商业文明进入了审美视野。“小巧饰玩，假宝石指环，卷烟盒，打火灯，粉盒，舞鞋，长袜子，什锦朱古力，柏林的葡萄酒，王尔德杰作集，半夜惨杀案，泰山历险记，巴黎人杂志，新装月报，加当，腓尼儿避孕片，高泰克斯，山得儿亨利，柏林医院出品的 Sana，英国制造的 Ever-protect……”在海派作家禾金的笔下，商业繁华的各类商品，都成为了文学审美的对象。在 30 年代的上海，作为商品消费代表的广告业也是极为繁荣的，老上海月份牌广告中精美的图片充分显示了其艺术化程度之高，图片中的美女、衣饰等内容也隐隐流露出唯美、色情的气息。在这样的一种文化氛围中，审美已经成为了一种消费文化和生活方式，唯美主义对生活艺术化的主张很容易得到人们的认同和接受，而醉心于都市炫目的色彩和繁华的物质生活的作家也很容易对唯美主义情有独钟。

二、唯美思潮在上海的译介

唯美主义在上海的产生首先是从翻译领域开始的。上海是西学传播最重要的基地。江南制造局翻译馆、广学会等介绍西方学术文化的规模宏大的官方机构都诞生在上海。近代最早、对后世影响最大的出版机关商务印书馆和中华书局也分别于 1897 年和 1912 年在上海创办。由于新闻通讯、印刷出版等先进设备和新式技术的应用以及西式学校的建立，上海具有了超越其他城市的文化传播条件和文化生成环境。据有人统计，1899 年前的半个世纪，译成中文的西书共 556 种，其中由上海翻译出版的就有 473 种，占 85% 以上，而北京、广州、天津、长沙、杭州等地加在一起，仅占 15% 。当时上海先后已有 13 种西文报纸、14 种中文报纸和 35 种中文杂志。其中包括著名的《字林西报》、《申报》、《万国公报》、《点石斋画报》、《时务报》、《强学报》、《女学报》等。上海确实可以说是“进口唯美主义最近、最方便的口岸”①，也只有在上海才能产生唯美主义这样的文艺思潮。

“五四”前后，随着新文学运动的展开，中国掀起了一股“王尔德热”，唯美主义开始在中国新文学中初露端倪。最早的介绍可能还是鲁迅和周作人兄弟合译的《域外小说集》，其中收有周作人译的王尔德童话《安乐王子》。1915 年 10 月，《青年杂志》（第 1 卷第 2 号）上连载了薛琪瑛译的王尔德剧作《意中人》（今译《理想的丈夫》），紧接着又陆续译介了《弗罗连斯》、《天明》、《遗扇记》、《自私的巨人》等王尔德戏剧。自陈独秀在《文学革命论》中热情呼唤“自负为中国之虞哥、左喇、桂特郝、卜特曼、狄铿士、王尔德者”的出现后，王尔德的重要剧作几乎都被译介为中文，且不止一个译本。1922 年 3 月 15 日，《创造季刊》第 1 卷第 1 号发表了郁达夫译的《淮尔特著杜莲格来序文》，并在接下来的一期登出郁达夫翻译《杜莲格来》的广告。王尔德的小说、童话、诗歌以及文论一时间纷纷出炉，王尔德成为新文坛中炙手可热的作家。1927 年赵家壁在《小说月报》第 18 卷第 10 号发表了述评文章《陶林格莱之肖像》，简要介绍了小说故事梗概。1928 年 1 月，《一般》杂志第 4 卷第 1 号开始连载署名张望翻译的《葛都良的肖像画》。4 月，真美善书店出版了曾虚白编译的王尔德短篇小说集《鬼》。9 月，杜衡译的《道连格雷的画像》由金屋书店出版。1936 年 6 月，《道连格雷的画像》一书出版了凌璧如的译本，由中华书局出版。《王尔德童话》早在 1922 年 2 月就由穆木天在泰东书局出版，1932 年 11 月，世界书局出版由宝龙翻译的《王尔德童话集》，内收王尔德童话作品七篇。同年王尔德的散文集《狱中记》由商务出版社出版。王尔德的文论《The Critic as Artist》由林语堂在《语丝》、《北新》等杂志上分节译出。震瀛翻译的《The Soul of Man under Socialism》一书在 1928 年由受匡书局出版。此外朱维基还翻译了《谎言的颓败》一文，收入《水仙》中。张闻天、汪馥泉的文章《王尔德介绍——介绍〈狱中记〉》、沈泽民的《王尔德评传》、茅盾的《“唯美”》、

① 周小仪：《唯美主义与消费文化》，北京大学出版社 2002 年版，第 182 页。

周作人《王尔德的童话》等批评介绍文章，更使得中国文坛对唯美主义作家的代表人物王尔德有了全面深入的了解。

英国唯美主义先驱理论家沃尔特·佩特的理论文章则最早是由郭沫若翻译，于1923年11月4日发表在《创造周报》第26号的《瓦特·裴德的批评论》。在这之前，佩特的理论也有过零星的译介，直到20年代末到1930年代初佩特的创作和思想在中国才得到比较深入地传播。朱维基翻译了佩特的小说《家之子》，发表在邵洵美主编的《狮吼》第9期，并在1929年由金屋书店出版。在《金屋月刊》第1卷第1期译载了佩特的《文体论》。1930年11月，萧石君在《华北日报》副刊发表了《裴德的哲学思想与英国世纪末文学》，详细介绍了佩特的哲学思想和文学创作。其他西方唯美主义艺术家，如英国的比亚兹莱、西蒙斯、道生和乔治·摩尔，美国的爱伦·坡，意大利的邓南遮等，都是20年代末30年代初在中国文坛耳熟能详的名字，他们的作品和文艺思想都得到广泛的译介。比亚兹莱曾编辑过著名的英国唯美主义刊物《黄面志》，自郁达夫于1923年9月在《创造周报》上率先发表《The Yellow Book及其他》介绍这份杂志以来，《黄面志》在中国有不少的爱好者。邵洵美、章克标、滕固等人还特意模仿《黄面志》创办了《金屋月刊》，杂志封皮也用黄色，内容也多是唯美、颓废、色情的描写。值得一提的是比亚兹莱的绘画，早在1923年1月田汉翻译的王尔德《莎乐美》，作为"少年中国学会丛书"由中华书局出版时，书中就收有比亚兹莱的插图、封面、尾饰等共16幅之多。此外还有鲁迅、叶灵凤等人对比亚兹莱画作纤细曲折、明暗对照鲜明的风格有着强烈的兴趣。鲁迅曾在1929年4月选编了《比亚兹莱画选》，列为朝花社编印的《艺苑朝花》第1期第4辑出版，叶灵凤更是有着"中国的比亚兹莱"之称。1929年6月，金屋书店也出版了邵洵美编译的《琵亚词侣诗画集》。西蒙斯是和《黄面志》齐名的唯美主义杂志《萨伏依》编辑者之一，《萨伏依》杂志虽然在中国的影响力不如《黄面志》，但邵洵美也曾经在《狮吼》上发表专文《Savoy杂志的编辑者言》介绍。西蒙斯也是英国唯美主义运动的重要批评家，他的名作《象征主义文学运动》曾经在二三十年代的中国文坛产生过广泛的影响，甚至被一些作家奉为批评的权威。1927年，滕固汇集总结了关于唯美主义的零散的评介，系统介绍了英国唯美主义文学的发展历史，出版了我国第一部关于唯美派文学思潮的研究专著《唯美派的文学》，更加深了西方唯美主义在中国的影响。

除了西方唯美主义思潮在上海文坛掀起热潮外，日本唯美主义文学因为中国在日留学生的众多以及地理位置的临近而对国内新文学的发展有着更加直接的影响。日本唯美主义又称耽美主义、享乐主义，明治末至大正初年（1910—1915）在日本文坛兴盛，其代表人物为永井荷风、谷崎润一郎和佐藤春夫等。曾经在日留学的周作人，是将日本唯美主义介绍到国内的第一人。1918年4月19日，他在北京大学小说研究会上发表了《日本近三十年小说之发达》的演讲，提到了日本新出现的反自然主义文学倾向——享乐主义，并简要介绍了两位代表作家：永井荷风和谷崎润一郎。不过，此时的周作人还是"五四"文学革命的主将，坚持为人生的文学立场，对于"自然与唯美及快乐主义不能多有同情"①，对日本唯美主义作品的译介并没有出现像"王尔德热"这样的浪潮，而是始终处于零星状态。直到20年代末30年代初，译介的热潮才得以出现。以谷崎润一郎为例，1928年12月杨骚所译的谷崎润一郎长篇小说《痴人之爱》由上海北新书局出版开始，谷崎润一郎的作品或作品集在中国的译本就有十几个之多，迅速成译介最多的外国作家之一。1929年1月，开明书店出版了章克标选译的《谷崎润一郎集》，内收译者序、《刺青》、《麒麟》、《恶魔》、《续恶魔》、《二沙弥》和《富美子的脚》。1930年11月，华通书局也出版了查士元译的《恶魔》，内有译者序、《少年》、《谷崎润一郎访问记》、《两个幼儿》和作者年表。1931年晓星书店出版了白鸥翻译的《富美子的脚》。1934年10月，李漱泉译《神与人之间》由中华书局出版，内收小说《神与人之间》、《前科犯》、《麒麟》、《人面疮》和戏剧《御国与王平》，并附有《谷崎润一郎评传》和《谷崎润一郎年谱》。文化生活出版社于1936年9月出版了陆少懿翻译的《春琴抄》，另收《春琴抄后

---

① 周作人：《新文学的要求》，《艺术与生活》第19页，岳麓书社1989年版。

语》和《寄与佐藤春夫述过去半年的信》。除此之外，佐藤春夫和永井荷风在中国影响也很大，郁达夫曾在《海上通信》中说过："在日本现代的小说家中，我最崇拜的是佐藤春夫……"① 他们的作品都有不少译本。杨骚、章克标、查士元、李漱泉、陆少懿、谢六逸等人对谷崎润一郎和佐藤春夫作品的翻译，形成了一股日本唯美主义之风，并与"王尔德热"一起，构成了唯美主义在中国传播的鼎盛时期。

第二节　上海唯美思潮与中国现代唯美主义小说

上海唯美主义思潮对中国文学的影响遍及了各个方面，小说中唯美倾向和颓废意识是其中重要一部分。不过对具体作家而言，因为个人的气质、喜好和经历的不同，再加上当时时代潮流的变化，对唯美主义的取向也因人而异，有的偏重于纯艺术的唯美，有的则倾向于肉感的颓废享乐。

一、创作社同人小说中的唯美倾向

随着唯美主义思潮的传入，"为艺术而艺术"的口号也被用来作为表达自我个性、抒写个人情怀、反对旧文学"文以载道"的艺术工具论思想的利器，其中明确标榜这一口号的是创造社。他们主张文艺是内心生活的表现，必须忠实地表现内心的要求，认为"美的追求是艺术的核心"②，反对艺术的其他外在功利目的。这些艺术主张无疑显示出创造社文艺思想中的唯美主义倾向。创造社从诞生的那一天起就被贴上了浪漫主义的标签，而这里的浪漫主义不仅包括传统意义上的浪漫主义，也包括象征派、唯美派、表现派、未来派等所谓的"新浪漫主义"。郑伯奇曾评价道："创造社的倾向虽然也包含了世纪末的种种流派的夹杂物，但，它的浪漫主义始终富于反抗的精神和破坏的情绪。"③ 这种世纪末的"流派的夹杂

---

① 郁达夫：《海上通信》，《郁达夫选集》，人民文学出版社1954年版，第185—186页。

② 郁达夫：《艺术与国家》，《郁达夫文论集》，浙江文艺出版社1985年版，第57页。

③ 郑伯奇：《中国新文学大系·小说三集·导言》。

物”指的就是忧郁和颓废的情调。在唯美主义的传播过程中，创造社诸人不仅译介过王尔德、瓦特·裴德等人的作品和评论，而且郁达夫、叶灵凤、张资平、陶晶孙、倪贻德等人的小说创作中更是明显表现出唯美的倾向。

颓废是唯美主义的重要美学特征之一，而郁达夫则是创造社中颓废情调最为浓厚的作家之一。他的小说往往大胆暴露性的苦闷和病态心理，他所塑造的“零余者”的形象往往沉迷于饮酒、狎妓，在纵情享乐的表象下掩藏着忧郁颓废的情绪。这与“作最优美的抒情诗，尝最悲痛的人生苦，具有世纪末的种种性格，为失恋的结果，把他本来是柔弱的身体天天放弃在酒精和女色中间，作慢性的自杀”① 的英国诗人道生颇为相近。郁达夫还曾经在小说《银灰色的死》中从道生的生平取材，小说中的主人公 Y 君不仅性格与道生相像，就连最后病死在街头时身边也带着一本《Ernest Dowson's Poems and Prose》。郁达夫的其他小说如《沉沦》、《迷羊》、《南迁》等中的主人公或是在社会现实面前充满着颓唐和失落，或是沉湎于虚无缥缈的情爱幻想中。郁达夫留学于日本，喜爱阅读谷崎润一郎的作品，自然也深受日本唯美主义的影响。小说《过去》就深受日本唯美文学中嗜写病态美的影响。主人公李白时在被老二打之后反而有一种病态的满足感：“受了她的痛责之后，心里反感到一种不可名状的满足，有时候因为想受她这一种施与的原因，故意地违反她的命令，要她来打，或用了她那一只尖长的皮鞋脚来踢我的腰部。若打得不够踢得不够，我就故意地说：‘不痛！不够！再踢一下！再打一下！’她也就毫不客气地，再举起手来或脚来踢打。我被打得两颊绯红，或腰部感到酸痛的时候，才柔柔顺顺地服从她的命令，再来做她想我做的事情。”这种描写病态的官能和心理的倾向与谷崎润一郎的作品《饶太郎》颇为相似。郁达夫的小说中这种忧郁颓废的情调毫无疑问是对唯美主义的大胆借鉴，以这样一个特殊的角度表达了反封建的时代精神和个性解放的时代主题的同时，也为郁达夫带来了许多非议。

---

① 郁达夫：《The Yellow Book 及其他》。

叶灵凤是推崇和宣扬唯美主义的海派颓废作家之一，他对唯美和颓废的钟情是人所共知的事实。他曾坦承自己年轻的时候“是爱好过王尔德的作品的，也爱好过英国‘世纪末’那一批作家的作品的”，他酷爱英国颓废派画家比亚兹莱的绘画，并对自己获得“中国的比亚斯莱”的这一称号颇为自豪。叶灵凤于1926年和潘汉年等成立了幻社以后，更是毫无保留地倒向了唯美主义的怀抱，他所编辑的《幻洲》虽然不是纯粹的唯美主义刊物，但其中带有鲜明的比亚兹莱画风的插图和包装，以及其中的诗歌、散文和小说创作都洋溢着唯美颓废派的观点和风格。叶灵凤醉心于唯美主义艺术中死亡的阴影和罪恶的气息，小说中透露出神秘怪诞之美。他的小说《鸠绿媚》就是借鉴了王尔德的作品《莎乐美》的意象，描写一个青年小说家春野每夜抱着一个波斯国王的公主鸠绿媚的磁制骷髅睡觉并梦见这位波斯公主和他相亲相爱的香艳故事，流溢着死亡、怪诞和神秘的色彩，将潜意识、性心理和梦幻交织成艳丽而神秘的艺术境界。对于性爱意识和肉体美的欣赏与描写是唯美思潮和都市消费主义结缘后形成的产物，叶灵凤的小说中就不乏对于少女朦胧的性心理的描绘。《浴》极富声色地展示了入浴前少女的“晶莹的肉体”，渲染出少女青春期苦闷而羞怯的性冲动，体现出了颓废式的色情。在这里，被物化的女性身体成为了欣赏的对象，展现出唯美主义对官能之美、肉感主义的迷恋。“纨绔子”的形象是唯美主义者青睐和追捧的对象，王尔德、西蒙斯、波德莱尔等都在自己的作品中创造过纨绔子的艺术人物。他们往往风度优雅，讲究服装、外表和修饰，有着艺术化、审美化的人格理想。叶灵凤在《禁地》中就创造了这样一个人物形象，主人公陈菊璇有着“男人见了嫉妒，女人见了倾心的面目”，“对于衣饰的色彩配置和调和，已有了相当的研究”，他的卧室不但有着各种各样的化妆品，而且还有修饰指甲的Cutex和Nail Polish这两件“目下一般时髦腐女的妆台上还不常遇见的物品”。叶灵凤甚至还隐晦地描写了同性恋倾向，陈菊璇的朋友刘屏秋对他的赞美就不无暧昧：“‘并不是我奉承你。老实说，我若是一个女性，我早已要为你而发狂了，就是现在我也……’菊璇的脸上突然羞红了起来。”颓废的异国之风的吹拂，再加上二三十年代上海灯红酒绿的都市消费文化环境，叶灵凤一方面满足于自己对享乐、颓荡等唯美主题的渴求，另一方面迎合市民阶层的需要，创作出了大量带有颓废之风的作品。

事实上，唯美主义倡导的感伤忧郁和颓废的情绪为创造社许多作家所津津乐道，张资平、陶晶孙、倪贻德甚至郭沫若等创作的小说中都有所体现。张资平敢于大胆地描写男女之性事，并将性爱题材进行了唯美的处理，把创造社小说中青年苦闷源于经济和肉体的双重压抑这个主题推想到极端，造成了一种完全新式的对待性爱和欲望的思维。同时，在小说的形式方面也借鉴西方象征主义、唯美主义作品的表达，改变叙事切入的角度，尝试从潜意识心理、象征手法等多种多样的表达方式。陶晶孙的小说文字柔美、笔调细腻，充满个人唯美情调。他的《音乐会小曲》、《两姑娘》、《木犀》等篇章都沉浸着一种浪漫梦幻的色彩和哀怨悲伤的情调。陶晶孙在整个大正十五年都居留日本，自然深受唯美之风的影响，他认为艺术就是“一种幻想的慌语”① 的观点就来源于王尔德。叶灵凤在评论陶晶孙的小说《音乐会小曲》时认为“全篇充满了一种异国的情调，结构和对话也很巧妙，实是一篇值得玩赏的作品……这与 Wilde（王尔德）用法文写的 Salomé（莎乐美）一样，读了只有使我们能感着一种在通常的文字内所感不着的趣味”②。倪贻德是学美术出身，他早期绘画受印象派影响，后来逐渐对后印象派、野兽派、巴黎画派等西方“新艺术”感兴趣。他认为艺术的意义就在于表现自己的心象，“只要是美的，在艺术家的眼里，就是真，就是善，就是至高无上的创造”③。这种艺术观渗透在文学创作上，造就了他哀婉清丽、感伤抒情的色彩。他的小说《玄武湖之秋》、《花影》等既有画家孤傲细腻的情感，又洋溢着诗人忧伤多情的气质。当然，前期创造社诸作家并不是真正的艺术至上主义者，在严酷的时代重压下，大多数人很快就从纯文学的象牙塔中走了出来，但他们笔下的唯美倾向却打破了封建文学文以载道的传统，丰富了“五四”文坛多

① 陶晶孙：《〈音乐会小曲〉书后》，《音乐会小曲》，上海创造社出版部 1927 年版。

② 叶灵凤：《幻洲》第 3 期“编后随笔”，1926 年版。

③ 倪贻德：《论裸体艺术》，《艺术漫谈》，上海光华书局 1928 年版。

元化的创作构向，激发了“五四”文学的内在活力。

二、狮吼社等海派唯美社团笔下的唯美之光

继创造社诸作家之后，以狮吼社为代表的海派文学团体公开树起了唯美主义的大旗。狮吼社于1924年3月由滕固、方光焘、张水淇等成立，随着后来章克标、邵洵美等人的加入逐渐声势浩大。1927年5月邵洵美主编发行了《狮吼》月刊，出版两期后停刊。1928年金屋书店成立，7月《狮吼》复活号半月刊问世，出至年底第12期停刊，次年1月邵洵美推出《金屋月刊》代之。《金屋月刊》到1930年9月出至第12期停刊，狮吼社也随之解散。绿社是上海唯美主义的另一支重要力量，它成立于1930年，最初的成员有朱维基、蔡方信和林微音。其他具有唯美倾向的海派文学社团还有以叶灵凤为代表的幻社和曾虚白为代表的《真善美》作家群等。在这股浩浩荡荡的唯美主义大潮中，专注于小说创作的是滕固、章克标、林微音等人。

滕固曾于1921年参加文学研究会，并参与了民众戏剧社的发起，他和许多早期创造社成员过从甚密，1924年又和方光焘筹组了狮吼社，另外他还有着美术史学者的身份，显示出比较繁杂的文学趣味和艺术倾向。不过，滕固的成就主要还是在唯美主义思潮的倡导和唯美颓废作品的创作上，可以说他是海上唯美派的中坚力量之一。滕固曾在日本留学，无论对日本唯美派作家还是英国唯美派作家他都非常熟悉，尤其是王尔德、罗塞蒂、戈蒂耶等人。从他的作品中就可见这些作家对他影响之深，他小说的主人公经常会与某个唯美主义的作家联系到一起。在《新漆的偶像》中谭味青宴会时竟会幻想到“在朦胧的灯光下，读Gautier（戈蒂埃）的小说，看Rossetti（罗塞蒂）的画集”。《牺牲》中主人公所爱恋的天使般的女子是平昔在Dante G. Rossetti的诗画中时时遇到的。而在《眼泪》中“我”妻子难产时竟会令“我”想起“Dante G. Rossetti（D. G. 罗塞蒂）的妇人也是产死的”。滕固的小说中呈现出较浓郁的病态美和残酷美的倾向，既有莎乐美怪诞恐怖风格的影响，也有着谷崎润一郎的恶魔主义文学的痕迹。在滕固的作品中，死亡的阴影触目可见，他于1922年首篇发表

在《创造周报》的《壁画》描写了画家崔太始用自己的血创作了一张壁画，壁画上画着一个僵卧的人，一个女子站在他的腹部跳舞，很明显带有莎乐美式的风格。另外滕固的小说中又充满着官能和享乐色彩。《石像的复活》中埋头研究基督教的宗老受到美丽女裸体石像的诱惑开始厌恶多年的斯多噶主义，每天与石像共眠。《新漆的偶像》中主人公谭味青高呼："他要努力做现代人，他要实现享乐主义，他要希求死而无憾。"不过滕固并没有陷入庸俗的官能刺激和肉体崇拜中，而是具有一定的道德意识和严肃的现实关怀。《银杏之果》中的秦舟尽管整日想异性的丰美肉体，但他在传统中长大，受父亲制约，念的是《长乐王造像》，读的是《史记》，依旧受到传统观念的影响，小说的整体风格也蕴涵着浓郁的古典情愫。鹤逸（顾麟生）曾评价滕固道："他的为人，却没有 Wilde 的那样的装疯，戈提的那样的立异，实不过想借 decadent，来表现他的反抗时代的精神。"① 在滕固小说中所散发出的唯美主义的热情以及背后隐约可见的传统痕迹，真实地记录了唯美派小说中国化的过程。

章克标也是狮吼社中举足轻重的成员之一，他对唯美主义思潮表现出极大的热忱，曾翻译过王尔德、菊池宽、谷崎润一郎等人的作品等，深受唯美主义气息的熏染。他在作品中写道："倘使能够有超一切利害的眼来看一切，一切都可成蜃楼一般是美好的东西。"② 小说《蜃楼》中的"我"在如同蜃楼般的梦境中得到了现实中所不能的满足，恰如书名所暗示那样，爱情固然美丽，但有时不免如蜃楼般可望而不可及。主人公犹豫不决的性格和颓废伤感的氛围，再加上自叙传式的叙述方式，都与郁达夫作品的风格极为相似，也显示出狮吼社成员与创造社艺术上的承接关系。另外，与滕固相比，章克标的小说风格更多形而下的肉欲宣泄和官能刺激。他对谷崎润一郎作品尤其钟爱，他曾坦承："我连续翻译了几篇谷崎润一郎的作品，头脑中被他恶魔的色彩唯美的情调充塞满了。"③ 并称赞

① 鹤逸:《〈一条狗〉附记》，1925 年 9 月 17 日《晨报副刊》。

② 章克标:《蜃楼代序·蜃楼我观》。

③ 章克标:《做不成的小说》，载《金屋月刊》第 1 卷第 5 期，1925 年 5 月版。

谷崎润一郎是“日本的王尔德，他同样归依于美神的 Decadent 艺术的巨将”①。章克标的作品中也有着浓厚的谷崎润一郎式的恶魔气息和肉体主义倾向。《银蛇》中作者用好几页的篇幅仔细描绘了主人公闻着女人刚刚穿下的浴衣，“一路上想象这是高峰那是深谷，他想象平原也想象丘壑，到后久久停住在衣的中段”。《一夜》中街道上的女人“突出的前胸和突出的后臀在（优）雅地或轻快地走动之间表现出了成熟的女性美的极致。这些女人，都极度显露出她们的色相。尽我们观赏，享乐着我们的观赏”，女性完全成为了欣赏的对象。当唯美主义所倡导的艺术改造生活的理念与商业化的都市社会联系在一起时，带来的并非是艺术化的商业社会，而是商业化的艺术产品，艺术作为社会的产品深深地浸染上了商业时代的痕迹，章克标作品中对于人的物化、审美的商品化的描写鲜明地表现出了这一特征。唯美主义和都市消费主义的结合，既使唯美蒙上了一层商业文化的色彩，也将其从形而上的云端打落到了追求感官快乐、肉体刺激的深渊。

在绿社的成员中，林微音曾翻译过戈蒂耶的长篇小说《马斑小姐》(今译《莫班小姐》)，也是唯美主义信条的信奉者。他高度肯定艺术的价值，宣扬“为艺术而人生”的哲理，主张艺术就是人生。他曾说过：“要使你的生活成为精致的艺术品，这样，你的作品也能成为精致的艺术品。”② 他还专门发表了一篇散文《艺术即人生论》来阐释自己的思想。林微音不但宣扬生活艺术化的观点，而且还真正做到了身体力行。据施蛰存回忆：“夏天，他经常穿一身黑纺绸的短衫裤，在马路上走。有时左胸袋里露出一角白手帕，像穿西装一样。有时纽扣洞里挂一朵白兰花。有一天晚上，他在一条冷静马路上被一个印度巡捕拉住，以为他是一个‘相公’(男妓)。”③ 王尔德曾手持百合花在皮卡迪里广场漫步，林微音显然是对唯美主义青年王尔德生活方式的模仿。小说《白蔷薇》中一民和妻

① 章克标《谷崎润一郎集·序》，开明书店 1929 年出版，第 8 页。

② 转自刘钦伟《中国现代唯美主义作品选》上卷，花城出版社 1996 年，第 218 页。

③ 施蛰存《林微音其人》，《沙上的脚迹》，辽宁教育出版社 1995 年。

子兰若的女友稚茜有着暧昧关系，不料由于兰若的出现，一切都烟消云散。女主人公稚茜在看完电影《莎乐美》之后有一段心理活动描写：“她觉得沙乐美确是伟大。她不顾一切地爱着，甚至不惜牺牲了她的被爱者的生命来成就她的一吻。”林微音借助一个婚外恋的故事传达了唯美主义的情愫：即代表着艺术的“莎乐美之吻”是世间最美的存在。长篇小说《花厅夫人》可以说是林微音的代表作，讲述了一个漂亮的女大学生孙雪非被教授兼诗人的钟贻成引诱改造成为“花厅夫人”的故事。小说抛弃了传统的道德意识，也没有感情上的纠葛，而鼓吹结婚只是一种义务，爱才是享受，为体验爱要拒绝结婚，这些无不是典型的唯美艺术家的生活姿态。在其他小说如《舞》、《西泠的黄昏》等作品中，表达了现代都市人对孤独感的焦虑和恐怖，无不弥漫着唯美的趣味和颓废的气息。由此可见，无论在生活实践还是具体创作，林微音都努力奉行着唯美主义思想，真正与二三十年代在上海兴起的唯美思潮融为一体。

三、新感觉派小说中的唯美风情

以狮吼社等为代表的海上唯美社团在推崇肉欲享乐和感官刺激的同时，难免会不自觉地滑向色情文学的边缘，而新感觉派在中国兴起正赶上唯美主义在海上文坛大行其事、高歌猛进的时代，施蛰存、戴望舒、杜衡等都是翻译唯美派作品的主将，1934 年穆时英还和叶灵凤共同主编过《文艺画报》，其中就选刊过波特莱尔《恶之花》插图和卢维《肉与死》的插图，可见新感觉派和唯美主义之间有着难以分割的紧密联系。自然新感觉派也摆脱不了对情欲和物质享乐的迷恋，另一方面却也不甘于灵魂的沉沦而对都市的物化现象持拒斥和批判的态度。正如一位论者所指出：“如果说唯美主义一头联系着浪漫主义，另一头联系着现代主义，那么‘新感觉’则是头枕着唯美主义，整个身体已经属于现代主义。”① 新感觉派作家的身上不可避免地打下了唯美主义的烙印，在描绘声色律动的洋场都市生活中，新感觉派作家的作品中显示出浓厚的唯美风情。

---

① 施军、曾一果：《论新感觉派与唯美主义》，《江西社会科学》2004 年第 1 期。

施蛰存恐怕是新感觉派作家中最具有唯美主义情绪的一个。他早年的小说集《上元灯》就充满了浪漫唯美的怀旧情调，通过对往昔远离都市的乡镇生活的感怀，营造出一种古典伤感的氛围。其中第一篇小说《扇》用一柄茜色轻纱的团扇，记载了一段少男少女缠绵朦胧的初恋故事，很容易使人联想起“轻罗小扇扑流萤”的画面。《周夫人》写了寡居的周夫人被压抑的性欲在一个少不更事的少年微官身上的病态宣泄。作品从一个孩子的眼里感受成年女性的性渴望和性饥饿，对变态心理的唯美把握已经相当成熟。到了小说集《将军的头》中，这种对变态美的表达就更加明显。《将军的头》记述了唐代将领花惊定率军西征途中遇到一部下的骑兵调戏一少女，将军将该骑兵正法，自己却爱上了这位少女，心灵屡遭“恋爱底痛苦和美味”；而当将军茫然上了战场被砍断脖子时，竟然携自己的头颅奔回到钟情的少女面前才颓然倒地而亡。这种对于爱和美的追求到极致的情绪无疑是典型的莎乐美式的。《石秀》中石秀爱上了潘巧云，但由于和杨雄的兄弟之情而不能实现，于是对潘巧云与和尚裴如海的私情既嫉妒又仇恨，最终教杨雄用计骗潘巧云主仆上翠屏山，演出了一场血腥虐杀的画面。当杨雄操刀向前时，他对潘巧云“多情地看着”，每剜一刀，就“觉得一阵爽快”。这种以对象的毁灭为代价满足自己爱的欲望的表达方式与莎乐美如出一辙。而在《在巴黎大戏院》中，施蛰存对主人公偷偷吮吸女友带有鼻涕、痰迹的手帕，犹如抱着女友裸体的感觉心理的描写，很明显受到谷崎润一郎《恶魔》以丑为美、怪诞美等类似变态心理描写的影响。至于《魔道》、《夜叉》、《凶宅》等作品中，神秘的女郎、古怪的老妇、恐怖的夜叉和阴森的凶宅……对这种怪异、阴暗、恐怖的鬼魅氛围的营造上，我们也很容易感受到唯美主义对怪诞美的强调。唯美主义追求的不但是官能刺激和肉欲享乐，还强调灵与肉的合一。“《莎乐美》是要表现肉体的美，但这肉体仍是精神的，脱去常人之所谓肉体。”① 在施蛰存的作品中，诸如《梅雨之夕》、《黄心大师》等大多数都属于比较严

① 程文超：《欲望的重新叙述：20世纪中国的文学叙事与文艺精神》，广西师范大学出版社2005年版，第161页。

肃理性的灵与肉的冲突，很大程度上提升了中国唯美主义的表达内涵。

“唯美主义和颓废主义不仅是一种文艺思想，它还是一种特殊的生活方式。”① 唯美主义者往往追求瞬间快感、及时享乐，这种行为方式来源于佩特的“刹那主义”。佩特认为，艺术“它所给你的，就是给予你的片刻时间以最高的质量，而且仅仅是为了过好这些片刻时间而已”②。刘呐鸥和穆时英就在作品中表现了在都市社会中把握当前，及时行乐的唯美主义生活方式。在流光溢彩、高速运转的都市生活中，就连性爱也变得需要快节奏。穆时英在《被当作消遣品的男子》中写道：“如果这高速度的恋爱失掉了她的速度，就是失掉了她的刺激性”；刘呐鸥《两个时间的不感症者》中的女主人公与刚结识的H，在消费了三个小时之后，就把男主人公怔怔地抛弃在舞场去赶赴下一个约会。她甚至认为“loving—making是应该在汽车上风里干的……我还未曾跟一个gentleman一块儿过过三个钟头以上呢”。新感觉派作家本人也经常沉湎于舞厅、夜总会、电影院中，据施蛰存回忆，他和穆时英、戴望舒、刘呐鸥等人每天晚饭后就“到北四川路一带看电影，或跳舞。一般总是先看七点钟一场的电影，看过电影，再进舞场，玩到半夜才回家”③，就连穆时英的妻子仇佩佩也是他在“月宫”舞厅跳舞时爱上的舞女，这种纸醉金迷、声色犬马的生活方式正是唯美主义者所追求的。穆时英在《黑牡丹》中的主人公直言不讳地说：“我是在奢侈里生活着的，脱离了爵士乐，狐步舞，混合酒，秋季的流行色，八汽缸的跑车，埃及烟……我便成了没有灵魂的人。”色情和肉感是唯美主义文学显在的风格特征，被视为英国唯美主义运动早期阶段的先拉斐尔派就曾被骂为肉感诗派，波德莱尔在《恶之花》中盛赞肉体之美是最为卓越的天赋。刘呐鸥和穆时英都在作品中大胆地描绘肉体之美：刘呐鸥的《游戏》里的女主人公，有着“一对很容易受惊的明眸，这个理智的前额，和在它上面随风飘动的短发，这个瘦小而隆直的希腊式的鼻子，

① 周小仪：《唯美主义与消费文化》，北京大学出版社2002年版，第179页。

② 赵澧、徐京生：《唯美主义》，中国人民大学出版社1988年版，第78页。

③ 施蛰存：《我们经营过三个书店》，《新文学史料》，1985年第1期。

这一个圆形的嘴型和它上下若离若合的丰腻的嘴唇”；穆时英《白金的女体塑像》中的女病人“她的皮肤反映着金属的光，一朵萎谢了的花似的在太阳底下呈着残艳的，肺病质的姿态。慢慢儿地呼吸匀细起来，白桦似的身子安逸地搁在床上，胸前攀着两颗烂熟的葡萄，在呼吸的微风里颤着”，《CRAVEN“A”》更是把女性的身体比喻成一幅国家地图，并隐含着性幻想的特征。唯美主义笔下的色情和肉感并不淫秽和下流，他们只是肉感美和官能美的崇拜者，建立在都市社会基础上的新感觉派文学在这里卸下了道德的与功利的使命，走上了唯美的殿堂。

四、唯美主义在上海的余绪：以徐讦、张爱玲为例

当时间走进30年代末期，唯美主义的潮流不可避免地走向了衰落，战争的硝烟打破了唯美主义者精心构筑的象牙之塔，摧毁了海派作家心中的唯美之梦，作为唯美主义存在背景的繁华的现代都市已经不复存在。不过唯美主义在上海的表演还没有走完，在徐讦、张爱玲等为代表的海派作家身上，唯美主义留下了最后的余绪。

徐讦的大多数小说中都充满了浪漫唯美的色彩，尤其追求神秘怪诞的创作风格。虽然尚未发现他对唯美主义有明显的接受，但他认为“艺术在创作的时候，只专为于艺术，则自可有为艺术而艺术的心境”①，与唯美主义追求艺术美，反对艺术工具化的观点是一致的。他还曾参加过绿社的活动，在绿社发行的《诗篇》月刊发表过抒写失恋心情的小诗《忘掉》。在他的小说《阿拉伯海的女神》中，徐讦借人物之口说：“平常的谎语要说得像真，越像真越有人爱信，艺术的谎语要说得越假越好，越虚空才越有人爱信”，并宣称“我愿意追求一切艺术上的空想，因为它的美是真实的”，显然是受王尔德《谎言的衰朽》中观点的影响。艺术的魅力即在于它的虚构性，徐讦就是一个善于编织故事的高手。《鬼恋》写“我”在深夜的街头邂逅一位自称为“鬼”的冷艳美女，在交往中不由心生爱慕，但她却始终以人鬼不能恋爱为由拒绝。直到后来被“我”跟踪

① 徐讦：《谈艺术与娱乐》。

到寓所，才说明了真相：原来她是一个革命者，因情侣受害，自己也被通缉，于是成了夜行昼伏的“鬼”。当“我”劝她一同做个享乐的人后，她便从此音讯杳然。小说情节虽简单，但却编织得扑朔迷离、悬念迭起，显示了引人入胜的写作技巧，“鬼才”的称呼由此而来。而在《鬼恋》中表现出的神秘怪诞的想象则是徐讦小说中另一唯美特色，这种超乎现实的神秘奇幻境界正是他自觉的艺术追求。《园内》、《离魂》、《痴心井》等小说或是写扑朔迷离的人鬼之恋；或是讲述人鬼相遇的传奇故事，或是记载女鬼具有魔力的珊瑚心……无不充满着幽冷凄艳的恐怖色彩。《犹太的彗星》、《阿拉伯海的女神》、《吉布赛的诱惑》、《英伦的雾》、《荒谬的英法海峡》、《精神病患者的悲歌》等作品则带有着异域的梦幻与神秘色彩，令读者会不知不觉地陷身于作者所营造的真假难辨的魔幻境界中。徐讦小说中这种带有唯美色彩的浪漫传奇为处于战争环境中的文学增添了一道独特亮丽的风景线。

傅雷在《论张爱玲的小说》中批评了《倾城之恋》：“几乎占到二分之一篇幅的调情，尽是些玩世不恭的享乐主义的精神游戏……”虽然略显苛刻，但也一针见血地指出了张爱玲作品中文风华美的唯美主义倾向。张爱玲在《自己的文章》中辩称：“我也并不赞成唯美派。但我以为唯美派的缺点不在于它的美，而在于它的美没有底子。”尽管表明自己并不赞成唯美派，但也可见她对唯美主义讲究风格与技巧的华美还是赞同的。在她作品中流露出的“刹那主义”人生观以及浓厚的颓废意识，都毫无疑问地表明了她身上的唯美主义特征，以致有人称张爱玲是“20世纪最为彻底的唯美主义者”①。张爱玲对时间的流逝分外敏感，在《〈传奇〉再版序》里她就写道：“呵，出名要趁早呀！来得太晚的话，快乐也不那么痛快……快，快，迟了来不及了，来不及了！”字里行间对抓住瞬间，及时享乐的渴望溢于言表。“一刹那”这个概念可以说在张爱玲的小说中是出现频率相当高的一个词汇②：“别的她不知道，在这一刹那，她只有他，

---

① 张均：《张爱玲传》，文化艺术出版社2006年版。

② 参见李今：《海派小说与现代都市文化》。

他也只有她"，"其实不过是一刹那，却以为可以天长地久"。流露出对人生中转瞬即逝的美好感觉的追求。张爱玲又是一个有着极强颓废意识的作家，亲情的缺失与人情的冷漠使她对生命有着不可遏止的失望和疲倦，在她的作品中诉说着无尽的苍凉。"生命是一袭华美的袍，爬满了蚤子"①，生命在她的眼里不过是一场彻底的悲剧。《倾城之恋》中劫后的香港"剩下点断墙残垣，失去记忆力的文明人在黄昏中跌跌绊绊摸去摸来，像是找着点什么，其实是什么都完了"②。战争毁灭了一切，剩下的只有无边的荒凉与虚无。张爱玲还在小说中塑造了带有病态色彩的人物形象，如《金锁记》中的曹七巧，《心经》中的许小寒，《茉莉香片》中的传庆等。曹七巧从性压抑到性变态、许小寒变态的恋父情结、聂传庆病态的心理和变态的性格……这些趋于病态的主人公形象，再加上"红色的月牙"，"四下里探着头，像一窠青蛇"的仙人掌这些19世纪末唯美颓废派惯用的意象，正如一位论者所指出："张爱玲把王尔德派的唯美主义艺术观，同东方的含蓄隐晦之美相结合，创造出一个似梦似真的虚幻、空灵的美的艺术境界。"③

40年代承续海派唯美主义遗风的还有无名氏、杜衡、黑婴、禾金等，建国后唯美主义彻底消失于文坛。作为一种思潮，唯美主义在中国经历了由盛到衰的过程，其历史经验教训值得我们认真思考。

第三节　上海唯美思潮影响下的现代诗潮

唯美主义思潮传入上海以后，很快在诗歌领域内掀起了一场纯诗学运动。这场运动起源于对"五四"白话诗过于散文化和粗糙而缺乏艺术性的不满，运动的发起人宣扬"为诗而诗"的观念，讲究诗歌的形式美，追求诗歌语言的象征性和音乐性，这些无疑是唯美主义文学观在诗学领域

① 张爱玲：《天才梦》。

② 张爱玲：《倾城之恋》，《张爱玲作品集》，海南出版公司2005年版，第33页。

③ 张颖颖：《源与流——唯美主义与中国现当代文学》，第128页，《徐州师范大学学报》1998年3月。

内的集中体现。而在西方世纪末文学思潮和唯美主义追求感官享乐思想的影响下，一些诗人又不可避免地带上了一层颓废色彩，他们或是追求悲凉而忧郁的咏叹，或是热衷于声色和肉感的诱惑。于是在上海唯美思潮的影响下，20 世纪的现代诗坛演绎了一场唯美与颓废的合唱。

一、纯诗运动的兴起与李金发的颓废情调

"纯诗"一词最早出现是在 1926 年穆木天的《谭诗》中："我们要求的是纯粹诗歌（The pure poetry），我们要住的是诗的世界，我们要求诗和散文的清楚分界。我们要求纯粹的诗的 inspiration。"① 王独清也在《再谭诗》中阐明了倡导纯诗的必要性："要治中国现在文坛审美薄弱和创作粗糙的弊病，为觉得有倡导 Poèsie pure 的必要"，并呼吁"我望我们多下功夫，努力于艺术完成，学 Baudelaire，学 Verlaine，学 Rimbaud，做个唯美的诗人吧!"② 穆木天和王独清都曾留学于海外，对西方唯美主义和象征主义诗学都很熟悉。穆木天重视诗的朦胧和暗示的特质，他认为："诗是要暗示出人的内在生命的深秘。诗是要暗示的，诗最忌说明的……诗不是像化学的 $H_2 + O = H_2O$ 那样的明白的，诗越不明白越好。明白是概念的世界，诗是最忌概念的。"③王独清借鉴最喜爱的四位法国诗人拉马丁的"情"、魏尔伦的"音"、兰波的"色"、拉法格的"力"，据此得出了"理想中最完美的'诗'"的"公式"："（情 + 力）+（音 + 色）= 诗"④。他们的诗学理论都是从"为诗而诗"和为艺术而艺术的观念出发，把"美"当作艺术创造的最高境界，强调通过象征、暗示、音乐性、色彩感等来营造诗歌美，这与波德莱尔"唯美"的诗学思想极为相似，显然是受到后者影响。与此同时，朱维基翻译的爱伦·坡的《诗的原理》发表在 1926 年出版的《火山月刊》上，爱伦·坡在文中提出了"为诗而诗"的纯诗观念：纯诗是美的有韵律的创造，趣味是唯一的裁判。而在

①③ 穆木天：《谭诗——寄沫若的一封信》，《创造月刊》第 1 卷第 1 期，1926 年 3 月。
② 王独清：《再谭诗——寄给木天、伯奇》，《创造月刊》第 1 卷第 1 期，1926 年 3 月。
④ 参见杨匡汉、刘福春：《中国现代诗论》，花城出版社 1985 年版，第 103—104 页。

北方，同时参与这场纯诗运动的还有周作人、朱自清、梁宗岱等。解志熙认为现代纯诗观念的萌芽正是在周作人的精心爱护下得以延续，并逐渐壮大起来的①，而李金发就是受到其扶持的一位。

李金发曾于1920年代初去法国学习雕塑和绘画，1923年左右他将《微雨》、《为幸福而歌》、《食客与凶年》三部诗集陆续寄回国内发表，获得周作人的高度赞赏。他的诗歌深受波德莱尔、魏尔伦等象征主义诗风的浸染，以其鲜明特色的创作引起了文坛的注目，被称为“诗怪”，并最终成为了中国象征主义诗派的开创者。波德莱尔不仅是象征主义诗歌的奠基人，也是唯美主义文学的重要代表。因此在李金发的诗歌中，虽然在创作技巧与方法上取法于象征主义，但在诗学观念上却与唯美主义一致。李金发的《美育》在创刊号明确指出：“艺术是不顾道德，也与社会不是共同的世界。艺术上唯一的目的，就是创造美；艺术家唯一的工作，就是忠实地表现自己的世界。所以他的美的世界，是创造在艺术上，不是建设在社会上。”② 或许是受波德莱尔《恶之花》的影响，李金发的诗中充满着悲凉的感伤和颓废绝望的情调，大多表现“对于生命欲揶揄的精神，及悲哀的美丽”③。在《夜之歌》他中写道：“我们散步在死草上，/悲愤纠缠在膝下。/粉红之记忆，/如道旁朽兽，发出奇臭。遍布在小城里，/扰醒了无数甜睡。/我心已破之轮，/永转动在泥污之下。”④ 透露出诗人深入骨髓的厌世情绪以及浓重的悲观色彩。对于诗人来讲，生命也充满了偶然性，正像他在诗中吟唱的那样“如残叶溅血在我们脚上，生命便是死神唇边的笑”，在这种颓废的生命意识的影响下，诗人也渴望逃避现实，追逐欢乐：“酒肉充满台儿，/痛饮狂吞，/怕欢乐不常在！”⑤ 在这里，颓废不过是诗人用艺术来扭曲分裂现实，玩味生命中瞬间欢乐的方式。对于自己思想中的这种颓废意识，李金发显然是知道的，他在诗中将这种心态坦

---

① 解志熙：《美的偏至》，第264页。
② 李金发：《烈火》，《美育》创刊号，1928年10月。
③ 黄参岛：《〈微雨〉及作者》，《美育》，1928年3月。
④ 李金发：《微雨·夜之歌》，《李金发诗集》，四川文艺出版社1987年版，第37页。
⑤ 李金发：《食客与凶年·生》，《李金发诗集》，第254页。

然示之:“如其究心的近况,/我将答之以空谷;/如其问地何以荒凉,/我将示之以/颓败的花,/大开的门。”① 李金发经常在诗中借用粉红、月色、深黑、青紫等鲜丽的色彩与“死草”、“朽兽”、“奇臭”、“死亡”等丑恶、腐朽的意象对比,营造出怪异、神秘、恐怖的氛围来凸显内心的情绪,更增添了颓废病态的唯美情调。总之,李金发的象征主义诗歌包涵了浓郁的唯美主义因素,他对颓废情调的敏锐捕捉和现场再现,为中国现代诗坛盛开了一朵妖艳的病之花。

二、以徐志摩为代表的后期新月社及唯美思潮的扩展

1927年春,胡适、徐志摩等人在上海创办了新月书店,次年又创办《新月》月刊,这就是后期新月派。它以1928年创刊的《新月》月刊和1930年创刊的《诗刊》季刊为主要阵地,新加入成员有陈梦家、方玮德等。他们仍是纯诗的倡导者与力行者,不过与前期不同的是,他们的创作中开始出现浪漫主义、新古典主义、唯美主义、现代主义的相互渗透,表现出一定形式的现代主义倾向。尤其是徐志摩,后期受唯美主义者王尔德、邓南遮、史文朋、哈代和波特莱尔等人影响颇深,开始“从单纯的信仰流入‘怀疑的颓废’”②。他和著名的唯美诗人邵洵美是非常要好的朋友,并对王尔德极为感兴趣。王尔德赞赏无理性的爱,认为爱情在生命中高于一切,徐志摩曾评价王尔德说:“他的特长就是他的‘酣彻的肉欲’与不可驾驭的冲动,在他生命中艺术即是恋爱,恋爱即是艺术。生活即是官觉的活动,没有敏锐的感觉生活就是空白。”③ 明确道出了王尔德的艺术观和爱情观。徐志摩在《爱的灵感》中写道:“死,我是早已望见了的。/那天爱的结打上我的/心头,我就望见死,那个/美丽的永恒的世界;死,/我甘愿的投向,因为它/是光明与自由的诞生。”这种将死亡与爱情联系在一起,在死亡中达到爱情的最高境界的观念,和以王尔德为代表的

---

① 李金发:《食客与凶年·如其究心的近况……》,《李金发诗集》,第371页。
② 钱理群:《中国现代文学三十年》,北京大学出版社,第358页。
③ 徐志摩:《丹农雪乌的作品》,《晨报副刊》,1925年12月20日。

唯美颓废思潮有着直接的关系，应该说徐志摩后期从这股唯美颓废思潮中悟出了爱情和艺术的真谛。徐志摩曾翻译过波德莱尔的《死尸》，称赞它是《恶之花》诗集中“最恶亦最奇艳的一朵不朽的花”，并称“它的臭味是奇毒的，但也是奇香的，你便让他醉死了也忘不了他那异味”①，对于文中的神秘主义诗歌观，鲁迅还曾在《音乐?》一文中给予尖锐的讽刺。不过即使是鲁迅自己也深深地被波德莱尔所吸引，在他的散文诗《野草》中，就有着波德莱尔式的颓废。徐志摩对于波德莱尔诗歌中死亡与丑恶意象的借鉴是不言而喻的，他改变了以往对于爱情和理想的浪漫主义歌唱，大胆采用怪异、病态、诡谲的意象，开拓了诗歌创作的表现领域。《俘虏颂》中俘虏“身上脸上全挂着彩，/眉眼糊成了玫瑰，/口鼻裂成了山水，/脑袋顶着朵大牡丹，/在夫子庙前，在秦淮河边寻梦”，将生与死、美与丑相对比，形成强烈的反讽，这种以丑为美的表达方式本带有强烈的波德莱尔式色彩。此外还有《太平景象》、《大帅》等大都咏叹死亡、暴露丑恶，诗歌中流露出的颓废主义清晰可见。

事实上，唯美主义的影响不仅仅只限于浪漫主义或自由主义作家，前面介绍的王独清和穆木天就是后来革命文学的倡导者，而在左联领导下的中国诗歌会，虽然公开要求实现“诗的意识形态化”和“诗与诗人的大众化”这些与唯美主义截然不同的口号，但在某些作家身上，却也不同程度地染上过唯美主义色彩，杨骚就是其中一个。杨骚曾留学日本，期间深受西方文艺思潮的影响，他曾坦承：“在我所接触的西洋作家中，最初顶喜欢的是安特列夫，其次喜欢诗人海涅；后来变成喜欢王尔德这些唯美派的。到了要离开日本的前后，转成喜欢看剧本，最高兴看的是霍普特曼（Hau Ptmann）的作品，尤其是他从自然主义转成象征主义以后的《沉钟》。”②《莎乐美》的最后一个场景莎乐美亲吻约翰的头颅而死的情节对杨骚有很大的震撼，杨骚《粉蝶与红蔷》就通过粉蝶和红蔷凄美的爱情故事体现了“莎乐美之吻”情绪。全诗充满着一层冷酷惨美的情绪，从

① 徐志摩：《〈死尸〉译者跋》，《语丝》第3期，1924年12月1日。

② 杨西北编：《杨骚选集》，厦门大学出版社1989年版，第266页。

开始的粉蝶和红蔷在院子里亲密地互诉衷肠，到最后“粉蝶的柔唇永接在红蔷的花心深处”、“风在狂呼，天地在飞舞……”的诗句烘托出一种阴冷的氛围，这种生死相许的情死和“造化的不可思议”的吻，体现了诗人为爱而生、为爱而死的唯美主义爱情观。而在杨骚的《永劫》、《错乱》等作品中则营造出一种神秘幽深的格调，通过冷清的湖、阴暗的树林、幻听般的琴声、木匠的斧头声、黑深深的古井等奇幻阴森的意象勾画出一种忧郁、迷惘的伤感情绪，具有霍普特曼式的象征主义特色。当然，杨骚诗歌中的这些象征唯美主义色彩随着他加入中国诗歌会逐渐减少，开始汇入到时代的大合唱中。

三、“花一般的罪恶”：“颓加荡”的最高音

狮吼社虽是由滕固等人初创，但无论是声誉还是影响，将其带上唯美主义巅峰的却是在邵洵美加入之后。邵洵美不但满怀唯美—颓废的热情，更重要的是拥有显赫的家庭出身以及家族联姻带来的巨大财富。1929 年，他索性让日趋萧条的《狮吼》半月刊停刊，转而创办了从封面到内容都模仿英国著名唯美杂志《黄面志》的《金屋》月刊，不但杂志的装帧和纸张质量“更上一层楼”，而且网罗了大批撰稿人声势大涨，狮吼社也一跃成为海上文坛最为惹眼的唯美颓废主义团体。

邵洵美试图通过狮吼社来实现他的唯美主义的理想。他曾于 1924—1926 年在英国留学，并游历了欧洲许多国家，在感受英法唯美主义余波的同时，很快迷醉于这种唯美颓废的气息中。他在诗集《诗二十五首》中自道：“我的诗行程也真奇怪，从莎弗发见了她的崇拜者史文朋，从史文朋认识了先拉斐尔派的一群，又从他们那里接触到波特莱尔、凡尔仑。”① 就是沿着这条线索，邵洵美开始接受西方唯美主义文学的熏陶。他的诗歌创作大都充满了糜烂而又浓艳的颓废气息，多以女性的肉体为描写对象，“你这从花床中醒来的香气，/也像那处女的明月般裸体——/我不见你包着火血的肌肤，/你却像玫瑰般开在我心里”。通过华美的词藻

---

① 邵洵美《诗二十五首·自序》，上海时代图书公司发行，1936 年 4 月版，第 7 页。

和极具官能性、诱惑性的细节，表达自己颓废的人生观和艺术观，如“那树帐内草褥上的甘露，/正像新婚夜处女的蜜泪；/又如淫妇上下体的沸汗，/能使多少灵魂日夜醉迷”。他这样的目的并非仅仅陶醉于“色的诱惑，声的怂恿，动的罪恶”，或是耽迷于色情和本能的宣泄，而是由对人生的失望转而沉湎于“颓加荡的爱”，希望在罪恶中找寻快乐，以求获得心灵深处的暂时解脱。不过，由于过分浓重的颓废气息和肉感色调，诗人也承认自己的诗“大都是雕琢得最精致的东西，除了给人的眼睛及耳朵的满足以外，便只有字面上所露示的意义”① 邵洵美这种唯美颓废主义文学观念的形成与二三十年代上海商业社会的生活方式有着密切的关系。在商品形象充分艺术化、审美化的都市商业文化氛围里，文学的商业化运作方式，加上追时趋新的艺术氛围，形成了世俗与唯美、创新与颓废交织在一起的唯美主义梦想。正如章克标后来回忆：“我们这些人，都有点‘半神经病’，沉溺于唯美主派——当时最风行的文学艺术流派之一，讲点奇异怪诞的、自相矛盾的、超越世俗人情的、叫社会上惊诧的风格，是西欧波特莱尔、魏尔伦、王尔德乃至梅特林克这些人所鼓动激扬的东西。我们出于好奇和趋时，装模作样地讲一些化腐朽为神奇，丑恶的花朵，花一般的罪恶，死的美好和幸福等，拉拢两极、融合矛盾的语言。”②

作为一个行走在都市中的唯美主义者，邵洵美并不仅仅将唯美主义的理想贯彻于艺术领域，更是以“艺术的精神对待生活”③，力求把生活艺术化。邵洵美原名邵云龙，后改为“洵美”，来源于《诗经》，意思即为“真美”。他长相俊美、衣着考究，墨西哥漫画家珂佛罗皮斯曾为他作了一幅漫画像：“画里的洵美穿着他偏爱的咖啡色袍子，敞着领口，额前的头发微鬈，薄薄的嘴唇上下蓄着山羊胡，画样突出了他的‘希腊鼻子’，紧随山羊胡之后，弯似新月的眼睛虽然没有画眼珠，却让人看到洵美眼神里温和的笑。”④ 因为皮肤苍白，他出门前还要薄施胭脂，其唯美的生活

① 邵洵美：《诗二十五首·自序》，上海时代图书公司发行，1936年4月版，第8页。
② 章克标：《回忆邵洵美》、《文教资料简报》总第125期。
③ 转引自周小仪：《唯美主义与消费文化》，北京大学出版社，第4页。
④ 邵绡红：《我的爸爸邵洵美》，上海书店2005年版，第108页。

习惯可见一斑。邵洵美出身巨富之家，可以说是个不折不扣的文学纨绔子，“少爷（邵洵美）的私人书房，也就是招待朋友谈话的客室。里面陈设很富丽，但壁上挂的那张从邦贝火山石古城中掘出来的希腊女诗人莎弗像真迹，估价在五千金以上。还有那一架英国诗人史文朋集的手卷，是用二十万金镑的代价在伦敦拍卖来的……中间放着一架STIENWAY牌的三角形钢琴……琴畔一堆像宝塔一般高的乐谱，都用翡翠色的蛇皮装订”①。他所创办的杂志《金屋》月刊，采用黄色封面，极为讲究外观和印刷质量，采用欧洲最先进的“凹版照相印刷术”，每一页都留有很宽的天地。这种唯美主义的生活方式正是邵洵美所需要的，他曾说过：“我读了马蔼（George Moore）的《一个少年的忏悔录》，啊，这才是我理想中的忏悔录呵，我羡慕他的学问渊博，我羡慕他的人生观，他也和王尔德一般张着唯美派的旗帜，过着唯美派的生活，不过王尔德带着些颓废派的色彩，而他却有一种享乐派的意味。我以为像他那一种生活，才是真的生活，才是我们所需要的生活。”②

除了邵洵美之外，沉醉于感官享乐和颓废情调的唯美主义诗人还有滕刚、郭子雄、朱维基等。他们对于“颓加荡”之风的耽迷比起邵洵美有过之而无不及，诗中大都充满着浓郁的肉感气息，其语言的大胆和诱惑简直令人吃惊。艺术上也多执著于词藻的堆砌或是象征手法的运用，对西方唯美主义的模仿也大都流于形式。不过，随着时代思潮的蜕变和阶级矛盾的加剧，这些“颓加荡”的靡靡之音影响也越来越小，到1930年《金屋》月刊停刊以及狮吼社解散之后，海派唯美主义者也逐渐风消云散。以致当抗日战火来临之时，我们很难想象，像邵洵美这样的“肉感派诗人”竟会致力于创作抗日游击歌，翻译英文版的《论持久战》的工作。

四、唯美主义与戴望舒等现代派诗人

狮吼、绿社等海派唯美主义团体将上海唯美主义思潮推向了顶峰，不

① 张若谷：《都会交响曲》，上海真善美书店1929年版，第13—14页。
② 邵洵美：《洵美文存》，辽宁教育出版社2006年版。

过在繁华与喧嚣的背后也隐藏着危机。自1930年《金屋》月刊停刊后，唯美主义运动实际上已经开始走下坡路。虽然绿社又推出了朱维基主编的《诗篇》月刊，但仍挽回不了唯美主义观念颓败的趋势。到1934年2月1日《诗篇》停刊后，唯美主义作为一股风起云涌的社会思潮已经渐渐平息，不过唯美主义的某些思想和观念还是给戴望舒、卞之琳、何其芳等现代派诗人留下了难以磨灭的痕迹和影响，使他们的作品中透露出以唯美主义为基调的现代主义气息。

戴望舒的诗歌创作所受外来影响存在着多元性，不但曾受过浪漫主义思潮派、象征主义诗歌理论乃至现代主义的影响，后期还站在现实主义文艺思潮的边缘。施蛰存说过："戴望舒是带着我国旧诗（特别是晚唐诗家)、英国颓废派诗人道生（Wensf Dowson）以及法国消极浪漫派的影响步入我国新诗坛的。"① 早在震旦大学读书期间，戴望舒就阅读波特莱尔，魏尔伦、波特莱尔等充满着阴郁与神秘色彩的象征主义诗篇，引起了戴望舒在感情上的强烈共鸣。30年代他留学于法国，接受了法国象征主义文艺思潮的熏陶，后致力于魏尔伦、果尔蒙、耶麦、瓦雷西等人的诗歌翻译，1947年又出版了译作《〈恶之花〉掇英》。正如施蛰存所说："望舒译诗的过程，正是他创作诗的过程，译道生、魏尔伦诗的时候，正是写《雨巷》的时候；译果尔蒙、耶麦的时候，正是他放弃韵律，转向自由诗体的时候。"②这些象征派诗人对戴望舒的诗艺探索道路产生了巨大影响。

戴望舒对波德莱尔的接受显然是从唯美主义的角度出发的。早期的戴望舒强调诗的音乐性和形式美，希望通过尝试创作自由体诗歌，彻底摆脱古典诗的影响，这正是戴望舒迷恋波德莱尔和魏尔伦之时。波德莱尔诗学的核心，就是追求形式美，褒扬戈蒂耶式的唯美主义，反对当时流行的诗歌政治化倾向，《我的记忆》诗集的出版集中体现了戴望舒的这一诗歌主张。戴望舒指出诗的素材不分贵贱，不论是竹头木屑、牛溲马勃，还是罗绮锦绣、贝玉金珠皆可以入诗，显然与波德莱尔将"丑"化为"美"、将

①② 施蛰存:《戴望舒诗全编·引言》，浙江文艺出版社1989年。

"腐朽"化为"神奇"的作诗原则一致，拓展了诗歌的素材与题材。戴望舒诗中忧郁伤感的情感一部分与他的个性气质和时代背景有关，另一方面也与波德莱尔的影响是分不开的。波德莱尔在《恶之花》中描绘了人性的失落与人自身的虚无，充满了颓废消极的世纪末情绪和苦闷厌世的死亡意识。戴望舒的诗歌也时常透露着忧郁的暗色，《寒风中闻雀声》中体现了世界的冷漠和生命的早衰；《残花的泪》中爱情的幻灭，"小鸟唱瀣露歌"隐喻着死亡的到来；《狱中题壁》更是展开了对死亡的直接想象。在意象的选择上，受颓废诗派的影响，戴望舒的诗喜欢捕捉一些朦胧的、伤感的意象，如幽灵、荒冢、残月等，在阴郁的朦胧中体现出凄冷、纤弱、虚幻的幽怨感。这其中就有英国颓废诗人道生的影响，据施蛰存回忆："1927年'四·一二'事变以后，望舒、杜衡都隐迹在我松江家里的小楼上。日久闲居无事，就以译书为消遣……当时，郁达夫在《创造季刊》上介绍了英国诗人欧奈思特·道生的诗歌，恰巧商务印书馆西书部新到了《近代丛书》本的《道生诗集》，望舒就去买了一本，正值傅东华译出了道生的诗剧《参情梦》，这个译本，不能使人满意，望舒就倡议与杜衡合译。不到三个月，他们就把道生的全部诗歌及诗剧都译出了。这部译稿，提名《道生诗歌全集》，由杜衡抄写，当时竟无法出版，一直保存在望舒箧中。"① 当然，戴望舒的诗歌创作思想来源非常复杂，其中不但有西方文艺思潮的影响，也有深厚的古典诗论和传统文化修养作基础，更是随着戴望舒思想的变化而逐渐改变的一个过程。

第四节　上海唯美思潮影响下的戏剧创作

自王尔德《莎乐美》一剧传入上海并风靡中国剧坛之后，唯美主义思潮就对戏剧这一文学样式产生了不可估量的影响。不过在建国后相当长一段时间内，唯美主义作为一个令人闻之色变的名词消失在人们的视野之

① 施蛰存：《〈戴望舒译诗集〉序》，《文艺百话》，华东师范大学出版社1994年版，第224页。

外。经历了“文革”洗礼的陈白尘曾经为好友田汉抱屈：“‘感伤’、‘颓废’与‘唯美主义’这些词汇遂与田汉前期剧作结了‘不解之缘’，仿佛在20年代中，中国真有过这么一个被感伤、颓废与唯美主义统治着的剧坛似的！”① 事实上，在20世纪20年代的中国剧坛，“感伤”、“颓废”的唯美主义确实曾经产生过巨大的影响。不仅仅是余上沅、徐葆炎、苏雪林、陶晶孙、陈楚淮等自由派文人对唯美主义情有独钟；田汉、郭沫若、张闻天、白薇、向培良、高长虹等在内的左翼进步作家也曾经深受唯美主义思潮的影响。

一、消解：“唯美的残梦”

唯美主义在中国剧坛的流行并非一蹴而就，而是有着深厚的历史文化原因的。唯美主义起源于对维多利亚时期的非利士人（即中产阶级）理性主义、实用主义、拜物主义等恶俗社会风尚的反叛，本身带有反启蒙、反现代性的思想倾向。但在“五四”时期唯美主义传入中国后，由于中国特定的社会环境和历史任务，却被用来作为反抗儒家的传统意识形态，进行启蒙现代性的思想武器，唯美主义的特质受到消解。《莎乐美》在西方是一个具有致命诱惑力和毁灭性的女性形象，但在中国却有了不同的色彩。自《莎乐美》在中国翻译出版和演出之后，迅速掀起了一阵“莎乐美热”，许多作家深受该剧的影响。田汉不仅将该剧翻译成中文，而且亲自执导，将《莎乐美》搬上了中国的舞台，在南京和上海演出并引起了轰动。郭沫若的《王昭君》结局中汉元帝“捧毛延寿首，连连吻其左右颊”，更是带有鲜明的模仿莎乐美痕迹。在这些作家作品中，莎乐美成为了一个不惜以生命为代价追求爱情与理想、反抗传统的艺术形象，她身上所蕴育的反抗性成为作家的主要关注点。例如田汉在评论《莎乐美》时就说“这剧本对于反抗既成社会的态度最明显”②。这些无疑深化了反封建的启蒙主题，开创了唯美主义的中国化进程，使现代作家得以用审美的

---

① 陈白尘：《中国剧坛的骄傲》，《〈田汉选集〉序》。

② 田汉：《田汉选集》第14卷，中国戏剧出版社1987年版，第197页。

视角开辟了一个广阔的艺术世界。

虽然张闻天在从事文学活动时尚未树立起共产主义的理想，但他的文学创作很大程度上仍是为其政治理想服务的。他于1924年创作的三幕话剧《青春的梦》就具有鲜明的反封建意义。不过当时的张闻天对唯美主义颇感兴趣，早在美国留学时，张闻天就选译了意大利唯美主义代表邓南遮的代表剧作《琪珴康陶》，并亲自为该书作序，称邓南遮“除了自己的感觉，不晓得有其他什么精神的与道德的。所以他对于宗教，对于道德以至对于群众都没有信仰，但是他有信仰，他信仰自己。他有崇拜，他崇拜美。他是极端的个人主义者，也是唯美主义者”①。1922年，张闻天与汪馥泉合译了王尔德的《狱中记》，并在书前附有为介绍《狱中记》而写的长篇论文《王尔德介绍》，这篇长达三万字的论文对王尔德的生平、创作乃至人生观和艺术观都作了透彻的剖析，全面阐述了王尔德的唯美主义思想，把王尔德的人生态度概括为“反对科学”、“自我崇拜”和“唯美主义”三部分。另外，张闻天还曾对波德莱尔的作品有所接触，他于1922年8月在上海翻译了德国史笃姆所作的《波特莱尔研究》，1924年4月发表在《小说月报》第15卷号外《法国文学研究专号》上。由此可见，张闻天对唯美主义的接受是全方位的，因此在他的创作中不可避免地带有唯美主义的色彩。《青春的梦》主人公明心出身于绅士家庭，由家庭包办娶妻生子，过着没有爱情的生活，后来与女同学兰芳志同道合，慢慢相爱，却受到双方家长的坚决反对，最后男女主角双双出走。剧中许明心和徐兰芳为冲破封建家庭的牢笼，掀起了一场狂飙运动，反叛一切道德观念，追求一切美的东西，追求艺术化的人生，这无疑带有王尔德唯美及快乐主义的意味。不过作者虽然运用的武器带有强烈的唯美主义色彩，但最终该剧的目的还是对封建婚姻制度进行了批判，有力地揭露了封建道德观念的吃人本质。

田汉从不讳言自己曾受过唯美主义思潮的影响。1916—1922年，田

① 张闻天:《〈琪峨康陶〉译者序言》,《张闻天早期译剧集》，中国戏剧出版社1984年版，第263—264页。

汉留学于日本，期间正是日本唯美主义之风盛行之时，他广泛地接触过日本唯美主义艺术家佐藤春夫、厨川白村和松浦一等，他自己也承认“我受过一些日本唯美派作家谷崎润一郎氏的影响”①。对英国唯美主义剧作家王尔德他尤其崇拜，不但翻译了他的代表作《莎乐美》，甚至还把他的自传性作品《狱中记》作为妻子易淑瑜学习英文的教材。英国唯美主义批评家西蒙斯的著作《象征派文学运动》更是田汉手边必备以供随时引用的书目之一。1920 年田汉发表了四幕剧《梵峨嶙与蔷薇》，“梵峨嶙”是艺术的象征，“蔷薇”则象征着爱情。从第一个剧本，田汉就开始了他对于艺术和爱情的追求。《古潭里的声音》中的诗人为追求美的极致境界不惜牺牲自己的生命；《名优之死》中的刘振声宣称“咱们唱戏的玩意儿就是性命”，为了捍卫艺术的神圣，甚至献出了自己的生命；《苏州夜话》中的刘叔康历经磨难，即使唯美之梦为战乱兵祸所破灭，仍坚守“我觉得艺术高于一切，画是我的生命啊”这样的信念，始终不渝地追求艺术美；还有《湖上的悲剧》、《南归》等剧作都表达了作者对美的极境锲而不舍地追求，具有浓重的精神至上、艺术神圣色彩。这种对艺术和美的追求与维护，毫无疑问具有鲜明的唯美主义色彩。由于“当初期创造社时代我们都和许多日本的文学青年一样爱诵波德莱尔、爱伦·坡、魏尔伦一流的作品”②，青春的忧郁加上 1925 年爱妻的去世使得田汉的剧作笼罩上了一层颓废伤感的气息。《咖啡店之一夜》就是“以咖啡情调为背景，写由颓废向奋斗之曙光”③，剧中青年大学生林泽奇充满了苦闷：“我的忧愁就像地狱的绿火似的在我的心的深处燃烧着。我近来时常受着死的诱惑，我时常觉得死神张着它的黑翅膀在那儿叫我”，对现实社会“这种没有感激的生活，没有眼泪的人生”厌倦而绝望。当然田汉没有耽迷在这种“唯

① 田汉：《一个未完成的银色的梦——〈到民间去〉》，《影事追怀录》，中国电影出版社 1981 年版。

② 《〈田汉戏曲集〉第四集自序》，《田汉文集》第 1 卷，中国戏剧出版社 1983 年版，第 447—448 页。

③ 《在戏剧上我的过去、现在及未来》，《田汉文集》第 1 卷，中国戏剧出版社 1983 年版，第 436 页。

美的残梦"① 中，最终林泽民还是从痛苦和颓废中振作起来，露出为"祖国苦难的人民"而奋斗的曙光。田汉对唯美主义的摄取是矛盾的，正如苏雪林所说"田汉本具有极端矛盾的性格，其戏曲亦即为此性格之表现"②，一方面执著于神秘、感伤氛围的营造，一方面又不甘心放弃对现实的责任承当和对人生的人文关怀。因此在他早期的创作中，虽然充满着唯美与现实的纠缠，但随着时代的变迁和田汉思想的变化，"唯美的残梦"最终还是让位于现实的觉醒。

"五四"以后，随着女性意识逐渐觉醒，戏剧界也出现了一批展现新女性形象，为叛逆女性翻案的历史剧，如郭沫若的组剧《三个叛逆的女性》、王独清的《杨贵妃之死》、《貂蝉》和欧阳予倩的《潘金莲》等。在妇女解放的旗帜下，这些剧作由于受到王尔德《莎乐美》等唯美主义思潮的影响也呈现出唯美精神的渗透。郭沫若早年曾翻译过英国唯美主义理论家裴特的《文艺复兴、艺术和诗的研究》绪论，并深受王尔德"艺术即谎言"观点的影响，他认为"艺术的作用可以说完全是欺骗的作用，它是要骗人暂时把理智的活动忘记，而纯任感情的输入"③。郭沫若早期的一些作品，无论小说、诗歌还是戏剧，都不时显现出唯美主义色彩。在《卓文君》中，卓文君的侍女红箫将爱推到了痴狂的极端；《王昭君》中不但有汉元帝手捧毛延寿首，连连吻其左右颊的莎乐美式结局，更有汉元帝变态性欲的描绘；《聂嫈》中聂嫈对弟弟聂政的爱也突破了姐弟的界限，有着类似于乱伦式的迹象。不过在郭沫若的笔下，卓文君私奔、王昭君远嫁和聂嫈的英勇献身都被赋予了个性解放的意义，成为新女性的象征，因此剧中的唯美色彩无疑在很大程度上被消解。《杨贵妃之死》、《貂蝉》、《潘金莲》三剧中的唯美主义风格也是如此。它们都清楚地显示出唯美的生命激情和艺术主张，比如在《杨贵妃之死》中把杨贵妃对安禄山的爱渲染成对生命的力与美的追求，把杨贵妃美化成一个为爱而献身的

---

① 《〈田汉戏曲集〉第四集自序》，《田汉论创作》，上海文艺出版社 1983 年版。
② 苏雪林：《中国二三十年代作家》，台北纯文学出版社 1983 年版，第 481 页。
③ 郭沫若：《文艺论集》，人民文学出版社 1979 年版，第 161 页。

女性；在《潘金莲》中让潘金莲高喊："死是人人有的。与其寸寸节节被人磨折死，倒不如犯一个罪，闯一个祸，就死也死一个痛快！能够死在心爱的人手里，就死也心甘情愿！二郎，你要我的头，还是要我的心?"这样"无原则地崇拜力与美的词句"①，具有明显的莎乐美式的唯美烙印。他们的主要目的还是为被侮辱与被损害的妇女们翻案，表现出反抗礼教，追求妇女解放的时代潮流，只不过"情不自禁地偏至到唯美的境地"②。此外还有徐志摩和陆小曼合著的《卞昆冈》、余上沅的《塑像》、胡也频的《狂人》等，虽然明显受到唯美主义思潮的影响，但却巧妙地将唯美的内容置换为启蒙主义思想，表现出唯美主义中国化的迹象。

二、营造：唯美的格调

上海唯美主义思潮使许多戏剧创作在思想观念、审美视野、价值观念等方面都带上了浓厚的唯美色彩。虽然并未出现鲜明的唯美主义戏剧流派，但却出现了一批不论是内容还是形式都极力营造唯美主义格调，饱含唯美与颓废的风格的唯美剧。主要包括白薇的《琳丽》、《访雯》，向培良的《暗嫩》，陶晶孙的《黑衣人》，徐葆炎的《惜春赋》、《妲己》和苏雪林的《鸠那罗的眼睛》等。

陶晶孙小说创作深受唯美主义浸染，戏剧创作自然也不例外。1922年9月和1923年1月相继发表在《创造》季刊的《黑衣人》和《尼庵》，堪称我国剧坛最早出现的唯美派剧作。尤其是《黑衣人》，被认为是陶晶孙"最能体现新浪漫主义'新'味的，也即最具'现代'色彩的作品"③。《黑衣人》从头到尾都笼罩在一种神秘、恐怖的氛围中，充满了对死亡唯美化的歌颂。黑衣人将希望寄托在弟弟身上，因为弟弟象征着青春生命和希望，他呼唤死神的到来："死神来了。不然，我自己便是死神!

① 田汉：《他为中国戏剧运动奋斗了一生》，载《欧阳予倩全集》第1卷卷首，上海文艺出版社1990年版。

② 解志熙：《"青春，美，恶魔，艺术……"——唯美—颓废主义影响下的中国现代戏剧（下）》，《文学史研究》第39页。

③ 朱寿桐：《情绪：创造社的诗学宇宙》，上海文艺出版社1990年版。

我的肉体是死了的。我自从成了绝对的黑色，死是已经入了我的魂髓了。”他希望用死亡来凝固和保存这份美的象征，用死亡保护弟弟来向黑暗抗争。因此当他端起来福枪向黑暗猛扫，无意中弟弟中弹而亡时，黑衣人没有太多的悲伤，反而有一种解脱的感觉：“啊啊，Tett！当来的时刻来了。我早就在等待这个时刻了！”弟弟的死亡也是充满了“华美”和“高贵”：“我可爱的 Tette 死了！十二岁的年少的 Tette！在大理石之上，在鲜红的坐褥之上，白脸为金纽与金襟所衬，在死神手中的确死了！他死的高贵。他华美地在死神手中的确要眠了。”陶晶孙原作用肖邦的《葬礼进行曲》作为全剧的基调，加上声、光、色等多种舞台手段的运用，将死亡写得具有了独特的美感，表达了于刹那间追求永恒的唯美主题。与此相似的还有陶晶孙的《尼庵》、陈楚淮的《骷髅的迷恋者》等，都刻画了人物精神深处的挣扎和变态，表现出崇尚纯爱、崇尚死亡美的戏剧理念。

白薇在日本留学时，与田汉的爱人易淑瑜同一宿舍，田汉对唯美主义的推崇使白薇不可避免地接受了王尔德创作的影响。受王尔德《莎乐美》的启发，白薇不但创作了《琳丽》、《访雯》等诗剧，而且在生活中也演绎了一出“莎乐美之吻”，她在给杨骚的信中写道：“啊，爱弟！你不杀我我会杀你。我非杀你不可！我是‘Salome’哩，我比‘Salome’还要毒哩。死在你美不可思议的嘴上比什么都好，我将死迷你含情蕴娇的美嘴上，痛尝狂爱这甘芳。”① 《琳丽》极力歌颂了男女之爱，主人公琳丽“有无限的爱美和欢娱，要死在爱人接吻的朱唇上”，当她唯美的爱情理想破灭后，毫不犹豫地周身佩戴着蔷薇花自杀在清澈的池水里，传达出王尔德充满悲剧颓废色彩的唯美理念。从艺术形式来看，本剧除第一幕是实景外，另外两幕都是梦境，营造出一种梦幻般的氛围，加上奇诡的想象和华美的词藻，极其符合唯美主义对形式美的极端追求。《访雯》选取了《红楼梦》第七十七回“俏丫鬟抱屈夭风流 美优伶斩情归水月”中的故事片断，为之注入了浓烈的唯美主义的理念。剧中对美的崇拜简直到了顶礼膜拜的地步：“我爱‘美’比爱‘生命’还重。宁可不生，不愿不美。

---

① 杨骚、白薇：《昨夜》，河北教育出版社1994年版，第20页。

我不敬爱众生皈依的佛菩萨，我不敬爱那些流芳百世的贤人君子，我只敬爱高绝美艳的天女和花神。”作者借晴雯之口道出了自己对美的极端追求。宝玉和晴雯之间的爱既有精神的爱恋，也有对官能美的追求，宝玉对晴雯的眼睛、朱唇就充满了赞美：“你的眼睛，好像魅惑的海！你的朱唇，好像将要发蕾的红蔷薇！”白薇将自己对爱与美的理想灌注到戏剧中去，鲜明地体现出唯美主义的精神诉求。

徐葆炎和苏雪林戏剧创作更能体现唯美情调的营造。徐葆炎曾翻译过王尔德的《莎乐美》，1927 年由上海光华书局出版。他从 1925 年创作《惜春赋》开始就表现出明显的唯美主义风格。等到了 20 年代末加入狮吼社以后，更是越来越耽迷于唯美的格调中。他于 1929 年创作的三幕剧《妲己》由金屋书店出版，作品取材于历史上被当作红颜祸水形象的殷纣宠妃妲己，但徐葆炎却不像“五四”作家那样为妲己翻案、追求妇女解放，而是致力于表达他唯美主义的历史观和人生观。妲己和纣王成为了唯美主义者的化身，他们祸国殃民的行为不过是追求感官享乐的表现，他们蔑视一切道德和理性的束缚，以恶为美，以害人为刺激，犯下种种罪行，徐葆炎完全按照唯美主义者的形象重新塑构了纣王和妲己。妲己在作者的笔下是美的象征，姜子牙手下的行刑官都无法对她下手，就连总队长也爱上了她：“自从我听见了你的名字的那个时候起，我就刻骨爱你了，现在看见了你自然更加爱你。我爱你的程度已经到了有你我便活，没有你我便死的程度。可是现在杀了你我固然是死，不杀你我也是死。杀了你我自己活不了，不杀你呢，我的元帅就得杀我。于（与）其让别人来杀你，我自己又给元帅杀了，那倒不如我们一同死了好得多了。啊，娘娘！”作品将徐葆炎对爱与美的追求渲染得酣畅淋漓。苏雪林早在 1921 年法国留学时就接触到王尔德的唯美主义文艺思想，她曾满含深情地说：“我也爱咀嚼唯美主义的英华，好暂时忘记现实生活的痛苦……”① 1927 年当苏雪林发表独幕剧《玫瑰与春》时，虽然自称是“唯美剧”，但仍可看出其中宣扬的人道主义博爱思想。而到了 1935 年她发表的三幕剧《鸠那罗的眼

① 苏雪林:《苏雪林选集》，安徽文艺出版社 1989 年版，第 622 页。

睛》里，则堪称是一部杰出的唯美主义诗剧。在《鸠那罗的眼睛》的卷首，苏雪林引用了王尔德的名剧《莎乐美》中的话："唉！你总不许我亲你的嘴，约翰，好，现在我可要亲它了。"作为题词。剧中也的确处处可见《莎乐美》的影子：阿输迦王的王后爱上了太子鸠那罗，但却为太子所拒，于是由爱生恨，发誓"我若不能取得太子鸠那罗的眼睛，生生世世永堕罗刹恶道!"她假借阿输迦王之命挑取了鸠那罗的美目，挂在胸前，日夜摩挲。事情败露后，她怀着对太子的爱和满足，带着其眼睛"作为殉葬之物"自杀身亡。王后这种不顾道德和法律，狂热到了变态地步的爱，鲜明地体现了唯美主义者对爱与美的极致追求。《鸠那罗的眼睛》文辞华赡、结构精巧，洋溢着浓郁的唯美之风，难怪就连作者自己也认为是一部"水准相当高的唯美剧"①。

第五节　上海唯美思潮影响下的当代唯美写作

自40年代以后，由于社会政治生活的巨大转折，唯美主义写作日渐式微。尤其是建国后，文坛现实主义文学一元独尊，唯美主义在很长一段时间内销声匿迹，人们甚至到了谈美色变的地步。新时期以后，虽然文学逐渐摆脱了政治的束缚，但随着时势变迁，唯美主义再没有像二三十年代那样发展成为一股风起云涌的文艺思潮。不过，在回归艺术本身、对艺术自身规律的探索中，许多作家大胆借鉴上海唯美主义思潮的精神，出现了一批带有唯美倾向和唯美气息的文学写作。

最先使我们感受到唯美主义潜流涌动的，是朦胧诗的崛起。这股兴起于70年代末80年代初的诗潮给当代文学带来了一次深刻的思想变革，它不仅仅是一个单纯的诗歌流派，而且还代表了一种重视艺术审美特性、积极借鉴象征、变形、蒙太奇等艺术表现形式的文学思潮。朦胧诗从象征派、新月派、现代派等现代诗潮中汲取营养，在文学观念和创作手法上显示出不同程度的唯美主义倾向。顾城就明确宣称："我爱美，酷爱一种纯

① 苏雪林：《中国二三十年代作家》，台湾纯文学出版社1983年版，第101页。

净的美，新生的美……我渴望进入这样一种美的艺术境界，把那里的一切，笨拙地摹画下来，献给人民，献给人类。我生活，我写作，我寻找美并表现美，这就是我的目的。"① 这种对美的向往和追求在顾城的诗歌中有着充分的体现。在顾城的诗歌世界里，有"干干净净的月光"、"洁净的洋槐花"、"麦田边新鲜的花朵"，有"蜷缩在树洞中"的松鼠，"坐在安安静静的树枝上发愣"的树熊……这些美丽新颖的意象构筑出了一个完全属于顾城自己的纯美天国，使诗歌具有了动人心弦的艺术美感。舒婷和北岛同样在诗中喊出了对爱与美的渴望："与其在悬崖上展览千年/不如在爱人的肩头痛哭一晚"；"我是人/我需要爱/我渴望在情人的眼睛里/度过每个宁静的黄昏"。他们多采用隐喻、象征、暗示、意象等表现手法，接续了曾经中断的现代主义诗统，代表着当代中国诗歌从浪漫主义向现代主义的过渡。这些诗作既注重个人情绪的唯美抒发，又具有艺术形式的音乐美和色彩美，为我们展现出一个全新的诗美世界，极大地拓展了新时期文学的审美空间。

以汪曾祺、张承志等为代表的审美化写作注重小说唯美的形式、纯美的语言和诗化的艺术境界。汪曾祺在称赞废名的文学成就时说，"他的小说是天真的，具有天真的美"②，这句话对他自己来说也同样适合。《受戒》和《大淖记事》所描绘的就是一片童趣盎然的天真世界，小说中所展示的作者对生命和自然的诗性把握，是对和谐之美的艺术理念的充分体现。汪曾祺说过："我的作品不是悲剧，我的作品缺乏崇高的、悲壮的美，我所追求的不是深刻，而是和谐。"③ 这种和谐之美正体现了作家对生活的独特把握，他用清雅、淡然的笔调抒写自然、通脱、仁爱的生活理想，用平淡而富有诗意的叙述方式构建出理想的生活境界，形成了一种和谐优美的艺术风格。正如一位论者指出："这种超然散淡的写作心性，则是完全建立在作家对美的崇尚和对任何社会学写作思维规约的不屑上。"④ 值

---

① 顾城：《小诗六首》，《诗刊》，1980年10月号。

② 汪曾祺：《谈风格》，《汪曾祺文集·文论卷》，江苏文艺出版社1993年版。

③ 《汪曾祺作品自选集·自序》，漓江出版社1987年10月版。

④ 张学昕：《苏童与当代作家的唯美写作》，《渤海大学学报》，2008年第2期，第60页。

得注意的是，汪曾祺往往通过对童年、故乡、往事的回忆来表达纯真纯美的审美理想，通过与生活保持距离，编造一个波澜不惊万物相谐的温馨世界。这种超然静观，以弥补现世生活不足的审美态度，也即朱光潜、废名等所主张的“人生艺术化”，无疑具有“唯美及快乐主义”的因子。张承志以其对理想主义精神的高扬和浪漫主义的风格闻名于当代文坛。他面对80年代末90年代初愈来愈严重的商品化、市场化趋向，将文学作为内心的神圣领地和永恒的精神家园，坚守着理想主义者的最后一块阵地。他在介绍日本歌手冈林信康的文章《艺术即规避》中写道：“对于一个真正只有在艺术里才救活自己的人来说，开初既没有‘寻找’，后来也不可能被束缚。一切都是肌肤心肠的痛切感受”①，而“在选择了对政治的规避，在选择了对官阶和俸禄的拒绝之后，甚至选择了对任何派门阀党的区别和独立之后，我已经选择了我的文学道路”②。张承志这种不留余地地否定一切世俗准则，将艺术高于一切、追求生命的完美形式的生活态度正是体现了唯美主义者的人生诉求。在作品中，他十分重视对艺术形式的精雕细琢。他认为“叙述语言连同整篇小说的发想、结构应该是一个美的叙述。小说应当是一首音乐，小说应当是一幅画，小说应当是一首诗。而全部感受、目的、结构、音乐和图画，全部诗都要依仗语言的叙述来表达和表现，小说首先应当是一篇真正的美文”③。这种对形式美的追求使作品充满了诗情画意，也焕发出一种唯美主义的艺术倾向。

以苏童、贾平凹、卫慧等为代表的都市唯美写作则代表了唯美主义在新时期文学中的另一种趋向。他们写出了现代人面对都市商品文化和消费文化大潮的冲击，放弃了对理想与崇高的追求，转而开始关注现世的快乐与享受，而在精神上则表现出充斥于这个时代的颓废与焦虑。苏童的小说透过南方迷蒙潮湿的空气散发出阴森诡秘、颓靡感伤的唯美气息，《妻妾成群》、《罂粟之家》等作品通过欲望、性等人类最原始的本能，展示出

① 张承志：《荒芜英雄路》，《张承志作品精选》，长江文艺出版社2006年版。
② 张承志：《墨浓时惊无语》，《张承志作品精选》，长江文艺出版社2006年版。
③ 张承志：《美文的沙漠》，《绿风土》，山东文艺出版社2001年版，第99页。

一个充满绝望与毁灭的唯美世界。颂莲从一个美丽清纯的女大学生蜕变为旧式庭院中争权夺利阴郁嫉妒的小妾，陈府的四位太太都成为了他人和自身欲望的牺牲品；翠花花与陈茂通奸生下了刘沉草，作为欲望的产物，注定了他的悲剧结局。无穷无尽的欲望，扭曲的人性在每一个角色身上传递，他们都逃不脱历史终结的命运，带上了具有历史苍凉感的颓败意味。苏童小说中的女性形象尤其具有唯美的意味，小萼、颂莲、梅姗、翠花花、织云……她们美丽而贪图享乐，带有神秘却颓废的色情气息。“梅珊在紫藤架下披上戏装重温舞台旧梦……花园里的人们看见梅珊的水袖在风中飘扬，梅珊舞动的身影也像一个俏丽的鬼魅”，“嘴里充塞着又甜又腥的气味，翠花花像白蛇一样盘曲着吐出淡红的蛇舌……”这与王尔德笔下的莎乐美形象何其相似！正如陈晓明所说：“苏童早期的小说一直在追求一种唯美的趣味，而唯美的经验有时超过对历史实际的表现。”① 苏童对历史的表达也被涂抹上了一丝唯美而颓废的色彩。贾平凹则是另一个带有鲜明的颓废意识的当代作家，李欧梵称他的《废都》“所写的那种俗不可耐的庸俗，那种弥漫于都市的颓废，都是当代文学中少见的”②。小说描述了西京城内以庄之蝶为代表的人文知识分子腐化堕落的过程，是20世纪90年代市场化进程中一部分追求物欲、情欲、精神空虚、失去自我的人的真实写照。作品表现出站在世纪末边缘的当代人心灵的焦虑和感伤，他们面对现实生态的悲观和恐惧产生出无能为力、放弃自我的颓废思绪，只能在物欲横流的苦海之中沉溺，贾平凹说：“《废都》里的人不悲壮，也不凄凉，只是悲凉。”③ 映射出知识分子的真实心境。小说对拜金主义、感官享乐人生观的暴露，对性扭曲、性混乱的大胆，与二三十年代上海唯美主义思潮如出一辙。不过，贾平凹的这种“废都意识”并非像西方唯美主义者那样对现实和世俗完全逃避，而是带有着中国传统知识分

① 陈晓明：《论〈罂粟之家〉——苏童创作中的历史感与美学意味》，《文艺争鸣》2007年第6期。

② 《李欧梵季进对话录》，苏州大学出版社2003年版，第244页。

③ 贾平凹：《答〈出版纵横〉杂志记者问》，见《坐佛》，太白文艺出版社1995年版，第268页。

子的人文关怀和批判意识，只是对社会现实的忧患焦虑最终消解在欲望和感伤的欢乐之中。到了90年代中后期，当上海再次显露出繁华喧嚣、流光溢彩的面目，具有了商业文化和消费文化的背景之后，卫慧、棉棉等新时期海派作家的文本中，更表现出对欲望的追逐沉迷和狂欢的极端体验。她们企图在文学中回避任何有关政治伦理道德的成分，借此表达对传统和世俗的反抗，追求极端的个性自由。佩特的刹那主义的体验很容易引起她们的共鸣："我们知道过去的已过去，现在的还不属于自己，未来的却更不可知。"（《像卫慧一样疯狂》）因此她们追求瞬间的感官体验和刺激，以官能发泄为目的，沉湎于酒精、毒品、肉欲的狂欢中。这种享乐主义的追求完全拆解了文学的精神纬度和道德规范，彻底地滑向虚无和颓废之中。应该说，卫慧、棉棉的作品在生活方式、价值观念、精神诉求等方面表现出了与二三十年代新感觉派作家相似的人生体验。

或许上海唯美主义作为一股思潮已经离我们越来越远，但人们对美的热情和追求永远不会过时。唯美主义所提倡的"纯艺术"、艺术独立性、形式至上的艺术观念仍旧深深地影响着我们的文学创作，比如新时期的先锋文学，虽然他们并未喊出"为艺术而艺术"的口号，但在对小说的叙事、语言、形式等方面的探索上与唯美主义唯艺术的主张是相通的。而到了20世纪90年代以后，虽然审美至上、艺术独立的文学理念日益受到商品文化和消费文化的冲击，但是审美却摇身一变，作为一种社会现象在日常生活的各个领域重新兴起。1920—1930年代上海唯美主义思潮中叶灵凤、邵洵美等颓废作家沉醉于瞬间享乐、官能刺激的现象也在当代文坛再次重演。如何对待"美的"物化，如何摆正"美"在文学创作中的位置，将是新时期作家所面对的重要课题。

后　记

在世界城市的发展中，上海是引起世界瞩目的快速发展的大都市之一，关注上海、研究上海逐渐形成一门学问——上海学。对于上海文学的研究也成为上海学中的一个分支，通过研究上海文学丰富了上海学的研究。

在中国20世纪文学的发展中，上海具有举足轻重的地位，由于其港埠城市的特性使上海成为对外开放的重要窗口，国外的文化思潮大多通过上海进入，而逐渐影响全国。文学的发展同样如此，上海承担着引进世界文学潮流、对外介绍中国文学的责任。我们研究上海文化对于上海文学的影响，研究上海文学对于20世纪中国文学的影响，是想梳理上海在中国20世纪文学发生发展中的重要地位和影响，从而比较全面分析研究在文学发展过程中上海的重要作用。

该著是师生合作的成果，由我拟定思路与章节，分别由我的博士生们撰写，再由我统一审阅修改。该著的具体分工为：杨剑龙，绪论、第一章、结语、统稿；李洪华，第二章、第四章；冉彬，第三章；张登林，第五章；王传习，第六章、第七章；刘畅，第八章；赵鹏，第九章、第十章。

在我的指导下合作完成某项研究，成为我指导研究生的一种方式。师生的合作过程也是一种逐渐磨合的过程，让研究生领会把握我的构想，分别从某一方面进行研究，从而齐心协力地完成某一论题的研究。呈现在读者面前的这部著作，也是这样一种合作过程，其实这也成为师生友谊的记录。

杨剑龙

2011年3月28日

于瞻雨楼

图书在版编目(CIP)数据

上海文学与二十世纪中国文学/杨剑龙等著. -上海:
上海文化出版社,2012
ISBN 978-7-80740-919-9
Ⅰ.①上… Ⅱ.①杨… Ⅲ.①文学研究-上海市-
20世纪 Ⅳ.①I206.6
中国版本图书馆CIP数据核字(2012)第164142号

出版人
王 刚
责任编辑
赵光敏
装帧设计
汤 靖

书名
上海文学与二十世纪中国文学
出版、发行
上海文化出版社
地址:上海绍兴路74号
网址:www.shwenyi.com
印刷
上海港东印刷厂
开本
890×1240 1/32
印张
9.5
字数
278,000
版次
2012年12月第1版 2012年12月第1次印刷
国际书号
ISBN 978-7-80740-919-9/I·635
定价
32.00元

告读者 本书如有质量问题请联系印刷厂质量科
T:021-59671164